# 西潮中的新潮

## ——世界文化视野中的中国现代文学

鲍国华　著

南開大學出版社
天　津

**图书在版编目(CIP)数据**

西潮中的新潮 ：世界文化视野中的中国现代文学 / 鲍国华著. —天津：南开大学出版社，2020.8
ISBN 978-7-310-05951-5

Ⅰ. ①西… Ⅱ. ①鲍… Ⅲ. ①中国文学—现代文学—文学研究 Ⅳ. ①I206.6

中国版本图书馆 CIP 数据核字(2020)第 142974 号



西潮中的新潮：世界文化视野中的中国现代文学
XICHAO ZHONGDE XINCHAO:
SHIJIE WENHUA SHIYE ZHONGDE ZHONGGUO XIANDAI WENXUE

---

南开大学出版社出版发行
出版人：陈　敬
地址：天津市南开区卫津路 94 号　　邮政编码：300071
营销部电话：(022)23508339　营销部传真：(022)23508542
http://www.nkup.com.cn

---

北京虎彩文化传播有限公司印刷　全国各地新华书店经销
2020 年 8 月第 1 版　　2020 年 8 月第 1 次印刷
230×170 毫米　16 开本　20.75 印张　2 插页　320 千字
定价：76.00 元

---

如遇图书印装质量问题，请与本社营销部联系调换，电话：(022)23508339

# 前言

本书的题名，集自北京大学前校长、教务长蒋梦麟先生的两部著作《西潮》和《新潮》。在蒋梦麟看来，“《西潮》是写由西方来的外力影响了内部的变动；《新潮》是写内部自力的变动而形成了一股巨大潮流。虽然这种新潮的勃起，也可以说是受了西潮的激动，不过并不完全是受外来的影响，而是由内部自己发展起来的。‘五四’前后北京大学学生罗家伦、傅斯年等发刊一本杂志，也叫《新潮》，当时英文译为‘The Renaissance’，就是代表我国文化复兴的意义。”[①] 蒋梦麟先生对自家著作的阐述，颇合于中国现代文学的发生：一方面是在外力的刺激下，触发本土文化既有的原力和生机，形成所谓“西潮”之影响；另一方面，则是本土文化在自身的生成演进过程中，对于外来文化的主动选择，促发所谓“新潮”之诞生。纵览百年来中外文化文学交流史，外来与本土、西潮与新潮[②]之间，并非单纯的影响与被影响，或所谓“冲击—回应”模式所能概括，而是一个彼此间由不尽平等到日趋平等的对话过程，体现出“互为主体性”之关系。中国现代文化与文学之生成，固然受到西潮之滋养，也难以断绝绵延数千年的中国传统文化与文学之血脉。事实上，中国现代文化与文学之“新”，恰恰是本土与外来这两股文化力量形成合力的结果。如果把中国传统文化比喻成一条自上而下的纵坐标，把外来文化比喻成一条自西向东的横坐标，中国现代文化与文学就是在两条坐标的交汇处延伸出的一条新坐标、一个文化与文学的新维度，其突出之处在于世界性。中国不再，也不能再自外于世界，继续沉浸于“天

① 蒋梦麟：《西潮·新潮》，长沙：岳麓书社，2000年，第274页。

② 外来文化并不能简单地等同于“西潮”，“西潮”只是特定时间内国人对于欧美文化的概称，不能代表外来文化之全部。同样，“新潮”也不是百年来中国文化的唯一主题，只是中国现代文化自身生成演进的路径之一。

朝上国”的迷梦里；也不再，也不该再将自身视为世界以外的“他者”，急切地融入一个陌生而似乎又危机重重的环境中。以上两种思路，看似背道而驰，其内在思路却惊人的一致——将文化与文学判然两分为我与你、中与西，或传统与现代、野蛮与文明，而又着力强调其间的差异性和不可调和性等特质。这明显是一种二元对立的思维模式。中国现代文化与文学的价值在于，在避免一元、突破二元的基础上，实现一种多元性的思维与文化建构方式。对于中国现代文化与文学而言，世界本来就是存在的，而中国就是世界的组成部分，这是无可争辩的事实（当然可以进行更多元的理解和阐释）。因此，世界性就是中国现代文化与文学的先天特质，在世界文化视野中考察中国现代文化与文学，也应该是研究者的一个先在的视角。也就是说，中国现代文学的世界文化属性，连同对于这一属性的关注，应该成为一种常态。这不仅涉及如何“现代”、怎样“文学”之类具有原初意义的学术命题，也会推动诸如经典文本分析的视角和方法、现代报刊与文本生成之关联、现代学术对文学之触发等具体研究课题的有效推进。

本书力图借助上述理念，分别从“中国现代文学经典文本”“中国现代报刊与经典文本”“中国现代学术经典文本”三个层面考察世界文化视野中的中国现代文学，其中大部分内容都曾在笔者承担的各类本科生和研究生课程中讲授过，或是在备课与授课过程中得到同行与学生的启发，部分章节还曾以学术论文的方式在各类期刊上发表，承载着笔者十余年来从事中国现代文学教学与研究的点滴心得。在本书的编纂过程中，业师王富仁先生不幸逝世。在惊愕与伤痛中，笔者特别收录了一篇回忆性文章，作为本书的代后记，以表达对先生的思念和缅怀。

# 目 录

## 上编 中国现代文学经典文本



## 中编 中国现代报刊与经典文本

## 下编　中国现代学术经典文本

# 上编

# 中国现代文学经典文本

# 第一章　一个消解性的叙述文本

## ——鲁迅《故事新编》

从对《故事新编》所依据的历史文献的考证来看，一方面，鲁迅在创作过程中对史料的处理是非常严谨的，确实做到了“言必有据”；但另一方面，他所采用的史料又都是人所共知的，没有做更为深入的考证，没有挖掘出新的史料纳入小说文本之中。可见，鲁迅并不是要写历史，而是仅仅提供了一个历史的框架，在史料中夹杂了大量的现实生活情节，在历史的框架中杂入小说的叙述，从而形成一种演义效果。这正体现出鲁迅独特的历史小说创作观念：他的历史小说不偏重于历史与现实任何一方，而着眼于二者之间的临界点，通过现实生活情节的介入，用小说的叙述对历史进行重新建构，从而实现了对在历史积淀中形成的具有神圣性及崇高意义的观念及人物、对具有规范作用的历史话语的消解。从对《故事新编》的文本考察中可以看到：一方面，通过“博考文献”形成了一个供消解的历史文本；另一方面，用小说的叙述对历史进行重构以及大量现实生活情节构成的现实文本的介入，又形成对文本中历史性的消解，使读者在对文本的解读中逐渐失去对历史文本的信任度。同时，作品中的历史文本是居于情节中的主体地位的，现实文本只是作为次要情节或细节介入历史文本之中，这样也不会造成读者对现实文本的过分侧重，从而把阅读焦点置于历史文本与现实文本之间，置于对历史与现实的处理方式——叙述中。因此，对《故事新编》叙述问题的考察，有助于澄清其文本的消解性特征，有助于对文本的进一步解读。

基于以上分析，本章的着眼点在于《故事新编》的叙述，即通过分析其主要叙述特征，以考察鲁迅通过怎样的叙述手段实现对文本历史性的消解。

## 一

从目前对《故事新编》所依据的神话、传说和史实的考证来看，鲁迅对这些历史文本的构成材料是经过了全面的收集和严谨的处理的。但是，《故事新编》的历史文本缺乏鲜明的历史性，使人感受不到浓重的历史氛围。这是由于鲁迅对历史文本的特殊建构方式造成的。鲁迅通过对史料的加工与剪裁，在叙述中予以重新编排，使历史文本自身具备了较强的自我消解性，文本中历史性的建构与消解意义共生并存。这样，即使没有现实文本的介入，由于历史文本自身消解性的存在，受到影响的只会是消解的强度，而不会是消解性本身。

构筑历史文本，首先要求在文本中形成一个规范性的历史语境，即在文本中使用一个统一的言语系统，规范叙述语言与人物语言以显示历史的严肃性。但是，在《故事新编》的历史语境中，言语系统却是驳杂的，出现了两种乃至多种言语系统的并存，使历史语境变得纷繁复杂，体现出对历史严肃性的怀疑与嘲弄，从而实现历史文本的自我消解性。

《补天》中的叙述语言是严肃的，特别是对瑰丽奇幻的自然景色的描写，显示出宏大的气势，有力地支持了女娲造人和补天行为的崇高意义。女娲的语言与叙述语言是基本上属于同一言语系统的，但小说中其他人物的语言却异于叙述语言。

例如下面一段对话：

> “那是怎么一回事呢？”伊顺便的问。
>
> “呜呼，天降丧。”那一个便凄凉可怜的说，“颛顼不道，抗我后，我后躬行天讨，战于郊，天不祐德，我师反走，……”
>
> “什么？”伊向来没有听过这类话，非常诧异了。
>
> “我师反走，我后爰以厥首触不周之山，折天柱，绝地维，我后亦殂落。呜呼，是实惟……”

“够了够了，我不懂你的意思。”伊转过脸去了，却又看见一个高兴而且骄傲的脸，也多用铁片包了全身的。

“那是怎么一回事呢？”伊到此时才知道这些小东西竟会变这么花样不同的脸，所以也想问出别样的可懂的答话来。

“人心不古，康回实有豕心，觑天位，我后躬行天讨，占于郊，天实祐德，我师攻占无敌，殛康回于不周之山。”

“什么？”伊大约仍然没有懂。

“人心不古，……”①

这里与女娲对话的士兵的语言模仿了《尚书》等典籍的古奥风格（后文中“古衣冠的小丈夫”也使用这样的语言），在对话中形成两个言语系统的鲜明对照。而且，《补天》中女娲与人的几次对话都因言语系统的冲突使女娲陷入一种茫然不知所措的境地，而这些人恰恰又是女娲创造出来的。由此可见，女娲造人是播下了龙种，种出了跳蚤，这显然是一种异化。女娲造人行为的崇高意义正是消解在这一异化过程中。同时，两种言语系统的共存并发生冲突，又形成深刻的反讽，产生出与《狂人日记》中小序与正文文白对照相同的艺术效果。

与《补天》相比，《出关》历史语境中的言语系统则显得更为驳杂。老子与孔子的对话中使用的语言与叙述语言属于同一言语系统，基本上是史籍的现代汉语翻版。但老子在函谷关讲学时，讲述内容却使用《道德经》原文，而且造成“大家显出苦脸来了，有些人还似乎手足失措。一个签子手打了一个大哈欠，书记先生竟打起瞌睡来”。代表道家学说精华的《道德经》俨然成为一部闹剧的导火索。更有意思的是，讲课之后账房和书记先生请老子补发讲义时，竟讲起了方言，使原本存在两个言语系统的语境显得更加纷杂。应指出的是，造成讲课效果不佳不仅由于老子语言的深奥晦涩，还因为老子“话讲得太快了，国语也不大纯粹”。书记讲的苏州方言语速是较快的，账房夹杂南北方言显示出语言的不大纯粹。而从后文看，两人是会讲“国语”的。可见，他们使用方言与老

① 鲁迅：《故事新编·补天》，《鲁迅全集》第2卷，北京：人民文学出版社，2005年，第362页。以下引用《故事新编》原文，均出自这一版本，不再一一注明。

子对话是有意为之的，其中包含着对老子本人及其学说的讥诮与嘲弄。这样，在不同言语系统的多声部交织中，老子及其所代表的道家学说的权威性与神圣性被消解得荡然无存。

使《故事新编》历史文本具备自我消解性的另一手段是在叙述中对有关史料进行精心安排，突出甚至放大其中具有消解意义的情节与细节。这一手段往往在叙述过程中有意压制历史文本中表现正面意义的情节，张扬无意义或具有负面意义的情节，以形成对前者的消解。

《铸剑》曾被视为《故事新编》中最具有历史小说范式意义的作品。的确，它的历史语境是严肃的，是规范的，也缺少具有戏谑特征的现实文本的介入。但对这篇小说的情节与叙述做细致的考察就会发现，《铸剑》历史文本的自我消解性也是八篇小说中最强的，它几乎没有采用其他任何一种消解手段，仅凭历史文本的自我消解性就完成了对历史性的消解。

《铸剑》的主题是复仇，是通过铲除暴君以达到惩治邪恶、宣扬正义的目的。这一主题的原初意义是正义性的，具有浓郁的英雄主义色彩，促使读者的期待视野趋向历史上带有崇高壮烈意味的复仇故事。但复仇主题一旦进入小说的文本之中，其正义性和英雄色彩就逐渐被冲淡。这不仅由于眉间尺在整个复仇过程中的被动性，更在于复仇实际行为的荒诞性：铲除暴君的英雄行为竟然要通过三颗头颅之间的撕咬来完成，而且在复仇行为完成后，没有人能够分辨复仇者与暴君的头骨，最终三颗头骨一同下葬，善恶混淆，是非难辨。这样，读者原有的期待视野被打破了，剩下的只有荒诞感与无可奈何。可见，复仇主题的原初意义是正义性的，而在《铸剑》中的文本意义却是消解性的。

从《铸剑》中整个复仇过程的叙述安排也能看出其自我消解性。促使眉间尺努力改变优柔的性格，走上复仇道路的是其母讲述的其父铸剑及被害的全过程。在这里，母亲的讲述是相当详细的，对其父铸剑过程中的每一个细节都交代得十分清楚，甚至对他的每一句话都采取直接引语的方式，原封不动地讲述出来，这就体现出讲述内容的逼真性和讲述行为的严肃性，从而激发眉间尺的复仇欲望。但与后文中的复仇行为相对照就会发现，这段讲述与其说是眉间尺复仇的英雄行为的开始，毋宁说提供了一个供消解的生动、逼真的文本参照。复仇行为以荒诞的形式收场，这样眉间尺母亲的讲述越严肃，就越能反映出情节的荒诞性。尤为重要的是，《铸剑》的叙述安排有意放大了复仇后的情节。在《铸剑》情节所依据的史料中，对复仇后情节的描述仅“三头悉烂，不可分别，分葬之，名曰三王冢”几句[①]，所占篇幅不及全文的五分之一，而在《铸剑》中却敷衍成一段相对独立的完整的情节。这一段主要内容是分辨头骨，但分辨过程中的具体行为和对话都体现出强烈的徒劳性。可以说，鲁迅利用小说近四分之一的篇幅叙述了一段无意义的行为，消解了复仇主题的正义性，使整个情节陷入无可奈何的荒诞与无意义之中。应指出的是，《铸剑》的全部情节最突出的并不是复仇行为，而是五次围观场面：对国王出巡的围观、对跌倒的眉间尺的围观、对眉间尺头颅在鼎中舞蹈的围观、对三头大战的围观、对国王葬仪的围观，围观场面贯穿了复仇前后的全过程。每一次围观，看客们都游离于主要情节之外。这样的叙述安排反映出眉间尺及其复仇行为在小说叙述中的孤立地位，完全成为一个被看的对象，似乎作为一出戏被人们咀嚼与欣赏，从而加剧了人物与行为的无意义性。

与《铸剑》中张扬无意义的情节相比，《理水》则主要通过压制具有正面意义的情节以实现历史文本的消解性。小说的情节是理水，但在叙述中理水的实际行为一直没有获得正面的表现。在情节发展中被置于前台的是文化山上学者们的争论和两位大员对民间的考察。直到小说的第三部分，禹的形象才得以正面展现，但随后出现的言语粗俗的禹太太又成为这段情节中引人注意的一个焦点，冲淡了禹形象的鲜明性。更具有讽刺意味的是，理水的实际行为，在小说的第四部分中是作为一群后方闲人的谈资出现的。这样的叙述安排，使小说中正面情节在负面情节的压迫下无法表现出积极意义。而理水过程作为闲人谈资出现更加剧了对这一行为正面意义消解。特别是小说结尾处的一段叙述：

> 但幸而禹爷自从回京以后，态度也改变一点了：吃喝不考究，但做起祭祀和法事来，是阔绰的；衣服很随便，但上朝和拜客时候的穿着，是要漂亮的。所以市面仍旧不很受影响，不多久，商人们就又说禹爷的行为真该学，皋爷的新法令也很不错；终于太平到连

---

① 参见《鲁迅全集》第2卷注释，第451页。

百兽都会跳舞，凤凰也飞来凑热闹了。

这段叙述包含着深深的反讽，突出了禹及其行为正面意义的危机性，使理水后渐趋鲜明的禹的形象重新陷入混乱与庸俗的包围之中。可见，《理水》中禹及其行为的正面性，一直在负面情节的夹缝中若隐若现，加上结尾这段叙述，使原本不完整的神圣意味与崇高意义愈加显得支离破碎。

从以上对历史文本自我消解性的分析中不难看出，无论是采用不同言语系统的并存造成历史语境的混乱，还是对正面或负面情节的抑扬，《故事新编》对历史性的消解经常通过鲜明的对比来体现出反讽的艺术效果。应指出的是，反讽是鲁迅在《呐喊》《彷徨》中使用的主要技巧之一。《故事新编》中反讽的使用可以视为对《呐喊》《彷徨》技巧的深化。同时，《故事新编》在技巧上对《呐喊》《彷徨》也又较大突破，特别是在消解性叙述中，滑稽模仿也成为主要叙述手段。而且，由《补天》到《起死》，滑稽模仿的消解作用在逐渐加大，体现出《故事新编》独特的艺术风貌。

## 二

华莱士·马丁在《当代叙事学》中为滑稽模仿作出如下定义：滑稽模仿本质上是一种文体现象——对一位作者或文类的种种形式特点的夸张性模仿，其标志是文字上、结构上或者主题上的不符。[①] 由这一定义不难看出，滑稽模仿首先需要一个模仿对象——一个既定文类或具有范式作用的话语方式。在模仿过程中，模仿对象自身的特点或意义并不是表现的重点，重要的是模仿者通过模仿行为提供了哪些新的信息。这些信息一方面是对模仿对象形式特点的夸张乃至变形，从而形成对模仿对象规范性与本质意义的破坏；另一方面，由于这种模仿行为的夸张性，

① [美]华莱士·马丁著，伍晓明译：《当代叙事学》，北京：北京大学出版社，1991 年，第 226–227 页。

也造成在模仿对象规范性被破坏后，模仿者自身的特点及意义无法取而代之并作为新的规范被确立下来，这就将模仿者置于与模仿对象同样被消解的境地。滑稽模仿的效果是喜剧性的，至少会产生一种无可奈何的荒诞感。在《故事新编》中，它是产生消解作用的主要叙述手段之一。

滑稽模仿在《故事新编》中的使用可以分为以下几种类型：

（一）拟语式的滑稽模仿。在中国古代，历史往往通过史官记录整理的文献典籍得以记载和流传，并在这一过程中逐渐形成一套具有范式作用的历史话语和决定这一话语规范性的历史语境。同时，史官对文献典籍的记录整理，又形成他们在历史语境中的话语霸权。表面上，这一叙述历史的方式保持了历史的规范性与严肃性，在思维逻辑上也相当严密；但实际上这一方式在具体操作中有相当大的不稳定性。一旦语境发生变异，或叙述者的史官身份发生偏移，这一历史话语的规范性与严肃性就会削弱甚至遭到彻底破坏，历史性会被消解。

从前文引述过的《补天》中的一段对话可以看出：在颛顼与共工的争战中，交战双方同样模仿《尚书》古奥典雅的语言。《尚书》的语言在历史上无疑是具有范式作用的，而在《补天》中却成为敌对双方共同的话语，这就凸显出《尚书》语言内在的自我分裂性和自我矛盾性，语言表面上的典雅庄重不过是对内在的自我矛盾的遮掩。交战双方同样通过模仿《尚书》语言来表现自身的正统性和本方参战的正义性，指斥对方的异端性和非正义性，则体现出这场战争的无意义：根本无正义与非正义可言；同时，也透射出《尚书》实质内涵的空疏和对其正统性与规范性的虚化。滑稽模仿在这里并没有产生多么强烈的喜剧效果，但对具有规范意义的历史话语的消解，却体现出对传统史官叙述的怀疑，揭露其内在的荒诞性与虚伪性。

如果说《补天》中拟语式的滑稽模仿主要针对历史话语内在的正统性与规范性，对语言表面上的庄严性还有所保留，那么《采薇》中的拟语则体现出对模仿对象的彻底揭露和否定。周王伐纣在告示上标榜的理由是“恭行天罚”，突出伐纣行为的正义性。而在后文中“华山大王小穷奇”在抢劫伯夷叔齐时也堂而皇之地摆出“恭行天搜”这一理由。这显然是对伐纣告示上语言的滑稽模仿。抢劫的行为竟然有如此堂皇的借口，反衬出周王伐纣本质上与抢劫没有什么不同，从而体现出对伐纣行为虚伪本质的揭露，对“恭行天罚”理由的无情嘲弄。在《采薇》中，滑稽模仿造成的喜剧效果比《补天》强烈得多。《补天》中模仿者对模仿对象还存在一定的真诚情感，《尚书》话语的严肃性和权威性是他们深信不疑的。而在《采薇》中，模仿者的语气分明加入了对模仿对象的怀疑与讥诮，使模仿者与模仿对象同时陷入被嘲弄和讥讽的境地。

《故事新编》中还有对文化典籍的滑稽模仿。如《起死》中的一段咒语：

> 天地玄黄，宇宙洪荒。日月盈昃，辰宿列张。
> 赵钱孙李，周吴郑王。冯秦褚卫，姜沈韩杨。
> 太上老君急急如律令！敕！敕！敕！

这段道家的咒语在文字上竟然全部采自《千字文》《百家姓》等儒家启蒙读物，只是个别字略有出入。这就把儒道两种文化同时置于一个尴尬的境地之中：在道家是一种失语的困境，在儒家则是文化本体的丧失，从而对二者的神圣性构成消解。

（二）转述式的滑稽模仿。这一类型的滑稽模仿主要将一个人的话转移到另一人口中，而对说话的内容不加改变，只通过语境或说话人的变化，形成对模仿者和模仿对象的讽刺与嘲弄。转述式的滑稽模仿根据转述语言的不同来源又可分为两个小类：

1. 转述语来自历史文本内部。《采薇》中的小丙君这样评价伯夷叔齐：

> “普天之下，莫非王土”，难道他们在吃的薇，不是我们圣上的吗？

而后来这一评价被小丙君的婢女阿金几乎原封不动地转述给了伯夷叔齐，并成为他们饿死的直接原因。阿金对小丙君评价的内容未作任何改动，连语气也是完全一样的“大义凛然”“斩钉截铁”。不过，小丙君作出这样的评价，是因为伯夷叔齐的品格“通体都是矛盾”，作诗“为艺术而艺术”，不符合他做人作诗的标准。而阿金的转述并非出于她本人的价值判断，只是伯夷“不食周粟”一语触发了她对主人评价的记忆。阿金是一个粗俗的乡下女子，对主人小丙君的话奉若圭臬。她的转述并不代表她个人的好恶，主人的好恶就是她的好恶，只不过她心中对伯夷叔齐的轻蔑比小丙君更强。这也正如鲁迅所说：“叭儿狗往往比它的主人更严厉。”① 滑稽模仿的使用，既有对小丙君的讽刺，又有对阿金庸俗的奴性的揭露。

2. 转述语来自现实文本。最突出的例子是《奔月》中不止一次转述高长虹污蔑鲁迅的话。与《采薇》不同，《奔月》中的转述语全部来自现实文本，与历史文本没有情节上的必然联系，这样的处理方式当然包含着对高长虹的讽刺，但影射现实并不是转述的根本目的。在《奔月》中，高长虹的话全部被分散到不同人物之口，使这些人陷入一种历史与现实相重叠相矛盾的尴尬境地之中，体现出对他们行为与境遇的讽刺，同时在历史文本中营造出一种奇特、怪异的气氛，透射出羿所处环境的荒诞性。

（三）重复式的滑稽模仿。即通过对曾经出现的人物语言、行为或环境的重复叙述，使同一内容在文本中重复出现，以形成对重复者与被重复者的特殊叙述处理。这一类型也可分为两个小类：

1. 显性的重复。即被重复者在文本中有明确具体的语言描述，重复行为是对这一描述的照搬。如《补天》中的两段：

> 天边的血红的云彩里有一个光芒四射的太阳，如流动的金球包在荒古的熔岩中；那一边，却是一个生铁一般的冷而且白的月亮。然而伊并不理会谁是下去，和谁是上来。
>
> …………
>
> “唉唉，我从来没有这样的无聊过！”伊想着，……

女娲的这句独白是她对性苦闷的自我申说，而抟黄土造人正是对性苦闷的排遣。可见，独白是对女娲造人行为心理动因的直接表露。这段景物描写则为造人行为提供了宏伟雄奇的背景。这句独白在女娲补天之

① 鲁迅：《而已集·小杂感》，《鲁迅全集》第3卷，第556页。

后重复出现了一次，但此时的“无聊”已不是性苦闷的表现，而是女娲在面对自己创造出来的人所酿成的混乱局面时，感到的内心深处的空虚与悲哀，体味出自己造人行为的无意义。这段景物描写在后文也曾作为女娲死时的背景出现，虽然在文字上没有任何变动，但作为女娲死时的背景，原来奇幻瑰丽的审美效果变得有些怪诞和狰狞了。这段独白和景物的重复，消解了文本原先在读者心中确立的意义。

2. 隐性的重复。即被重复者在文本中没有明确具体的语言描述，仅作为曾经反复出现过的行为或观念，担任滑稽模仿的重复对象。

《奔月》中一直没有正面描述羿当年射日和射杀大野兽的情景，这些仅作为羿的回忆被一带而过。此时羿面对的是乌鸦麻雀等猎物，这就有效地压低了读者对羿英雄性格的心理期待。在得知嫦娥奔月之后，羿又一次拿起了射日弓：

> 他一手拈弓，一手捏着三枝箭，都搭上去，拉了一个满弓，正对着月亮。身子是岩石一般挺立着，眼光直射，闪闪如岩下电，须发开张飘动，像黑色火，这一瞬息，使人仿佛想见他当年射日的雄姿。
>
> 飕的一声，——只一声，已经连发了三枝箭，刚发便搭，一搭又发，眼睛不及看清那手法，耳朵也不及分别那声音。本来对面是虽然受了三枝箭，应该都聚在一处的，因为箭箭相衔，不差丝发。但他为必中起见，这时却将手微微一动，使箭到时分成三点，有三个伤。

这段描写显然是对羿当年射日时姿态的重复，愤怒与失望激发了羿心中积淀已久的潜质，使他又恢复了当年的状态。然而，此时羿面对的不是十个太阳，而只是一个月亮。而且，射日的雄姿却令月亮“毫无伤损”，“发出和悦的更大的光辉”。因此，这段描述不是文字上的简单重复，而是对被重复者——昔日射日行为的滑稽模仿，尽管被重复者在文本中并没有明确的语言描述。此时，不仅羿面对的敌手由强变弱，而且结果竟以羿的失败告终，这便加剧了行为的荒诞性，增强了英雄末路的无奈感。同时，对羿射月雄姿的描述，使读者的心理期待被重新拔高，期待着对羿英雄性的重新体认。而荒诞的结局在读者心中形成了一个巨大的审美心理落差，使心理期待一下子被压到最低点，从而更真切地体会到荒诞感和消解性内涵。

与《奔月》相似，《铸剑》通过对古代复仇的英雄行为的滑稽模仿，反衬眉间尺复仇行为的荒诞性与无奈感，以达到对崇高意义与神圣性的消解。

## 三

《故事新编》文本的一个突出特点就是历史文本与现实文本杂糅，形成所谓“油滑之处”。这也是研究者长期争论的焦点之一。在现有对“油滑之处”的研究成果中，除了对现实文本所依据的现实生活内容进行了详细的考证以外，也有学者从戏剧美学角度论证了“油滑之处”的艺术渊源——中国传统戏曲中的“二丑艺术”[①]。有的研究者则从比较文学的视角出发，把《故事新编》与布莱希特史诗戏剧进行平行研究，指出“油滑之处”在美学意义上是一种“间离效果”，这一技巧的使用形成了《故事新编》独特的价值取向——“历史的现实化，小说的戏剧化”[②]。应指出的是，现有对“油滑之处”美学价值的研究，大多是从戏剧美学角度切入的。本节则拟从小说叙述学角度对这一艺术技巧予以审视，以分析“油滑之处”在《故事新编》消解性叙述中所起的作用。

所谓“油滑之处”，是指在古人古事中加写今人今事，即把由大量现实生活情节构成的现实文本纳入历史文本中，使二者处于你中有我、我中有你的杂糅状态，打破历史文本原有的完整和谐的秩序，形成奇特怪异的文本效果。“油滑之处”所产生的直接后果就是使历史陷入一种分裂混乱的状态之中，使之在现实文本的冲击下逐渐失去神圣性与庄严性的支持，原有的话语方式与叙述秩序被打破，历史性被消解。可见，“油滑

① 王瑶：《〈故事新编〉散论》，《王瑶文集》第 6 卷，太原：北岳文艺出版社，1995 年，第 377 页。

② 陈平原：《鲁迅的〈故事新编〉与布莱希特的“史诗戏剧”》，《陈平原小说史论集》上卷，石家庄：河北人民出版社，1997 年，第 109 页。

之处”正是作为叙述中的消解性手段出现在《故事新编》的文本中的。

首先，从小说叙述者对现实生活情节的处理方式来看，他往往把现实情节粉碎成一个个细节，分散到历史文本中。这样的处理方式一方面造成现实文本的不完整性，另一方面，由于不完整的现实文本在历史文本中无处不在，也破坏了历史文本的完整，使历史性时刻面临被消解的处境。同时，叙述者择取的现实情节多是庸俗的、非理性的，则又形成神圣、崇高的历史文本与庸俗的现实文本的对照。如《补天》中女娲面对“古衣冠的小丈夫”，《铸剑》中眉间尺遇到一群麻木的看客，《非攻》中墨子遭逢募捐救国队。前者的崇高意义成为后者庸俗性戏谑嘲弄的对象。然而，这样的叙述安排并不是出于对现实的影射，“油滑之处”不是鲁迅比附或影射现实的手段。如前文所述，历史与现实都只是鲁迅的取材，而不是他的追求。他的着眼点在于历史与现实的临界点，他在探索一种处理历史与现实关系的叙述方式。以现实文本的不完整、庸俗和非理性消解历史文本的完整性、神圣性和崇高意义，这样的叙述安排本身就是一个极强烈的反讽，而“油滑之处”正是能够产生这一效果的叙述手段。

其次，从《故事新编》的叙述语调来看，作为历史小说，叙述语调应该是庄重的，是严肃的，以体现出历史的神圣性和庄严性。但是，《故事新编》的叙述语调却是嘲弄性的，特别是对正面人物和正义行为的嘲弄性叙述，形成一种不和谐的文本效果，从而构成对历史庄严性的消解。《奔月》中羿每天吃乌鸦肉炸酱面，出猎之前要带上“五个炊饼，五株葱和一包辣酱”；《非攻》中墨子在阻止了楚伐宋之后，遭着大雨，“淋得一身湿，从此鼻子塞了十多天”；在《采薇》《出关》中，嘲弄性的叙述更是自始至终伴随着主人公的一言一行，小说叙述呈现出整体上的“油滑”。在本应庄严的历史文本中杂入嘲弄性的细节，运用嘲弄性的叙述语调，造成对常规的历史叙述的干扰，消解了文本的历史性。

最后，“油滑之处”的消解作用还体现在叙述的夸张性上，即通过对人物外貌、语言或行为的某一特征的有意放大，形成一种“哈哈镜”效果。《理水》中“文化山”上“拿拄杖的学者”言语中反复提到家谱；《出关》中对老子外貌和神态始终用“呆木头”这一意象来描绘。这种夸张性叙述，把历史文本置于“哈哈镜”前，产生出变形的艺术效果，使历史的庄严性转变为怪诞性，从而实现对文本历史性的消解。

从对《故事新编》叙述视角的分析中，也能看出“油滑之处”的消解作用。斯坦泽尔（F. K. Stanzel）在其《叙事理论》（*A Theory of Narrative*）一书中把叙述区分为三种情况：第一人称叙述、作者叙述和形象叙述。在第二种情况中，叙述者与人物分属于不同的世界。在第三种情况中，是小说的某一人物在感受和思索他（她）置身的世界，但这一人物却不像第一人称叙述者那样说话。于是，造成了一种无人“叙述”，故事直接呈现的印象。① 把《故事新编》中的八篇小说按照写作时间顺序排列起来就会发现，由《补天》到《起死》，小说的叙述逐渐由第二种情况向第三种情况趋近。即小说的叙述越来越直观，叙述者的叙述职能逐渐弱化，甚至脱离情节发展，对叙述构成干扰。而从这一排列中又可以发现另一条轨迹：小说中“油滑之处”也越来越频繁地出现，并且由细节转向主要情节，由次要人物转向主人公身上。这恐怕不是巧合。写作时间较早的《补天》《铸剑》《奔月》几篇主要采用作者叙述，即通过小说隐含作者的观念和知识水平来讲述故事。隐含作者基本上以历史文本为叙述参照，形成这三篇小说中较为浓厚的历史氛围。尽管也有“油滑之处”存在，但大多体现在次要人物和次要情节上。因此，在作者叙述中，“油滑之处”只是作为一种补充叙述视角的意义存在，它可以补充叙述中隐含作者视野以外的现实生活情节，引入现实文本构成对历史文本的消解。这与中国传统戏曲中的“二丑艺术”具有相同的叙述功能。但是，在这三篇小说中，“油滑之处”还不能对隐含作者的叙述构成真正的威胁，它的消解作用是有限的。可见《补天》等三篇小说叙述中消解性主要依据的还是其文本的自我消解性。

然而后来的几篇小说，特别是在 1935 年 12 月一个月内完成的《采薇》《出关》《起死》三篇，则越来越显示出向形象叙述接近的趋向。这一趋向具体表现为叙述者与历史文本的距离逐渐拉大，越发以现实文本为叙述参照，有时甚至跳出情节之外直接站在现实生活的立场上对历史人物与观念进行讥讽式的评论，使小说的正常叙述中出现不和谐的声音，受到干扰。

---

① 参见《当代叙事学》，第 163 页。

如《采薇》中的一段叙述：

> 两人只叫得一声“阿呀”，跄跄踉踉的颠了周尺一丈路远近，这才扑通的倒在地面上。[①]

周人显然不会把当时的长度单位直接冠名为“周尺”，这一明显带有历史性的称谓只能出于后人之口。这段叙述显然出于后来人的视角，体现出叙述者与历史文本存在一定的距离。不过，这一叙述还不能十分明显地表现出叙述者的倾向性，还没有对正常的叙述形成干扰。但《出关》中的叙述就不同了：

> 孔子就要上车了，他才留声机似的说道：……

> 他想爬城。城墙倒并不高，只要站在牛背上，将身一耸，是勉强爬得上的；但是青牛留在城里，却没法搬出城外去。倘要搬，得用起重机，无奈这时鲁般和墨翟还都没有出世，老子自己也想不到会有这玩意。总而言之：他用尽哲学的脑筋，只是一个没有法。

留声机、起重机是不可能存在于老子生活的时代的。可见，这一叙述显然出于现代人的视角，不仅拉大了与历史文本的距离，而且明确地站在现实生活立场上对老子进行讥诮与嘲弄，对小说中正常的历史叙述构成了强烈的干扰。而从叙述者自身来看，这样的叙述方式恰恰又是叙述者对情节的支配能力下降的表现，他已无法通过正常叙述构成对历史性的消解，不得不以现代人的价值尺度衡量历史，通过“油滑”打破历史的严肃。这里，“油滑之处”不再以补充叙述视角的作用出现，也不再从次要人物或次要情节中表现出来，而是直接进入主人公的行为，进入主要情节，明确体现出叙述者的情感与价值观念，产生了更为直接更为强烈的消解作用。

---

① 着重号为引者所加，下同。

形象叙述在以独幕剧形式出现的《起死》中则发展到了极致。叙述者与历史文本的距离拉大到了极限，竟使叙述者身份都发生了变化：由全知全能的叙述主宰降格为故事的被动看客，叙述者对人物与情节都失去了支配权。“油滑之处”不再以叙述者的声音出现，而直接演化为庄子手中的哨子，由人物自己支配、自己表现了。这样，叙述者也成为被消解的对象。这是形象叙述的极致——直观到把小说变为戏剧；这是“油滑”的极致——叙述者本人也成为被消解的对象；这也是消解的极致——作为叙述载体的小说体裁也被消解。

纵观这八篇小说，由《补天》到《起死》“油滑之处”越来越多，也越来越占据叙述的重要地位，现实文本对历史文本的消解作用也随之越来越强，带给读者的荒诞感也越来越重。读者在对《起死》的阅读中突然发现自己是在看一出戏，而不是在阅读一篇小说，发现叙述者同样以观众的身份坐在自己身边。读者与叙述者的地位完全对等，在根本上消除了二者的差别，也消除了读者对叙述者诚信、怀疑、喜爱、厌恶等任何一种情感。这就是《故事新编》的消解性叙述带来的极致感受。

综上所述，《故事新编》标志着鲁迅在《呐喊》《彷徨》之后新的艺术探索，他的关注点由现实转向历史与现实之间，寻求一种处理历史与现实关系的叙述方式。《故事新编》中消解性叙述的建立也正是这一探索的结果。这一叙述方式不仅消解了文本的历史性，也形成了对鲁迅过去小说创作范式的突破，体现出独特的美学价值。尽管由于过早去世，鲁迅的探索没有最终完成，但《故事新编》仍因其新颖独特的艺术风貌，在中国现代小说史上占据了特殊的地位。

# 第二章 自然人性的哀歌

## ——沈从文《夫妇》

沈从文说“自己有时常常觉得有两种笔调写文章”(《〈夫妇〉后记》)。的确，他的小说在反映乡村和城市时体现出截然相反的趋向：对前者倾注了质朴而浓郁的温情，尽情书写乡村世界的爱与美；而对后者则运用充满机智的反讽，显示出对都市人性的批判深度。然而，小说《夫妇》中的乡村世界却发生了改变，面临着与沈从文笔下城市同样的“现实”——自然人性的丧失。不过，沈从文在冷静地审视现实中的乡村时，并未放弃“乡下人”立场，而是通过精巧的叙述策略实现了对人性的深度开掘。

### 一

《夫妇》的情节并不复杂：城市人璜到乡下疗治自己的神经衰弱病，巧遇一对因在乡间野合而被乡民捉住的年轻夫妇，璜解救了这对夫妇，并由此觉得“乡下与城市中人一样无味”[①]，预备回城。故事发生在乡下，但除了优美的自然景物外，从中很难感受到沈从文笔下乡村人性的淳朴与健康。最令人触目惊心的是乡民对夫妇的围观场面，与鲁迅《示

---

① 沈从文：《夫妇》，《沈从文全集》第9卷，太原：北岳文艺出版社，2001年，第77页。以下引用《夫妇》原文，均出自这一版本，不再一一注明。

众》中的场面如出一辙：一群麻木的看客，以无动于衷甚至幸灾乐祸的恶毒心理鉴赏他人的不幸，从中获取快慰与满足。这与沈从文小说中常见的乡村世界形成了极大的反差，对熟悉他小说的读者的阅读经验构成了巨大的挑战。在《夫妇》中，沈从文力图表现另一个乡村——在封建宗法制和城市文明侵染下乡村文明的衰落与自然人性的丧失。而这一切是通过城市人璜的视角展开的，他是整个事件的旁观者。璜患有神经衰弱，这实质上是一种城市文明病，即缺乏生机的灰暗城市生活造成的自然人性的丧失。他到乡下寻求清静，希望通过乡下生活重新唤起自己对自然人性与美的渴求。小说正是通过一个城市人的视角观照现实中的乡村世界，用寻求自然的城市人心中的乡村与现实世界形成鲜明的对比，展现理想与现实之间的巨大差别。

年轻夫妇被捉是因为他们“不避人大白天做着使谁看来也生气的事”，坏了这里的风俗。乡民在这里俨然成为道德的审判者。小说从璜的视角出发展开围观场面，以城市人的角度审视乡下形形色色人的行为和心理：乡下众多“好事者”饶有兴味地围观这对年轻夫妇，男人们从中获得满足，女人们发泄着“极其不甘心”的妒意，老年人忘掉“自己年轻时代性情中那点孩气处与憨气处”而要提倡风俗，小孩子则要从打人中补偿挨打的损失；更有“练长”那样的乡村中的特权者“摹仿在城中所见到的营官阅兵神气”，在审讯和敲诈中谋求快意与私利。所有人都从自己的隐秘动机出发，从咀嚼、玩味别人的痛苦中实现对私欲的满足。这完全不是沈从文笔下常见的充满爱与美的乡村世界，有的只是人性的残忍、卑劣与灰暗。然而，这并非《夫妇》中乡村世界的全部，只不过出于城市人的视角，理想与现实的巨大反差使现实乡村更令人触目惊心。事实上，年轻夫妇体现着小说中乡村世界的另一面。他们是自然人性与美的代表，在自然世界中能够大胆地享受正常的生活，舒展合理的人性。在围观场面中，与周围乡民的狂躁不安相比，年轻夫妇始终显得平静而镇定，女人即便流泪也是出于恐惧而不是羞耻，在残酷的现实的挤压下，依然显现出对生命的热情与执着，同乡民形成了强烈的对比。可见，《夫妇》中实际上存在两个乡村世界——年轻夫妇的世界和乡民的世界，而正是前者使璜感受到生命的真实形态，唤起了他对爱与美的渴求，获得自然人性的复苏。

基于以上分析，沈从文在《夫妇》中通过一个城市人的视角，展示了两个截然不同的乡村世界，形成鲜明的对照，并由此对不同人性做出了无声的评判。但是，小说中美好自然的乡村世界始终面临着残忍、灰暗的现实世界的侵害和挤压，乡村世界中最可宝贵的淳朴人性和自然生命力却成为乡下人惩戒的对象。因此，两个世界的背后隐含着沈从文对自然人性失落的危机感。

## 二

《夫妇》文本的另一突出特点是隐喻性意象的使用。小说中多次出现的“野花”意象是自然生命力的表现，对推动情节特别是揭示人物心理起到至关重要的作用。

“野花”意象在小说中出现了三次，都是从璜的视角展开的。第一次是璜初逢被围观的年轻夫妇时，见到女人头上被不怀好意的乡民插上了一束野花。

> 不知是谁还在女人头上极可笑的插了一把野花，这花几乎是用藤缚到头上的神气，女人头略动时那花冠即在空中摇摆，如在另一时看来，当有非常优美的好印象。

在女人头上插“野花”喻示夫妇的行为违犯了正统的道德律令，代表乡民对夫妇的道德评判，是一种侮辱性的戏谑。此时璜尚未了解事情的真相，而这束野花却给初次见面的璜“非常优美的好印象”，他的态度与乡民相成了鲜明的对比，乡民认为是羞辱的事物在璜眼中成为审美的对象。可见，野花的出现成为揭示乡民与璜对立观念的意象，代表着两种截然相反的价值尺度。同时，璜对野花的格外关注表明野花重新唤起了他对美与生活的敏感，使他由麻木的病态转向感觉复苏的第一步。

野花意象第二次出现是夫妇在璜的斡旋下被乡民释放时：

> 女人正在解除头上乡下人恶作剧为缠上的那一束花，听过这话

后，就连花为璜作揖。这花束她并不弃去，还拿在手里。

在解困后，夫妇并没有扔掉乡民恶意装点的野花，他们丝毫没有对自己的行为感到的羞耻，此时的野花已不是羞辱的象征，而是与持花的人合为一体，融入年轻夫妇健康和谐的生命状态之中，体现为自然人性和生命之美。这样，乡民的恶作剧无意间却促成了对美的营造，野花意象对乡民的卑劣人性构成了尖锐的反讽。同时，璜也由此完成了对自然人性的进一步体认。

野花意象的第三次出现是在璜送别年轻夫妇时：

独立在山脚小桥边的璜，因微风送来花香，他忽觉得这件事可留一种纪念，想到还拿在女人手中的那一束花了，于是遥遥的说：

“慢点走，慢点走，把你们那一把花丢到地下，给了我。”

那女人似乎笑着把花留在路旁石头上，还在那里等候了璜一会，见璜不上来，那男子就自己往回路走，把花送来了。

人的影子失落到小竹丛后了，得了一把半枯的不知名的花的璜，坐在石桥边，嗅着这曾经在年轻妇人头上留过的很稀奇的花束，不可理解的心也为一种暧昧欲望轻轻摇动着。

危机解除后，璜自己似乎陷入了新的危机。夫妇对生命自然状态的追求激发了他正常的生命感受与欲望，璜通过一束花体会到人性的本真，获得了生命的充实。小说在这里隐隐写出了璜复苏的性欲。应指出的是，沈从文笔下的性欲描写是对人的强大自然生命力的表现，璜性欲的复苏表明他已逐渐恢复了自然的生命形态，而“野花”正是医治璜心理疾病的一剂良方。

综上所述，《夫妇》中“野花”意象的设置，使年轻夫妇与乡民的生命状态相成了鲜明的对比，也体现出璜与乡民对生命之真与美的不同观念。璜对野花的格外关注，揭示了他内心深处自然人性的不断觉醒。

# 三

《夫妇》是以城市人璜的视角观察整个事件的，但沈从文并未因此放弃“乡下人”的写作立场，在揭示封建宗法制控制下乡村自然人性的丧失的同时，没有放弃对城市人与城市文明的冷静审视。

前文指出，小说通过璜的视角揭示出两个乡村世界，体现对乡民代表的宗法制乡村的批判和夫妇代表的自然人性世界的认同。然而，璜的价值立场与叙述者并不相同。首先，他是一个城市文明病患者，到乡下是为了寻求清静，疗治精神上的衰弱与麻木。这样，他到达乡下之前必然对乡村世界有自己的认识，在理想中勾画乡村世界的图景。对真实的乡村世界以及乡村的现实状况，璜从一开始就缺乏真正的了解。在目睹乡民对夫妇人格的肆意戕害以后，璜感受到现实与理想世界的巨大反差，于是开始在年轻夫妇身上寻求理想中乡村世界的自然之美。这样做表面上似乎没错，但璜对夫妇身上的自然人性的理解仅仅凭借乡民强加的一束野花，没有对夫妇代表的乡村世界做更主动更深入的了解。可以说，璜所认识的乡村世界始终是在其想象之中的。最终，他只能感受到“乡下人与城市中人一样无味”，除了欣赏优美的风景外，与真实的乡村、真实的自然擦肩而过。因此，很难确定璜的视角的可靠性。其次，出于城市人身份，璜又有意与乡村世界保持着距离。在围观场面中，璜是以一个旁观者的姿态出现的，在乡民观看夫妇时，他在一旁观察每一个人，并在对不同人的行为与心态的体察中，体会出强烈的优越感。他对乡民卑劣人性的否定不仅出于正义感，更出于城市人身份。具有讽刺意味的是，事件的最终解决恰恰由于璜“城里来的老爷”的身份，不是在两种人性的对立与碰撞中正义一方最终获胜，而是外力作用下的强制解决。年轻夫妇被释放后，璜的行为超越了单纯的同情而上升到对美的救赎，对自然人性的维护，璜俨然以救世主的姿态出现。这使璜进一步认同自己的城市人身份，并自以为找到了医治自己心理疾病的药方。而事实上，他的行为只能证明城市人对乡村世界的隔膜，对自然人性的茫然无知，这恰恰是导致璜心理疾病的根本原因。叙述者在这里有意从璜视角出发，回避对夫妇心态的正面表现，表达出对璜代表的城市人与城市文明的微讽。

《夫妇》中的年轻夫妇代表充满爱与美的乡村世界和自然人性，独立于乡民代表的宗法制乡村之外，是沈从文“乡下人”立场的集中体现。然而，自然人性却一直遭到宗法制的现实世界的压制与迫害，最终的解放也是依靠实际上并不可靠的外力。可见，小说对两个乡村世界的揭示，隐含者对真正的乡村文明与美好人性不断失落的危机感，这也正是小说的深刻之处。

1934 年冬沈从文重返湘西时，见到乡村的在变化中堕落的趋势，感受到淳朴人性的逐渐失落。沈从文意识到乡村与城市面临同样的“现实”，作品中对乡村世界的情感有所改变。不过，这一改变并非始于那次湘西之行，在此前创作的《夫妇》等作品中，乡村世界已经发生了变化。如果把此时的变化归于作家的“无意识”，那么这一“无意识”则出自作家真实的生命本能，体现出一个小说家洞察世事的深度。

# 第三章　潜文本、意象与性别立场

## ——张爱玲《沉香屑　第二炉香》

张爱玲的短篇小说《沉香屑　第二炉香》（以下简称《第二炉香》）与稍早问世的《沉香屑　第一炉香》（以下简称《第一炉香》）具有文本的系列性。不过，《第二炉香》的本文价值绝不仅仅在于对《第一炉香》小说艺术的延续性。本章试图从分析《第二炉香》的文本特征入手，展现小说独特的艺术品质。

### 一

《第二炉香》采用了与《第一炉香》相同的叙述框架，即通过一段“入话”——小说叙述者明确交代要讲一段故事——引出小说的中心情节。不过，《第二炉香》并未特别突出“铜香炉”和“沉香屑”意象，营造出一种怀旧的气氛。作为具有系列性的小说文本，对于《第一炉香》已经奠定的叙述形态，没有必要再做刻意的重复与强调。然而与《第一炉香》不同的是，《第二炉香》的“入话”本身就是一段独立、完整的情节，而且与小说的中心情节具有相当重要的文本关联，充满了对后者的暗示和隐喻。

在《第二炉香》的“入话”中，叙述者明确告诉读者，“她”（小说采用第一人称叙述，并暗示了叙述者的女性性别）要讲的故事是对十九岁的爱尔兰女孩子克荔门婷所讲故事的转述。缺少科学的性教育的克荔门婷初识性爱问题，对此充满好奇与不解，而又自以为是。在她看来，她讲给叙述者的是一个脏的故事。克荔门婷故意采取“冷静的，纯粹客观的，中年人的态度”[①]，仿佛已经阅尽人世沧桑。但在叙述者眼中，这个故事是悲哀的：“人生往往是如此——不彻底”。“脏”对克荔门婷来说是性无知带来的秽亵感，对叙述者而言则是人性的灰暗，叙述者的洞察人世反衬出克荔门婷的懵懂无知。这样，叙述者在转述过程中就改变了原讲述者的初衷，在不动声色的转述之中融入自己的理解和判断，揭示出故事的真实内涵，同时对克荔门婷的无知构成反讽。“入话”中多次描写阴沉冷寂的藏书室，以这个封闭压抑的空间来隐喻小说主人公罗杰生活的环境和禁欲者蜜秋儿太太的经历与心态。同时，“入话”中两次出现了《马卡德耐使华记》这本著作，这是作者张爱玲在文本中设置的一个重要的隐喻。马卡德耐作为英国使臣，于18世纪初出使中国，谒见乾隆皇帝，试图与中国开展贸易，进而建立外交关系。由于文化观念的巨大差异，英国人的请求遭到这位“天朝上国”君主的傲慢回绝[②]。马卡德耐出使事件成为近代中西文化交流史上颇为尴尬的一幕，甚至可以被看作是一次失败的文化求婚。张爱玲以这一史实作为隐喻，对小说的中心情节做出了预示。在《第二炉香》的中心情节中，主人公罗杰遭遇了婚姻失败的悲剧，而悲剧的起因正是由于妻子愫细在其母修道院式的禁欲主义教育下对正常生活和人性的隔膜与无知。正是她的无知，连同周围人的冷漠与凶残吞噬了罗杰的生命。比较而言，罗杰的婚姻悲剧与马卡德耐出使事件具有明显的同构性：同样是由于文化观念的差异，同样是由于一方的愚蠢、无知，造成另一方无可挽回的悲剧命运。张爱玲借用史实设置了一个与中心情节同构的“潜文本”，实现了对情节的预叙。

在小说的中心情节中，罗杰的悲剧是主线，但不是唯一的线索。在主线背后还隐含着小说的另一情节线索，即愫细的姐姐靡丽笙的婚姻悲剧。靡丽笙与愫细一样接受了母亲的禁欲主义教育，对正常生活与人性懵懂无知，而且具有潜在的歇斯底里症状。愚蠢无知是造成她婚姻悲剧

---

① 张爱玲：《沉香屑　第二炉香》，见张爱玲著：《传奇》，北京：中国青年出版社，2000年，第159页。以下引用小说原文，均出自这一版本，不再注明。

② 有关马卡德耐（通译马戛尔尼）出使中国的历史，参见[法]佩雷菲特著，王国卿等译：《停滞的帝国——两个世界的撞击》，北京：生活·读书·新知三联书店，1993年。

的重要原因。这一悲剧在小说中没有被正面展现，而是从罗杰的视角出发，随着他对自身命运的不断体认逐渐揭示出来。当罗杰从旁人口中得知靡丽笙的丈夫佛兰克最后被妻子和周围环境逼迫自杀时，悲剧的全貌才得以揭示，而此时罗杰的悲剧命运也变得无可挽回了。对佛兰克悲剧的逐渐揭示成为罗杰悲剧命运的直接导源。可见，两个悲剧情节始终交织在一起，佛兰克的悲剧是对罗杰命运的预示，罗杰命运则是佛兰克悲剧的重演，二者体现出同构性，并且使罗杰的悲剧不具单一性和偶然性，而表现为人性普遍的丑恶与凶残造成的个人悲剧命运的必然性。佛兰克的悲剧在中心情节背后形成与之同构的另一个“潜文本”，不仅始终预示着罗杰的命运，而且使读者对罗杰悲剧的认知逐步深入，实现了对情节的补叙。

## 二

和《第一炉香》相同，《第二炉香》也使用了大量意象对情节内涵构成隐喻。如对罗杰生活的校园在月光下的夜景的描绘：

> 那时候，夜深了，月光照得地上碧青：铁栏干外，挨挨挤挤长着墨绿的木槿树；地底下喷出来的热气，凝结成了一朵朵多大的绯红的花。木槿花是南洋种，充满了热带森林中的回忆——回忆里有眼睛亮晶晶的黑色的怪兽，也有半开化的人们的爱。木槿树下面，枝枝叶叶，不多的空隙里，生着各种的草花，都是毒辣的黄色，紫色，深粉红——火山的涎沫。还有一种背对背开的并蒂莲花，白的，上面有老虎黄的斑纹。在这些花木之间，又有无数的昆虫，蠕蠕地爬动，唧唧地叫唤着，再加上银色的小四脚蛇，阁阁作响的青蛙，造成一片怔忡不宁的庞大而不彻底的寂静。

这段描写出现在罗杰的婚姻发生致命危机以前，本来生趣盎然的自然景物在张爱玲笔下显得剑拔弩张、危机四伏，所采用的意象都笼罩了一层阴森、恐怖的色彩，隐喻罗杰所处环境及其前途遍布危险，和弱肉强食的自然界一样充满了凶残与杀戮。这与《第一炉香》开头对于杜鹃花的描写作用相近。有所不同的是,《第一炉香》中意象的隐喻义多出于叙述者的全知视角，用来表现对人物本性的揭示与评判，如象征姑妈梁太太的蜘蛛以及蛇样的仙人掌。而《第二炉香》中的隐喻性意象，则多出于人物的主观感受乃至幻觉。事实上，与《第一炉香》相比,《第二炉香》同样在“入话”之后由叙述者的全知视角转换为人物的限制视角，直接展现罗杰眼中的世界，成为他结婚前轻松快乐心情的外化。不过,《第二炉香》叙述者对情节与人物的直接评判较少，而是着力突出人物的主观感受，如罗杰眼中三次出现的“小蓝牙齿”意象。

罗杰经过新婚之夜的危机后，到蜜秋儿太太家接愫细，临走时见到愫细的姐姐靡丽笙：

> 她（靡丽笙）提到她丈夫佛兰克的名字的时候，薄薄的嘴唇向上一掀,露出一排小小的牙齿来,在灯光下,白得发蓝。小蓝牙齿……罗杰打了个寒噤。

此时，罗杰已经感受到婚姻的危机，心里充满了恐惧。在恐惧之中产生幻觉，靡丽笙的牙齿白得发蓝，使他有一种要被吞噬的恐怖感。回家后，这种恐怖感仍未消失，看妻子时又产生了幻觉：

> 她（愫细）把两只手掩住了眼睛，头向后仰着，笑的时候露出一排小小的牙齿，白得发蓝。……小蓝牙齿！但是多么美！

此时的罗杰，对靡丽笙与佛兰克婚姻悲剧的起因已有清醒的认识，并预感到愫细和靡丽笙的相同情状，对自己的未来产生了危机感，对妻子感到恐惧。

“小蓝牙齿”第三次出现是在罗杰自杀前：

> 水沸了，他把水壶移过一边去。煤气的火光，象一朵硕大的黑心的蓝菊花，细长的花瓣向里拳曲着。他把火渐渐关小了，花瓣子渐渐地短了，短了，快没有了，只剩下一圈齐整的小蓝牙齿，牙齿

也渐渐地隐去了，但是在完全消灭之前，突然向外一扑，伸为一两寸长的尖利的獠牙，只一刹那，就“拍”的一炸，化为乌有。

当罗杰得知佛兰克被逼自杀后，死亡的感觉遍布全身，煤气的火苗在他眼中再次显现为“小蓝牙齿”，并最终化为“尖利的獠牙”这个恐怖性的意象，前者象征由美演化成的恐怖，后者则隐喻杀戮与死亡，而两者共存于愫细身上。正是愫细美丽外表背后的愚蠢无知造成了罗杰的悲剧，吞噬了他的生命。

“小蓝牙齿”意象的三次出现，都出自罗杰的幻觉，人物的主观感受使原本正常的景象变得触目惊心，直接揭示出人物的内心世界，使读者依照人物心理，更直观、更鲜明地体味出意象背后的隐喻义。

## 三

《第二炉香》是一个悲剧，但不像情节表面所显示的，是一个男性的悲剧。罗杰的妻子对正常生活和人性的隔膜无知也并非造成他悲剧的唯一原因，原因还有罗杰对自身生活及所处环境的不自觉。小说的中心情节主要通过主人公的限制视角展开，一开始罗杰便沉浸在结婚的喜悦之中，周围的世界在他眼中“到处是光与音乐”，“他深信他绝对不会出乱子，他有一种安全的感觉”。而事实上他的婚姻充满了危机，只不过极度的喜悦使他感受不到。在描写罗杰到愫细家路上的心理的一段文字中，叙述者对他做出这样的评价：“他是一个罗曼谛克的傻子”。这一评价后来多次出现，也是罗杰的自我评价：“他是一个傻子，娶这么一个稚气的夫人！傻就傻吧，人生只有这么一回！”与其说这是罗杰的自贬与自嘲，毋宁说是自得与自炫，“傻子”一词在他心里显然是反语。而实际上，罗杰对他的婚姻并没有充分的心理准备，对愫细也缺乏真正的了解，他对婚姻实际状况的不自觉造成他后来的悲剧，在这一点上他又确实是个“傻子”。可见，这一评价在罗杰是反话正说，在叙述者则是反话反说，体现出对人物的反讽。一反一正，既保持了限制视角，又揭示出罗杰的真实情况，充满了艺术张力。

罗杰对婚姻的不自觉还表现在对靡丽笙与佛兰克婚姻悲剧的态度上。起初，他和蜜秋儿一家一样，认为佛兰克是一个禽兽，是他的“兽性”造成了婚姻的悲剧。而在结婚当天，罗杰发现靡丽笙的病态特征后，开始对事情的真相有所觉察，并因此担心自己的婚姻。于是，他在婚礼结束后试图询问愫细，以证实妻子是否正常，但没有得到她的理解。不过，此时罗杰仍然没有认识到事情的严重性。直到婚姻的危机爆发后，罗杰才认识到佛兰克原来是一个正常的人，而恰恰是靡丽笙对正常生活的无知才导致他们婚姻的破裂。当罗杰得知佛兰克因环境逼迫而自杀时，他的精神彻底崩溃，也选择了自杀。可见，罗杰对佛兰克悲剧的逐渐体认使他逐步认清了自己的悲剧命运，但由于一开始就缺乏足够的心理准备，在得知悲剧结局时，他的悲剧也变得不可避免。

同样，愫细不仅对正常生活和人性懵懂无知，对自己的婚姻也处于不自觉的状态。当罗杰就婚姻可能存在的不幸询问她时，愫细对丈夫的心理毫无觉察，认为罗杰是一个“滑稽的人”，并开玩笑地“向他的眼睛里吹了一口气”。在婚姻危机爆发的第二天，愫细从校长办公室走出，已经准备原谅罗杰时，她采了一朵蓝色牵牛花，并由此想起罗杰蓝色的眼睛：

> 其实并不很蓝，但是愫细每逢感情冲动时，往往能够幻想它们是这朵牵牛花的颜色。她又吹吹那朵花，笑了一笑，把它放在手心里，两只手拍了一下，把花压扁了。

愫细对婚姻的危机、丈夫的心态，以及自己的无知完全没有觉察，只是想起前一天与罗杰的玩笑。她对婚姻实际状况的不自觉正是罗杰悲剧的导源之一。这里的牵牛花成为对罗杰命运的隐喻，而愫细压扁牵牛花的无意识动作，也预示了她的无知最终摧毁了罗杰的生命。

综上可知，罗杰与愫细都缺少对婚姻实际状况的预见和足够的心理准备，是他们对生活的不自觉导致了悲剧的发生，责任不在愫细一方。这样的处理避免了把一切责任都推给女性，而对悲剧的原因做出了更深入的开掘。同时，《第二炉香》的悲剧不只是男性的悲剧，小说中的女性也始终处于悲剧命运之中。愫细对正常生活是懵懂无知的，这是母亲对她的禁欲主义教育造成的。她是一个单纯的人，真诚地相信母亲，也真诚地相信罗杰，而单纯恰好是悲剧的导源，这对愫细而言是一个巨大的反讽，同时也是一个巨大的悲剧。蜜秋儿太太和靡丽笙也同样生活在阴暗与痛苦之中。小说中的女性都有着不可挽回的悲剧命运，悲剧色彩比男性更为强烈。可见，《第二炉香》表面上叙述男性的不幸遭遇，实质上仍包含着张爱玲对女性命运一贯的深刻洞察与有力揭示。

# 第四章　讲故事的人

## ——老舍《正红旗下》

长篇小说《正红旗下》作于1961—1962年间，只完成了十一章，八万余字，发表则迟至“浩劫”过后的1979年，老舍弃世十三年后。这部被视为“自传体”的未竟之作，倾注了作者极大的心力，虽不及《骆驼祥子》《四世同堂》等小说举世闻名，其成就却不容小觑；更因其描绘旗人的独特视角，以及作品的“未完成”，为文学史研究提供了丰富的话题。

### 一

瓦尔特·本雅明曾对故事和小说做出如下区分：

> 讲故事的人所讲述的取自经验——亲身经验或别人转述的经验，他又使之成为听他的故事的人的经验。小说家把自己孤立于别人。小说的诞生地是孤独的个人——是不再能举几例自己所最关心的事情，告诉别人自己所经验的，自己得不到别人的忠告，也不能向别人提出忠告的孤独的个人。①

① [德]瓦尔特·本雅明：《讲故事的人——尼古拉·列斯科夫作品随想录》，张耀平译，见陈永国、马海良编：《本雅明文选》，北京：中国社会科学出版社，1999年，第295页。

这一论断与中国小说的现代转型有暗合之处。晚清以降，随着梁启超等人倡导“小说界革命”，被士大夫阶层视为“小道”“末流”的小说文类逐渐由边缘走向中心，获得前所未有的价值提升。晚清至“五四”两代作家赋予小说精英意识和启蒙功能，使之以“大说”的身份进入新文化与新文学。在这一过程中，小说开始远离经验，告别故事，成为新思想和新观念的载体；新文学作家则放弃“讲故事的人”的身份，转而以思想家的面目现身文坛。于是，新文学语境中的小说文类，思想含量不断提升，文化消费功能则日渐衰微，其受众也由市民转向知识阶层。① 然而，与大多数新文学作家通过小说传达某种观念不同，同样具有新文学身份的老舍却缺少（或者说是有意避免）居高临下的精英意识，其小说创作更多的承载经验——来自北京文化（特别是旗人文化）的历史经验和作家自身的生活经验。对于这一创作立场，老舍也有所自觉：“我是个善于说故事的人，而不是个第一流的小说家。”② 强调自家“讲故事的人”之身份，使其小说呈现出新文学作家鲜见的“市民视角”。老舍早年的小说创作即如此，到《正红旗下》则近乎“登峰造极”。

《正红旗下》讲述的是清末帝都北京市民——主要是旗人——的故事。对于旗人及其文化熟稔于心，显然基于老舍的旗人身份及其生活经验。如果说《离婚》《骆驼祥子》等作品在对市民生活的描绘与市民形象的塑造中寄寓国民性思考，还存在着些许身为新文学作家的思想企图的话，《正红旗下》中市民视角的运用，则更为彻底。小说的叙述者“我”是一个隶属正红旗的、保卫皇城的普通士兵之子，作品从“我”不同凡响的出生讲起，中经“洗三”大典，在自我调侃的轻松幽默气氛中，使各色人物逐一登场。在作品已完成的八万余字里，“我”还不满一岁，没有作为人物参与情节的构成。“我”只是一个表面在场而实际缺席的讲述者。因此，与其说“我”是作品中的一个人物，不如说更像是一个说书人，只承担叙述任务，而不干预情节。同时，“我”和老舍本人经历的相

---

① 在向“大说”转型的过程中，中国小说自身的文化消费和娱乐功能并未消失，而是凭借通俗小说得以延续。小说文类由此呈现出“雅俗分途”的态势，“雅”为面向知识阶层的新文学，“俗”则是适应市民读者的通俗小说。随着中国小说的现代转型，二者的界限越发分明。

② 老舍：《〈老舍选集〉自序》，见《老舍生活与创作自述》，北京：人民文学出版社，1982 年，第 117 页。

似性，使《正红旗下》被视为“自传体小说”。[①] 无论这一判断是否准确，可以肯定的是，叙述者和作者的立场、观念和思想水平大体一致，叙述者能够代表作者的视角和眼光，而不像鲁迅小说《孔乙己》中的叙述者，在讲述故事的同时也是作者审视、批判的对象。同时，叙述者和被他讲述的众多人物相比，在年龄、生活阅历和文化底蕴上都不具备任何优势，在讲述人物时也就不存在居高临下、俯瞰众生的优越感。小说讲述的是市民，也站在市民立场上，采用平视生活的视角，显示出鲜明的市民本位意识。对人物，除牛牧师和眼睛多外，其余不论美丑贤愚，大都饱含温情。即使是被讽刺揶揄的对象，如姑母和大姐婆婆，也多点到为止，微讽之中仍不失善意，绝无过火失当之处。对牛牧师和眼睛多的挖苦，虽毫不留情，乃至过甚其词，却也是作家市民意识的体现——两人恰好是清末百姓最恨的“洋鬼子”和“二毛子”。《正红旗下》延续并强化了老舍小说的市民本位意识和世俗文化视角。应该说，这曾经造成老舍的局限——在小说中屡屡通过侠客救主解决困境（如《离婚》中的丁二爷，《四世同堂》中的金三爷等），对革命者则不免隔膜甚至仇视、丑化（如《离婚》中房东马老太太之子及其同志、《骆驼祥子》中的阮明等）；但也成就了老舍的小说艺术——特别是《正红旗下》这样正面描写北京市民、主要是旗人生活的作品。老舍不是一个深刻的思想家，但对市民生活的熟习，及其饱含的温情与智慧，却绝非某些深刻的思想家所能企及。老舍穿越于故事和小说之间，维护了“讲故事的人”的荣誉和尊严，从而在中国小说的现代转型中，实现了新旧雅俗之间的自由出入，左右逢源。

## 二

在文学史上，老舍通常被视为“京味儿”文学的代表作家。“京味儿”揭示出老舍创作的地域文化特征，却掩盖了其内在的民族心性——旗人身份及其文化归属。北京是一座拥有八百六十年历史的古都，元明清三代和北洋政府均建都于此，历朝历代文化相互更迭，也相互融汇，累积

① 胡絜青：《老舍生活与创作自述·前言》，见《老舍生活与创作自述》，第 1 页。

于北京文化的地层之中，成为文化考古的绝佳素材。然而，作为近代中国民族记忆的北京文化，其精髓却是有清一代满汉文化碰撞磨合的产物——旗人文化。旗人文化的形成，通常被视为落后民族通过武力征服先进民族，在文化上却被后者征服的例证。事实上，旗人文化并非单纯的满人汉化的结果，旗人自身的文化选择和精神参与，使之在吸收汉文化过程中，时有超越和创新，特别是在精致细腻上犹有过之，铸就了旗人文化的独特品格，并进而影响到汉人的生活态度和文化价值观。近代北京市民对于“礼儿”——生活的艺术——的崇尚，以及在日常生活中呈现出的彬彬有礼的温雅气质，均可视为旗人对于汉文化的反哺和浸润。这使旗人成为近代北京人形象的代表，以其独特的民族气质与心性进入北京文化的历史记忆。对于这种历史记忆最为真实生动的记录，不在史册，而在以老舍为代表的“京味儿”作家笔下。其笔触所及，虽时有想象掺杂其间，却因作家的独特视角，触及文化灵魂的细微之处，较之史书更为真切可感。

与后世形成规模的“京味儿”作家相比，老舍自有其独异处。在老舍笔下，旗人与旗人文化不是被展出，乃至被玩赏的对象。与后世作家多出于局外人的身份，试图通过罗列常识和细节促成旗人文化的“情景再现”，却因为精神的隔膜，流于世相的陈列不同；老舍作为旗人、作为与旗人文化血肉相连的“局内人”，往往能够穿透世相，揭示真实。对于人与事的熟习，使其避免了局外人“搜奇记逸”的猎奇心态，叙事记人都更为自然平易——对后人来说充满新奇感的文化现象，对于老舍而言却是再寻常不过的生活细节。但也因为亲历了旗人及其文化的衰落，又平添了局外人所难以述及的沉痛与感伤。老舍出身于清末一个满洲正红旗普通士兵的家庭。此时的八旗子弟，已不复当年金戈铁马、纵横天下的雄健，曾经的“铁杆儿庄稼”摧折倒伏，生活陷入困顿，精神也陷入萎靡。在情感上，身为旗人的老舍对于本民族文化精魂的风流云散满怀痛惜，心为之伤；在理性层面，作为新文学作家的老舍则试图对此进行文化反省，挖掘导致民族衰落的内在根源。这一努力始终伴随着老舍小说中的“北京书写”，却直到《正红旗下》才明确标示出主人公的旗人身份。此前的小说，凡有关涉旗人处，大抵采用北京人或“老北京人”形象加以置换。从清朝定鼎到灭亡，“旗人”“满族”和“满清”等概念一直笼罩在一种政治立场和民族情绪之中。从几近贯穿有清一代的“反清复明”，到辛亥革命前后的“排满”主张，旗人始终难以摆脱自身的“异族”形象；更因其对近代中国衰落的“难辞其咎”，被迫长期隐没于历史深处，成为一种话语禁忌。老舍深知其中利害，在塑造旗人形象、反思旗人文化时，不得不隐去人物的民族身份，确属无奈之举。有关旗人的话语禁忌，直到新中国成立后的1956年，在“民族团结”的政策下才宣告解除。旗人终于可以作为小说人物的公开身份，浮出历史地表。《正红旗下》创作于这一背景下，可谓“应运而生”。①

《正红旗下》中的旗人形象，依情感和理性的不同判断，面貌各异，大体上可归于两类。一类以姑母、大姐夫、大姐公婆和定大爷为代表，沿袭旗人的生活方式，也延续其精神惰性——“有钱的真讲究，没钱的穷讲究”，在对民族忧患的浑然不觉中一晌贪欢。对这类人物，老舍虽然不时采用漫画笔法，但又夸张有度，在讽刺批判之中不失温情，在揭示人物可恨可悲的同时，也不忽略其可怜可爱之处。另一类以父母亲、大姐和福海二哥为代表，能够时时感受到生活的困顿，甚至预见到大厦将倾的危机，努力寻找出路。特别是福海二哥，一个“熟透”了的旗人，近乎掌握旗人文化的全部精髓，却能够放下身段，学习手艺，在生活的重压下体现出生命的弹性，成为老舍笔下理想的旗人形象的代表。值得关注的是，福海形象还隐含着作者更为深远的文化意图，老舍有意将其塑造为“半个旗人”——灵魂深处对于汉文化的认同和倚重早已超过旗人文化，从而扩展了这一理想人物的民族身份。话剧《茶馆》中有一句台词：“旗人也是中国人。”通过福海，老舍试图将旗人纳入中华民族的整体形象之中，使《正红旗下》在顺应“民族团结”的政治主题的同时，也实现了为旗人“正名”，使之以正面形象参与近代中国的历史和民族国家叙事。（无独有偶，《茶馆》中安排旗人常四爷参加义和团，为保卫“中国”与洋人作战，亦可作如是观。）

---

① 旗人概念的话语禁忌及“解禁”，赵园《关于〈正红旗下〉》一文有透辟的分析，可参看。见陈平原主编：《现代中国》第八辑，北京：北京大学出版社，2006年，第220-221页。本章第二、三部分的写作，受到该文极大的启发，特此致谢。

## 三

《正红旗下》是一部未竟之作，写到牛牧师到定大爷家赴宴，戛然而止。已完成的部分，主要人物虽一一登场，但情节未及充分展开，对于喜爱老舍“北京书写”，期待更多精彩的旗人故事的读者而言，颇有未成完璧之憾。老舍于1962年间突然停笔，对个中缘由也未曾述及。不过可以肯定的是，小说的未完成，既不是由作家健康原因而导致的创作生命的休止——从1962—1966这四年间，弃世前的老舍仍然笔耕不辍，屡有新作问世；也不是在完成某一段落后的自然收束——如茅盾的长篇小说《霜叶红似二月花》的第一卷——尚能保持作品的相对完整。《正红旗下》写到牛牧师进入定家暖阁时为止，通过细节（如暖阁中随处可见的洋摆设）为下文做了充分的铺垫。按照情节的逻辑推演，接下来酒席之上的明争暗斗，既有场面，有动作，又有人物的心理活动，本是小说家大显身手的好素材，尤其是对精于此道的老舍而言，如此中断，殊为可惜。由此可见，小说的突然收束，很可能是由文本之外的因素所致，恰如老舍曾经回避作品中人物的旗人身份一样，源于某种政治压力及其给作家造成的精神困境。

赵园先生曾敏锐地指出，《正红旗下》创作于20世纪60年代初，反右与“文革”间的一个环境相对宽松的缓冲期。[①] 加之民族团结政策的出台，为旗人身份的恢复提供了历史机缘。旗人从此不再单纯是被想象与被描写的对象，而获得了讲述自家故事的权利。然而，以旗人的身份讲述旗人的故事，给予老舍的非但不是驾轻就熟的轻健自如，反而使其越发谨慎。在《正红旗下》中，老舍小心翼翼地将旗人从“北京人”的形象中剥离出来，甚至不避平凡琐碎，倾力于讲述旗人独特的生活习俗和文化掌故，努力在文化层面，而不是政治层面塑造旗人。虽然出于自家经验，但平易自然背后的暧昧婉转，却透射出作家内在的紧张感。老舍的谨慎，不是对旗人文化的陌生感所造成的写作时的力不从心，须亦

① 赵园：《关于〈正红旗下〉》，见陈平原主编：《现代中国》第八辑，第220页。

步亦趋，小心施为，而是一个民族的历史遭遇带来的文化自信心的摧折，源于被放逐的历史命运所造成的精神阴影。《正红旗下》试图凸显文化，回避政治，但最终仍不得不服从于政治的强大力量，尽力将旗人纳入中国形象，将其命运植入中国近代史。这一通过小说呈现“大历史”的野心，显然出于“政治正确”的考虑。老舍夫人胡絜青指出：“老舍这部《正红旗下》与其说是自传体小说，不如说是满清覆灭史中的一个篇章。”① 这一对小说主题的政治确认，可谓知人之论。在小说已完成的部分中，多处涉及义和团，并极力赋予其正面形象，甚至不惜使自家经验屈从于某种政治观念。这是老舍所不擅为也不愿为，却不得不为之事，并因此造成小说的败笔。而且，随着情节的推进，“庚子国变”即将成为小说讲述的对象，难以回避。这又将触及老舍内心的一段伤痛——父亲牺牲于保卫皇城的战斗中。“庚子”之于旗人、之于老舍的命运均至为关键，却在老舍的小说中绝少述及。父亲的去世使“庚子国变”成为老舍内心不忍触碰的记忆，在小说中有意将其雪藏。《正红旗下》也不例外，在“庚子”即将登场的一刹那，适时终止。面对义和团和“庚子国变”，老舍的个人记忆、情感与政治、历史发生冲突，在尊重经验还是服从观念的两难之中选择放弃，终止《正红旗下》的写作，不失为明智之举。

和《正红旗下》中的福海一样，老舍也是一个“熟透”了的旗人，旗人雍容、潇洒、高雅、大度的文化观念与生活态度，早已深入骨髓。作为一个成熟且成功的“讲故事的人”，老舍最终选择了经验，放弃了观念，“腰斩”了一部很可能给作家带来更大声誉的小说。《正红旗下》的精彩故事不曾讲完，更因老舍的弃世，永远地沉入历史，但“讲故事的人”的信仰和良知却因此得以保全。这样看来，《正红旗下》的未完成，又何尝不是不幸中的万幸？

① 胡絜青：《老舍生活与创作自述·后记》，见《老舍生活与创作自述》，第435页。

# 第五章 重塑上海形象

## ——白先勇《台北人》

近年来，“20世纪中国文学中的上海形象”成为学术界关注的话题。研究者以“文学上海”为中心，通过梳理城市文化与文学创作的关系探讨中国现代文学与现代文化的发展及其特点，体现出一种相当可贵且富于启发性的研究思路，为现代文学研究提供了独特的视角。这项研究的一个明显倾向是，以探讨中国文学现代性的形成及特点为出发点，着重于对都市上海现代性的开掘与梳理，体现出研究者“在上海发现历史”① 的努力。现代性作为研究者感受“文学上海”理所当然的阅读期待，甚至作为理解上海和上海文化的既定前提和基本常识，进入研究者的理论视野和知识结构。在梳理文学中的上海形象，探索中国文学现代性的过程中，都市上海无可置疑地成为研究的中心，而相关的文学文本则成为论证这一中心的材料，这就使有关“文学上海”的研究显示出一种有意无意的遮蔽感。文学文本只有符合都市上海这一主题才能进入学者的研究视野，而不符合或有所偏离的文本，则或被摒除于研究视野之外，或经过研究者的剪裁，统一在都市上海这一主题之下。可见，这项研究既是对20世纪中国文学中一个重要创作现象的梳理，也可能成为对不同创作观念、不同风格作家的集体收编，特别是可能引领一种文学阅读风尚，

① 参见李欧梵：《上海摩登——一种新都市文化在中国》，毛尖译，北京：北京大学出版社，2001年。该书以上海为中心，考察了20世纪40年代以前中国都市文化的兴起、发展及其特征。值得一提的是，该书对都市上海现代性的关注与论述方式，启发并规约了相当数量的国内学者对这一课题的研究热情与想象力。

即把文学作品限制在既定的阅读前提与欣赏趣味之中，阅读“老上海”成为文本被关注的前提，能否满足一种时尚的阅读趣味、一种怀旧的文化心态、一种重新发现与感受老上海都市风华的文化消费需要，成为选择和衡量作品的价值尺度。[①] 这就大大简化了文学中上海形象的丰富性，只注重文本在建构都市上海形象方面的特点与成就，而相对忽视了文本自身的独特性。

以20世纪90年代以来对张爱玲的阅读与接受为例，读者在张爱玲的作品中感受老上海的形象，以此寄托世纪末的怀旧心态，这是对张爱玲笔下“上海形象”的极大误读。尽管张爱玲以大量笔墨书写上海的人与事，但她“在普通人中寻找传奇”的写作观念，颠覆了前辈“新感觉派”笔下的都市上海形象，也是对一种流行的文学阅读方式、对有关都市上海的基本“常识”的有意拒斥和消解。而读者以阅读“新感觉派”的眼光阅读张爱玲，借以追悼、呼唤并重绘20世纪40年代以前风华绝代的上海都市图像，这一阅读方式无疑是对张爱玲的收编行为。因此，在肯定“文学上海”研究的学理性和探索性的前提下，有必要反思其对文本独立价值的相对忽视。在都市上海这一主题下，研究对象不可避免地要经过重新梳理与整合。而恰恰在这一过程中，研究对象符合主题的特征会被关注，被发现，甚至被有意无意地放大，而不能纳入该主题的特征有可能被忽视乃至被有意忽略。应指出的是，“文学上海”研究中最容易引起误读的作家有两类：一类是以“另类都市”为写作对象，借此表现一种独特眼光和趣味的作家，如张爱玲；另一类则不回避以“常识”为写作对象，却并非以提供对都市上海现代性的认知为写作目的，其作品中的上海形象主要承担文本的叙述功能。这方面的代表是台湾作家白先勇及其代表作《台北人》。

---

① 对“文学上海”这一阅读倾向及其意识形态背景，王晓明《从“淮海路”到“梅家桥”——从王安忆小说创作的转变谈起》一文（载《文学评论》，2002年第3期）有深入分析，可参见。

# 一

从1937年在抗战烽火中诞生，到1949年举家迁往香港并于两年后定居台湾，童年时期的白先勇在祖国大陆先后经历过四座城市：桂林、重庆、南京、上海。除故乡桂林外，南京和上海留给了他毕生挥之不去的深刻记忆，尤其是20世纪40年代的上海，赋予了童年时期的白先勇最初的都市体验，成为他日后从事小说创作的故事和情感资源。在一篇回忆性散文中，白先勇追述了其小说创作的上海因缘：

> ……第二年（引者按：1947年）搬到法租界华勋路，开始复学，在徐家汇的南洋模范小学念书，才真正看到上海，但童稚的眼睛像照相机，只要看到，咔嚓一下就拍了下来，存档在记忆里。虽然短短的一段时间，脑海里恐怕也印下了千千百百幅"上海印象"，把一个即将结束的旧时代，最后的一抹繁华，匆匆拍摄下来。后来到了台湾上大学后，开始写我的第一篇小说《金大奶奶》，写的就是上海故事。后来到了美国，开始写我小说集。《台北人》的头一篇《永远的尹雪艳》，写的又是上海的人与事，而且还把"国际饭店"写了进去。①

上海留给白先勇最深刻的记忆是儿童眼中繁华都市的陌生与新奇。这一记忆后来不断闪现在他的小说中，成为对昔日上海绝代风华的再现和追忆。然而，在白先勇涉及上海的作品中，他以浓墨重彩描绘上海繁华的物质世界，却并未表达对现代都市文明的赞赏与迷恋，而是寄托着一种繁华散尽的今昔之感，为上海形象增添了一抹沧桑的底色。白先勇的这一处理方式，使上海在其小说文本中超越了单纯的物质性，不再是记录往日生活的客观物象，而承载了作家的情感和作品的主题，从而作

① 白先勇：《上海童年》，《白先勇文集》（第4卷）《第六只手指》，广州：花城出版社，2000年，第168页。

为小说中的一个重要意象，获得了参与叙事的特殊身份。如果说在处女作《金大奶奶》中，上海主要还是作为故事发生的背景，其传情表意的意象功能体现得还不充分，那么，在代表白先勇迄今为止小说创作最高成就的《台北人》中，上海已不仅是故事发生的环境和背景，而且以角色身份参与了小说的构成。

《台北人》中涉及上海的作品有四篇：《永远的尹雪艳》《金大班的最后一夜》《孤恋花》及《满天里亮晶晶的星星》。其中，《永远的尹雪艳》作为小说集的首篇，不仅呈现出十四篇作品的基本主题，而且奠定了白先勇在《台北人》中对上海形象的书写方式和情感基调。

《永远的尹雪艳》是《台北人》中对上海着墨最多的一篇。昔日上海的繁华景象作为现实世界的对照不断地出现在小说文本中，反衬“台北人”眼中台北的寒酸破败。蛰居台北的上海遗民对繁华的飘散极不甘心，在尹雪艳台北公馆里精心营造的怀旧氛围中重温昔日的华宴笙歌，沉浸于迷离的假象和物欲的满足。《永远的尹雪艳》中的上海形象是兆丰夜总会，是兰心剧院，是霞飞路上的侯门官府；“永远不老”的尹雪艳则被视为“上海百乐门时代永恒的象征，京沪繁华的佐证”。白先勇着力于渲染上海的繁华景象，固然基于其童年记忆和对都市上海的直观感受。但是，“繁华”在作品中作为上海形象的唯一表象，特别是以百乐门舞厅作为昔日上海一个时代的命名，颇有些意味深长。比照《台北人》中其他三篇涉及上海的小说，《金大班的最后一夜》中的上海形象依然是百乐门舞厅，《孤恋花》中是万春楼，《满天里亮晶晶的星星》中是大光明影院。可见，在《台北人》诸篇中，上海形象被固置在各种娱乐场所，如舞厅、酒楼和影院之上，成为浮世欢场的代名词。而作品中的主人公，或为舞女、酒家女，或为默片时代的电影明星，集中在“欢场人物”的身份之上，以这一身份参与故事，演绎人生。可见，上海欢场连同点缀其间的人物，构成了浮华与物欲的能指。

与以描写上海闻名的新文学前辈茅盾、张爱玲相比，白先勇笔下的上海形象更彰显出独特的气质。茅盾站在左翼立场上暴露资本主义文明的罪恶，却通过对上海繁华的书写无意中流露出对都市景象的赞叹和迷恋。茅盾批判物质文明，却在物质文明的眩目光环下不自觉地偏离了批判立场。张爱玲笔下的上海形象是时间停滞、如“神仙洞府”般的公馆

（《倾城之恋》），是普通人每天邂逅而又彼此擦肩而过的电车（《封锁》），是晾晒衣被兼煮鸦片烟的网球场（《茉莉香片》）。张爱玲有意消解都市的繁华，而着力于表现普通人与现代都市的隔膜、面对现代化的困惑；有意回避"新感觉派"笔下灯红酒绿的放纵冒险，却留恋于普通人柴米油盐的平凡人生，体验着在日常生活中寻找传奇的写作观念。比较而言，《台北人》中的上海形象既没有张爱玲笔下的深刻与厚重，也没有茅盾面对都市的复杂情感和矛盾心态，它是单面的，繁华是它唯一的表象。但正如复杂不一定意味着深刻，单一也不一定意味着浅薄。《台北人》中上海的满目繁华既非对一种生活状态的认同与迷恋，亦非毫无批判色彩的客观描述。当尹公馆的旧雨新知迷醉于别人营造的繁华假象中时，白先勇不失时机地点出窗外阴沉幽暗的台北，两相对照，在他们忘却家国身世、一晌贪欢的沉醉迷离中，贯注了作家对"台北人"反认他乡是故乡的感喟，直把杭州做汴州的痛惜。《台北人》中的上海形象作为昔日繁华的表象，作为浮华物欲的能指，其独特处与深刻处恰恰体现在其单面性之中。上海形象因此更集中地承载了作品的主题，以意象身份参与了叙事。

前文引录白先勇散文中对上海生活的回忆。事实上，在白先勇对上海童年生活的记忆中，上海形象并不限于以国民饭店、永安百货公司、百乐门舞厅为代表的现代都市文明。上海还留给白先勇另一个深刻记忆，就是对昆曲艺术的热爱与迷恋。[①] 在白先勇看来，昆曲是"中国表演艺术中最精致最完美的一种形式"[②]，是典雅深沉的高层次文化。这一记忆没有出现在他涉及上海的小说中。《台北人》中唯一涉及昆曲的作品是《游园惊梦》，这是一篇蛰居台北的南京人的故事。主人公蓝田玉曾为南京夫子庙得月台的昆曲名伶，出场时已贵为将军夫人，脱离了欢场人物的身份。《台北人》中的南京故事，主人公或为将军、政府要员，或为上流社会的贵妇名媛，与上海故事中的人物身份有明显的不同。白先勇笔下的南京是庄严肃穆的古都，与上海洋场的浮世繁华恰堪对照。昆曲在

---

① 陆士清：《沉醉后的欢聚——白先勇与昆剧界人士谈〈长生殿〉》，《白先勇文集》第 4 卷《第六只手指》，第 529 页。

② 白先勇：《惊变——记上海昆剧团〈长生殿〉的演出》，《白先勇文集》第 4 卷《第六只手指》，第 89 页。

白先勇笔下象征着中国传统文化的庄重、典雅与精致，显然与上海洋场格格不入。白先勇来自上海的昆曲记忆，只能植入南京故事中。这使其散文中的上海记忆与小说中的上海想象产生了距离，在记忆与想象、纪实与虚构之间形成一种微妙的张力。而正是这一张力，蕴涵着白先勇对上海都市文明的理性判断。白先勇以典雅精致的传统文化为参照，渲染繁华的现代都市文明，使二者分别代表一种文化精神，指向一种生命价值观念和生存方式，显示出深层意蕴。

## 二

《台北人》书前引录刘禹锡《乌衣巷》。作为咏史诗，《乌衣巷》的主题是时间，是对今昔盛衰的无尽感叹，其感时伤怀的追悼之情、人世沧桑的悲凉之感，支撑了《台北人》今昔之比的时间主题。[①] 事实上，《乌衣巷》不仅提供了对主题的支撑，也提供了表达方法上的启示。“旧时王谢堂前燕，飞入寻常百姓家”，随着时间的流逝，盛极一时的王谢大宅已不复存在，当年在堂前栖宿的燕子，也飞到普通百姓家中去了。这首诗对时间主题的表达，主要通过“燕子”生活的空间由“王谢堂”到“百姓家”的更替，即凭借对空间的描述完成。而《台北人》对时间主题的表达，也恰恰是凭借空间，凭借上海、南京、桂林等大陆城市与台北的相互参照。以空间身份承载时间主题，是《台北人》中上海形象的主要叙述功能。

古人凭吊史迹、感时伤世是以时间的流逝为前提的，时间改变了一切，使他们产生了历史兴亡之感，时间是情感的决定因素。而《台北人》中的人物，其繁华散尽的悲悼之情则以空间的改变为前提，是由大陆退居台湾造成的，空间是情感的决定因素。这样看来，白先勇以“台北人”命名这些退守台湾的“民国遗民”，以空间作为对人物的指认方式，大有

① 欧阳子将《台北人》的主题概括为“今昔之比”“灵肉之争”“生死之谜”，而三者最终归于对时间的强烈感受。参见欧阳子：《王谢堂前的燕子·白先勇的小说世界》，《白先勇文集》第2卷《台北人》，广州：花城出版社，2000年。白先勇在一次访谈中也提到：“时间的流逝一直是我最关心、最敏感的一个题目。”蔡克健：《访问白先勇》，《白先勇文集》第4卷《第六只手指》，第539页。

深意。中国人常以地域籍贯作为对人的指认方式，以此强调其群体特征。而“台北人”来自大陆，台北只被他们视为蛰居之地。因此，“台北人”这一命名，既指认了他们的现实生存环境，又隐含着一种无家可归的放逐感，从而作为一种文化身份，成为对“上海人”身份的改写。对蛰居台北的上海遗民而言，上海的都市繁华是昔日生活的记忆，也是在台北现实生存环境下对昔日生存空间的想象式的命名方式。“台北人”念念不忘的是过去，是对都市繁华的体验。可见，他们留恋的表面上是逝去的时间,实质上是以都市上海为空间的生存方式及其代表的一种生活趣味。他们不甘于接受现实，固守“上海人”的身份，在台北营造记忆中的上海都市繁华，通过重构昔日的生存空间唤起对时间的记忆。上海于是超越了地理空间的意义，成为一种文化空间，作为对现代都市文明的指认，与台北的现实空间相对照，浸染着“台北人”历史记忆与文化想象的主观色彩。

《台北人》中涉及上海的四篇作品都以上海人的台北生活为基本情节，展现了他们蛰居台北十多年后的生活环境和心理状态。对于蛰居台北的上海人而言，一方面是生存空间的改变，使他们感受到繁华散尽的失落；另一方面是时间的流逝，又使他们品尝着青春不再的悲凉。作品对这一心理状态的表现，主要基于对生存空间的描绘。在“台北人”的内心世界里同时存在两个生存空间：一个是上海都市空间，寄托着生命与理想；另一个是多年后的台北空间，预示着现实和死亡。前者以记忆和想象的方式不断地在后者中闪现。白先勇着力于描绘空间，而省略了连接今昔两个空间的时间链条，使人物的意识在两个空间中自由出入。也就是说，白先勇有意省略了对时间的描述，而直接把今昔两个空间并置，借以表现时间的变化。在《金大班的最后一夜》里，现实生活不断唤起金大班对上海的回忆，台北夜巴黎舞厅使她想起百乐门的风华，腼腆的年轻舞客使她想起爱人月如。通过并置现实与记忆中的两个空间，揭示出主人公今昔两个时期的生活环境和心理状态，却唯独省略了她由上海人转变为“台北人”的过程，仅用“十年前她金银财宝还一大堆”一句话交代了金大班到台北后生活的动荡与日渐窘迫，使她不得不接受现实，接受“台北人”的文化身份。白先勇通过空间并置展现今昔的手法，被欧阳子称为“平行技巧”[①]。这一“平行技巧”正是《台北人》中以空间表现时间主题的最突出的艺术手段。

《孤恋花》是《台北人》中“平行技巧”使用最多的作品，也是时空感最强烈、最复杂的一篇。作品详细讲述了主人公——一个同性恋者在上海万春楼和台北五月花酒楼的经历，对她离开上海定居台北的动荡生活则以寥寥数语带过。可见，白先勇大大压缩了空间位移的过程，同时也就掩盖了这一过程中时间的变化，而将主人公前后两个生存空间作为叙述的基点。主人公对昔日上海万春楼的生活和情人五宝的回忆，与对台北五月花的现实生活和新情人娟娟的讲述夹杂在一起，两个时空相互纠结，难以区分。而环境与人物都体现出对应关系：万春楼和五月花对应、五宝和娟娟对应、华三和柯老雄对应，使两个空间对等并重合。白先勇采用意识流手法使主人公的意识自由出入于两个时空之中：

> 五宝跌坐在华三房中，华三揪住她的头，像推磨似的在打转子，手上一根铜烟枪劈下去，打得金光乱窜，我看见她的两只手在空中乱抓乱捞，她拼命的喊了一声：阿姐——我使足了力气，两拳打在窗上，窗玻璃把我的手割出了血来——一声穿耳的惨叫，我惊跳了起来，抓起案上一把菜刀，便往房中跑去。一冲开门，赫然看见娟娟赤条条的骑在柯老雄的身上，柯老雄倒卧在地板上，也是精赤大条的。娟娟双手举着一只黑铁熨斗，向着柯老雄的头颅，猛锤下去，咚，咚，咚，一下紧接一下。[②]

“我的手割出了血来”之前讲述的是上海生活，是对五宝的回忆；之后则是台北现实生活中娟娟的遭遇。意识流手法的运用，使今昔混淆，时空错乱。对五宝的怀念使主人公一直生活在回忆中，而娟娟的出现，仿佛五宝再生，使主人公把现实与往昔相混同，产生错觉，陷入时空感觉的混乱。其实，不只《孤恋花》中的主人公，几乎每一个“台北人”都对昔日生活难以忘怀，沉浸于对过去生存空间的回忆与想象之中，以

① 欧阳子：《王谢堂前的燕子·〈长生殿〉的写作技巧和引申含义》，《白先勇文集》（第 2 卷）《台北人》，第 370 页。

② 白先勇：《孤恋花》，《白先勇文集》第 2 卷《台北人》，第 110 页。

此唤起对失落时间的记忆。可见，在《台北人》中空间作为维系时间的方式，与时间处于一种相互纠结的复杂关系之中，而空间始终是时间的支撑。作品中的上海与台北形象分别代表过去和现实，两座城市的并置和对比显示出时间的流逝，以空间参照的方式表达着作品的时间主题。

上文以白先勇及其代表作《台北人》为中心，力图探索文学中上海形象研究的另一种可能性，即在文学层面上，而非在文化学层面上分析上海形象的文本价值和功能。白先勇小说中的上海形象，其文本价值的丰富性远远大于形象本身的丰富性。同样，对白先勇小说中上海形象的阅读与研究，其文学意义上的深刻性也远远大于文化学意义上的深刻性。以历史的、文化的眼光分析梳理一个时期文学创作的突出现象及其整体面貌是必要的，但这一分析与梳理，不能以放弃作家的创作个性为代价，不能忽视一个作家之所以成为这个作家的独特性。因此，研究者不应限于把一个时期内的作家作品纳入事先拟定的理论框架之中，而应通过对个体的深入分析做出符合每个研究对象自身特点的理论总结。

# 第六章　战争的镣铐与诗性的自由

## ——全面抗战时期的天津诗歌

1937 年 7 月 30 日，天津沦陷。这一天的到来，不仅标志着八年离乱的开始，也打破了天津既有的政治与文化格局。几十年来逐渐形成的文学秩序几乎在一夜之间为战火吞没，荡然无存。在很短的时间内，支撑天津文学大厦之屋脊的《大公报》《益世报》等纷纷停刊，或转入异地发行，加上抗战全面爆发前已被日资收购的《庸报》，天津的几个重要文学园地都已不复存在。绝大多数作家和编辑被迫南迁，创作队伍解体，使天津文坛很快陷入沉寂。在文学的诸多文类中，诗歌创作受到的冲击最大。一方面，抗战前活跃于津门诗坛的，除部分本地诗人外，主要是北平各高校的师生（其中不乏出生于天津但在北平工作、求学和生活的诗人）。他们以创办于天津的几大报纸的文学副刊为园地，进行诗歌的理论探索和创作实践，使津门诗坛呈现出繁荣局面。但随着天津陷入敌手，报刊停办，诗人星散，诗歌创作的气象不再。另一方面，正如阿多诺“奥斯维辛之后，不再有诗”这一名言所示，战争的残酷，侵略者的凶暴，人性的横遭践踏，使追求美与哲思的诗歌不再成为可能。① 全面抗战初

① 思想家、法兰克福学派代表人物阿多诺的这一名言出自他 1955 年出版的文集《棱镜》，其内涵颇为复杂，几十年来对它的阐释众多。大体上可以理解为：在纳粹大屠杀后，任何有良知的艺术家很难回避以此为题材进行创作时的愧疚之心。或者在奥斯维辛之后，任何抒情都只能是一种伪饰。也可以按照阿氏“否定辩证法”式的思路，阐释为在奥斯维辛之后，诗应该被重新定义，被注入真正能够反省历史和现实的力量。“诗”在这里不单指诗歌，而代表广义的艺术创作。本章只是借助这一表述，意在呈现战争状态下的抒情难题，而并不纠缠于其本义。

期的诗歌往往强调宣传效应和鼓动性，诗人被迫（或甘愿）放弃对美的经营，而将诗歌作为抵抗这血与火的武器，表现出中华民族不屈的灵魂。而以诗歌宣传抗战，在沦陷区天津无疑属于禁忌。以上种种，使全面抗战初期的天津诗坛陷入了一片荒芜。然而随着战争的持续，初期的动荡局面稍显缓和，天津普通市民的日常生活也略见恢复，文学创作特别是诗歌创作也逐渐打破沉寂，重新焕发生机。这一时期的天津诗坛，除日伪政权扶植的部分文人致力于为侵略者粉饰太平，发表了一些毫无价值的新旧体诗作外，更多诗人栖身于有教会背景的学校之中，在物质和精神的双重压迫下惨淡经营，努力进行诗歌探索。诗人借助创作，与战争、与战争中的人性对话，使天津诗坛对美与哲思的追求、对人性的拷问和对民族精神的重塑，没有因为旷日持久的战争而消逝，而像一曲不绝如缕的声歌，为抗战胜利后天津文坛的重建而蓄力。全面抗战时期天津的诗坛，知名诗人不多，诗作数量也有限，难以和 20 世纪 30 年代这一现代诗歌的黄金时期相比，但诗歌却如同一位历劫的佳人，展现出“在战争状态下抒情如何成为可能”这一文学史命题的独特面向。

## 一

全面抗战时期的天津诗歌可大致分为两个发展时期：1937—1939 年的停滞期和 1940—1945 年的复苏期。

天津沦陷最初的几个月里，包括文学在内的各项文化事业均陷入停滞，诗歌创作也不例外，直到 1938 年初才有所恢复。最早出现的是《东亚晨报》副刊《文苑》。《东亚晨报》是一份对开 8 版的日刊大报，1938 年 1 月 1 日出刊时即有文艺副刊，名为《文艺特刊》，从第二天起才正式定名为《文苑》日刊，主要刊登新旧体小说、散文以及文艺杂谈、影剧小戏、名伶轶事近况等等，间或有新诗发表，如竹影、孑然等人的诗作，但从整体上看文学创作的比重不大，且带有较为浓重的市民趣味。1939 年夏，因天津遭遇水灾，《东亚晨报》暂时停办，《文苑》也随之停刊了一小段时间。《文苑》一名延续到 1940 年 1 月 6 日，1 月 7 日更名为《艺林》。《艺林》日刊在内容庞杂、新旧文学并存以及有较重市民趣味上与

《文苑》一脉相承，只是在刊登的文学作品上比较突出长篇通俗小说连载、名胜游记和人物传记，诗歌创作所占比重仍很有限。在诗歌方面，曾发表康仁山、乡人等创作的新诗，以及众多作者的一些旧体诗。

天津著名的特大型报纸《庸报》于1938年1月5日复刊，其文艺副刊最初名为《文艺》日刊，版面比《东亚晨报》的文艺副刊大一倍，内容也较为丰富，辟有“诗录”“新诗”“散文”“剧本”“书评”“文化情报”“出版消息”等栏目，但新旧杂糅的特征也比较明显。在诗歌方面，“诗录”栏目中发表王蕴章、求幸福斋主（何海鸣）、规庵等人的旧体诗，“新诗”栏目中发表刘莹、碧波、元恺等人的新体诗。《文艺》日刊出至1939年3月31日终刊，从4月1日起更名为《学艺》日刊，更名后文艺评论的数量也大为减少，出至该年8月底即终刊，从9月1日起更名为《艺丛》日刊。《艺丛》日刊基本上延续《学艺》的传统，出至10月30日即终刊，从11月1日起更名《每日文艺》。《每日文艺》日刊在《庸报》的文艺副刊中维持时间最久，虽然也朝着复兴华北文坛尤其是天津文坛的方向努力，注意发现培植青年作家，但成绩不大，天津文坛上有影响的仍是旧式通俗小说，从事新文艺创作稍有成就的也鉴于天津没有像样的新文艺期刊而转至北京发展。《每日文艺》出至1943年8月底停刊，改出《文艺旬刊》。《文艺旬刊》于9月1日创刊，出至1944年4月20日终刊。

这一时期的新旧诗集的出版数量也极为有限，且以自刊为主，受众面较小。主要有天津金石书画社1938年5月出版的《遏云集》，收各界题赠京剧女伶章遏云的旧体诗词120余首；朱星元《星元诗集》1939年2月自刊，收诗词百余首；翟熙人《当甓斋诗文存》，1939年2月自刊，“诗存”部分主要收录古体诗和律绝。新诗集则仅有天津工商学院附属中学教师刘荣恩的《刘荣恩诗集》（1938年，收录新诗59首）和《十四行诗八十首》（1939年）两部，均为作者自刊。

纵观这一时期的天津诗坛，难掩荒凉景象。在战乱之下，诗人凋零。原有的文学秩序一经打破，短时间内也难以恢复。但诗歌（尤其是新诗）不兴的根本原因，还在于天津这座城市的文化品格。明清两代，天津已形成一定的文化特质。作为都城北京的东大门和连接南北的大运河的重要渡口，天津的地理位置极为重要，并逐渐形成居民五方杂处、商贾云集的繁荣局面，使天津文化先天地具备了俗文化的底色。同时，也有不少文人聚会于此，虽不及北京人文气息之浓厚，但以水西庄为代表，一丝文脉历百年仍不绝如缕，成为天津整体的俗文化氛围中难得一见的雅文化质素。这使早期的天津城市形象即具有雅俗并置的独特品格。19世纪后期的天津，作为近代中国最早开埠的通商口岸之一，先后有9个国家在此建立租界。租界的出现，赋予天津这座城市独特的文化风貌与格局。作为拥有独立的政治、经济和文化权力的“国中之国”，租界与普通市民聚居的天津老城在文化环境上截然不同，其文化主体均来自占领国，迥异于市井文化，构建出天津的洋文化的样貌。同时，作为清末洋务运动的大本营，天津又在近代中国最早设立了报馆、邮局、铁路，以及新式学堂、出版社、译书局等文化机构。许多外资或民营的工商、金融企业也汇聚于此。加之寓居天津的官僚政客和上层文人，接续古代天津的一缕文脉，将传统的士大夫风习植入天津文化的肌体之中。以上种种，共同构成天津的雅文化风貌。而天津文化最本质的特征，却是以广大市民为核心的市井文化。“九河下梢天津卫”本是水陆码头，居民五方杂处，其生活方式与价值观念均体现出明显的移民化特征。来自不同地域和文化群落的移民，将形形色色的文化习俗和生存理念植入天津文化的土壤之中，并在相互间的碰撞与磨合中实现交融，从而形成天津文化的流动性与包容性并存的基本形态。普通的天津市民大多生活贫苦，与雅文化和洋文化相隔绝，却以自身的俗文化品格与二者遥相呼应，形成天津的俗文化特质。可见，俗文化才是天津城市文化的本质。这促成了天津本地的文学市场导向和广大读者的阅读趣味——最受欢迎的当然是小说，尤其是通俗小说，而不可能是诗歌，特别是新诗。天津的新文学在20世纪30年代之所以能够驰名全国，主要基于以《大公报》《益世报》文艺副刊等为代表的文学园地。北平出作家，天津出刊物，形成北方新文学独特的“双城”格局。① 诗歌创作也随之水涨船高。更有众多出生于天津的文学青年，在北平的高校中感受到良好的诗歌创作氛围，借助故乡天津文学刊物的大力扶植，蜚声诗坛。天津的被占领，恰如釜底抽薪，使原本寥落的天津本地诗坛，更趋荒芜，加剧了诗歌的危机，造成了诗

① 参见陈平原：《另一种“双城记”》，载《读书》，2011年第1期。

歌发展长达三年的停滞期。

天津诗坛的境况，从 1940 年起开始好转。随着几种新文学刊物的创办，以及多部新诗集的出版，天津的诗歌创作进入了难得的复苏期。

当时，在天津能够较少地受到侵略者干扰和破坏的通常是一些教会学校。诗歌创作的复苏，也萌发于教会学校的文学活动。天津教会学校的文艺期刊集中在天主教会创办的天津工商学院及其附属中学。1941 年 1 月 25 日，天津工商学院创办了校长刘迺仁神父与文学教授朱星元指导，刘纳、张强、刘璨编辑的大型刊物《公教学生》季刊。这是以该校公教出版社名义出版的刊物。1941 年 6 月 15 日天津工商学院又创办了以刘迺仁为社长、梁世熙任主编、刘继文任文艺编辑、以该校工商出版社名义出版的大型刊物《工商生活》月刊。这也是以文艺为主的刊物，在“文艺”栏中发表附中教师刘荣恩和学生白兰、叶间等人的新诗。《工商生活》于 1944 年 8 月出版第 20 期后终刊（后期经常拖期）。1944 年 3 月，天津工商学院附中由教师、诗人刘荣恩发起，创办了由他主编的新诗专刊《现代诗》（不定期刊），专门刊登华北作家的诗歌与诗论。该刊于 1945 年 8 月出版第 11 期后停刊，1947 年 4 月改为月刊复刊，至这年 5 月出版总第 13 期后终刊。这是抗战时期华北沦陷区刊行的唯一一种新诗杂志，一直延续到抗战胜利后两年，具有重要的文学史价值。其间虽屡出屡停，时断时续，但编者的诗歌理想之火始终不灭，其筚路蓝缕之功，惨淡经营之志，值得尊敬与赞赏。

诗集方面，有查显琳《上元月》，北平辅仁文苑社 1941 年 2 月出版，收录新诗 32 首；诗文合集《友情》，文辑丛刊社编辑，北京文艺与生活社 1942 年 12 月出版，收录田苇、郁静、陆人、康伟良和刘荣恩等五位诗人的新诗 15 首。刘荣恩更是以“私人藏版”的名义，自行刊印了 4 部新诗集，包括：《五十五首诗》（1940 年）、《诗》（1944 年）、《诗二集》《诗三集》（均为 1945 年 9 月）。其中后两部印行于抗战胜利之后，但所收新诗均创作于抗战期间。与此同时，在北平高校任教或求学的诗人朱英诞、张秀亚、吴兴华等（均生于天津，或在天津开始文学创作）也都有重要诗作问世。随着诗人和诗作数量的增多，天津诗坛重新步入正轨，开始呈现复苏迹象。较之停滞期，复苏期的天津诗歌不仅出现了多位颇具艺术个性的诗人和若干优秀诗作，诗人们还有意识地接续为抗战所中断的现代诗歌传统，在传统与个人才能之间寻觅诗歌发展的生机，寻求自己的艺术定位。他们或纵贯古今，或沟通中西，呈现出彼此相异而又殊途同归的艺术理念。若非内战随即爆发，令相关探索难以为继，复苏期天津诗歌的前景殊为可观，甚至可以预示一个新的繁荣期的到来。

## 二

全面抗战时期的天津诗坛，优秀诗人并不多见，但大都具有鲜明的艺术个性，有些诗人在华北，甚至整个中国文坛产生了影响。

刘荣恩，1908年生于浙江杭州的一个基督教家庭，其父是书商，也曾在教会书店里工作。他幼年随父母移居上海。1930年刘荣恩从燕京大学英国文学专业毕业，随即赴天津南开大学任教。卢沟桥事变之后，他先随南开大学内迁，不久因妻子程荫生病，又返回天津，在天主教会办的天津工商学院附属中学任语文教师，抗战胜利后回到南开大学西洋文学系任教。1948年，刘荣恩获得英国文化协会的奖学金，赴牛津大学贝利奥尔学院进修。此后偕家人留居英国，从事教学和翻译工作，尤其致力于将中国古代文学作品译成英文，诗歌创作则偶尔为之。2001年去世，终老于异国他乡。

刘荣恩是一位对诗歌充满热情的诗人。天津沦陷期间，他在教学之余曾给青年讲解新诗，还组织新诗社，创办社刊《现代诗》并担任主编。抗战期间他创作新诗多达400余首，但却很少向公开发行的报刊投稿，仅在天津工商学院的刊物《工商生活》、他自己主编的《现代诗》和北京的《艺术与生活》等个别刊物上发表过为数不多的作品。他的诗作主要收录于自费印行的6部诗集之中，自称为“私人藏版”，只为珍存，不求名世，印行后也主要送给友人，不作牟利之想。诗人此举，可视为对崇高而神圣的诗歌理想之追寻，于家国离乱之中仍不离不弃，也是在日寇入侵、故土沦丧的情境下，对现实无声的抵抗。不愿将自家诗作公开发表和出版，从中既可见诗人于艺术务求纯净、素丝不染的清洁情愫，又可见其拒绝与现实妥协、不折气节之风骨。

作为诗人的刘荣恩情思细腻婉转，不脱感伤，不避忧愁，但这感伤与忧愁却不是为赋新词强说而来，而源于家国之殇引发的感时忧国情绪。如《十四行》：

经过死亡的幽谷，寂寞得要哭，
乡间风光，渡过江海，小池塘，
一滴一滴的恋意珠散在去程上，
要带回去的惦念给我心痛的。
竹香中江南的雨点掉在脸上；
灰色天，黄的扬子江压在心头；
向友人说什么，看看船后的水沫，
下站是九江了，着了岸是半夜；
我所站的地会应着远地人的心。
长江的尾巴长长的拖着渔村，
头向远处去探更远离她的埠头；
骑在江背上没有言语寂寞着看水。
没有辞别，走得很快，上了船，
几时才能看我北国的云和我的荫。

诗人乘船迤逦江上，眼前的山山水水和心中的点点滴滴凝聚为故国之思，铸炼成一曲沉郁顿挫的哀歌。重炼句，又重铸情，承载诗人的家国情怀，这样的诗作在刘荣恩笔下不乏其例，如《江雨中》，与前引《十四行》具有明显的互文性。

听见的是船的辘轳声：
近岸有渔船的火，鬼灯笼……
在江水声中
十一月的夜雨下
在甲板上走——
在异域人的船上
走末一里祖国的水路。
扬子江的夜雨中

在夜底甲板上
放逐人走着，来回的走着；
惦念着在雨中哭，
看不见的故国的水村。

诗人注重汲取古代诗歌的营养，《江雨中》既有白居易《琵琶行》的氛围，又有蒋捷《虞美人（少年听雨歌楼上）》的意境，更有着杜诗的情怀。刘荣恩不仅借助诗歌表达现实情绪，也力图借古事古语与历史展开对话，与古人沟通心灵。如《长安夜》：

在盛唐时
去走一趟长安的夜街市！
埠头小酒家的卖酒旗招摇着
走遍江湖，重赴关山的夜游魂。
车马载的是中国的幸运儿，
凤凰飞来装饰丫环的头；
中原千年，梦的典型。
香的是陕西盛唐时的长安夜！
这是永远时的疼，不能
趁有红灯，月亮跟着，
看长安的妓女扶着笑
回家烂醉豪唱的诗人。

盛唐梦为许多现代作家所共有，刘荣恩也不例外。诗作仿佛倒转时空，穿越往昔，是否借古喻今，自可索解。值得关注的是，诗人在营造长安古意时，并不刻意回避现代人的眼光。这一努力，是以废名为代表的京派诗歌之余绪。较之早期诗作，《长安夜》的技巧更为圆熟，情感也更加节制，是刘荣恩的代表作。

刘荣恩的诗作数量较多，且屡有佳作问世，还以一己之力，组织诗歌活动，出版诗歌刊物，扶植诗坛新人。他无疑是全面抗战时期在天津生活与创作的成就最高、影响最大的诗人。

朱英诞，原名朱仁健，号英诞，字岂梦，笔名有“朱石笺”“英诞”“庄损衣”“损衣”“杞人”“瑄朗”“朱芳济”“净子”等，其中“庄损衣”为发表诗作时最常使用的笔名。他原籍江苏如皋，1913 年生于天津，1932 年举家迁往北平，1933 年考入民国大学，1937 年大学毕业后居家从事文学研究与创作，1940 年 8 月任伪北京大学文学院讲师，1944 年秋在北平特别市政府工作，直到抗战结束。他 1932 年开始发表诗作，1935 年经林庚引荐，结识废名，从此诗宗废名，同年曾自费出版诗集《无题之秋》，1936 年又将一年来所发表之诗结集为《小园集》，请废名作序，拟自费出版，后因抗战全面爆发而搁置。沦陷时期他埋头进行诗歌创作与研究，是其诗歌创作丰收期，自编诗集多种，但发表的却不多，仅在北平的《中国文艺》与上海的《风雨谈》《文运》等个别刊物上发表诗作，发表时常若干首为一辑，冠以“损衣诗抄”为辑名，还曾与沈启无一起编辑《文学集刊》，并编选废名、沈启无的诗合集《水边》。1983 年去世。

在诗歌创作上，朱英诞最心折废名和林庚，尤其是前者所代表的京派诗歌的艺术追求，讲求锤炼字句，以古诗之法入新诗，诗作篇幅不长，但自成其境。如 1943 年发表在北平《中国文艺》第 8 卷第 2 期上的《十五夜》：

镜的神秘，荷叶暗示着
光明，而今夜里才完全
明白了。许多香水的瓶
陈列着山和水，山和水

小时候就听过这砧声
大一点的时候读过《从军行》
以为那就是刀声
深闺里的衣裳在梦里成功

又一次月亮跟着人行
那里面也有山和水
却迷藏在那代表悲哀的

灰色的杨柳的小腰后

谁也希望有两柄欸乃的桨
何苦说手臂，如两弯新月
欣欣在林里摸鱼儿
而我若是樵子便想折一枝
月中的花持赠给照镜的人

诗作分为四段，几近律诗的结构，但“镜”“荷叶”“香水的瓶”及“山水”等意象之间的勾连与转换，又显示出新诗的艺术追求。另有诗作，善于用典，隐隐有禅意，更能体现废名诗风。如以下两首：

《光阴》
森林之耳语，耳语
应寂寞的听着，夜啊
如投身饲饿虎
我投向你的大海的怀抱里

我的蚊帐外
月光洒落静待
花木们
沐浴一天的光阴

《夜》
谁家的梦寐
鱼贯而行
夜的浪花
银河是太深了

风圈若一夕
变成弯弯的虹

你开这长弓
射下那第十落日的红

夜深的窗中
一点的轻风
夏天的梦
引诱我，在望
每一个孤星之村落
都满是渔火

无论是佛教以身饲虎的典故，还是上古后羿射日的神话，作为诗人情感的触发点，嵌入诗中，均流畅自然，体现出诗艺的老练纯熟。

张秀亚，字亚蓝，笔名有亚岚、陈蓝等，1919 年生，原籍河北沧县（今河北沧州），自幼随父宦居邯郸，后移居天津，1932 年就读于河北省立第一女子师范学校，1938 年升入北平辅仁大学中国文学系，次年转入西洋文学系，1942 年大学毕业后入该校研究所史学组，后任助教，1943 年到四川重庆任《益世报》副刊编辑。1946 年回辅仁大学任教。1948 年到台湾，先执教于台中静宜英专。1965 年辅仁大学在台复校，随即回辅仁任中文系和研究所教授。1973 年赴美考察，并在西东大学进修。2011 年病逝于美国。

张秀亚年少时即有文名，早在河北第一女子师范学校读书期间，就曾在天津的《益世报・文艺周刊》《大公报・文艺》《国闻周报》《海风》《人生与文学》等报刊与北京的《文学导报》《黎明》《新地》等杂志上发表各类文学作品。1935 年发表第一首诗作《夜归》，1937 年出版第一本小说集《大龙河畔》，均得到评论界赞誉。张秀亚尤以散文创作著称，但诗歌成就也不遑多让，其艺术风格清新秀逸，自成一格。全面抗战期间，张秀亚居于北平，在辅仁大学读书治学，也没有中断文学创作。辅仁大学是一所教会学校，并有德国背景，因此未遭日寇铁蹄践踏。张秀亚得以摆脱乱世的侵扰，继续其文学探索与艺术实践，于各文类均不乏佳作，其中在诗歌领域的代表作是 1941 年发表于北平《辅仁文苑》第 7 期上的长诗《水上琴声》。

…………

琴声水声

　　缓缓的唤醒了

　　　　千年前在湖畔

　　　　自沉的凄美水仙

　　　　（笑出圆圆涡漩）

手擎着白莲

怀抱着琴弦

水上

岸上

　　同时流出了

　　银铃似的

　　音乐之泉

月光水面

　清清浅浅

　　朵朵白莲

风中俯仰朝拜

　　向那音乐之泉

…………

诗作明显借用了古希腊神话，但又清丽婉转，有六朝风韵。借助文字表现音乐，或营造诗歌的音乐美，在新诗的早期实践中就是一个重要课题。诗歌和音乐之间与生俱来的血缘关系，使对音乐美的追寻，自然成为诗歌创作的题中应有之义。闻一多、徐志摩、朱湘、戴望舒等诗人对此都有所尝试，也都有佳作诞生。《水上琴声》并没有蕴含多么深刻的哲理或深沉的情思，张秀亚注重的是形式，是借助音韵、格式，表达“水”与“琴声”的主题。诗作的音韵和谐婉转，格式则经过了精心设计，错落有致：

…………

　　　　凄凄

水云低
琴声细——
再高些
渡过银河上
暮色的桥
遥遥去迎
那水晶色的黎明
（水燕伴着声歌唱
少女的柔长发丝
是点点星星的清泪
湿了天河岸上的银笛）

春雨
春雨
天上
地下
窗外
阶前
苔青一片烟
是春神偕伴琴声
滴滴沥沥
弹出三月连绵的春雨
滴滴
点点
音乐之雨
湿了窗前
琴声
飞上心间
春神
才到人间
快乐也像池塘草

绿遍了人间
染上了心间
听
　　淅淅春雨
　　听
　　　　细细琴弦
…………

诉诸视觉的水之荡漾和诉诸听觉的琴声之缥缈，呈现于错落的诗行之中，加上淅淅春雨的氤氲，营造出如梦如幻的意境。在这里听觉与视觉得以沟通，诗歌的内容与形式也得以契合。《水上琴声》是一首内容与形式完美合一的作品，张秀亚借此延续了20世纪20年代以来新诗的美学实践。

查显琳，曾用名查劢，原籍安徽怀宁，1920年生于天津，先后就读于天津的浙江小学、南开中学、耀华中学。1939年中学毕业考入北平辅仁大学社会经济系，经校友、作家李景慈（林榕）介绍加入辅仁文苑社。查显琳在中学阶段就开始在《南开高中》《耀华》等校刊上发表散文与诗歌，进入辅仁大学后，以查显琳、公孙嬿、余皖人分别作为发表诗歌、小说、散文与评论的署名，在华北地区的众多文学刊物上发表文学作品。以公孙嬿的笔名发表小说时，还卷入一场关于色情文学的文坛公案，遭到严厉指责，在华北沦陷区文坛引起一定的关注。查显琳大学未能毕业即转至大后方投笔从戎，后半生主要从事军事和外交工作，文学创作虽未停止，但显然只能作为业余爱好了。作为诗人的查显琳，在抗战全面爆发后的数年里发表新诗几十首，其中1941年以前的诗作32首辑为《上元月》，由辅仁文苑社于该年2月出版，署“瓣香书屋辑集之一”，是华北沦陷区较早的诗集。诗人家境殷实，这部诗集事实上是由他的祖父出资印行的。

《上元月》中的诗作，在语言的雕琢和意境的营造上颇为用力，但不脱青年人的浪漫感伤，处处情愁，强作姿态，各篇诗作的主题和情感也较为接近。部分篇章，笔调细腻而唯美，尚有可观之处，如《呈珠黄人》：

踱过楼下向上张望的；

而你，已凭立于窗前，
两粒寂寞感伤的眼球，
陪夕阳回光返照。
莫深夸属于自身的骄傲吧，
再去明镜前细心画眉好了，
满头皱纹是青春刀印。
谁都体谅你的泣哭，
看你泪落颗颗似金花，
残剩的香粉，
再也敷不回失去的年华。
每当蝙蝠起舞时光，
我奏起飘泊人的旅步，
路过你居住的高楼下。
哪怕有雨，你总会如幽灵。

憧憧出现，或轻飘的——
掷给我一捧温柔的笑，
我是多么喟叹着，
属于另一个时代的迟暮美人啊。
如今，我用冷淡表情，
暗寄一句话给你；
愧我的欣欢早已逝去。
当十年前我还有稚子之心时。
劝你把遐思不妨存起，
陌生人不愿接受你的爱恋。
从此后，我路过你门前，
绝不会因你摘下朵小花而停留，
更好是你憔悴面庞
在远处我的鞋底和水门汀合奏，
千万，千万别再出现魏然楼头。

民国二十七年于天津

虽故作摇曳，但文字浅显，内涵明晰，并无难以索解之处。《上元月》刊行后，查显琳仍不断有诗作问世，诗风无明显变化。1943 年发表于北平《中国文艺》第 8 卷第 5 期上的《相思子》，借用旧典敷衍成篇，可以作为代表：

相思子，赤色小豆。相传有戍卒殁于边界，
其妻思之；哭于树下而卒，因以名之。

你用心丝串落水晶之泪，
孤星回映出相思寒流，
脉脉清银下泻，
长天描绘出永世之伤愁。

而骑士的骏骁呢，
冲入金剑矛光，
呐喊声渐地远了，
吻消残于樱唇如霜梦。

逐流情波外的人儿，
今夜你回来吧，
苍茫中有如画角，
不是苦枭，
一叹惊碎沉酣。

新月遗失去娟影，
凉风渗透心肺，
野虫子躲藏草莽
振展明翼奏出凄美，
温存的细语啊！
溢出了记忆之金杯！

生命之绸缪，
奄奄将逝的期待厮守，
愿比翼携飞，
潜隐入林川野泽，
但白驹更把人掷抛。

不用再凝眺了，
任泛滥泪潮吧！

且莫回过头去，
寄语你深黯的柔灵，
乘马而逝者，
想不起殇魂在天涯。

双眸乃急降莹珠，
连玩珀之玑全坠下了，
青春枝头，
飘落可怜蔷薇瓣纷纷。

绰约之姿，
淡了无语化埋林荫，
而骑士的梦呢，
安置刀盾铿锵

还延续了来日辉煌，
无数粒泪的种籽，
播植在黄泉，
留给尘寰血的相思子……

吴兴华，原籍浙江杭州，1921 年生于天津，初中就读于南开中学，后转入北平崇德中学。1937 年 16 岁时跳级考入燕京大学西语系，1941

年大学毕业后留校任教，不久太平洋战争爆发，燕京大学被日军封闭，他因身体不好未随校南迁，留在北平中法汉学研究所工作，直到抗战胜利重回燕京大学任教。吴兴华年少时即有神童之誉，他自幼爱好诗歌，1936年在北平《小雅》诗刊发表处女作《歌》，1937年7月在上海《新诗》杂志上发表长诗《森林的沉默》，轰动了诗坛。在北平沦陷期间曾主编燕京大学《篱树》半月刊，并用本名和“钦江”等笔名在各类报刊上发表诗作数十首，诗论多篇。吴兴华在语言和文学领域显示出非凡的才华，他博览古今，学贯中西，有“小钱锺书”之称，在诗歌创作、学术研究和翻译上齐头并进，成绩斐然。他的诗歌崛起于沦陷时期，以良好的艺术感觉和深厚的学术修养为底蕴，在现实主义和现代主义之外另辟蹊径，融合了中国传统的意境、汉语文字的特质和西洋诗歌的形式，在实现中国古典诗歌的现代转化方面做出了可贵的探索。1952年院校合并后，他进入北京大学英语系工作。1966年8月“文革”爆发之初，吴兴华被迫害致死，年仅45岁。

吴兴华对中国古代诗歌和西洋诗歌均烂熟于心，在他的新诗创作中，真正做到了纵贯古今，沟通中西，既能够熟练运用西洋诗歌的体式，如十四行诗等，又有意识地植入古典诗歌的质素，努力促进传统的创造性转化。1941年9月发表于北平《燕京文学》（中文）第2卷第5、6期合刊的《绝句三首》就是其中的代表：

一

黄昏陌上的游女尽散向谁家
追随到长巷尽处不识的马车
一春桃李已被人践踏成泥土
独有惜影的红衣掩映在长河

二

高揖马鞭于熙来攘往的路歧
万户千门垂杨下我伫足沉疑
一夜的北风长安为落叶之国
不得不珍惜多年无尘的素衣

三

断肠于深春一曲鹧鸪的声音
落花辞枝后羞见故山的平林
我本是江南的人来江北作客
不忍想家乡此时寒雨正纷纷

诗作如题，确实有中国古代绝句的意蕴，但韵脚、字尺和意象的使用，又不折不扣地属于新诗。尽管诗作每句文字数量相等，追求形式的整齐划一，结构上还有些机械，不能算作一次完美的实践，但诗人的探索精神是可贵的，方向也是正确的。吴兴华还以中国古代神话传说和寓言故事为题材，撰写了多篇叙事诗，以《吴王夫差女小玉》《北辕适楚，或给一个青年诗人的劝告》为代表（均创作于全面抗战期间，发表则迟至战后的 1946 年）。前者通过神话传说寻找融会叙事与抒情的可能性；后者借用寓言，本身也具有寓言性，成为吴兴华诗歌创作的宣言：

年青的朋友，你既然选择了写诗
作你一生的事业，为什么要模仿
那一班不懂中文的学者或白痴？
难道你认为他们是良好的影响？

就算有好些人觉得只有卞之琳
能写像样的诗歌，何其芳也不错；
这样子描头画角几世才能脱身，
伟人的跟班还不如小首领好作。

如果你立意想达到诗艺的绝顶，
请听我在下面讲述古代的寓言；
时间是最好的裁判，它往往提醒
我们一切事都不妨回溯至从前：

…………

是啊，古人的头脑真简单，真容易
被他人说动？可是你读了这首诗，
要还想一味给新诗作奴隶，
认为他们是典雅和美的试金石，

那我就要说：赴楚竟有往北走，
魏王竟听不出季梁的弦外之音，
现代像这两位笨伯当然不会有，
可是我似乎知道有更笨的笨人。

语多调侃，略显刻薄，但却生动形象地阐释出诗人的诗歌创作观。吴兴华的诗歌，是典型的学院派写作，以智慧和学养为底蕴，在传统与个人才能之间寻觅诗性，也寻求诗人的自我定位。他的探索尽管未能最终完成，才华也没有得到充分的施展，但吴兴华在战争带来的灾难和离乱中，仍坚持对中国诗歌前途的探索，使诗歌的现代化道路没有因为抗战的全面爆发而中断。他的贡献既源于那个时代，也超越了那个时代。

全面抗战时期的天津诗人，不能不提到的还有远赴西南的穆旦。穆旦本名查良铮，原籍浙江海宁，1918 年生于天津。他童年时即显示出文学天赋，不满 6 周岁就在报纸上发表短文习作。1929 年考入南开中学，并开始新诗创作。1935 年，穆旦以优异的成绩进入清华大学外文系。抗战全面爆发后，他随清华内迁，先到长沙，后至昆明，成为西南联合大学学生。1940 年毕业并留校任教。1942 年参加中国远征军，进入缅甸抗日战场。1948 年，穆旦赴美国芝加哥大学攻读英美文学硕士学位。1952 年底偕夫人周与良回到新中国参加建设，1953 年开始任教于天津南开大学外文系。生命的最后 20 年，穆旦受到不公正待遇，并因为残酷的政治迫害而心身俱损，1977 年 2 月去世。穆旦还是一位成就卓著的翻译家，他翻译的拜伦、雪莱、普希金、莱蒙托夫的诗作，影响至深，是 20 世纪中国翻译史上的名作。作为诗人的穆旦，深受西方现代主义诗歌影响，特别在是 T. S. 艾略特、奥登等诗人的感召下，对新诗语言和文体进行了大胆的试验。穆旦的诗歌在新诗史上不仅具有形式上的先锋性，更注重以中国的现实生活为源泉，书写中华民族在战争状态下的坎坷命运和沉重灵魂，并借助诗歌艺术带来的“丰富”和“丰富的痛苦”，赞美“一个民族已经起来”，在日常生活中寻找永恒。穆旦连同冯至、王辛笛、袁可嘉等西南联大师友，代表着20世纪40年代新诗创作的最高成就。

纵观全面抗战时期的天津诗坛，以刘荣恩、朱英诞、张秀亚、查显琳、吴兴华、穆旦等为代表的天津诗人，在战争的镣铐中寻求诗性的自由，仍不放弃对于心中的缪斯女神的渴慕与追寻。他们的努力耕耘，使天津诗坛没有陷入彻底的荒芜，为战后的恢复埋下了种子，在中国抗战文学史和现代诗歌史上留下了特殊的足迹。

# 附录一　论文短札

## 冰心《超人》

冰心是新文学“问题小说”的代表作家，《超人》则是“问题小说”的代表作。主人公何彬“是一个冷心肠的青年，从来没有人看见他和人有什么来往”，他身上最突出的特点就是“冷”。这一形象反映出五四落潮以后，曾经激情满怀的青年人重新面对保守黑暗的社会与政治局面，理想破灭，产生了对人生、对人类社会的怀疑和仇视，成为丧失感情的“超人”。但是，何彬的冷漠却被儿童的纯真和母亲的慈爱所感化。小说表现出冰心创作中最常见的主题：“爱的哲学”，即对母爱与童心的深情呼唤。何彬最终在“爱的哲学”的感召下，重新焕发出生命的热情，摆脱了虚无与颓丧，树立起生活的勇气和信心。

这篇小说不事情节的铺排，而着力于描写主人公何彬思想的转化，集中笔墨揭示其内心冲突，表现了人物由孤独厌世到走出虚无的心灵历程，从而使读者获得强烈的心理体验，与人物产生情感的共鸣。小说的语言优美而含蓄，特别是对何彬梦境的描绘，富于诗意。作品也有理性有余，刻画不足的缺点，但却是“问题小说”最有代表性的作品之一。

## 冰心《繁星》《春水》

冰心不仅在小说创作上成就卓著，在诗歌创作上也是成绩斐然，特别是小诗创作，先后结集为《繁星》《春水》两部诗集，以“冰心体”开一代诗风，造成“小诗流行的时代”。

小诗是在日本俳句和印度诗人泰戈尔《飞鸟集》影响下产生的，它以短小的篇幅包含诗人广阔的内心世界，通过表现刹那间的感兴，寄寓一种人生哲理或美的情思。冰心小诗的主题是爱的哲学，即对人类之爱、母爱、自然与童真的赞颂和追求。这里所选《繁星》中的二首，就分别歌咏了人类之爱和母爱。同时，冰心还将一些朴素而又深刻的哲理赋予小诗，使之如格言警句，不仅具备一般小诗的简洁优美，而且闪烁着哲理的光芒。《春水》三三、一〇九是这方面的代表。

冰心这些含蓄隽永、发人深思的小诗，带有一层淡淡的哀愁，体现出“满蕴着温柔，微带着忧愁”的艺术境界。语言清新、质朴、明丽，寓情于景，情景相映，显示出恬静和谐的审美趣味。

**冰心《寄小读者》**

《寄小读者》最初题为《给儿童世界的小读者》，是 1923—1926 年冰心在留美期间为《晨报副刊》的“儿童世界”专栏撰写的书信体散文，于 1926 年结集出版。

《寄小读者》延续了冰心文学创作最核心的主题：对自然、童真与母爱的热情赞颂。这三者常常结合在一起，但在不同的篇章中也常有不同的侧重。本篇侧重于描写大海之美，同时通过对童真与母爱的歌咏与呼唤，表达出对故国、故土与故乡亲人的深深依恋。作品由两封通信构成，相互联系而又各自独立成篇。上篇写海，从登船写起，以最初三日的海上生活为线索，描写了绮丽的自然风光。特别是通过三个不同时段海上风光的互相映衬，多角度、多侧面地描绘了大海的五光十色、变幻无穷。三日的海景仿佛同一主题的三幅绘画，交相辉映而又层层出新。下篇写湖，不似上篇分写三景，而是作了集中的描绘和品评，并将湖与海以及作家对二者的不同感受做了对比。作家以生花妙笔描绘了与大海迥异但同样仪态万千的湖上风光。无论是写海还是写湖，始终以作家的情感为中心。冰心以童心观察自然，描绘自然，唤起童年的回忆，也进一步在自然中寻求母爱与童真，并将三者紧密结合在一起。

作品语言既有白话的清新，又有文言的雅驯，清新自然而又绚丽多彩，富于绘画美。同时寓情于景，情景相融又相生，具有浓郁的抒情气息。

## 冰心《山中杂记·说几句爱海的孩气的话》

冰心在写《寄小读者》的过程中，专门写了一组副标题为“——遥寄小朋友”的《山中杂记》，共计十篇，本篇是其中的第七篇，题为《说几句爱海的孩气的话》。

冰心对大海怀有炽热的感情，这在本篇有充分的体现。作者把海与山做了对比，从视野、色彩、性情、意境以及对人类思想的触发等方面说明海比山好。可见，作家对海的依恋和热爱已达到何等程度。仁者乐山，智者乐水。作品则通过对海的广阔和灵动的赞美，超越了仁智的境界。海对冰心来说实际上是自然的代表，作家对海近似极端的赞颂，实际是以童心感受自然，感受生命，是纯朴率真的心灵世界的体现。

这篇散文结构精巧，语言清新俊丽。特别是对大海丰富的想象和真切的感受，体现出作者的个性，极富感染力。

## 台静农《拜堂》

现代乡土小说是在鲁迅直接影响下形成的创作潮流，主要指以回忆重组来描写故乡农村生活，带有浓郁乡土气息和地方色彩的小说。台静农的小说创作直承鲁迅，以质朴而忧愤的笔调，描写宗法制乡村底层人民的精神世界和生存境遇。作为中国现代乡土小说的名篇，《拜堂》描写的是汪二与寡嫂迫于生活压力，草率结亲的故事。由于叔嫂结合触犯了封建伦理，他们不得不在阴冷孤寂的黑夜中拜堂成婚，他们的婚事染上了一层凄苦悲凉的气氛。小说没有使用过多的笔墨描写社会环境，而是从揭示人物羞愧、伤感、忧虑不安的内心世界入手，展现了封建制度和伦理对人的精神世界的压抑和人在命运中的痛苦挣扎。

小说以场景为中心进行布局，结构精巧。同时作者从生活经验出发，融入了大量民间风俗，人物语言富于地方色彩，使作品散发着浓郁的乡土气息。特别是对寒冷阴郁的夜间景物的描绘，与人物内心的凄苦哀愁相互呼应，有机地结合在一起，形成沉郁阴冷的艺术格调和悲剧气氛。

## 丁玲《莎菲女士的日记》

《莎菲女士的日记》是丁玲的成名作。小说塑造了莎菲这个“五四”退潮后小资产阶级知识女性的典型形象。莎菲身上既有新一代青年反抗封建礼教，追求个性解放和爱情的叛逆性，又弥漫着大革命失败后理想破灭的彷徨苦闷的情绪。这主要体现在对“灵”与“肉”统一的爱情的追求上：莎菲徘徊在两个男性之间。她轻视真正爱她但性情软弱的苇弟，但她真正爱着的凌吉士外表潇洒却又灵魂卑劣。莎菲憧憬着充实完美的爱情，但只能在情感与理智的矛盾中，在“灵”与“肉”的冲突中痛苦挣扎。她最终艰难地摆脱了凌吉士。作品坚持女性立场，表达出对女性心理的深刻体验，大胆细腻地披露了主人公迷惘骚动的内心世界，表现了五四的时代精神。

小说采用日记体，直接将人物内心矛盾和思想变化的轨迹呈现于读者面前，充分揭示了人物的复杂性。作者对莎菲投入了真实而饱满的感情，同时又超越情感的限度，对知识青年，尤其是知识女性的命运进行了深入的思考。作品语言细腻、率真、素朴，具有强烈的冲击力和感染力。

### 茅盾《子夜》

《子夜》是茅盾最重要的一部作品。1930 年，在上海展开了一场有关中国社会性质的大论战。托派理论家认为“中国已经走上资本主义道路，反帝、反封建的任务应由中国资产阶级来担任”。作家在充分采集素材的基础上，力图以形象思维的小说来参加论战。于是，这部“大规模地描写中国社会现象”的长篇由此而产生。作品全方位地展现了 20 世纪 30 年代社会纷繁复杂的阶级斗争，包括在帝国主义侵略下 30 年代经济大崩溃中的买办资产阶级、民族资产阶级之间的生死搏斗，农民的破产与暴动，工人运动的蓬勃兴起，中小城镇商业的凋残，市民阶层的破产，知识分子的苦闷与毫无出路，以及面临日本帝国主义侵略造成的民族意识的初步觉醒与爱国抗日运动的最初发动。这些错综复杂的矛盾关系，以主人公吴荪甫为中心人物得以形象地表现。作品通过吴荪甫悲剧命运的描写，反映了 30 年代中国社会各阶级、各阶层的思想、性格、心理与命运，比较完整地反映了当时时代生活的丰富性和复杂性，成为作家社会分析小说的代表作。

吴荪甫是第二次国内革命战争时期的民族资产阶级的艺术典型。他处于错综复杂的矛盾之中。围绕他的矛盾线索主要有三条：与买办资本家赵伯韬的矛盾！与工人的矛盾，与双桥农民的矛盾。作品通过表现这些矛盾，从不同侧面表现出吴荪甫的复杂性格。他性格的基本特征是似强实弱，外强中干，强与弱不断搏斗，而前者不断让位于后者。他有发展中国民族工业的雄心壮志，有资本，有实力，也有刚毅、坚强、果断的铁腕与魄力，更有现代科学管理的经营之才，在他身上，体现了民族资产阶级的进步性。但他生不逢时。他处在外来资本大肆侵入的半封建半殖民地的30年代的中国。作为民族资本家，在与以帝国主义势力为靠山的买办资产阶级的搏斗中，吴荪甫不能不感到自己在政治、经济上的软弱无力；在与丝厂工人的矛盾中又处于手足无措的被动应对之中；同时他自身的封建性又使他在与包括妻子在内的周围人的关系中经常处于孤立的地位。这就形成了他性格中软弱的一面，体现了中国民族资产阶级的两面性。作品通过吴荪甫的悲剧命运，揭示出当时中国社会更加殖民地化的现实，说明了半封建半殖民地的中国根本不存在发展资本主义的可能，从而有力地回答了托派的理论。

作品结构宏大，线索纷繁，人物众多，却是结构严谨，主次分明，疏密相间，显示出作家驾驭宏大题材的杰出才能。小说的心理描写突出，细节描写逼真，语言绵密，象征主义的手法又或隐或现地贯穿始终，体现了现代长篇小说艺术的成熟，也显示出30年代左翼文学运动的实绩。《子夜》发表后引起轰动，成为革命现实主义的里程碑式的作品。而小说发表的1933年也因此被称为“子夜年”。

### 茅盾《春蚕》

《春蚕》是茅盾社会分析小说中的短篇代表作。小说以农民养蚕为中心线索，通过春蚕丰收反而成灾的现实，深刻地揭示出帝国主义、封建势力和官僚买办的重重压迫和残酷剥削是农村经济破产和农民日益贫困的根本原因。

小说成功之处在于新老两代农民形象的塑造。老通宝是20世纪30年代中国社会转型，农村走向破产时期的老一代农民的典型。他勤劳朴实，正直善良，具有中国农民的传统美德，但也有根深蒂固的传统思想。他不满现实，渴望改变贫困的生活，但只知依靠辛勤劳动，对造成自己悲惨命运的社会根源缺乏清醒的认识。他安于天命又虔信鬼神，在社会变革中固守旧有的生活信条，注定了一生的悲剧命运。多多头是正在成长中的新一代农民的代表，他身上既有父辈忠厚勤劳的农民本色，对现实又有清醒的认识，同时乐观开朗，不信鬼神。他对现实的怀疑与觉醒，代表着农村中一股新生的力量。

小说成功地设置了人物生活的典型环境——30 年代初贫困凋敝的江浙农村，并赋予典型环境鲜明的时代特点和地方色彩。作品结构严谨，记述老通宝一家养蚕的全过程，层层推进，丝丝入扣。尤其是细致入微地刻画劳动过程中人物的心理变化，有力地凸现了人物的性格。《春蚕》连同“农村三部曲”中的另两篇作品《秋收》《残冬》，描绘了一幅 30 年代转型期农村的风俗画。

**茅盾《风景谈》**

1940 年 5 月茅盾从新疆考察返回内地，途中绕道延安参观讲学，感受到解放区军民崭新的生活和精神面貌。年底回到重庆，他以在延安的见闻和感想先后撰写了散文《风景谈》和《白杨礼赞》。

《风景谈》表面上是在谈风景，实质上突出的是人而非自然景物。作品描绘的景物都是自然界再普通不过的景物，但由于融入了人的美好心灵和高尚情操，自然景物便获得盎然的生机和浓厚的审美意蕴。作品强调人才是自然界中最壮丽最伟大的风景。茅盾正是以谈风景为名，赞美了解放区的新生活和延安革命者坚定的战斗精神与高尚的精神境界。

《风景谈》在艺术上独具匠心。由于作品在国统区重庆写就，不能过于直接地倾吐对于解放区的感受，故而以“谈风景”为名，含蓄而又自然地描绘了延安生活的壮丽图景。作品语言优美，具有浓郁的诗意；对六幅具有解放区特色的风景的描写，富于绘画美，运用非造型的语言艺术，营造出造型艺术的美感，充满诗情画意，显示出强烈的形象性和感染力。

**巴金《家》**

长篇小说《家》是巴金的代表作，与《春》《秋》合称“激流三部曲”。三部长篇小说以宏大的篇幅记述了一个封建家庭衰落的过程，是中国现代最杰出的家族题材小说。《家》以 20 世纪 20 年代初期的中国社会为背景，以一个行将没落的封建大家庭为中心，以两代人的观念与行为的矛盾冲突为主线，通过描写封建制度对青年人个性与生命的压制和摧残，暴露了封建家庭的罪恶及其必然崩溃的历史趋势。作品并不仅仅限于描绘反封建斗争，而是通过青年人对封建势力的不同态度和行动方式，反映了他们所选择的不同道路，对当时的青年读者颇具警策意义，显示出比五四以来同类题材作品更为深刻的思想。

《家》从生活实际出发，塑造了众多真实生动、富于个性的人物形象。其中高老太爷、觉慧和觉新是最成功的三个典型。高老太爷是这个封建大家族的最高统治者，他专横、衰老和腐朽，直接间接造成了一系列悲剧事件。作为封建家长，他在扼杀人性的同时也丧失了人性。高老太爷为人们认识封建家族制度提供了完整而形象的模型。但作品也描写了高老太爷临终前对儿孙的感情，这完全符合生活的实际，使人物更加真实可信。觉慧是封建礼教的叛逆者。他对旧家庭的反抗，以至最终出走，反映了在五四新思想影响下新一代青年的成长。觉慧的热情、叛逆和反抗，正是受五四时期新思潮冲击的激进青年的特征，其预示出垂死的封建制度已经面临崩溃的历史趋势。觉新的形象最见艺术功力。他是一个能认识到自己的悲剧命运却又怯于行动的“多余的人”，是封建礼教毒害下人格分裂的悲剧典型。他也接受过五四新文化的洗礼，认识到旧家庭和礼教的罪恶。但封建伦理道德的毒害和长房长孙的特殊地位，又使他采取妥协顺从的态度，奉行不抵抗主义和作揖哲学，性格懦弱，委曲求全。不过觉新毕竟是个善良的弱者，思想与行动的矛盾使他经常陷入极度的痛苦之中，不能摆脱严酷的自我谴责，人物性格显得复杂而真实。在中国旧式家庭中，觉新这样的“大少爷”非常普遍，因此，觉新这一形象具有十分典型的意义。

《家》在结构艺术上借鉴《红楼梦》的艺术手法，以觉新与瑞珏、梅芬和觉慧与鸣凤之间的感情纠葛为情节发展主线，多重线索相互交织，展现高家的衰亡过程。全书人物众多，情节复杂，但始终围绕基本线索展开描写，严密紧凑，有条不紊。人物的心理描写细腻而真切，以对比的手法鲜明地揭示人物性格。语言如激情澎湃的诗，使作品具有强烈抒情性。

总之，《家》是一部典型的“青春型”创作，宛如一首单纯热情的青春之歌，打动了无数青年读者的心。

### 巴金《寒夜》

《寒夜》完成于1946年底，是最能代表巴金后期创作风格的一部长篇力作。作品改变了巴金前期“青春型”的单纯热情的创作风格，转向以深沉细腻的笔调，书写普通人的悲剧人生，表现平凡生活中的暗淡风景。

故事发生在抗战时期的“陪都”重庆。两个自由恋爱的知识分子的美满婚姻在生活的重压下化为一片辛酸。由于生活的贫困，汪文宣患了肺病，被公司辞退，加之婆媳严重不和，曾树生不堪痛苦，离开家庭。汪文宣在庆祝抗战胜利的爆竹声中悲惨死去，曾树生回来时，丈夫早已病故，婆母、儿子也不知去向。作品通过小人物的悲剧，尖锐控诉了当时寒夜一样的社会对人的戕害，为在黑暗中挣扎的小人物发出了痛苦的呼喊。

《寒夜》改变了巴金早期的家庭题材创作的模式，没有把家庭斗争简单地化为两代人的斗争，或者新旧思想的冲突。它依然描写了一个走向崩溃的家，但这已经不是封建末世的大家庭了，而是五四以后出现的新型家庭模式。与作家早期小说毫不顾惜家庭的毁灭不同，《寒夜》中的汪家成为黑暗社会的对立物，成为作家所珍惜的伦理组织。巴金曾说：“对作品三个主要人物，我全同情，要是换一个社会，他们会生活得很好。”作品沉重地写到，男主人公在庆祝抗战的锣鼓声中寂寞地死去；作品结尾又让女主人公在失去亲人的孤独中真切地感受到：“夜，的确太冷了。”这种艺术氛围中弥散着的冷气，表明的是作家对当时那个社会的决绝态度。写这部小说，就是为了“控诉旧社会，控诉旧制度”，为了“宣判旧社会、旧制度的死刑”（巴金《关于〈寒夜〉》）。

作品在结构上没有刻意的布局，没有任何人为安排的紧张情节，在一系列平凡的生活琐事中推进故事，使读者如同进入现实生活本身一样，体现了一种“无技巧”的艺术；语言委婉细腻，情感真切而有节制，艺术氛围趋于忧伤沉闷，标志着巴金小说由过去的主观色彩浓厚向客观写实风格的演变，体现了巴金小说现实主义的最高成就。

**巴金《爱尔克的灯光》**

《爱尔克的灯光》是一篇抒情性很强的散文，记录了巴金阔别家乡八年后探访故居时的见闻和感想，表现出作家对人生道路的思考。

作品先后描写了故居的灯光，传说中爱尔克的灯光和作者心灵的灯光。灯光作为一个重要的象征，构成了作品情感与思想的线索。故居照壁上“长宜子孙”四个字和大门闪亮的灯光引发了作者的思绪。故家的败落和以姐姐为代表的年轻人在封建家庭中的悲惨遭遇反映出封建思想的黑暗本质及其走向灭亡的必然趋势。爱尔克的灯光则预示着生命的温暖与指向光明的希望；同时由于姐姐的悲剧，灯光又成为希望破灭的象征，使作者陷入悲痛的沉思，而结尾出现的心灵的灯光则又体现出对情感的理性超越，内心重新焕发起希望的光芒。

作品结构谨严，情感浓烈，熔叙事、抒情、议论于一炉，具有强烈的抒情性。

**林徽因《模影零篇·钟绿》**

《模影零篇》是一组回忆体的小说，每篇都以一个人物为标题，也以这个人物为中心，承载叙述者的记忆和感受。这一系列中的首篇《钟绿》奠定了这一叙述模式。

《钟绿》的构思颇为精巧。小说讲述一个名叫钟绿的美人，却迟迟不安排这个人物出场，反而层层铺垫，先讲述叙述者“我”童年时对美人的记忆——一个全身缟素的孀居女子，再回忆“我”的两个友人对钟绿的描绘，每一段都极富画面感。终于，钟绿烘云托月般地出场了。与“我”共度的半个夜晚，描述得非常细致，使前文的层层铺垫一一落到实处。钟绿的美不仅在外貌，更在于一种难得的气质，后者使她的每一次出场都能定格为一幅绝美的画卷，在叙述者的记忆中化作永恒。然而，在林徽因笔下，美往往是脆弱的代名词，钟绿的爱人竟然在结婚的前一星期骤然死去，之后钟绿也死在一艘帆船上（根据叙述者的暗示，很可能是自杀）。钟绿生前曾答应和叙述者“我”一起乘坐帆船，不料一语成谶。死亡的结局使小说笼罩上一层悲哀而神秘的气息。似乎前文的层层铺垫不仅是为了烘托美人钟绿的出场，还预示着悲剧的结局。叙述者在与钟绿共度的夜晚提及帆船，最终成为后者的死亡之所。而“我”回忆童年时提到的孀居美人，在葬礼中出现，也充满了不祥之感和对于死亡的预设。这样看来，小说在叙述与结构上的精心安排，既指向钟绿这个人物，又指向故事的悲剧结局。

## 林徽因《模影零篇·吉公》

《吉公》是《模影零篇》系列的第二篇，是其中唯一一篇以男性——一位家族中的男性长辈——为主人公的小说。小说延续了《钟绿》奠定的回忆式叙述模式。吉公是叙述者“我”的舅公，因为是曾外祖母抱来替代自己九岁夭亡的儿子的，加上不喜欢读书举业，只关注机器照相之类“奇技淫巧”，在家族中备受冷落和轻视。唯一喜欢吉公的是叙述者“我”。“我”保持着孩子的善良纯真，与同样保持着赤子之心的吉公自然有更多的共同语言。叙述者的讲述是颇为节制的，先介绍吉公的身世和境遇，再慢慢揭示他第一段婚姻的悲剧，使吉公的性格逐渐丰满立体。后来吉公不顾家族反对，入赘到一个能给他关心和安慰的女性家中，从此与家族、与“我”不通音信。之后又接续到两年前“我”南下，回到幼年居住的城里去，又见到已经60岁的吉公和他的子女。此时作为成年人的叙述者不再透过儿童视角，转而对吉公一生的境遇进行成熟的思考。聪明的吉公一生无所成就，源于时代带给他的巨大的传统因袭压力，导致像吉公这样喜爱自然科学的人全无出路，只能在小技艺和小趣味中终此一生。这样看来，《吉公》的立意可谓高远，不仅塑造了一位保持童心的善良人物，还借他被荒废的一生表达对于老旧保守的传统文化的反省。林徽因关注的不只是人情的冷暖，还有文化的更迭。

## 林徽因《模影零篇·文珍》

《文珍》是《模影零篇》中运用儿童视角最纯熟也最成功的一篇。叙述者“我”在7岁时暂住在亲戚家，认识了使女文珍，也感受到她的善良和周到。小说全篇透过一个孩子的视角讲述故事，塑造人物。因为是孩子，对成年人的世界似懂非懂；又因为是暂住，对亲戚家的人与事难免隔膜。林徽因对叙述者身份的巧妙设定，使小说在叙述过程中一直处于一知半解的朦胧状态，也就更容易制造悬念，实现情节的不可知性。故事的时间设定在清末，空间则是一个帝制时代人口众多的大家族。文章开头提到的使女文环的投井身亡及其与主人芳哥的关系，以及芳哥给文珍的折扇和诗画，便充分展现出一个旧式大家族不可告人的阴暗面。值得关注的还有后院那扇永远锁闭的小门后居住的一个革命党。这对于旧式大家族而言是威胁，是禁忌，之于文珍却可能成为摆脱牢笼的一线生机。终于，革命爆发，文珍在中秋节后快要出嫁以前逃跑了，据家族中的人推测，很可能是同那革命党跑的。如果这一推测属实，文珍终于摆脱了家族的胁迫，能够主宰自己的命运。这使她成为《模影零篇》系列中最具有反抗性的人物。当然，文珍的结局并不明朗，也体现出动荡年代中女性命运的曲折。

### 林徽因《模影零篇·绣绣》

《绣绣》作为《模影零篇》系列小说的终篇，借助儿童视角讲述了一个“我”的同龄人的悲剧命运。绣绣只有11岁，父亲抛弃她们母女，另结新欢。也许因为母亲生的孩子中只有绣绣一个女孩活下来，也许父母之间本来就没有感情，绣绣缺少父爱，母亲也被命运折磨得扭曲了人格，对绣绣的母爱日渐淡薄。叙述者“我”由此成为人世间唯一关爱、同情绣绣的人。“我们”的友谊因为一起用小皮鞋换取两只碗而缔结。那双曾经带给绣绣骄傲的体面的小皮鞋，似乎代表着她曾经有过的快乐。最终父母彻底反目并大打出手，摔碎了联结着“我”和绣绣友谊的小碗，绣绣失去了唯一的爱的纽带，最终在寒冷的冬日清晨选择自杀，结束了自己不幸的命运。《绣绣》是《模影零篇》系列小说中情节最为悲惨的一篇，在沉痛的叙述中却富含诗意，尤其是结尾处描绘绣绣的死亡，叙述者有意节制情感，避免过甚其词，反而使悲剧的效果更为突出。

《模影零篇》系列小说透过儿童视角展开叙述，技巧纯熟，体现出林徽因明确的小说文体意识。而每一篇的情节、人物和情感绝不雷同，也使这四篇小说奉献出一系列丰富多彩的人物形象。

### 林徽因《笑》

《笑》是林徽因的新诗代表作。诗歌以一个女性——很可能是一个小女孩——为参照，细腻地描绘了她的笑。从眼睛、口唇、鬈发、耳朵，再到心窝，由视觉、味觉、触觉、听觉，再到内心的感觉，多角度、多层次地书写了笑的方方面面。诗歌本是文字的艺术，在林徽因笔下，却兼具音乐性和绘画感（这也是新月派诗歌的艺术追求）。读者仿佛能够看到小女孩的如花笑靥，也能够听到她的朗朗笑声。诗歌大量使用比喻，其中有明喻也有暗喻，无不体贴入微。《笑》以短短数行，感染了整个世界。可以说，这首小诗浓缩了人世间的全部快乐、全部温暖。

**林徽因《你是人间的四月天》**

这是林徽因最脍炙人口的诗作，在她生前已引起关注。林徽因逝世后，挚友金岳霖为她撰写挽联："一身诗意千寻瀑，万古人间四月天。"上联强调林徽因身上浓郁的诗情诗性，下联则紧扣其代表作《你是人间的四月天》。近年来，由于电视剧《人间四月天》的影响，一些读者或无心或有意地将这首诗与徐志摩相关联，这实在是一个美丽的误会。林徽因与徐志摩之间的友谊延续了终生，两人之间也有过诗歌唱和，如徐志摩的《偶然》与林徽因的《仍然》，但彼此间始终保持着理性。事实上，这首诗是林徽因写给爱子梁从诫的，表达儿子的出生带来的喜悦之情和心中对儿子的美好希望。诗人以人世间最美的时辰和一切美好的事物作为吟咏的对象，正如副标题"一句爱的赞颂"所示，爱子的降生使诗人感受到人间挚爱，如同最美好的四月天，笑响点亮的四面风、春的光艳里的交舞、早天里的云烟、闪动的星、洒在花前的细雨、鲜妍百花的冠冕、夜夜的圆月、雪花后的鹅黄、初放的芽绿、水光浮动里的柔嫩的白莲、树树的花开、梁间呢喃的燕，大多是初生的自然物，这一系列的意象，一系列的比喻，都与出生不久的梁从诫相切合。林徽因的性灵深处本就充满诗情，爱子的降生更进一步触动了她的诗思，凝聚在诗人笔端，化作最美的篇章。

《你是人间的四月天》在音乐性和绘画感方面也取得了突出的成就，音韵体现出轻盈跳跃的和谐感，如珠落玉盘，意象则焕发出鲜艳明丽的色彩，似初发芙蓉，成为中国现代诗歌史上最优美的作品之一。

这首诗也可以视为诗人的自道，是林徽因美好人性的代表。挚友金岳霖在挽联中强调这一点，可谓知人之语。

## 林徽因《哭三弟恒》

林恒是林徽因同父异母的弟弟，在兄弟姐妹中与林徽因感情最深。林恒最初考入清华大学，随着日寇侵略的阴云逼近华北，林恒先是积极参加了“一二·九运动”，后又毅然放弃清华学业，报考航空学校，希望以飞行员的身份驾驶战机在空中保卫祖国。1940 年，林恒以第二名的成绩从航校毕业，但他的飞行生涯却很短暂。在 1941 年保卫成都的一次空战中，林恒被一架日机击中头部而壮烈牺牲，年仅 23 岁。梁思成没有将这个消息告诉林徽因，直到三年后，她才知道弟弟的死讯。沉浸在失去亲人的悲痛中的林徽因，将对林恒的伤悼与思念写入《哭三弟恒》这首诗中。事实上，这首诗悼念的不只是林恒。全面抗战爆发后，林徽因一家离开北平，辗转多地，最终在四川李庄落脚。在迁徙过程中，他们不止一次因为敌机的轰炸和家人的病痛而陷入困境。在湘黔交界的晃县，林徽因由感冒引发肺炎，高烧至 40 度。整个县城没有一所医院，一家人也找不到住宿的地方。在几近绝望的时候，梁思成敲开了一家小客栈的房门，里面住着八位空军学院的年轻学员。这群善良而热忱的年轻人及时伸出援手，救梁林一家于危难。在此后的岁月中，八位空军学员与梁林一家人结下了深厚的友情，甚至在他们的毕业典礼上，林徽因都以家属的身份参加。八位学员毕业后驾驶战斗机驰骋于蓝天，为保卫祖国与日军殊死作战，后来一一战死。他们的遗物先后寄到了位于李庄的林徽因家，每一次都让林徽因感受到失去亲人的痛苦。在抗战的离乱中，几乎每家人都体会过失去亲人的痛苦，特别是在战场上阵亡的将士，家人的哀痛尤其深切。《哭三弟恒》这首诗，既是伤悼英年早逝的林恒，也是怀念那八位血洒蓝天的年轻飞行员，更是写给所有在抗日战争中为国捐躯的将士的一曲哀歌。

这是一首朴素的哀歌，摒弃了一切精湛的技巧和华美的修辞，一任悲悼的情绪肆意流淌。这是林徽因全部诗作中最为质朴哀婉的一篇，而在悲戚的伤悼中，又有着一个民族不屈的灵魂和悲壮的情怀。

## 林徽因译《夜莺与玫瑰》

《夜莺与玫瑰》是英国唯美主义作家奥斯卡·王尔德（林徽因译为奥司克魏尔德）的童话代表作。王尔德的作品，大多以一种决绝的姿态表达对爱与美的热烈赞颂，而爱与美往往联结着死亡，导致凄美的结局。《夜莺与玫瑰》就是其中的代表。童话中的青年学生得到了教授女儿的承诺：为她采得红玫瑰，就与青年共舞。青年学生对爱情的渴望感动了夜莺，努力为他寻找红玫瑰，但正值冬日，不可得。玫瑰树告诉夜莺，若要红玫瑰，须用心血染它，将胸口顶着玫瑰树上的一根尖刺，在月色里整夜歌唱。那刺需刺入夜莺的心头，使生命的血液流到玫瑰花的心房，用生命与音乐制成红玫瑰。为了守护爱情，夜莺答应了，胸口插着尖刺整夜歌唱，终于以生命为代价制成一朵红玫瑰。青年学生发现了红玫瑰，却全然不知夜莺为此付出了生命。他把红玫瑰交给教授的女儿，得到的却是冷落和讥讽。在她眼中，花草的价值怎么比得上珠宝首饰。青年学生丢弃了红玫瑰，任它被碾压成尘，也从此丧失了对爱情的信仰，回到自己封闭的哲学与玄学的世界里。夜莺为守护爱情而做出的牺牲变得毫无价值，化作尘埃。在这篇童话里，爱与美被金钱挫败，与死亡相纠缠，显示出王尔德作品常见的主题。教授的女儿重物质而轻精神，青年学生偶遇挫折便放弃对爱情的追求。真正信仰爱与美的唯有夜莺，为此不惜牺牲一切，在壮烈与凄美中结束生命。但夜莺的努力是徒劳的，无法唤起世人对爱与美的尊崇。夜莺即是王尔德对自身的写照，生动地表达出一个唯美主义者对于世态人心的基本判断。

《夜莺与玫瑰》问世百年来，曾有多个中文译本，其中林徽因的译本出现较早，也颇为著名。除文字华美、贴近原作外，林徽因一生对于生命和艺术的崇尚，对于爱与美的不懈追求，那种虽九死其犹未悔的精神也和童话中的夜莺一样，永远感动着读者。作为文学家、建筑学家的林徽因，也是一只始终歌唱着生命与爱的夜莺，她短暂而灿烂的一生，也是一部美丽动人的童话。

## 林徽因、梁思成《达·芬奇——具有伟大远见的建筑工程师》

《达·芬奇——具有伟大远见的建筑工程师》发表于 1952 年 5 月 3 日的《人民日报》，是为了响应联合国纪念年度世界文化名人而作，署名“梁思成、林徽因”，是夫妇二人合作的众多作品中的一篇。梁思成、林徽因早年由双方家长缔结婚约（梁启超和林长民），订婚后双双赴美留学，来到宾夕法尼亚大学，梁思成进入建筑学系，林徽因进入艺术史系（当年的建筑学系不招收女生)，毕业并成婚后归国，共同创建了东北大学和清华大学建筑系，并赴中国内地考察古建筑，撰写《中国建筑史》等学术著作。可以说，对于建筑学的浓厚兴趣是夫妇二人相识相知并缔结良缘的重要基础，也是他们最有共同语言的领域。梁思成与林徽因一生合作作品众多，有建筑设计、学术专著、考察报告，更有多篇普及建筑学知识的散文小品，《达·芬奇——具有伟大远见的建筑工程师》就是其中之一。作品详细地介绍了达·芬奇在艺术与科学等不同领域取得的杰出成就，尤其着重于纪念他在建筑学方面做出的伟大贡献，篇幅不长，信息量却很大。对于达·芬奇“不断观察自然、克服自然、永有创造的信心”精神的表述，既是对这位建筑大师的赞颂，又是作为建筑师的梁、林夫妇的夫子自道，体现出他们对于建筑师之精神的深刻领悟。可见，该文绝非应时之作，而是梁思成与林徽因对于自己数十年的建筑学生涯的回顾与总结。

**林徽因《我们的首都》**

在林徽因的墓碑上，镌刻着“建筑师林徽因”六个字，代表世人对她一生成就的评价和总结。尽管林徽因在文学、艺术、教育等诸多领域都取得了突出的成绩，但建筑才是她一生的情之所至。相信墓碑上的盖棺论定，也能够得到林徽因本人的认可。

《我们的首都》是作于20世纪50年代的一组散文，旨在向普通读者，尤其是青少年介绍首都北京的历史与文化。身为建筑师的林徽因，从北京的历史建筑入手，自是题中应有之义。这是一组结构严谨、表述清晰的说明文，对中山堂、劳动人民文化宫、故宫、北海公园、天坛、颐和园、天宁寺塔、五塔寺塔、西黄寺塔、碧云寺塔、鼓楼、钟楼、什刹海、雍和宫等名胜建筑进行了详细的介绍，尤其注重对于建筑结构和建筑工艺的讲解。作者秉承建筑史家的严谨态度，以内行人而非普通游客的身份，全面介绍了这些建筑的起源、布局及其历史文化价值，既是读者游览上述名胜的指南，又是说明性文章的典范，兼具建筑学和文学价值。

**萧乾《篱下》**

小说《篱下》是萧乾的代表作，讲述了一个被父亲抛弃的乡下孩子，随母亲寄住在城里的姨家，因为生活习惯的差异和姨父的排斥，被迫离开的故事。小说的标题明显借用“寄人篱下”这一成语。表面上看，主人公的被迫离开是因为自身的顽劣，但事实上完全是出于姨父的势利与自私。小说的突出之处在于通篇采用第一人称叙述，借助一个不谙世事的儿童的视角讲述故事。出于主观视角，被父亲抛弃并没有给叙述者带来多大的痛苦（父亲在北平做事，和叙述者“我”本就缺少亲情）。寄住在姨家，也丝毫没有做客的谨慎和矜持。作品透过儿童的视角看待周遭的世界，姨父外表的和善掩盖了人性的冷酷，母亲的严厉责罚也压抑了内心的痛苦。小说还有意通过细节刻画人物，如讲述姨家的枣树，每年8月收获后“张老爷一口袋，赵老爷一蒲包地送”，姨父的势利钻营借助这一看似不经意的细节被揭露无遗。小说通过儿童视角，巧妙地将儿童世界和成人世界相区隔，讲述了一个世态炎凉的悲剧故事。

**萧乾《矮檐》**

“既在矮檐下，怎敢不低头”。小说《矮檐》和《篱下》堪称同义反复式的一对孪生子。题材相近，标题也都借自成语或俗语。唯一不同的是叙述方式。《矮檐》采用第三人称全知叙述，通过旁观者而不是小说中的人物的视角讲述故事。之所以不再延续《篱下》的第一人称叙述方式，源于《矮檐》情节的相对复杂。小说除讲述寄住在亲戚家的孤儿寡母遭遇世态炎凉外，还交代了已经去世的父亲和叔父的经历，揭示出主人公身处困境的原因。同时，八岁的小主人公在学塾读书，因为交不起学费、送不起塾师寿礼而遭受责罚，塾师却是亡父的生前故旧。人心的险恶和人情的冷暖再一次彰显于文本的细节之中。而这一切都是借助儿童的第一人称主观视角无法充分展现的。可见，《矮檐》对于叙述视角的精心选择，使小说承载了更为复杂的情节内涵和更加丰富的文本信息。不过，小说在整体上借助第三人称叙述的同时，在若干细节上也不排斥采用主观视角，如婶婶的冷酷自私、塾师的势利凶残，都透过孤儿寡母的眼光，更充分也更直观地揭示出人物的内心世界和性格特征，体现出纯熟的叙述技巧。

**萧乾《小蒋》**

《小蒋》的主人公是一个年轻的送奶工，每天艰苦的劳动和缺少关爱的环境使他显得有些愤世嫉俗，外表也呈现出与实际年龄不符的粗鲁和世故。唯一让他惦念的是一只名叫鹿儿的母羊，小蒋待它像对待亲人一样，隐晦地表达了作者对于人不如动物的冷酷世界的谴责。小说明确交代了小蒋是一个失去了全部亲人的孤独的孩子，对鹿儿的关注和照顾是缺少亲情而又渴望亲情的小蒋对自己心灵的慰藉。最终，由于性格的坚硬不妥协，小蒋被辞退。缺少关爱的冷酷世界依旧冷酷，孤独的灵魂也愈发孤独。

**萧乾《蚕》**

《蚕》是最能体现萧乾细腻的描写功力的小说之一。作品以叙述者“我”和朋友“梅”养蚕的经历为主线，用细腻的笔触描绘了蚕由幼虫到吐丝，以至死亡的全过程，表达了对生命的敬意和礼赞。叙述者把蚕当作与自己共同生活的人来看待，大量使用拟人的修辞方法描述蚕的一生，充满了善意与温情。特别是用“我”与“梅”的合影为布景，让蚕在上面吐丝，如同作画一般，合影成为蚕大显身手的画布，这一构思尤其精巧，赋予蚕以艺术家的灵性。小说的叙述不疾不徐，始终洋溢着乐观的情绪，是萧乾早期小说中为数不多的喜剧性作品。

**萧乾《邮票》**

小说《邮票》作于1934年，这一年华北危机已呈山雨欲来之势。这是一篇在情节的构思上颇为精巧的作品。小说的叙述者是一个只知道玩乐的学生，学习不努力，对国家的命运也毫不关心，每天沉浸在个人快乐的小天地里，后来又迷恋上集邮。由于这一爱好，叙述者“我”和新近从东北转学来的老赵交往，最初只是为了向对方索要邮票，渐渐地了解到老赵的痛苦和抱负。老赵是东北沦陷后被迫进关来到“我”所在的学校读书的，他具有崇高的民族气节，不甘心当亡国奴，面对邮票上“伪满洲国”的字样，感受到巨大的屈辱。通过几次交流，老赵坚定的抗日决心逐渐感染了“我”。最终，老赵选择回到家乡，投身抗战。小说的叙述语调由最初的轻松自在逐渐转向深沉凝重，叙述重心也由“我”逐渐转向老赵。作为主要意象的“邮票”只是联结“我”和老赵之间的线索。小说欲抑先扬，立意重在宣传抗日。在众多抗战题材的文学作品中，堪称运思独到。

**萧乾《俘虏》**

《俘虏》是一篇童趣盎然的作品。小说讲述了一群少年的恶作剧：在“首领”铁柱儿的率领下“俘虏”了女孩荔子的小猫，以此“要挟”她一起做松灯。小说的前半部分交代了荔子和铁柱儿的性格特征：一个嘴上不饶人，一个对待小动物颇为残忍，似乎都缺少孩子的纯真善良。但通过这次“俘虏”事件，孩子们相约在七月节一起放灯，儿童世界纯净美好又得以重现。小说有意借助儿童视角展开叙述，尤其着力于刻画儿童的心理，使铁柱儿等人的一系列“恶行”有了一个令人意想不到的喜剧式的温馨结局。作品讲述了儿童的“恶”，却仍以善作魂，是一篇有趣味也有情怀的小说。

**萧乾《花子和老黄》**

小说的标题是《花子和老黄》，但对于前者着墨不多，叙述的重心明显在后者。花子是叙述者“我”家的一条狗，老黄则是“我”家的仆人，每天负责照顾“我”上下学及其他日常生活。在小说的开头，叙述者明显与花子更为亲近，还常常用恶作剧捉弄老黄。然而，老黄的忠诚与善良随着情节的推进慢慢显现出来，也逐渐引起了“我”的认同。最终，花子被怀疑患上了狂犬病，被巡警捉去。老黄不小心被花子咬伤，也被怀疑染病，因此被赶出了效力半生的主人的家门。对他报以同情的只有女仆胡妈和未成年人“我”，有钱人的冷酷自私由此显露无遗。小说具有明显的批判性，而借助儿童视角展开叙述，更充分地揭示出成人世界的阴暗面，进一步加强了批判的力度。

**萧乾《邓山东》**

小说《邓山东》塑造了一个在学堂门口卖零食的小买卖人形象。这一形象最突出的特点就是善良。虽然经营小买卖，邓山东却极重道义，不胡乱要钱，对在学堂受到责罚的孩子尤其关爱。与他相比，学堂里的斋务长和听差却显得冷酷蛮横。小说熟练地运用儿童视角展开叙述，将邓山东与斋务长分别作为善与恶的代表，进行了鲜明的对照。在萧乾笔下，儿童世界和成人世界常常是相互区隔，甚至对立的。但邓山东这类形象，却是成人世界中罕见的维系美好人性的纽带。邓山东善唱小曲，这是孩子们的最爱，也成为他们终将逝去的童年生活中的记忆珍藏。

**萧乾《落日》**

透过儿童的视角讲述死亡，尤其是亲人的死亡，在古今中外的文学作品中并不常见，因为过于残酷，许多作家避之不及。萧乾的《落日》打破了这一禁忌，因为这篇小说讲述的是作者真实的经历。萧乾是父亲的遗腹子，自幼被母亲抚养，孤儿寡母生活艰难，备尝人情冷暖。这在他的小说《篱下》和《矮檐》中有充分展现。更为不幸的是，在萧乾十岁时，母亲也去世了。成为孤儿的萧乾先是寄住在亲戚家，然后开始了半工半读的生活，在童年时代即感受到失去双亲的孤苦和人世的艰辛。萧乾是一个有心人，在成为作家后将童年生活的点点滴滴一一写入作品，甚至不回避母亲的死亡。《落日》从儿童视角出发，呈现出母亲去世的全过程。小说虽然采用第三人称叙述，但具有明显的主观性，与第一人称叙述并无明显区别，从而更直观地讲述了母子之间天人永隔的悲剧故事。

**萧乾《校门内外》**

《校门内外》是萧乾的自传性散文，讲述了他从出生到成为著名编辑、记者、作家和翻译家的生命历程。在这篇散文中，作者没有使用复杂的技巧或精妙的修辞，而是真真切切地讲述着自己的生活经历，体现出质朴平易之美，从中可以找到萧乾多篇小说的原型和本事，既是一篇可读性强的散文，又是打开萧乾小说世界之门的一把钥匙。由此可见，是生活培养了萧乾这位成功的作家。

**萧乾《老北京的小胡同》**

萧乾是一个地地道道的北京人，生于斯长于斯，毕生受到北京文化，尤其是以胡同为中心的平民文化的浸润。即使在20世纪三四十年代远赴欧洲留学，“二战”爆发后做战地记者，战后又负笈剑桥数年，北京文化投射在他心中的映影也从未消散。晚年的萧乾，又过上了地地道道的北京人的生活，住在胡同里，喜爱北京的小吃，喜欢听相声，虽然翻译了多部外国文学名作，却致力于“化古纳洋”。北京的胡同是平民萧乾生命的起点，也是作家萧乾创作的原乡。

**萧红《小黑狗》**

萧红的文体，很难在小说和散文之间做出明确区分。即使是小说，内容也是对真实生活的记录，形式也是散淡的。《小黑狗》就是如此。小说讲述了一只大狗生下几只小狗，又一一失去它的孩子的故事，在平静的叙述中透出一丝感伤。叙述者感同身受般地书写小狗的死亡，又借助小钰和平森这两个儿童纯净的视角，对于动物的世界进行了细腻的描绘，使动物似乎拥有了人类的情感体验。最终，小狗一个也不见了，大狗孤独地睡在木柗上，重复着萧红小说的常见主题——生命的残酷与亲情的失落。

**萧红《哑老人》**

小说《哑老人》是萧红笔下最为悲哀凄凉的作品。一个年轻的女孩子靠做工养活自己患重病的祖父，祖父是哑的，孙女只能用手势和他交流。在中秋节的夜晚，孙女被女工头毒打致死，团圆夜成为生死两分、天人永隔的日子，透露着肃杀的绝望感。不久老人也死于火灾。故事有悲惨的过程，也有悲惨的结局，但叙述中却以白描为主。作者努力保持着情感的节制，有意避免煽情，在平静之中书写悲哀的故事，反而加强了悲剧的意蕴。小说的描写是细致的，特别是对于祖父的表情与动作，尤其着力于描写祖父的烟管。回旋飘散的烟纹呈现出一个不能用言语表达自己内心感受的老人的情绪，似乎也预示着祖父的命运。秋凉毁灭了烟纹，烟火最终也夺走了祖父的生命。烟管意象一直伴随着祖父，成为对于危机和死亡的预示。事实上，在得知孙女死讯时，祖父的精神已经濒临死亡，烟火夺去的是一个对生命绝望、失去灵魂的肉体，在人生的悲哀之上又增添了一层人性的悲哀。

**萧红《叶子》**

表面上看，病痛与死亡是这篇小说的主题。十四五岁的少女叶子感受着自己身体和心灵的伤痛，也心系着表哥莺哥的病痛，直到莺哥死亡，又为他伤逝，为他冥想。少年人美好的情愫被死亡割裂，更被成年人的冷漠绝情碾压成尘。萧红笔下，少年人的世界和成年人的世界永远是区隔的。比少年莺哥之死更令人感到悲哀的，是贫富差距造成的亲情的失落。这样看来，小说的主题超越了病痛与死亡，直指人性的幽暗处。而生性活泼而又敏感多思的叶子，正是以同样生性活泼而又敏感多思的萧红为原型，更为这篇小说增添了悲凉的人生底色。

**萧红《清晨的马路上》**

这又是一个贫苦家庭生离死别的故事，在萧红笔下却讲述得异常平静。小说的第一部分纯用白描，描绘街景，慢慢烘托出主人公——叫卖的孩子小林和他的家人。小林的父亲原本靠卖报为生，因为重病无法工作，只能靠小林在街头叫卖香烟勉强度日。长子大林从事秘密工作（革命或抗日），很少回家。一家人贫苦无依，却彼此关爱，充满了温情。最终，父母因为大林被捕，大林回家时已是人去屋空，小林寄住在邻居家。作品仍是悲惨凄凉的结局。萧红以不动声色的冷静（甚至隐晦）的笔触娓娓道来，却倍增其悲惨凄凉的意蕴，十分动人。

**萧红《蹲在牛车上》**

这是一部取材于萧红童年生活的作品。萧红的作品只要涉及祖父，就洋溢着欢快的气氛。散文《蹲在牛车上》就是如此。作品借助儿童视角，把一个刚满六岁的小女孩自己离家又被一个好心的车夫用洋车送回的故事讲述得妙趣横生。表面上看，情节的推进是随性的，但内在的叙事逻辑却极为规整严密。开头祖母每次上街，“我”都让她买皮球，而祖母从未让“我”得偿所愿，为后文“我”悄悄离家自己出街买皮球做了铺垫；而祖母嘲笑“乡巴佬”不坐而是蹲在驴车上，也使充满好奇天性的“我”尝试坐在洋车上显得颇为顺理成章。到家时由于突然停车产生的惯性，蹲在洋车上的“我”摔了下来，由此引发祖父对车夫的责打，也引发了“我”对祖父心生隔膜，再一次区隔了儿童与成年人的不同世界。虽然“我”没有买到皮球，还迷了路、跌了跤，但作品中童年的欢乐气氛始终充溢其中。直到结尾一段陡然发生偏转：“现在变成个没有钱的孩子了”。心之所系不是生活陷入困顿，而是童年消逝，亲情不再，一下子从快乐的回忆转入严酷的现实，堪称点睛之笔。

**萧红《小六》**

这篇小说又名《搬家》，讲述了一个生活贫困的家庭由于被迫不断搬家引发的家庭矛盾和痛苦。所谓贫贱夫妻百事哀，因为贫贱，租不起房，只好不断地更换住处；因为贫贱，夫妻反目，争吵和厮打成为生活的常态。而那个名叫小六的孩子，既受困于家庭的贫穷，又是父母矛盾的牺牲品，成为不幸者中的最不幸者。小说的叙述是简单的，甚至简陋的，唯情感真挚，令读者对小六的命运产生深深的同情。

**萧红《祖父死了的时候》**

祖父是在萧红童年时期唯一给过她关爱的家人，也是萧红一生中为数不多的割舍不断的亲情。因此，萧红在作品中写到祖父时，总是充满温情与爱意。即使面对无法回避的祖父之死，这种温情与爱意仍在。散文《祖父死了的时候》描绘了祖父不可逆转的衰老和死亡，以及父母的薄情带给祖父和萧红的无助感。散文用近乎残酷的方式书写了萧红的“成人礼”——祖父的死亡和葬礼切断了萧红和家庭之间唯一的亲情挂念，使她以饮酒的方式告别祖父、告别昨天，也彻底告别家庭，走入广大的人群中，长大成人。

**萧红《手》**

正如有的研究者所说，萧红终其一生都是一个漂泊的异乡人，无论是在哈尔滨、青岛、上海、重庆、香港，还是在故乡呼兰。异乡人的感受使她对每一个在群体中被孤立和歧视的人都充满了关爱与同情，也常常在作品中着力刻画这类人物。小说《手》中的主人公王亚明就是如此。王亚明是一所寄宿女校的学生，因为家境贫寒，因为双手经常染着蓝色、紫色和黑色而饱受校长、舍监和同学的轻视、嘲笑与欺辱。作品开头并未交代王亚明手上染色的原因，直到她父亲的出场，才向读者点明原来她家是开小染房的，贫穷、多子女，举全家之力供她读书，为的是能够改变命运。王亚明在假期要参与家庭生产，双手难免染上难以褪去的颜色；同时，她又背负着全家人的希望——也是责任和压力，要努力读书上进。王亚明是非常用功的，但学习基础的相对薄弱和缺乏关爱的冷漠环境最终还是让她离开了学校。离校时，父女二人背着行李的惆怅身影倒映在雪地上，令人产生难以名状的凄凉之感。小说中唯一对王亚明有同情与关爱的是叙述者“我”——异乡人萧红自己的化身。现实中的异乡人萧红同情、关爱小说中的异乡人王亚明，更使小说充满了同是天涯沦落人的知己之情和身世之感。可以说，王亚明就是萧红，既是她悲悯的众生，也是哀叹的自己。

**萧红《家族以外的人》**

有二伯的形象，还出现在萧红 1940 年出版的小说《呼兰河传》中，而且占据了很长的篇幅，文本与《家族以外的人》具有明显的相关性。从小说修辞层面看，就是互文关系。在讲述自己的童年生活时，萧红对两个人物饱含深情，一个是祖父，另一个就是有二伯。前者曾带给萧红亲人的关爱，成为作者挥之不去的记忆，自不待言，而通过多部小说反复讲述有二伯，则展现出萧红童年记忆的另一抹色彩。有二伯很难单纯用善恶标准来衡量，他有善良卑微的一面，如对“我”的关爱，对自身遭遇的伤悼；同时也有狡狯卑劣的一面，如三番五次地盗卖“我”家的物品，对不幸、屈辱有时也显得麻木不仁，有些阿 Q 气。但出于儿童视角，叙述者“我”并未站在道德的制高点上批评有二伯的所作所为，而是对这个人物的不幸命运充满了同情。小说的主旨不是对有二伯“哀其不幸，怒其不争”的启蒙观念，而是站在普通人的平凡立场，采用平静甚至有些平淡的口吻讲述故事。事实上，有二伯并不是“家族以外的人”，与“我”的父亲是同族兄弟，因为寄住在“我”家，因为贫穷，就要受到父母的歧视和欺辱，甚至“我”家的仆人也看不起他，最终被赶出家门。叙述者“我”是小说中唯一对有二伯充满亲情和关爱的人，甚至能够谅解他的偷窃行为，这恰如有二伯对“我”的亲情与关爱，能够接受“我”的“顽劣”。儿童和成年人的立场总是不同的——对有二伯的态度就是显著标志。同样受到父母责骂的“我”和有二伯产生了相互之间的理解。这样看来，有二伯又是一个童心未泯的人，恰如萧红的祖父。在小说结尾，有二伯不见了，“我”也告别了童年。在萧红的世界里，有二伯这样的人，无论在成年人的眼中多么卑劣不堪，都难以掩盖其纯真善良的本性。也只有这样的人，才能成为她记忆中的珍藏，才能走进她的文学世界，化为永恒。

### 萧红《牛车上》

萧红生活的时代，正值中国北方军阀混战、民不聊生的动荡岁月。普通民众或主动或被迫当了兵，既是谋生，又是谋死——不是在战场上做炮灰，就是因反抗军阀而惨遭杀害。小说《牛车上》中五云嫂的丈夫就是如此。这篇小说仍借助儿童的视角，通过五云嫂讲述自己的不幸命运，揭示出军阀的凶残和民众的痛苦。本来，透过儿童视角可能会冲淡作品的悲剧意蕴，但萧红巧妙地使用了对话，五云嫂的遭遇全部通过她本人的讲述一一道来，从而增强了悲剧的直观性和现场感。车夫也曾经当过兵，对五云嫂的遭遇更能够感同身受。小说将叙述空间固定在一辆行进中的牛车之上，一方面借助有限的空间使对话占据叙述的显要位置，另一方面则通过对行车过程中的路边景物的细致描绘，不断加强悲剧气氛，构思颇为讲究，体现出一位日臻成熟的小说家的创作素养。

### 萧红《两个朋友》

小说题为《两个朋友》，大部分篇幅却在叙述主人公华子和金珠这两个女孩子之间的“战争”。那么“朋友”的意义体现在哪里呢？金珠是随寡居的母亲到亲戚家帮工借以谋生的，难免有寄人篱下的飘零之感，这样的孩子大多敏感。而华子是一个失去母亲的孩子，继母对她不好，也使她心存怨怼之气。加上继母从中挑拨，于是，两个孩子之间的冲突变得不可避免了。但儿童的世界与成年人就是不同，有冲突，但无阴谋，不会真的伤感情，何况这两位“同是天涯沦落人”的小主人公。小说虽然不加掩饰地叙述了华子和金珠的争吵和厮打，但更多的还是描写孩子之间的相互理解和同情，以及背后的纯真善良，与继母代表的成年人世界恰堪对照。而华子和金珠摒弃前嫌，重归于好，成为朋友时，因为继母的缘故，金珠和母亲却被驱走了。作品仍以悲剧作结。和萧红绝大多数小说一样,《两个朋友》也取材于作者的亲身经历,具有明显的自传性。缺少亲情与关爱的童年,使萧红在描绘儿童与成人世界时,往往采用截然不同的笔墨,使之形成鲜明的对比。《两个朋友》就是其中的代表。

**萧红《汾河的圆月》**

"九一八"事变之后,东北沦陷,抗日也随之成为萧红创作的主要题材。小说《汾河的圆月》创作于抗战全面爆发后一年,作品没有描绘激烈的正面战场,而是通过一个破碎的家庭——失去儿子的老母亲和失去父亲的小孩子,揭露战争的暴虐及其带给普通民众的不幸。小说的氛围是沉郁的,但没有陷入悲哀,而是暗暗涌动着反抗者的坚韧与热忱。小说结尾处隐隐地叙述着抗日救亡团体在村中演出话剧,宣传抗战,从中分明可以看出一个民族挺立的脊梁和不屈的灵魂。小说虽然也写到了死亡,写到了孩子的悲哀无助,但和萧红抗战前的作品相比,却明显杜绝了那种彻骨的绝望感。同时,借助对于河边圆月的反复书写,使小说的抒情性颇为突出,可谓哀而不伤。

**萧红《孩子的讲演》**

讲述抗战中的儿童,在萧红抗日题材小说中时常出现,《孩子的讲演》就是其中的代表。小说的精巧之处,就在于始终从小主人公王根的视角出发,来观察和叙述他的这次讲演。王根加入抗战服务团做勤务,并成为其中年龄最小的讲演者。对于抗日前途的坚信和对于自己讲演水平的不自信纠缠于他的脑海之中,使他在讲演过程中时时关注听众的反应,以致紧张、中断,甚至流泪。但这都是王根的主观感受。事实上,他的讲演是成功的。他的成功不完全是出于听众对孩子的宽容和鼓励,而源于王根的真诚与不懈的努力。战争使一个九岁的孩子变作大人,战争也使一个民族迸发出灵魂深处的坚韧和勇敢。这篇小说的主旨是宣传抗战,但绝无说教意味,而是借助王根情绪的波动和听众的反应自然而然地呈现出来,堪称抗战题材小说的成功之作。

**萧红《呼兰河传》**

《呼兰河传》是一部自传体小说。作品以朴素真挚的情感、深入细腻的笔触，写出作者记忆中的故乡——一个北方小城的风土人情，宛如一幅远方小镇凄清婉丽的风俗画。特别是以女性生存权利和女性生命力的呼唤为视角，描写底层人民的生存状态，表现他们的善良与愚昧、欢乐与悲哀，使作品获得了巨大的文化含量与深刻的生命体验。

小说的第三章讲述的是“我”童年的经历，而最引人注目的中心人物却不是小主人公，而是她的祖父。这是一个颇为另类的祖父形象。常言说“严父慈母”，作为祖父，除对子孙的疼爱外，也常常免不掉给人以刻板严肃的印象，但《呼兰河传》中的祖父全然不同，不仅有爱，而且充满童趣。小说对父亲、母亲和祖母的形象都着墨不多，鲜有正面的表现。唯独对祖父，差不多与叙述者“我”平分了情节。萧红出生在一个地主家庭，家境殷实，但因为是女孩子，自幼得不到父母的疼爱，祖母对待她尤其严苛。可以说，萧红的童年基本是在冷酷的家庭环境中度过的。只有她的祖父不嫌弃萧红是女孩子，赋予童年的她唯一的关爱。祖父丝毫没有重男轻女的传统观念，而是真诚善良，并具有与年龄不相符的童心。正是这种成年人很少留存的童心，使他对萧红充满慈爱，却也使他在家中丧失了“一家之主”的地位和话语权。在小说中，祖父对“我”的慈爱不仅出于长辈对晚辈的舐犊情深，还是一种具有普世性的爱——爱生命、爱自然，这种来自生命本真处的善良，使萧红获得了相对幸福的童年，也和小说中的充满生机与童趣花园一样，成为她记忆深处的人性之光。

小说在文体上具有创造性，对传统小说文本构成了巨大的挑战：打破了以人物为中心的传统小说写法，而以呼兰城的社会生活环境为中心，疏疏落落地写出生活的种种方面。同时，萧红继承了鲁迅开创的诗化小说的传统，打破小说与散文之间的界限，以她惯用的抒情散文的笔法、充满诗意的叙述，营造出作品明丽凄婉的艺术风格。

### 施蛰存《梅雨之夕》

施蛰存是中国现代有意识地运用精神分析学说来创作心理分析小说的代表作家之一。《梅雨之夕》是他都市题材的心理分析小说的代表作品。小说记述了一个都市男子在一个梅雨季节的黄昏徒步回家，邂逅一个没有带雨伞的少女。男子为少女的美丽所打动，主动送她回家，在路上又突然觉得少女像他在苏州时的初恋女友，并诧异自己的奇遇，后来发现认错了人。送别少女后他回到家中，却又仿佛在妻子的声音中听到了那位少女的声音。小说的情节比较简单，只是一次完全没有结果的萍水相逢。这是一场都市人美丽的却又是失落了的“白日梦”，揭示出都市人在现代生活压抑下细微敏感的心理和骚动不安的情欲。作品从主人公的视角出发，以内心独白的方式展现人物心理变化的过程。主人公的所有感觉都显得似梦似醒、亦真亦幻，表现了人物内心的细微变化和决定其行动的最隐秘的动机。

小说构思新颖别致，意境和谐优美，特别是将江南阴暗潮湿的梅雨天气与人物忧郁敏感的内心世界相比照，使情、景、人相结合，形成作品深沉细腻、朦胧婉约的艺术格调，是中国新感觉派小说的代表作品之一。

**穆时英《夜总会里的五个人》**

《夜总会里的五个人》以周末的夜总会为场景，从一个横断面反映了20世纪30年代上海这个大都市的生活。作品中五个主人公，一个是在交易所投机失败以致破产的资本家，一个是失恋的大学生，一个是失业的市政府职员，一个是失去了青春的交际花，一个是整天研究《哈姆雷特》各种版本、迷失了自我、越研究越糊涂的学者。这“五个从生活里跌下来的人”，在星期六晚上涌进夜总会，在疯狂中寻求刺激和解脱。第二天黎明，破产的资本家开枪自杀，其余人把他送到墓地。作品通过对上海都市生活的描绘，揭示出半殖民地上海畸形的都市文明，以及人在物质文明的压迫和异化下心灵的紧张、孤独与空虚。作品在整体上对都市文明持批判立场，但同时在对都市生活的描绘中也流露出对现代文明的认同与迷恋，充分体现出新感觉派作家对都市文明的复杂心态。

穆时英曾被称为中国“新感觉派的圣手”，其作品集中代表新感觉派小说的艺术特色和审美取向。他把新感觉派小说的文体发挥得淋漓尽致，用有色彩的象征、动态的结构、时空的交错以及充满速率和曲折度的表达方式，表现上海都市的繁华。全篇以直觉的、印象式的手法，使都市之夜的声、光、色杂乱交错，相互掩映，使读者产生身临其境的真实感。同时，突出霓虹灯照映下报童的蓝嘴蓝舌头忽而化为红嘴红舌头，揭示出现代都市令人恐惧的繁华，从而将上海畸形的物质文明直观地展现在读者面前。作品结构巧妙，先并列展示五个人物的不同命运，然后聚集在周末的夜总会中，仿佛五个声部的回旋、汇聚。而最终以一人自杀，四人送葬作结，富于暗示性地把人生的哀乐和都市的疯狂，与人生难以回避的归宿“死”联系起来，既体现出新感觉派特有的感伤颓废的气息，又表达了作者对畸形的都市文明的感悟和思考。

**汪静之《伊底眼》**

湖畔诗人是五四唤起的一代诗人，以创作爱情诗和自然景物诗著名，显示出青年人纯真明朗的特点。《伊底眼》集中代表了湖畔诗人爱情诗的特质，其通过对心爱之人大胆率真的描写，表现了青年人对友情与爱情的热烈向往和追求。这种对爱情的大胆表露和追求，是对隐曲哀艳的古典爱情诗的反叛，因此在当时引起了封建卫道士的指责和攻击。作品洋溢着炽热的情感和青春的活力，节奏轻松明快，诗风清新质朴。

**殷夫《血字》**

《血字》为纪念“五卅”四周年而作。作品以激越的情感揭示出1925年“五卅”运动的历史意义和深远影响。“五卅”运动是中国革命史上的光辉一页，显示出中国无产阶级的觉醒和不屈的战斗精神。诗人在工人的血迹中看到了这次革命运动的真实意义，并歌颂“五卅”的战斗精神；同时强调无产阶级肩负的历史使命，指出血债要用同物来还，预言革命必胜。诗中的“我”，不是个体的抒情主人公，而是作为整个无产阶级的“大我”，寄托着诗人热切的希望和强大的信心。

《血字》具有红色鼓动诗的鲜明特色，如革命的战歌，如战斗的号角，充满号召力和鼓动性，洋溢着革命乐观主义精神。诗作采用拟人、比喻等修辞手段，将“五卅”人格化，将抽象的政治概念化为鲜活的艺术形象，直观可感，大大增强了诗歌的艺术表现力。鲁迅《白莽作〈孩儿塔〉序》（收《且介亭杂文》）一文，是研究殷夫及其诗歌的具有权威性、定论性的名篇，可参看。

**殷夫《别了，哥哥》**

殷夫出身于地主家庭，大哥徐培根在国民党政府身居高位，殷夫因参加革命几次被捕，都被他保释出狱。徐培根希望殷夫“改悔”，告别革命，顺应国民党的统治。但殷夫已下定决心将生命献给无产阶级革命，于是写下这首《别了，哥哥》，成为他与自己出身阶级彻底决裂的宣言书。作品直抒胸臆，激情四射，断然拒绝了哥哥的“教导”和“培植”，而愿像普罗米修斯一样向往光明，追求真理，甚至不惜牺牲宝贵的生命。

作品语言直白有力，感情浑厚悲壮，具有激动人心的力量，抒发了无产阶级革命战士的豪迈情怀，感人至深。

**林语堂《祝土匪》**

林语堂曾经是《语丝》杂志的主要撰稿人之一，其作品多以辛辣犀利的讽刺，进行社会批评和文明批评；后转而提倡“幽默”“闲适”的小品文，文风为之一变。《祝土匪》代表了他在《语丝》时期的文体风格。

1925 年在女师大风潮中，以鲁迅为代表的语丝社、莽原社同人因声援学生，与现代评论派文人发生论战，被后者诬为“学匪”。林语堂应莽原社之邀撰写了《祝土匪》，笔锋直指现代评论派的“正人君子”。作品以祝词的形式，借用“学匪”之说，反比正用，肯定了“土匪”坚持真理、勇于直言的精神；讽刺了“绅士”“学者”“正人君子”之流没有骨气，害怕真理的嘴脸。文章并未正面指斥现代评论派，而是通过一幅“正人君子”的漫画像，对其“脸孔”和心态进行了深刻的揭示和辛辣的讽刺。

全篇共分 18 个自然段，各段都短小有力，嬉笑怒骂，痛快淋漓。反语的运用，更使笔锋泼辣犀利，而在讽刺的盔甲中又包裹着幽默的情味，体现了林语堂前期小品文“浮躁凌厉”之气。

**林语堂《方巾气之研究》**

20 世纪 30 年代林语堂先后创办《论语》《人间世》《宇宙风》等杂志，提倡“幽默”“闲适”的小品文，主张小品文应“以自我为中心，以闲适为格调”，“宇宙之大，苍蝇之微，皆可取材”。这一写作立场实际上反映了林语堂的小品文主张，即站在比较超脱的立场上，对现实避免直接的干预和批判。

中国古代读书人多以方巾罩头，因此“方巾”逐渐成为读书人的代称。本篇中的“方巾气”是“道学气”的同义语。文章围绕小品文方向问题，力主“幽默”“闲适”的小品，体现了林语堂的小品文观念。《论语》创刊周年时，鲁迅应林语堂之邀写了《“论语一年”》，其后又写了《小品文的危机》(二文均收《南腔北调集》)，对林语堂小品文主张的复杂性作了中肯的评价，可参看。

文章以谈话的形式写成，娓娓道来，看似东拉西扯，实则天马行空，轻松幽默，兼具知识性和趣味性，体现出随笔体散文的艺术特质，颇能代表林语堂20世纪30年代“闲话风”小品文的风格。

### 丽尼《鹰之歌》

《鹰之歌》是为纪念作者被反动派残酷杀害的女友而作。对女友被害的事件，作品没有正面交代，而是以虚实相映的笔法，侧重表达作者对现实事件的感受。从面对黑暗现实产生的忧愁感伤到对女友精神境界的崇敬和赞美，情感的抒发始终是贯穿全文、决定作品基调的主线。作品写的“有两个强健的翅膀，会飞，飞得高，飞得远，能在黎明里飞，也能在黑暗里飞”的鹰，是女友性格与精神的写照。对鹰的歌颂也就成为对革命者坚定顽强的战斗精神的赞美。

作品采用象征与暗示手法，以诅咒的歌吟倾吐内心的哀伤，表达对人生的感受，在幽怨的故事中蕴蓄着愤恨的火焰。文字凝丽，情思至深，营造出凝重悲壮的气氛；同时讲究节奏和韵律，具有强烈的抒情性。《鹰之歌》实际是散文诗式的作品，是20世纪30年代抒情散文的主要收获之一。

### 陆蠡《囚绿记》

《囚绿记》深情怀念作者在全面抗战前期于北平客居时窗外的一株常春藤，因为它带有一片绿意，令人感到“生的欢喜”。作者借这向阳光的植物，表现了民族蒙难之中“永不屈服于黑暗”的意志，寓意十分深沉。全文以恋绿→囚绿→释绿→念绿为线索，以囚绿为中心，把具有强大生命力的绿作为坚韧不拔的民族精神的象征，使作品的主题得到升华。

《囚绿记》情致蕴藉、文字清婉、抒情气息浓郁，代表了陆蠡散文特有的清澈、隽永的风格特点，是20世纪30年代抒情散文的名篇。

**夏衍《包身工》**

《包身工》是夏衍在上海工厂进行了两个多月的实地调查后写成的一篇报告文学，真实地反映了上海纱厂里失去人身自由的包身工的非人生活和悲惨遭遇，深刻揭露了帝国主义和中国封建势力狼狈为奸、残酷压榨劳动人民的罪行。

作品运用戏剧和电影创作中的场景式表现手法，集中摄取了包身工居住、吃饭、劳动等几个特写镜头，描绘了包身工悲惨的生活情景，直观深入，令人触目惊心；还采用小说典型化的方法和场景描写、细节描写，如对包身工的伙食、“芦柴棒”遭毒打等细节进行描写，进一步加深了读者对包身工非人生活的感受。作品同时穿插一些具体真实的数字、缜密的分析和深刻的议论，有力地揭示了包身工制度产生的政治、社会根源和黑暗、邪恶的本质。作品富于抒情性的语言，浸透着作者真挚的情感和强烈的爱憎。作品的文学性与新闻性达到高度而完美的统一，成为中国报告文学成熟的标志。

**夏衍《上海屋檐下》**

《上海屋檐下》是夏衍话剧的代表作。作品展现了上海弄堂里一幢二层楼房内五户人家日常生活的悲喜剧：八年前匡复因从事革命活动被捕，此后音信全无，其妻杨彩玉迫于生活与匡复之友林志成同居。而匡复的突然回来打破了往日的平静，使三人陷入更大的痛苦之中。同楼的其余四户人家也各有各的不幸。作品通过阴郁压抑的黄梅天气里众多平凡的小人物的灰色人生，揭露了国民党统治下的黑暗生活和普通民众的不幸遭遇。全剧始终弥漫着梅雨时节抑郁、沉闷的空气。从开幕到终场，细雨始终不曾停过。剧中人也一样处于忧郁、苦闷与焦躁不安之中。剧本以气氛的象征表达对生活的感受，将低气压窒息的自然气候下人们所产生的郁闷感受，和在黑暗统治下受折磨所产生的感情融合起来，对黑暗势力和国民党统治发出了强烈的控诉，具有深刻的社会意义。

《上海屋檐下》是20世纪30年代优秀的现实主义剧作。作品善于开掘日常生活内在的悲剧性与喜剧性，在平凡的小人物身上反映激烈的时代风云的艺术追求。小市民平凡的日常生活，在朴素自然的描写中，反映出深刻的内涵。作者力避曲折的情节、表面化的冲突、突发的惊奇，而着力于刻画人物的内心冲突，从洗练质朴中流露出含蓄深沉的抒情特色；同时，采用“横断面的描写法”，巧妙地将他所熟悉的电影艺术的剪辑转换手法移用于戏剧艺术，突破了戏剧在同一舞台只表现一个剧情的空间限制，将许多平行发展的情节交织穿插，场面转换轻便灵活，这种匠心独运的艺术构思，不仅丰富了剧作的情节，扩大了反映生活的视角，减少了场次，突出了主题，而且大大加强了舞台的生活实感，体现了丰富复杂的生活内涵。

### 田汉《获虎之夜》

独幕剧《获虎之夜》是田汉早期话剧代表作之一。作品控诉了封建包办婚姻和门第观念造成的罪恶。魏福生是封建思想的代表，出于父权意识和门第观念，拆散了女儿与黄大傻的自由恋爱。而两个年轻人对幸福的自觉追求则体现出五四时期反封建精神，具有浓郁的时代气息。

《获虎之夜》主题鲜明，线索清晰，情节紧凑。福生猎虎是全剧贯穿始终的一条主线，莲姑和黄大傻的爱情遭遇是隐含的副线，全剧围绕两条线索展开戏剧冲突。全部情节集中在一夜之间，前半部分通过福生向友人介绍女儿婚事，从侧面交代了莲姑与黄大傻的遭遇，在表面轻松和谐的气氛中为悲剧的发生埋下伏笔。后半部分受伤的黄大傻出场，倾吐对爱情的渴望与内心的痛苦，使悲剧色彩逐渐加强，直至黄悲愤自杀而达到悲剧的顶点。这样，明暗结合、虚实相生，有力地推动了情节的发展，同时营造出浓郁的悲剧气氛。剧本另一特点是人物语言富于抒情性，特别是黄大傻的台词，沉郁感伤，极富感染力。但他的台词所表现的感情、思想、意识，也有不合人物农民身份的缺点。《获虎之夜》在五四戏剧创作中，是一个产生过重要影响的剧本。

### 丁西林《一只马蜂》

丁西林是中国现代为数不多的喜剧作家之一，其创作多以独幕剧的形式发掘生活中的喜剧因素，在新文坛堪称独步。《一只马蜂》表现了一对现代青年男女，一面追求“自然”的人生与爱情，一面又不得不以“说谎”的方式表达爱情并应对男主人公母亲的干涉，巧妙地揭示出人物言行的分裂和悖反，表达了对不自然的生活与爱情的感叹和微讽。

《一只马蜂》只有三个人物，情节单纯，但对日常生活情节的横断式展现，以小见大，既体现出作者对原生态生活的感悟和思考，又充满了戏剧性。全剧从头至尾都以一个“谎”字引发和推动着喜剧性冲突，“谎”中有“戏”，“笑”从“谎”出，但“谎”的背后，是对当时不合理社会现实的暴露和讽刺。这正是作者寓庄于谐、于轻松处见严肃的高明深刻之处。语言幽默诙谐、简洁明快、轻松睿智、暗藏机锋，特别是堪称“丁西林式的结尾”，出乎观众意料，又在情理之中，喜剧效果强烈。

**曹禺《雷雨》**

《雷雨》是曹禺的处女作，1934 年发表后，震动了文坛，成为中国现代话剧艺术成熟的标志。作品以 20 世纪 20 年代中国城市社会为背景，展示了周鲁两家 30 年的恩怨纠葛：周朴园对侍萍的“始乱终弃”与重逢，作为后母的繁漪与周家长子周萍的乱伦，周朴园对繁漪的压抑及后者的反抗，繁漪、周萍、四凤、周冲之间的情感纠葛，周朴园与鲁大海之间的劳资冲突。多重矛盾均以悲剧收场，反映出现实社会的阶级矛盾和中国旧式家庭的罪恶；同时，侍萍母女与周氏父子前后 30 年宿命般的恩怨，也表达出作者对“不公平”的命运的拷问与控诉。

周朴园是一个带有浓厚封建色彩的资本家形象，处于各种错综复杂的矛盾冲突的中心。他一方面贪婪残酷，不择手段地剥削工人，是一个吸血鬼，具有资本家的共性特征；另一方面，在家庭里，他又冷酷、无情、专断，是一个封建暴君。同时，他又伪善自私，在社会上是一个披着“好人物”外衣的伪君子，具有鲜明的个性特征。共性与个性复杂地统一在周朴园的性格中，有力地突出了剧本的主题。剧本其他七个人物各有独特的思想情感和生存际遇，无不鲜活丰满，真实生动地表现出人性的不同侧面。特别是繁漪这一形象，是剧本中最能体现“雷雨”性格的人物。作为一个追求个性自由的女性，繁漪嫁到周公馆，就好像被关进了金丝鸟笼的鸟，感受不到自由，陷入莫大的痛苦之中。于是她与周萍发生了乱伦关系，而周萍的背弃，使她在爱情追求中又一次陷入绝望。

在“最残酷的爱和最不忍的恨”的性格交织中，爱变成恨，倔强变成疯狂。她进行的绝望的反抗，不免带有变态的性质，却也反映了一个被侮辱与被损害的女性对封建专制主义的抗争。

剧本在艺术上受到古希腊命运悲剧和莎士比亚性格悲剧以及易卜生社会悲剧的影响，巧妙地将血缘纠葛与阶级矛盾结合在一起，结构了一个引人入胜的戏剧故事。作品在结构上借鉴西方古典主义戏剧的“三一律”原则，在一天时间内两个场景中承载了全部错综复杂的矛盾纠葛，以“现在的戏剧”为明线，“过去的戏剧”为暗线，明暗交织并相呼应，巧妙地将30年的复杂矛盾冲突编织在一起；同时又继承中国传统戏剧结构严谨整饬、情节紧张曲折的经验，使剧本处处有戏，而且矛盾冲突强烈；语言富于抒情性和动作性，使剧本不仅具有可读性，而且具有可演性，给人以强烈的心灵震撼和丰富的审美感受，终结了中国话剧艺术单薄、形象苍白的局面，并最终与世界水准接轨。当然，剧本也有“太像戏”即巧合技巧运用过多的缺点。

### 曹禺《日出》

曹禺曾以“天之道损有余而补不足，人之道则不然，损不足以奉有余”“时日曷丧，予与汝偕亡”两句话，作为《日出》的题词。作品以20世纪30年代现代大都市为背景，以都市中对比鲜明的高级旅馆和三等妓院为场景，以舞女陈白露为中心人物，联系了“有余”和“不足”两个社会，以片段的方式、简洁的笔法勾勒出都市众生相：作为“有余者”的银行经理、流氓、富孀、面首、西崽，作为被凌辱被损害的“不足者”的妓女和银行小职员。前者操纵着后者的命运，同时自身又被一种更强大的无形力量所操纵，在都市舞台上共同陷入命运的挣扎。作者巧妙地在生活的片段中编织了多重纷繁复杂的矛盾：有大丰银行经理潘月亭与流氓头子金八的矛盾，以潘被挟制破产告终；有潘月亭与银行襄理李石清的矛盾，以相互利用、两败俱伤告终；有潘月亭与银行抄写员黄省三的矛盾，以黄被逼疯告终；有金八及其打手黑三与被卖到妓院的穷人孩子小东西的矛盾，以小东西被逼自杀告终。这些矛盾深刻地揭示出半殖民地都市的黑暗腐朽和金钱社会对人的毒化、吞噬与残杀，从而有力地控诉了那个“损不足以奉有余”的旧社会。

《日出》中最成功的艺术形象是作为畸形社会产物与象征的交际花陈白露。这是曹禺继蘩漪之后塑造的又一个具有艺术魅力的悲剧人物形象。她年轻美丽，本性善良，自尊倔强，厌恶和鄙视周围的一切。她虽然不能自救，却还想救人，在保护小东西的情节中，我们可以看到她善心未尽的一面。但陈白露又爱慕虚荣，追求奢华、刺激的生活。她游戏人间，自暴自弃，出卖自己，生活在空虚之中。她有时是清醒的，但终究是糊涂的，是一个清醒的糊涂人，最终在无法自拔中结束了自己的生命。陈白露的悲剧意义在于揭示金钱统治的社会对人性的扭曲和异化，乃至把一个年青的女人逼上了自我毁灭的道路，从而表明不公平不合理的社会再也不能让它继续存在。

剧本在艺术上体现了曹禺剧作固有的特点，情节紧凑，冲突强烈，人物对话富于抒情性和动作性，富于鲜明的个性色彩。《雷雨》问世后，曹禺逐渐不满作品“太像戏”的戏剧结构，以《日出》实现了新的艺术探索。《日出》将关注和表现的中心由家庭转向社会，并采用横断面的描写法，用多少人生的零碎来阐明一个观念，体现了现实主义的特色。无论思想上还是艺术上，《日出》比《雷雨》都有所发展。

## 汪曾祺《小学校的钟声》

《小学校的钟声》创作于20世纪40年代中期，汪曾祺从西南联合大学毕业、任教于地处昆明的中国建设中学期间，是汪曾祺最早创作的小说之一。

汪曾祺就读于西南联大中文系期间，受教于著名作家沈从文，获得了小说创作的基本训练，养成了对于生活细致观察的良好习惯；同时读书百无禁忌，对于西方现代派小说尤其感兴趣。这使他的早期小说具有明显的文本探索性和先锋性。《小学校的钟声》情节并不摇曳曲折，却讲述得起伏跌宕，令人难以捕捉其线索，有神龙见首不见尾之感，正是受到西方现代派小说的影响之故。小说通篇采用第一人称叙述，透过“我”的视角和思路，将现实场景与童年回忆融会交织，尤其是较为熟练地运用意识流的创作手法，从叙述者纵横往复的思绪出发，在现实与回忆之间自由跳荡，全部对话也笼罩在意识的流动中，增加了小说阅读的难度，却也使小说独具特色。此外，小说中的一些细节和汪曾祺后来的作品一样，以作家童年的生活经历为原型，如多次出现的“老詹”，就是汪曾祺曾经就读的小学的斋夫。其在其他作品中也多次出现（如散文《詹大胖子》《岁月钟声》等），成为作者终其一生难以磨灭的童年记忆。

### 汪曾祺《羊舍一夕》

《羊舍一夕》作于20世纪60年代初，是汪曾祺篇幅最长的小说之一。作品用细致的笔墨刻画了四个性格不同的少年劳动者形象。吕志国、秦老九、留孩和丁贵甲，或在果园做工，或在公社放羊，年纪虽小，却都有着丰富的工作经验，还有着对生活、对未来的美好憧憬。小说将叙述空间和时间浓缩在羊舍的一个夜晚，但又通过对于四个少年经历的分别描绘，使故事空间和时间不限于一舍之内、一夕之间，在有限的时空中塑造了四个性格丰满的人物形象。小说共分为六个部分，基本上采用“总—分—总”的结构模式，开头简要交代故事发生的时间和地点，中间部分采用列传体式刻画人物，末尾“明天”一节，则以开放式的结局讲述了四个少年的美好未来。四个少年尽管性格不同，但对祖国、对未来的坚定信念是一致的，这使他们成为颇具光彩的社会主义新人形象。这类形象在汪曾祺笔下并不多见，却塑造得较为生动。进入60年代，汪曾祺的小说创作已逐渐改变早期侧重技巧的实验性倾向，叙述趋于质朴平易，通过对原生态生活的了解与描绘，切切实实地书写生活、塑造人物，体现出一种朴素的美。

### 汪曾祺《黄油烙饼》

《黄油烙饼》是汪曾祺儿童题材小说中最为悲哀沉痛的一部。小说讲述了三年困难时期期间一个普通人家的悲欢离合。小主人公萧胜由奶奶抚养，住在老家，饥饿成为这里生活的主题。爸爸冬天从口外回乡，带来土豆、口蘑和两瓶珍贵的黄油，未曾等到用黄油做烙饼，奶奶就因病饿而死。萧胜从此告别了家乡，到坝上的父母工作的马铃薯研究站，全家人一起生活。开始的生活是新奇且快乐的，但饥饿也慢慢传染到这里。在一群饥饿的人中还要分出不同等级：三级干部会上的“干部”们每天大吃大喝，普通社员却靠粗粝的食物勉强过活。因等级带来的伤痛远远大于饥饿。在小说结尾，萧胜终于吃到妈妈亲手做的黄油烙饼，品味的却是奶奶去世带来的痛苦。小说讲述的是一个悲哀的故事，语调却非常平静，绝无煽情之处，这反而使悲剧的力量更具有穿透性。尤其是让孩子过早体会到成人世界冷暖与悲欢，格外动人。小说《黄油烙饼》既不是一个关于吃的故事，也不是一个关于饥饿的故事，汪曾祺要讲述的，是人与人之间最宝贵却也最容易失去的亲情。

**汪曾祺《受戒》**

在某种意义上说，《受戒》是汪曾祺的成名作。小说发表于1980年，一经问世即引起世人的困惑和惊叹：汪曾祺是谁？小说还可以这样写？

40年前即开始创作、发表《受戒》时已年届花甲的汪曾祺，在文坛埋没多年，却凭借这篇小说一下子驰名海内。之所以引发困惑和惊叹，源于作品挑战了绝大多数评论家和读者对于小说的常识性理解——曲折的故事，完整的结构，人物、情节、环境三要素的不可或缺，等等。倘若从以上常识出发，《受戒》很难说是一篇标准的小说。作品的情节如水一般自在流淌，结构如水一般了无行迹，人物如水一般清澈透明。小说描绘的世界也令人惊讶：和尚可以恋爱，可以结婚生子，可以杀猪吃肉，还可以在公开场合演唱具有色情意味的民间小调。文本的陌生化、人物的陌生化、情节的陌生化和环境的陌生化是这篇小说引起广泛关注，并使作者“一夜成名”的主要原因。而事实上，汪曾祺对《受戒》文本的独特处理，绝非一时兴起或故作惊人之语。这类小说，在他的老师沈从文笔下早已出现并取得成功，以《边城》为代表的湘西题材小说，早在《受戒》发表半个世纪前就已蜚声文坛。《受戒》的成功，源于汪曾祺对老师沈从文之创作真谛的领悟，源于他数十年的生活与艺术积淀，也源于他对一种中断了数十年的生活与艺术理念的呼唤和重现。《受戒》重新定义了小说的可能性，也拓展了生活的可能性。小说以一对少男少女——明海和小英子朦胧的初恋为线索，难得一见地回避了20世纪中国小说中挥之不去的冲突、阴谋、痛苦、灾难和死亡的阴影。其中，主人公明海和小英子的初恋情景，是中国文学史上最纯净也最美好的初恋。比之《红楼梦》中的贾宝玉和林黛玉，没有注定的悲剧结局带来的不安定感；较之《射雕英雄传》中的郭靖与黄蓉，又没有以美食、金钱和宝马相试探的功利色彩。明海和小英子的相知相恋，完全出于真、善、美的人性本质，如儿童的游戏般具有超越世俗的独特的真实感。汪曾祺在《受戒》的附记中特别指出：小说是在“写四十三年前的一个梦”。从1980年上溯43年，应该是抗战全面爆发的1937年。就在那一年，汪曾祺的故乡——也是小说中描绘的美丽世界的原型——江苏高邮被日寇的铁蹄践踏，源于汪曾祺童年生活的美好梦想从此被侵略战争的阴云所笼罩，逐渐遭雨打风吹去。从1939年离开高邮远赴昆明求学，到《受戒》发表的1980年，其间汪曾祺从未回到过故乡。对于故乡和童年生活的美好记忆，一直贮藏于作者心中，也只有通过梦境和梦境的艺术折射——小说——才得以呈现。《受戒》在有些评论家和读者看来如梦如幻，在汪曾祺，则既是想象，也是在他心中珍存多年的真实。

是的，小说可以是这样的，生活也可以是这样的，也本该是这样的。

**汪曾祺《求雨》**

《求雨》是一个简单得不能再简单的故事。旱季求雨是中国民间的习俗，也许以现代人的科学眼光看来，属于迷信，但却承载着中国普通民众对于自然与人之关系的独特理解和基本信仰，不能简单否定。在农业社会，干旱无疑是最危险的灾难之一，求雨的过程是艰辛的，希望与绝望杂陈，具有明显的仪式感。汪曾祺的小说《求雨》，却采用了喜剧化的叙述方式，求雨的不是成年人，而是以望儿为首领的一群十几岁的孩子。这是一支枯瘦、褴褛、有些污脏的，然而却是神圣的队伍，头上戴着柳条编成的帽圈，敲着不成节拍的、单调的小锣小鼓，边走边唱。汪曾祺从孩子的视角出发，展现并诠释了求雨过程中的另一种仪式感：儿童的世界自有其真实，也自有其真挚，绝非成年人看来那般幼稚可笑。而且按照昆明一地的风俗，就是利用孩子求雨，以博取上天之同情。但孩子们的态度是极认真的，这认真也感染了道旁的成年人，相信也有在昆明生活多年的汪曾祺本人。终于，大雨倾盆。望儿真诚地相信这雨是他们求下来的。作者也相信。小说的叙述是喜剧化的，但绝无戏谑。支撑这一叙述的，是作者的善意与温情。

**汪曾祺《蛐蛐》**

《蛐蛐》改编自蒲松龄《促织》。汪曾祺在20世纪80年代撰写了多篇改编自《聊斋志异》的小说。当然，这种改编并不是简单地将文言转化为白话。对原作情节、主题和叙述方法的重新处理，才是汪曾祺进行“故事新编”的初衷。

与蒲松龄的原作相比，汪曾祺的改编版本在情节上没有太大变化，仍然是皇帝喜好斗蛐蛐，从宫里到地方层层摊派、层层压榨。主人公成名是一个非常老实的里正，不想把危机转嫁给普通百姓，更不懂得借助征蛐蛐从中牟利，只好自己去捉。好不容易捕到一只良种蛐蛐，但被调皮的儿子不小心弄死。儿子在恐惧中投井自尽，被救出后虽侥幸不死，却终日昏睡，其灵魂化作一只小黑蛐蛐。成名把它交到官府，虽因个子小不被看好，却屡战屡胜，甚至打败公鸡。送进宫中，自然引得皇帝龙颜大悦。于是自上而下层层封赏，成名也因此立了功、进了学，还得到几十两银子，赎回了薄产。故事讲述到这里，改编版本和蒲氏原作并无不同。有所区别的恰恰是结尾。在原作中，成名因得到知府的厚赏而致富：“不数年，田百顷，楼阁万椽，牛羊蹄躈各千计；一出门，裘马过世家焉”，富裕程度远远超过改编版本。更重要的是成名之子得以复苏，并讲述自己化身蛐蛐的经过，作品在大团圆中圆满收束。汪曾祺的改编版本却以儿子的死作结，并安排了儿子在成名夫妻的梦中与父母话别，在浓浓的悲剧氛围中结束了故事。这是汪曾祺对原作的改写，也是对蒲松龄的挑战。《聊斋志异》中在每篇作品的结尾，均有冠名“异史氏曰”的一段议论，承载蒲松龄的价值判断。《促织》结尾的“异史氏曰”中，蒲松龄除适当告诫天子和官府外，主要将成名的转危为安归结为“天将酬长厚者”，其见解未免迂腐。汪曾祺的改编版本避免议论，而用儿子的死打破了大团圆式的结局，以悲剧结束小说，将对皇帝和官府的控诉无声地呈现在小说的细节之中，体现出现代小说家反大团圆式的叙述意识和明辨善恶的社会关怀，实现了对蒲氏原作的超越。

值得一提的还有改编版本的语言，虽然使用白话，但多为短句，仍然保持了文言的节奏感，体现出汪曾祺的语言功力。

## 汪曾祺《下水道和孩子》

《下水道和孩子》在汪曾祺的各类文集中均被归入《散文卷》，却和小说没有明显的分别。这也体现出汪曾祺的文体特点：在小说和散文中自由驰骋。

这篇散文的内容非常简单，不过是一群孩子眼中的修建下水道的过程。20 世纪 50 年代的北京，正如火如荼地进行着大规模的城市建设，在道路下面铺设下水道，即所谓暗沟，是关乎城市卫生的一项重要工作。但在孩子的眼中，这项工作则是新奇的和充满游戏色彩的。散文全篇透过孩子的眼光，使原本普通的铺设下水道一下子充满了神奇、惊险的色彩。正如散文中在括号内的一段表述：“多给孩子们写一点神奇的，惊险的故事吧。”这类故事无须刻意观察，也不能主观臆造，只要作者放下身段，能够时刻从孩子的视角出发，这个世界就是神奇的。

这恐怕就是《下水道和孩子》能够带给作家和读者的启示吧。

## 汪曾祺《多年父子成兄弟》

在描绘父亲形象、讲述父子关系的作品中，舐犊情深的父爱往往居于主流。如朱自清的散文《背影》，张天翼的小说《包氏父子》等。这本是古今中外文学之常规。而在“五四”新文学中，由于“青年胜于老年”进化论思维和强烈的反传统意识，父亲形象往往作为旧文化的代名词，遭到批判和否定，挑战父权的叛逆性成为一个时代的创作主潮。如巴金的小说《家》，曹禺的话剧《雷雨》等。与之相比，汪曾祺《多年父子成兄弟》则显得颇为另类。这篇散文中的父子关系毫无常见的长幼尊卑秩序，完全打破了常规的家庭叙事伦理。作者既避免仰视，仅仅描绘父亲对于子女的慈爱与关怀，感受高大温暖的背影；又防止俯视，批判父亲对于子女的专横和冷酷，挑战父辈的权威。汪曾祺采取了较为罕见的平视视角，父亲的形象于是变得更为生动可感，也更为真实可爱。汪曾祺的父亲是一个随和甚至随性的人，这注定了他既不是望之俨然的严父，也不是即之也温的慈父，而是能与子女始终保持朋友般的和谐关系的至情至性之人。他关心孩子的学业，但不强求，能够陪着孩子一起玩，甚至在汪曾祺写情书时在一旁瞎出主意。这样的父子关系可能令人不解，甚至引起非议，但之于为人子的汪曾祺，却使他终身感受到一种超越了血缘关系和伦理秩序的挚爱深情。

《多年父子成兄弟》着力书写的不是父亲的“怪”，其用意也绝非强调一种所谓的名士风度，而是展现父亲终其一生不曾有丝毫折损的人性的纯真，这之于家庭、子女，甚至整个人类世界，都是最宝贵的。

**汪曾祺《我的父亲》**

《我的父亲》和《多年父子成兄弟》具有明显的互文性。后者讲述了较为另类的父子关系，前者则是这种关系得以实现的基础。父亲是一个多才多艺的人，琴、棋、书、画、烹饪、裁剪、行医、制药无所不通，生活中充满了情趣；父亲又是一个至情至性的人，对一切生命满载着关爱。这使他拥有了充实而坦荡的一生，也使作为儿子的汪曾祺获得了一个绝佳的生命参照。文学创作之外的汪曾祺，工诗善画，亦精于烹饪饮食，用才艺陶冶生活，使生活充满情趣，又以生活为底色，使种种才艺不流于琐屑，而呈现出旷达的意境和豁达的心胸。以上种种，除半生的修养历练外，也源于父亲赋予他的良好的生命开端。作为儿子的汪曾祺是幸运的，有这样一位至情至性的父亲；汪曾祺的父亲也是幸运的，能够借助儿子的生花妙笔将这种父爱、这种至情传之后世，书写了一段美好人性和美丽人生的佳话。

**汪曾祺《故乡的元宵》**

汪曾祺的故乡是江苏高邮，一个人杰地灵的鱼米之乡。高邮的灵秀赋予汪曾祺细腻的情感和突出的灵性，更赋予汪曾祺的文学作品水一般的清新明丽的灵动感。汪曾祺对故乡高邮的感情也极深厚。然而，自1939年告别高邮，踏上赴昆明求学的漫长而艰辛的远途，到1981年名震文坛时回乡省亲，汪曾祺离开故乡的时间竟长达42年。当年离开故乡时，他还是一个不谙世事的懵懂少年，而今回到高邮已是年过花甲的白发老人。在这42年中，汪曾祺对故乡和故乡亲人的思念，唯有梦境，唯有文章。在20世纪80年代以后创作的散文中，故乡的风土人情、四时节令成为重要题材。《故乡的元宵》就是其中的代表。元宵节之于汪曾祺还有着特殊的意义，他的生日就在这一天。元宵节是他和人世的关联，也是他和故乡的关联。在这篇散文中，作者详尽地介绍了高邮元宵佳节的各类习俗，以白描为主，偶作点评，将景与情完美地结合在一起。不同于普通的介绍某地风俗的文章，《故乡的元宵》紧扣“故乡”二字，不滞著于知识的罗列，而重在抒发对故乡的真挚情感。非亲历者，难绘此景；非有真情实感者，难抒此情。

### 汪曾祺《故乡的食物》

汪曾祺是作家中的美食家。这位美食家不仅熟悉各类饮食，还擅长烹饪，所以不同于只会吃不会做的食客，汪曾祺谈吃的散文中，更多行家里手的宝贵心得。传统的士大夫在读书治学之余，往往以悬壶济世或亲历庖厨作为生活趣味的调节与延伸，并借此颐养性情。在士大夫风气浓厚的江苏高邮，生于斯长于斯的汪曾祺在耳濡目染之间，自然而然地领略了士大夫文化之精髓，既体现在文章上，也浸润于饮食中。不过，汪曾祺对于饮食的品味和书写，从不追求新奇。他不屑于卖弄知识和学问，连篇累牍地介绍稀见的食物或烹调方式。出现在汪曾祺笔下的大多是日常饮食，而且在对日常饮食的描绘中饱含温情，其中却有着一份真真切切的风雅。《故乡的食物》着力点首先在故乡，食物的珍贵与否倒在其次。炒米、焦屑、鸭蛋、咸菜、茨菇、鱼类、禽鸟、野菜，多为普通人家餐桌上的寻常物，并无珍稀食材。汪曾祺关注的，不是食物本身的超凡脱俗（饮食本是俗事，过分追求风雅就难免造作了），而是食物与生活乃至生命的内在关联。这使他在描绘各类食物时，笔锋常带感情。写食物，不限于舌尖上的感受，念念不忘的是曾经的贫穷、动乱和饥饿，是老师沈从文对“格”的讲究，是年少时见到的猎人黑而冷的双眼。这样的饮食书写，也许少了几分文人的雅趣，却多了几分生命的本真，成为描绘饮食而又超越饮食的妙品。

汪曾祺是作家中的美食家，也是美食家中的智者和仁人。

# 中编

# 中国现代报刊与经典文本

# 第七章　新旧雅俗之间

## ——《小说月报》视野中的《怀旧》

1921年1月，商务印书馆的名刊《小说月报》自第十二卷起由沈雁冰接任主编，成为新文学的重要刊物。在后世的诸多新文学史著中，第十二卷第一期似乎成为该刊进入历史新纪元的标志。而在此前的十年间，由王蕴章、恽铁樵交替担任主编[①]的《小说月报》尽管努力经营，成绩不菲，但其地位与价值不免被改版后的盛名所掩盖，长期未获关注，甚至被视为"鸳鸯蝴蝶派"的刊物，遭遇否定[②]。20世纪90年代以来，1921年以前的《小说月报》开始受到研究者的重视，除综论清末民初小说和报刊的论著外，就笔者目力所及，至少出现了两部专论1910—1920年间《小说月报》的著作[③]，在史料和论断上均有所收获，具有填补空白的意义。然而，尽管以上成果在肯定改版前的《小说月报》的地位与价值，特别是剥离其与"鸳鸯蝴蝶派"之关系上颇为用力，但仍不能避免以日

---

① 《小说月报》创刊后的第一、二年和第三年一至四期，以及第九、十、十一卷由王蕴章担任主编；第三年（卷）五至十二期（号），第四、五、六、七、八卷则由恽铁樵担任主编。《小说月报》由1910年创刊到1913年第三年第七期，称某年某期，此后则称某卷某号。

② 贾植芳主编《中国现代文学词典》中有关《小说月报》的条目代表着一定时期内学术界的主流观点："创刊于1910年，由上海商务印书馆编辑出版。原为鸳鸯蝴蝶派的刊物，主要刊登旧诗词、文言文和改良新戏等。自1921年1月第十二卷起由沈雁冰主编，大力革新内容，成为文学研究会的代行机关刊物。"上海：上海辞书出版社，1990年，第761页。

③ 分别为柳珊《在历史缝隙间挣扎：1910—1920年间的〈小说月报〉研究》（南昌：百花洲文艺出版社，2004年）和谢晓霞《〈小说月报〉1910—1920：商业、文化与未完成的现代性》（上海：上海三联书店，2006年）。二书都是根据作者的博士论文增补修订而成。

后大行其道的新文学为基本参照，对于《小说月报》前十年的肯定或否定，也大体上基于该刊对于所谓“新”“旧”趋向的不同取舍。因此，研究者关注并强调改版前的《小说月报》在新旧转型过程中的价值，无意中使该刊一直笼罩在新文学的巨大“阴影”之中。且不论其中“新”与“旧”的相对性和研究者的不同立场，即使在新文学由蓄势到萌芽再到兴盛的20世纪20年代，以《小说月报》同人为代表的清末民初文人是否时时感受到方兴未艾的新文学（及其市场）的巨大压力，在山雨欲来中饱尝风雨飘零之感，努力通过避“旧”趋“新”来维持生存，尚存疑问。同时，将《小说月报》由创刊到改版十年间的文坛走向，定位为新文学的初生到确立，也略显单一。事实上，新文学与所谓旧文学各有其路径，虽彼此间存在交集，甚或冲突，但绝非你死我活，或一方取代另一方的关系。以新文学的趣味、立场和趋势阐释改版前的《小说月报》，未必能对后者做出恰如其分的评价。

不过，无论是以“新旧转型”还是“在历史缝隙间挣扎”作为立论的出发点，研究者对于1910—1920年间的《小说月报》的考察，无一例外地都给予其中一篇小说以格外的关注，那就是发表于该刊1913年4月25日第四卷第一号的文言短篇小说《怀旧》，作者署名“周逴”。23年后的1936年，随着一代文豪鲁迅的逝世，其二弟周作人发表《关于鲁迅》一文，率先披露《怀旧》的作者即为鲁迅。这篇小说日后备受关注，收入1938—2005年间的各版《鲁迅全集》，研究成果也日趋丰富，与周作人的文章不无关联。对于新时期以来中国大陆学人的《怀旧》研究，产生影响最早也最大的当属捷克汉学家普实克的论文《鲁迅的〈怀旧〉——中国现代文学的先声》。该文作于1967年，于20世纪80年代初出现了第一个汉译本，此后又多次重译，启发并规约了相当数量的中国大陆学人对于《怀旧》研究的思路和想象力。[①] 在普实克的论文之后，

① 普实克的《鲁迅的〈怀旧〉——中国现代文学的先声》一文，最初的汉译本由沈于翻译，发表于《文学评论》1981年第5期，署名“雅罗斯拉夫·普鲁塞克”，并收入乐黛云编：《国外鲁迅研究论集》，北京：北京大学出版社，1981年，第465-471页，署名“雅罗斯拉夫·普实克”。后又有邓卓译本，收入《普实克中国现代文学论文集》，长沙：湖南文艺出版社，1987年，第112-119页。近年来又有郭建玲译本，收入李欧梵编：《抒情与史诗——现代中国文学论集》，上海：上海三联书店，2010年，第101-108页。

关于《怀旧》主题与艺术的阐释不断得以深入。如王瑶《鲁迅〈怀旧〉略说》一文指出："(《怀旧》）除过它是用文言写的以外，在精神上或风格上它都是'现代的'，我们可以把它看作是现代作品的发轫。"[①] 这一观点代表着绝大多数中国大陆学人对于《怀旧》的基本判断。此后出现的研究成果，在细节上各有所见，但对于小说"先声"价值的肯定则相近。近年来，年轻一代的学人开始尝试与普实克对话，或努力超越其论断。张丽华的论文《从故事到小说——作为文类寓言的〈怀旧〉》[②]试图在清末以来短篇小说的文类形构的视野中，将《怀旧》视为一部在形式上具有代表性的短篇小说作品，来重新阐释其主题意蕴以及这一主题所可能蕴含的自反性的文类指涉意义，对普实克的研究视角有所拓展。费冬梅《〈怀旧〉的主题与形式——对普实克论文的再讨论》一文[③]则提出《怀旧》作为一篇旧体文言小说，深受中国古典小说、散文及诗词的影响，尚不能担当"现代文学的先声"之重任，体现出突破前人的勇气。然而，以上成果在引用和分析《怀旧》的文本时，绝大多数出自不同版本的《鲁迅全集》，即使兼及恽铁樵的评点，也是小说文本引自《鲁迅全集》，恽铁樵的评点引自《小说月报》，从《小说月报》引用《怀旧》文本的，只有张丽华。当然，经过几代学人的努力，《鲁迅全集》的编校质量日臻完善，文本的可靠性自不待言。但考察《怀旧》的文学史价值，从小说最初发表的刊物出发，顾及具体的历史语境，也是题中应有之义。而且，众所周知的是《小说月报》上的《怀旧》初刊本，除小说本文外，还包括主编恽铁樵的随文评点和篇末附志，以及一帧插图，均为《鲁迅全集》本所无[④]。可见，《怀旧》的初刊本和《鲁迅全集》本在文本的信息量上存在明显的差异。本章试图从《小说月报》出发，考察《怀旧》发表的历史语境，借此重新估价学术界对于《怀旧》主题与形式阐释的深度与限度。

---

① 王瑶：《鲁迅〈怀旧〉略说》，载《名作欣赏》，1984年第1期。

② 载《鲁迅研究月刊》，2010年第9期，收入张丽华：《现代中国"短篇小说"的兴起》，北京：北京大学出版社，2011年，第149-170页。

③ 载《现代中文学刊》，2015年第2期。

④ 人民文学出版社1981年版和2005年版《鲁迅全集》均在第7卷图片页刊载了《怀旧》初刊本的两页书影，其中一页包含插图。

# 一

鲁迅本人对《怀旧》的记述，出现在与杨霁云的通信中。1934 年 4 月起，杨霁云为搜集、整理鲁迅的集外佚文并印行《集外集》，开始了和鲁迅的书信往还。鲁迅在同年 5 月 6 日的复信中，回忆了自家早年的文艺创作，特别指出：

> 现在都说我的第一篇小说是《狂人日记》，其实我的最初排了活字的东西，是一篇文言的短篇小说，登在《小说林》(？)上。那时恐怕还是革命之前，题目和笔名，都忘记了，内容是讲私塾里的事情的，后有恽铁樵的批语，还得了几本小说，算是奖品。[①]

鲁迅不仅忘记了小说发表时的题目和笔名，连刊物也误记为《小说林》（尚存疑）。由于记忆的模糊，《怀旧》未能像该信中提到的其他几篇作品，如《斯巴达之魂》《说鈤》等一同编入 1935 年 5 月出版的《集外集》。鲁迅提供的信息不全面，加之私人通信在当时尚未公之于世，对于《怀旧》的重新发现，因此推延至鲁迅逝世以后。不过，鲁迅的记述中也有准确之处，就是得到几本小说（当为刊物）作为奖品。查《小说月报》征文通告，确有“一经登载，当酬赠本报若干册，以答雅意”[②]之语，可证鲁迅对于这一细节的回忆无误。

1934 年 5 月 22 日，鲁迅再次复信杨霁云，修正了对于《怀旧》发表的记忆：

> 登了我的第一篇小说之处，恐怕不是《小说月报》，倘恽铁樵

① 鲁迅：《340506 致杨霁云》，《鲁迅全集》第 13 卷，北京：人民文学出版社，2005 年，第 93 页。

② 载《小说月报》第一年第一期，1910 年 7 月 25 日。标点为引者所加。此后各卷各期均有类似表述。

未曾办过《小说林》，则批评的老师，也许是包天笑之类。[①]

杨霁云来信今已不存，难以确知其内容。根据复信，大约杨氏对于前一封信中鲁迅提供的刊名存疑，在来信中提出发表小说的刊物为恽铁樵主编之《小说月报》。鲁迅则否定了这一判断，坚持认为是《小说林》，而且把"批评的老师"这一头衔转赠包天笑。事实上，《小说林》的主编是黄摩西，包天笑只是主要撰稿人。看来鲁迅确实忘记了第一篇小说发表的情况，以致张冠李戴，南辕北辙，使杨霁云未能找到这篇小说，编入《集外集》，颇为遗憾。

如前文所述，将《怀旧》的著作权授予鲁迅，始于1936年周作人《关于鲁迅》一文中的相关记载：

他写小说其实并不始于《狂人日记》，辛亥冬天在家里的时候曾经写过一篇，以东邻的富翁为"模特儿"，写革命的前夜的事，情质不明的革命军将要进城，富翁与清客闲汉商议迎降，颇富于讽刺的色彩。这篇文章未有题名，过了两三年由我加了一个题目与署名，寄给《小说月报》，那时还是小册，系恽铁樵编辑，承其覆信大加称赏，登在卷首，可是这年月与题名都完全忘记了，要查民初的几册旧日记才可知道。[②]

周作人的这段回忆非常详尽，包括小说的创作时间、主要情节、发表刊物，还特别指出题目和署名都由周作人所加，投稿者亦非鲁迅本人。但在细节上也存在一点失误：《怀旧》发表于《小说月报》时，并非"卷首"，之前还有署名"铁樵"的短篇小说《烹鹰》和署名"公短"的科学小说《再生术》，《怀旧》位居第三。虽然周作人忘记了小说发表的具体年月和题名，但指出辛亥冬天创作，过了两三年寄出，编辑是恽铁樵，无疑为寻找这篇小说提供了线索，缩小了范围。

《关于鲁迅》发表后，引起时人的关注。一位被称为"葛乔先生"的

---

① 鲁迅：《340522② 致杨霁云》，《鲁迅全集》第13卷，第113页。

② 知堂：《关于鲁迅》，《宇宙风》第二十九期，1936年11月16日，第265页。

人，根据上述线索在上海徐家汇的一家私人图书馆查阅《小说月报》，终于找到了这篇被周作人忘记发表年月和题名的小说。于是，《怀旧》被重新刊载于1937年3月出版的《希望》第一卷第一期，编辑还特地在小说前加上“编者记”说明这一经过。[①] 接着，复旦大学文摘社于同年4月出版的《文摘》第一卷第四期又根据《希望》的刊本予以转载。[②] 周作人似乎对此也意犹未尽，若干年后又在《鲁迅的故家》一书中回忆：

> 鲁迅的第一篇小说，民国元年用文言所写的，登在《小说月报》上面，经发见出来，在杂志上转载过，虽然错字甚多，但总之已有人注意了。[③]

知堂老人书中所谓“在杂志上转载过”，应即前文所述之《希望》及《文摘》，而且周氏只记述事实，却未归功于自家，态度颇为诚恳。《怀旧》经两次转载后，终于以“鲁迅小说”的身份重新走进读者视野。1938年6月至8月，由“鲁迅先生纪念委员会”编辑的20卷本《鲁迅全集》出版，《怀旧》收入第7卷《集外集拾遗》中，从而第一次进入鲁迅的作品合集。此后各版本的《鲁迅全集》均收入《怀旧》，唯文本和注释有不同程度的修订。归还鲁迅之于《怀旧》的著作权，并使小说重见天日，周作人和那位“葛乔先生”功不可没。

此外，周作人论述《怀旧》的文章，尚有多篇，如《鲁迅的故家》之《九　两种书房》，《鲁迅小说里的人物·呐喊衍义》之《八八　金耀宗》《八九　秃先生的书房》《九〇　太平天国故事》诸篇，以及《知堂回想录》之《九二　辛亥革命一——王金发》等等，或挖掘人物之原型，或探究情节之本事，内容各有侧重，亦屡见重复。其中《知堂回想录》

---

① 《怀旧》载《希望》“特别文献”专栏，其“编者记”云：“友人葛乔先生读了这一节文字（引者按：指周作人《关于鲁迅》一文中涉及《怀旧》的文字），就想尽种种方法去调查，终于在徐家汇一家私人图书馆里被他查着，原来这篇小说的题目是《怀旧》，署名是‘周逴’。葛先生并费了许多工夫，将全文抄出，交给本刊发表，这是很可感谢的。文中批语，当系编者所加，现并不删去，以见当时杂志的编例，标点和旁点也仍旧。”载《希望》第一卷第一期，1937年3月10日，第61页。

② 载复旦大学文摘社编：《文摘》第四卷第一期，1937年4月1日，第131-133页。

③ 周作人：《鲁迅的故家·一〇　秃先生是谁》，《鲁迅的故家》，石家庄：河北教育出版社，2002年，第215页。

之《九八　自己的工作一》一篇，论述最详，而且偿还了1936年所作《关于鲁迅》一文中“查旧日记”之夙愿：

> 这回查看日记，居然在壬子十二月里找到这几项纪事：
>
> “六日，寄上海函，附稿。”
>
> “十二日，得上海小说月报社函，稿收，当复之。下午寄答。”
>
> “廿八日，由信局得上海小说月报社洋五元。”
>
> 此后遂渺无消息，直至次年癸丑七月这才出版了，大概误期已很久，而且寄到绍兴，所以这才买到：
>
> “五日，《怀旧》一篇，已载《小说月报》中，因购一册。”廿一日又往大街，记着“又购《小说月报》第二期一册”，可知上面所说的一册乃是本年的第一期，卷头第一篇便是《怀旧》，文末注云：
>
> “实处可致力，空处不能致力，然初步不误，灵机人所固有，非难事也。曾见青年才解握管，便讲词章，卒致满纸饾饤，无有是处，亟宜以此等文字药之。焦木附志。”本文中又随处批注，共有十处，虽多是讲章法及用笔，有些话却也讲的很是中肯的，可见他对于文字不是不知甘苦的人。但是批语虽然下得这样好，而实际的报酬却只给五块大洋，这可以考见在民国初年好文章在市场上的价格，……至于那篇《怀旧》，由我给取了名字，并冒名顶替了多少年，结果于鲁迅去世的那时声明，和《会稽郡故书杂集》一并退还了原主了。[①]

查《周作人日记》1912—1913年原文，与《知堂回想录》中的引文略有分别：

> （一九一二年十二月）六日，……寄北京函，又上海函。
>
> 十二日，……上午得小泽二日函，又《白桦》一册，又上海小

① 周作人：《知堂回想录·九八　自己的工作一》，《知堂回想录》（上），石家庄：河北教育出版社，2002年，第316-317页。

说社函，稿收，当复之。下午寄答。

廿八日，由信局得上海小说月报社洋五元。

（一九一三年七月）五日，……《怀旧》一篇，已载《小说月报》中，因购一册。[①]

可见，《知堂回想录》中的引用，后两则与日记原文相同，前两则有明显增饰。由于日记往往过于简略，非如此无法记述《怀旧》由投稿到获得用稿通知的过程。而周作人强调刊载《怀旧》的《小说月报》第四卷第一号拖延至1913年7月才出版，也可能出于误记。这一期版权页上标注的出版时间为1913年4月25日。《怀旧》投稿、收到用稿通知及稿费并刊出时，周作人均在绍兴。刊物延迟数月才进入绍兴书肆，使他无法在第一时间见到，也属正常。当然，也不排除这一期的实际发行时间就是当年7月。而1913年六七月间，鲁迅回绍兴省亲。在7月5日的日记中，有"午后同二弟、三弟往大街明达书庄买会稽章氏刻本《绝妙好词笺》一部四册，五角六分。又在墨润堂买仿古《西厢十则》一部十本，四元八角"[②]的记载，当与周作人购买《小说月报》在同时同地，却没有关于《怀旧》和《小说月报》的只言片语。

以上借助若干史料，还原了《怀旧》由投稿、发表、重刊到引起反响的过程。这些史料皆属常见，通过引用并略加分析，可知《怀旧》并未引起鲁迅的重视，不仅忘记了题目和署名，对于发表刊物的记忆也含混不清。鲁迅的态度，未必如研究者所论，体现出"悔其少作"的深刻用心，或对于清末民初的文坛深致不满，事实上就是因为年代久远而遗忘。何况，《怀旧》的题目和署名，均由周作人拟定，鲁迅既未参与其中，亦非投稿人，印象不深也是势所必然。[③] 倒是周作人显示出异乎寻常的热情，不仅代为拟定题目、署名并投稿，还在鲁迅逝世后多次撰文，既

① 鲁迅博物馆藏：《周作人日记（影印本）》（上），郑州：大象出版社，1996年，第425、427、456页。标点为引者所加。

② 鲁迅：《癸丑日记》，《鲁迅全集》第15卷，第71-72页。

③ 周作人为《怀旧》拟定题目和署名并向《小说月报》投稿，时在1912年末。鲁迅彼时在北京教育部任职，其间兄弟二人虽书信往还不断，但相关通信均已不存，是否讨论过小说的题目、署名及投稿情况，不得而知。二人的日记中亦无相关记载。因此，在没有出现新史料的情况下，可以推定《怀旧》的发表与鲁迅并无关联。

恢复了鲁迅的著作权，又对小说的主题和艺术加以阐释，使之逐渐受到研究者的关注。周作人对于《怀旧》阐释的深度与限度，不断引发后世学人的认同、发挥、质疑与反驳，这似乎预示着此后的数十年间《怀旧》阐释史的复杂样貌。而初刊《怀旧》的《小说月报》则常常作为载体和背景，遭遇悬置。得到关注与肯定的，是由鲁迅创作的《怀旧》本文。

## 二

周作人涉及《怀旧》的文章，其价值不限于提供与小说相关的若干史料，对于《怀旧》主题和艺术的阐释，也有所创见，影响及于后世。

对于小说的主题，周作人强调“《怀旧》里影射辛亥革命时事”[①]。这一论断为后世研究者接受，并有所发挥。查周氏原意，系指小说中的村人误将过境难民视为长毛或革命党，皆欲逃难的情节，是以辛亥革命期间绍兴发生的真实事件为本事，其中并不包含对于辛亥革命的价值判断。而在后世研究者的阐释中，《怀旧》的主题则成为对于辛亥革命不彻底性的反思与批判。周作人是“影射辛亥说”的始作俑者，此后的阐释则渐行渐远。对于这一研究思路的质疑，始于王富仁《论〈怀旧〉》一文[②]。该文指出这篇小说的主题不在于反省某一具体事件，而在于从文化层面对中国社会展开批判。伍斌和史承钧的论文[③]则将小说主题总结为对于国民性问题的探索。此后，多数研究者不再将《怀旧》的主题与辛亥革命相关联，周作人对于小说主题的阐释，影响渐歇。

周作人对于《怀旧》的艺术也有所阐释，集中于《鲁迅小说里的人物·呐喊衍义》之《八八　金耀宗》一文中：

> 这《怀旧》的题目定得很有点暧昧，实在也是故意的，本文说

---

① 周作人：《鲁迅的故家·九　两种书房》，《鲁迅的故家》，第214页。

② 王富仁：《先驱者的形象》，杭州：浙江文艺出版社，1987年，第173-190页。

③ 伍斌：《〈怀旧〉——探索“国民的灵魂”的最初尝试》，载《鲁迅研究月刊》，1994年第12期；史承钧：《〈怀旧〉的时代与主题——兼评历来对它的一种误解》，载《鲁迅研究月刊》，2000年第9期。

的是眼前的事，可是表面上又是读《论语》对两字课的时候，假装着怀旧，一面追述太平天国，乃是真正的旧事了，但因此使得本文的意思不免隐晦，也是一个缺点。……至于别的言动，自然不是写实的，因为是讽刺，所以更不免涉于夸张了。[①]

周作人对于“怀旧”与小说叙事之独特关联的阐释，眼光独到，指出了《怀旧》文本中时空的复杂性：眼前的现实时空与追述中的过往时空相互交错与叠加，使本文结构及其内涵均体现出一定的复调性。这在周作人看来是不免隐晦的缺点，但在后世研究者眼中却成为《怀旧》文本的“现代性”之所在，是小说作为“中国现代文学的先声”的重要标志之一。[②]两相对照，周作人阐释《怀旧》的深度与限度，均格外明显。

总之，周作人对于《怀旧》的关注，无论是提供史料还是加以阐释，均着眼于小说的文本本身，刊登《怀旧》的《小说月报》仅仅作为载体和背景，并不在论述的范围之中。主编恽铁樵的评点与附志也被视为小说文本以外的因素，单独予以置评。而且，周作人对于《小说月报》和恽铁樵似乎还颇有微词。

在前引《知堂回想录》中，周作人感叹《怀旧》虽获佳评，稿费却只有五元，对于这篇小说遭受的不公正待遇颇为遗憾。事实上，《小说月报》自1910年创刊起，即注重征集短篇小说，不仅开设“短篇小说”专栏，在第一年第一期的《征文通告》中即明确提出：“本报各门皆可投稿，短篇小说尤所欢迎。”对于稿酬则规定：“中选者，当分四等酬谢：甲等，

① 周作人：《鲁迅小说里的人物·呐喊衍义·八八　金耀宗》，《鲁迅小说里的人物》，石家庄：河北教育出版社，2002年，第179-180页。

② 普实克将《怀旧》视为“中国现代文学的先声”，主要着眼于小说淡化情节的抒情性特质。而后世研究者对于小说之“先声”意义的开掘则是全方位的，除情节因素外，还涉及结构、叙事及文体，从而使《怀旧》的价值得到了更全面也更充分的阐释。其中，普实克的学生、捷克汉学家米列娜的研究颇见深度，在《创造崭新的小说世界——中国短篇小说1906—1916》一文中，米列娜指出《怀旧》文本中蕴含着“可见”和“不可见”的两个世界，并解析文本中传统符号系统和私人符号系统的二元对立关系，令人耳目一新。不过，米列娜富于创造性的阐释建立在对于小说重新断句的基础上，而《怀旧》发表于《小说月报》时已有圈点，米列娜的重新断句略显主观，似乎有过渡阐释之嫌，作为一种“创造性误读”，可聊备一说。见陈平原、王德威、商伟编：《晚明与晚清：历史传承与文化创新》，武汉：湖北教育出版社，2002年，第496-499页。亦可参见张丽华《现代中国“短篇小说”的兴起》一书中的相关辨析，第152页。

每千字酬银五元；乙等，每千字酬银四元；丙等，每千字酬银三元；丁等，每千字酬银二元。”[①] 这一征文通告在此后的各卷各期，包括恽铁樵主编时期均得以延续，只是鉴于清末和民初货币及其购买力的不同，稿酬等级和金额有所调整。在《怀旧》投稿并发表的1912—1913年间，标准为：“中选者，分三等酬谢：甲等，每千字三元；乙等，每千字二元五角；丙等，每千字一元。”[②] 而刊载《怀旧》的前一期，即第三卷第十二号，特地刊发《征求短篇小说》的启事：

> 本社现在需用短篇，倘蒙海内文坛惠教，曷胜欣幸。谨拟章程如下：（一）每篇字数一千至八千为率；（二）誊写稿纸，每半页十六行，每行四十二字；（三）稿尾请注明姓名住址；（四）酬赠照普通投稿章程格外从优；（五）投稿如不合用，即行寄还；合用之稿，由本社酌定酬赠，通告投稿人；如不见允，原稿奉璧。[③]

《怀旧》全文（不含恽铁樵的评点和附志）4000余字，得稿费五元，依《小说月报》的稿酬标准，当属丙等。而且，是否“照普通投稿章程格外从优”，因而在四元的基础上增加一元，不得而知。可见，在编者眼中，这篇小说的价值并不像评点和附志中所显示出的那样值得赞赏和推崇。主编恽铁樵在当时已是民初文坛享有盛名的前辈，鲁迅则是名不见经传的新人[④]，“周逴”更不知何许人也。《小说月报》发表《怀旧》并借助评点和附志予以好评，更多的是出于前辈对于新人的奖掖提携，同时将评点植入小说本文之中，意在为后辈树立文章之轨范。因此，恽铁樵未必是以平等的姿态看待《怀旧》的，表面上的热情赞扬也未必能够代表编者对这篇小说的综合判断。以“丙等”标准支付稿酬，从中可见一斑。

---

① 载《小说月报》第一年第一期，1910年7月25日。标点为引者所加。

② 载《小说月报》第三年第一至六期均刊载这一通告。标点为引者所加。

③ 载《小说月报》第三卷第十二号。原文有断句，新式标点为引者所加。

④ 众所周知，“鲁迅”这一笔名首次出现于1918年5月作者在《新青年》第四卷第五号发表小说《狂人日记》之时，后来成为作者最常使用、影响也最大的笔名，是中国现代文学史上最为显赫的名字。《怀旧》创作于1911年末或1912年初，其时周树人尚在绍兴任教，待小说发表时则供职于教育部。“鲁迅”这一笔名要到5年后才出现。本文为表述方便，一律以“鲁迅”称之。

周作人仅从批语出发，期待未免过高。纵观恽铁樵主编的《小说月报》各卷各期，这类评点并不涉及每一篇小说。其中或考虑到作者身份，如林纾、徐卓呆、包天笑等名家，不便采取“批评的老师”之姿态；或限于文体，如诗词、杂剧等，不宜从章法及用笔处立论。综上可知，恽铁樵对《怀旧》是欣赏的，不仅通过评点和附志予以大力推介，而且几乎是一经投稿，即立刻允诺刊出，并寄赠稿酬，效率之高，态度之热忱，对于初登文坛的后辈而言无疑是一份难得的鼓励。然而，对于恽铁樵而言，自家撰写的评点和附志似乎与《怀旧》的文本不可分割，读者只有将小说与评点及附志作为一个整体加以阅读，才能感受到《小说月报》的编者借助新人新作，示青年以辞章之轨范的良苦用心。后世研究者常常质疑恽铁樵的评点和附志只涉及作文的章法及用笔，忽视了小说的主题及其他艺术因素。事实上，恽铁樵恰恰是在文章学层面立论，关注的未必是《怀旧》作为短篇小说的价值。

恽铁樵于1935年去世，未能看到周作人一年后发表的《关于鲁迅》。《怀旧》作者的真实身份，这于他而言永远是个谜。倘若恽铁樵生前能够知道“周逴”即后来如日中天的鲁迅，会作何感想，后人也无从知晓。新文学兴起后，恽铁樵逐渐淡出文坛，后从事中医行业，曾经辉煌的文学事业，渐成明日黄花。《怀旧》的作者是鲁迅也好，是无名后辈也罢，于他而言已无关紧要。不过，恽铁樵对于《怀旧》的评点，在鲁迅研究之外尚有其独特价值，就是提供了清末民初报载小说的独特文本形态。报刊的出现无疑改变了读者包括作为高级读者的编辑和批评家对于小说的阅读方式。通过单行本或报刊本会产生不同的小说阅读体验，自不待言。尤为突出的现象是，清末民初的报刊编辑往往兼具小说家和批评家身份，这使其在看待小说时往往独具只眼或者别有慧心，作为行家里手，眼界甚高，在编辑报载小说的过程中，也就不局限于编者立场，不但可以力推佳作、奖掖后进，还可以借助批注和按语，表达自家的小说观念和审美趣味。恽铁樵采用中国古代的小说评点方式，对于《怀旧》随文批注，同时借助名为“焦木附志”的编者按加以总结，此举延续了小说评点这一批评模式，而又有所拓展。以金圣叹、毛宗岗等为代表的中国古代小说评点家，往往对于已经为读者所熟知的小说文本加以评点，“原文+评点”（包括评点家对于原文的改写）并非小说面世的最初文本，原文与评点呈现出明显的历时性关系。评点家的意义，在于使熟悉的小说文本重新陌生化。而恽铁樵在《怀旧》的字里行间植入评点，使“原文+评点”成为这篇小说进入传播领域最初的文本形态。这样，创作在先的原文和书写在后的评点及附志得以共识性地呈现，作为一个整体为读者接受。于是，原文和评点一并成为报载小说《怀旧》文本的组成部分。这一文本构成的方式为报载小说所独有，体现出清末民初小说作者、编辑（批评家）和读者之间独特的互动关系。

此外，借助《小说月报》提供的语境和文本形态考察《怀旧》，还可能产生以下疑问：首先，作为报刊编辑和文坛前辈的恽铁樵，对于“周逴”这类新人的投稿，在刊发之前是否会做出删改，难以确知。如果确有删改，《怀旧》的著作权还能否归鲁迅一人所有，便尚存疑问。与此相应，如果恽铁樵和中国古代的小说评点家一样，为呈现个人眼光而径改小说原文，后世研究者借助不含评点与附志的文本阐释鲁迅小说的艺术价值及文学史地位，是否会造成个别误断？同时，《怀旧》的题目为周作人所加，并非出自鲁迅之手，如果以“怀旧”为视角阐释鲁迅自家的小说观和文体意识，是否存在区隔？《怀旧》是在鲁迅逝世后被重新发现，从而引起广泛关注的，如果小说作者的身份一直得不到确认，《怀旧》是否还会得到海内外学人的深入阐释与一致好评，产生数量众多的研究成果？当然，上述疑问均属于推测，很可能无关紧要，但对于鲁迅研究而言，也许会有特殊的意义。至少，借助《小说月报》提供的语境和文本形态考察《怀旧》，可能得出不一样的结论，这也是报刊之于小说的独特价值所在。

普实克在他卓有见地的论文中，将《怀旧》视为一个“孤立现象”，意在强调小说创作于“文学革命”发生之前，不能用新文学的一般趋势来加以阐释，但《怀旧》与同时代的文学相比具有明显的超前性，“完全是一部新的现代文学的作品，而绝不属于旧时代的文学”[①]。普实克从中国现代文学发生史的视角出发，敏锐地发现了《怀旧》在小说形式上

① [捷]雅罗斯拉夫·普实克：《鲁迅的〈怀旧〉——中国现代文学的先声》，沈于译，见乐黛云编：《国外鲁迅研究论集》，北京：北京大学出版社，1981 年，第 466 页。

的独特性，其思路和眼光均极具启发性。借助普实克的思路并予以适当修正，避免以“新旧交替”和“现代转型”为清末民初文学唯一的剧情主线，而将《怀旧》置于改版前的《小说月报》的历史语境之中，将鲁迅创作的小说文本与恽铁樵撰写的评点及附志作为一个整体进行观照和阐释，也许会产生意想不到的发现。

# 第八章 “寂寞”“听将令”和“曲笔”

## ——《新青年》视野中的《狂人日记》

《狂人日记》作为中国文学史上的第一篇现代白话小说，是鲁迅在“寂寞”的心境下，听《新青年》诸君之“将令”的产物，而且为响应“主将”的积极态度，在创作中不恤用了“曲笔”。“寂寞”“听将令”和“曲笔”由此成为理解这篇小说的三个关键词。《狂人日记》“表现的深切”与“格式的特别”均与《新青年》的办刊宗旨、思想倾向和表达方式有着重要的关联。将小说置于《新青年》的视野之中，才能更有效地考察鲁迅的文体选择。

### 一

1922 年 12 月 3 日，鲁迅为即将出版的自家第一部小说集作序。这篇题为《呐喊·自序》的文字，因涉及鲁迅小说创作之缘起，及其由教育部官员周树人到新文学大家鲁迅的华丽转身，日后成为研究其小说最常被征引的文献之一；更因文中的部分叙述，与鲁迅的其他文章略有抵牾（如“幻灯片事件”之于《藤野先生》），而成为考察其从事文学活动的心理症候——“原初的激情”——的重要依据。[①] 不过，尽管同属于

① 周蕾从影像视角对此进行了深入研究，见氏著：《原初的激情——视觉、性欲、民族志与中国当代电影》，台北：远流出版事业股份有限公司，2001 年，第 22-38 页。

“出山记”之类的自述性文字，《呐喊·自序》却不似胡适《逼上梁山——文学革命的开始》一文，洋溢着成功者的自信与满足，而是和鲁迅的大部分作品一样，曲径幽深，其中出现频率最高的一个关键词是“寂寞”。“寂寞”一词在全文中出现凡10次，其中仅有两次用于形容“文学革命”初期求其友声的《新青年》同人，其余则都是对自家心境的概括。对“寂寞”的反复提及，固然出于鲁迅撰写该文时心绪，彼时新文化运动高潮已过，《新青年》也转型为政党的机关刊物，昔日精诚合作的战友早已星散，或高升，或退隐，或转向，或沉默，作为继续前进者的鲁迅，难免失落与感伤。不过，“寂寞”之于鲁迅，却并非肇始于这一时期，而是其一以贯之的心境。由民国初年到“文学革命”爆发以前，在《呐喊·自序》中多有表述，自不待言；晚年定居上海，仍难以排遣寂寞之感，称自家著作《中国小说史略》“是一本有着寂寞的运命的书”[①]，可见一斑。这一心境使鲁迅即使面对如火如荼的新文化运动，也大体采取冷眼旁观的态度。《新青年》创刊已近三年，迁至北京也一年有余，鲁迅仍只是作为一个读者，不曾参与撰稿和编务，直到老朋友钱玄同约稿，发表中国文学史上第一篇现代白话小说《狂人日记》[②]，才一发而不可收，逐渐奠定了新文学的创作实绩。

《狂人日记》作为鲁迅在《新青年》上的初次亮相，用他的话说，是“听将令”的产物。以陈独秀、胡适、钱玄同等《新青年》编者为“将”，自甘为“卒”，不将自家视作新文化运动的核心力量，这一表述极有分寸，也确实体现出鲁迅的自我定位。《狂人日记》之后，鲁迅又在《新青年》上先后发表《孔乙己》《药》《风波》《故乡》4 篇小说。《新青年》由创

---

① 鲁迅：《且介亭杂文二集·〈中国小说史略〉日译本序》，《鲁迅全集》第6卷，北京：人民文学出版社，2005年，第348页。

② 后有研究者发现，陈衡哲的短篇小说《一日》发表于1917年6月的《留美学生季报》，时间早于《狂人日记》近一年，以此动摇后者的开创地位。这固然体现出中国现代文学史料研究的不断深入，也源于一些学者尤其是海外学者反感事事“由鲁迅大师开创”的研究思路。事实上，陈衡哲的小说是否一经刊出即在中国国内传播并产生反响，尚无史料可证，因此即便《一日》的创作和发表时间均早于《狂人日记》，最初毕竟流传于海外，无法和刊载于国内且“立竿见影”的后者相提并论，遑论二者艺术水平之差距。有心的研究者今后仍有可能在边边角角的史料中找到发表时间早于《狂人日记》的中国现代白话小说，但从传播角度而言，《狂人日记》作为“第一篇”的历史地位当之无愧，不可动摇。

刊到终止，10余年间发表的创作小说仅9篇，不及39篇翻译小说的四分之一，鲁迅的5篇占其大半，且成就之高，令余者难以望其项背。对于当时提出理论但缺少创作实绩的《新青年》同人而言，鲁迅的加入，可谓恰逢其时，而且其小说的创作水准，较之对于新文学“提倡有心，创造无力”的胡适等人，堪称“但开风气也为师”。鲁迅之于《新青年》，贡献颇多；但《新青年》之于鲁迅的文学事业，则更为关键。且不论“鲁迅”这一笔名就是在发表《狂人日记》时首次采用，并成为他一生中最常使用的笔名，今人惯于以“鲁迅”称之，概源于此。而加入《新青年》的作者队伍，不仅促成文学家“鲁迅”的诞生，也开启了其创作的一个喷涌期，除上述5篇小说外，还有新诗6首，论文和杂感数十篇，后者大多收录于《坟》和《热风》这两部文集之中。这些“听将令”的产物，即便在日后编入各类文集，为学人和读者尊奉，其价值却只有在《新青年》的视野中才能看得更加真切。尤其是《狂人日记》这篇“开山之作”，其主题设置与文体选择无不受到当时《新青年》之规约。可见，鲁迅所谓“听将令”大体符合事实，并非谦辞。

## 二

《新青年》杂志与晚清风行一时的《民报》《新民丛报》等相近，以宣扬思想文化为宗尚，文学作品不占主要地位，即便偶有刊载，也只是彰显杂志之“杂”，大体上仍处于“客卿”地位，而且往往是翻译压倒创作，思想意义大于文学价值。鲁迅的加入促使文学在《新青年》中地位上升，但仍不能改变其重思想之旨归。《狂人日记》的艺术技巧相对成熟，对文体的经营也颇为用心，但在研究者看来，其“格式的特别”也只能服从并服务于“表现的深切”。正如对《新青年》的研究主要建立在思想史层面，发表在《新青年》上的《狂人日记》，首先也是作为一个思想文本，而不是文学文本彰显其价值。这一观照《狂人日记》的基本视角，滥觞于其早期接受史，并一直延续至今，不曾削弱，而依托于《新青年》广阔且深邃的思想史视野，才更为有效。尽管后世研究者基于所谓“纯文学”立场，或指斥《狂人日记》“思想大于形式”，缺乏小说的基本特质，或褒奖《狂人日记》小说形式的巨大意义，构成一种穿越思想的文体。但是很明显，他们讨论的其实是作为一个独立文本的《狂人日记》，或者是收录在小说集《呐喊》中的《狂人日记》，而脱离了《新青年》在1918年时的历史语境。

作为一篇富于思想价值的小说，《狂人日记》最突出的文体特征，在于文言小序和白话日记的并存。研究者对此颇为用力，分别从“陌生化手法”（王富仁）、“对立关系”（薛毅、钱理群、王晓初）、“反讽结构”（温儒敏、旷新年、宋剑华）、“史传传统”（时世平）、“语言否定性”（文贵良）等视角切入，均有重要的理论发现。[①] 其中，王桂妹《白话+文言的特别格式——〈新青年〉语境中的〈狂人日记〉》一文[②]从小说存在的原生态语境入手，通过考察《新青年》上发表文学文本、尤其是小说文本的基本格式“文言序言+正文”，为《狂人日记》的文体构成寻找渊源，极有见地，其结论也可以证明《狂人日记》的文体实为顺应《新青年》常例而成，的确是“听将令”的产物。不过，鲁迅对小说文体的选择，其渊源似乎不限于此。《新青年》同人发起的新文化运动，旨在除旧布新，但新旧思想文化关系复杂、头绪繁多，很难找到一个简明且有效的切入点。胡适等人于是以文学为突破口，首先将新旧思想文化之争化约为新旧文学之争，进而化约为文言和白话的二元对立模式。这一化约虽难免学理空疏之弊，但却简单明了、切实可行，而且深谙文化论争过程中攻其一点、不计其余之道，即首先站稳自家立场，再给论争对手贴上反对者的标签，令其居于自家精心设置的二元对立模式之中，别无选择，从而在具体的辩驳过程中得心应手、稳操胜券。以文言和白话分别

① 王富仁：《〈狂人日记〉细读》，见氏著：《历史的沉思——鲁迅与中国现代文学论》，西安：陕西人民教育出版社，1996年，第120-124页；薛毅、钱理群：《〈狂人日记〉细读》，载《鲁迅研究月刊》，1994年第11期；王晓初：《两个世界的革命和对立：狂人由疯狂到康复的记录——〈狂人日记〉之我见》，载《鲁迅研究动态》，1989年第5、6期合刊；温儒敏、旷新年：《〈狂人日记〉：反讽的迷宫——对该小说“序”在全篇中结构意义的探讨》，载《鲁迅研究月刊》，1990年第8期；宋剑华：《狂人的“病愈”与鲁迅的“绝望”——〈狂人日记〉的反讽叙事与文本释义》，载《学术月刊》，2008年第10期；时世平：《在传统与现代之间——〈狂人日记〉的文言小序与史传传统》，载《江汉论坛》，2010年第9期；文贵良：《语言否定性与〈狂人日记〉的诞生》，载《鲁迅研究月刊》，2013年第8期。

② 载《文艺争鸣》，2006年第6期。

代表不同的思想文化立场，再诉诸是非善恶的价值评判。由此，新与旧之争被悄然置换为西方与中国、现代与传统、对与错、善与恶，甚至进步与落后、文明与野蛮的二元对立，于二元中或取或弃，其倾向性不言而喻。而鲁迅在《狂人日记》中设置的两套文本系统——文言小序和白话日记——亦可作如是观：文言和白话的对立，隐含着对于新旧价值的不同取舍。这一文体形态及其背后的价值立场，既顺应了《新青年》同人的理念，又使小说获得了巨大的艺术张力和广阔的阐释空间。

## 三

《新青年》倡导白话之初，其理论文章的拟想读者毫无疑问是各类文人，期待着与后者的辩驳切磋，因此必须采用文言。所谓与同行对话用文言，对下层启蒙用白话，这一话语策略和晚清白话文运动一脉相承。旨在宣扬白话文的《文学改良刍议》《文学革命论》等名作均以文言写就，也暴露出新文化倡导者的尴尬与无奈——若以白话著文，很可能得不到任何关注，陷入没有人支持也没有人反对的“无物之阵”——日后刘半农不惜采用“海派”手段，与同样敢想敢干的钱玄同合演“双簧信”，也源于此，但因此引发同人非议，则有些出乎两人的意料。但随着新文化运动的开展和白话文日益深入人心，这一状况开始得到改善，《新青年》同人的信心也日渐增强。1918 年初，《新青年》从第 4 卷第 1 号开始使用白话文和新式标点，至同年 5 月出版的第 4 卷第 5 号全部使用白话。《狂人日记》恰好在这一期刊出，借助“文言小序+白话日记”的结构模式，既彰显文白对立的理念，又折射出新文化倡导者曾经的尴尬与无奈。

《狂人日记》采用《新青年》发表小说（包括翻译小说）常见的文体形式，却又明显呈现出一种“非典型”结构（王桂妹语），即小序并非日记以外的独立存在，缺少小序会造成文本思想内涵和审美价值的流失。事实上，这类叙述者发现某人手稿，经过处理加以披露的小说结构模式，古今中外均不乏其例。如《红楼梦》中空空道人抄录石头上的文字，再由曹雪芹先生批阅增删成书。在西方的冒险小说中，这一模式则更为常见。相比之下，《狂人日记》的结构模式更为独特，小序和日记之间的对话与对立关系，是绝大多数同类文本所不具备的。文言小序和白话日记代表两种彼此不能相容的思想文化立场，“狂人”徘徊两间，“发狂”时成为独异的个人，以白话承载其惊世骇俗的思想，“病愈”后则回归众人，用文言表达对昔日言行的追悔。小说中的众人（包括病愈后的“狂人”自己）形成对“狂人”的围剿；而小序虽短，却也构成对日记的包围、甚至居高临下的俯瞰。小序中的“余”公开发表部分日记，意在“供医家研究”，亦不免“奇文共欣赏”的企图。这与早期白话文创作（特别是新诗）的遭遇别无二致——被视为“奇观”，遭到反对者的轻视与嘲笑。但颇为有趣的是，刊载《狂人日记》的《新青年》第4卷第5号已全部改用白话，这就使文言小序显得特别突兀，其文本价值也因此得到了尴尬的凸显——构成“奇观”效果的不再是白话日记，反而是文言小序。将“文言+白话”的《狂人日记》发表于全部使用白话的《新青年》第4卷第5号，使文言小序在诸多白话文的包围中“示众”。这出于编者的刻意所为，还是因为鲁迅的投稿恰逢其时，尚难以得知。但在《新青年》同人苦于缺少创作实绩，颇感“寂寞”之时，“听将令”的鲁迅适时加入，的确使“文学革命”的诸多理想得以落实。

鲁迅的加入，排遣了《新青年》同人的“寂寞”，但自家是否因此摆脱“寂寞”，由消极转向积极呢？《呐喊·自序》中说，因为主将不主张消极，所以在创作小说时不恤用了“曲笔”。所谓“曲笔”，即在悲伤压抑的整体氛围中增添几笔亮色，尤见于小说结尾处，以顺应“文学革命”的乐观情绪。鲁迅自述曾将“曲笔”用于小说《药》和《明天》（发表于《新潮》）之中，并未提及《狂人日记》。事实上，“曲笔”在《狂人日记》中也有所体现，即最后一则日记中发出的“救救孩子……”的呐喊。作为小说的“结尾”，“救救孩子”的呼声振聋发聩，在当时引起巨大共鸣，自不待言；而几十年后，当代作家刘心武在其小说《班主任》结尾处发出同一呐喊，足见其仍流风未散、余韵不衰，具有强大的历史穿透力。然而，鲁迅在“救救孩子”后面使用省略号而不是感叹号，仍然令人浮想联翩。从时间上看，小序中的情节发生在日记之后，此时已病愈（或曰被治愈）的“狂人”赴某地任候补官，并将自己患病期间所作日记题名《狂人日记》，颇有往事不堪回首的追悔之感。日记在前，小序在后，日记为因，小序为果。由此可见，小说的真正结尾并不是“救救孩子”，而是小序中的情节，只不过隐含于文言之中，又置于日记之前，不易察觉。鲁迅寄希望于未来，呼唤“救救孩子”是实，这促使他为《新青年》撰稿，与陈独秀、胡适等人同气相求。但鲁迅对于新文化的前景，从未有过《新青年》同人的乐观与坚定。这体现出鲁迅对进化论的态度。进化论于20世纪初经严复译介进入中国，影响了几代知识分子。其中鲁迅由最初信奉到渐生怀疑，胡适则践行终生（改名适、字适之即源于“物竞天择，适者生存”之说）。胡适将进化论简化为新胜于旧并最终取代旧的线性规律，这一“越来越好”的思维模式，颇适用于新文化运动的除旧布新，并为“文学革命”的合法化提供了理论依据。鲁迅则有所不同，他曾受严复《天演论》的影响，接受过进化论，但又蒙乃师章太炎“俱分进化”说之指引，认定进化中有反复，有倒行，对线性模式颇有怀疑。对鲁迅而言，旧之后未必是新，新也未必能够取代旧。即便在《狂人日记》中将文言与白话相并置，也没有将二者视为“非此即彼”的关系，而更近乎“或此或彼”——新可能是旧的产物，旧也可能是新的终结——“狂人”即如此。加上鲁迅本人的悲观心态，认定自家经历过旧时代，本身具有“原罪”（吃过人），对新文化的价值和自家之于新文化的意义也就颇有保留。

事实上，鲁迅对《新青年》同人这一新文化群体还是充满感情的，否则也不会在《呐喊·自序》中如此感伤。晚年追忆昔日诸友，仍时时流露出深切的怀念之情。但借助小说聊以慰藉那在寂寞里奔驰的勇士之时，自家的“寂寞”却无以排遣。“狂人”在小说文言小序中的结局，似乎预告了《新青年》同人和鲁迅自己的未来，这再一次印证了鲁迅那不出己愿的深刻，也增添了他“寂寞”的虚无感。

# 第九章 佚文、改写或重刊

## ——《文字同盟》视野中的《〈浮生六记〉考》

在中国古代的叙事类文学作品中，除《红楼梦》外，俞平伯先生对《浮生六记》用力最勤，不仅将其校点出版[①]，还撰写多篇诗文，从1923年起，至1983年讫，时间跨度长达六十年。计有：

《拟重印〈浮生六记〉序》，作于1923年10月20日，发表于本年10月29日《时事新报·文学》周刊第九四期；后收入霜枫社版《浮生六记》，改题《重印〈浮生六记〉序》(一)。

《〈浮生六记〉新序》，作于1924年2月27日，发表于本年8月18日《时事新报·文学》周刊第一三五期；后收入霜枫社版《浮生六记》，改题《重印〈浮生六记〉序》(二)；后又收入1928年8月上海开明书店出版的散文集《杂拌儿》，改题《重刊〈浮生六记〉序》。

《〈浮生六记〉年表》，具体创作时间不详，因收入霜枫社版《浮生六记》，故应作于1924年5月前。

《题沈复山水画》(诗并序)，作于1980年2月立春日，收入人民文学出版社本年7月出版的《浮生六记》("中国小说史料丛书"之一)。

《〈浮生六记〉二题》，作于1980年10月21日，发表于1981

① 1924年5月作为俞平伯主编"霜枫丛书"之一，由霜枫社出版，朴社印行。

年2月《文汇》月刊第2期。

《德译本〈浮生六记〉序》，作于1981年11月12日，发表于1983年4月《学林漫录》第八辑。

《沈三白晚年的踪迹》（随笔），作于1983年1月28日，作为《随笔两篇》之一，发表于文化艺术出版社本年6月出版的“万叶散文丛刊”第一辑《绿》。①

以上诗文在孙玉蓉先生编纂的《俞平伯年谱》中均有著录。不过，在日本人桥川时雄主编的学术刊物《文字同盟》第三号（1927年6月出版）上曾发表俞平伯《〈浮生六记〉考》一文，则未见于《年谱》。原文不长，抄录如下：

此书少单行本。见于烛②悟庵丛钞。及雁来红丛报中。共有六编③。故名六记。闺房记乐。闲情记趣。坎坷记愁。浪游记快。中山记历。养生记道。今只存上四篇。其五六两篇已佚。作者为沈复。字三白。苏州人。能画。生于一七六三年（乾隆二八。④）卒年无考。当在嘉庆十二年以后。此书虽不全。今所存四篇似即其精英。故独得流传。中山记历当是记漫游琉球之事。或系日记体。养生记道。恐亦多道家修持之妄说。虽佚似不足深惜也。就今存者四篇言之。不失为简洁生动的自传文字。

闲情记趣写其爱美的心习⑤浪游记快叙其浪漫的生涯。而其中尤以闺房记乐。坎坷记愁为最佳。第一卷自写其夫妇间之恋史。情思笔致。极宛转而又极简易。向来人所不敢昌言者。今竟昌言之。第三卷历述其不得于父母兄弟之故。家庭间之隐痛。笔致既细。胆子亦大。作者虽无反抗家庭之意。而其态度行为已处处流露于篇中。

---

① 孙玉蓉编纂：《俞平伯年谱》，天津：天津人民出版社，2001年，第73、75、79、444、447、465、491页。

② 当作“独”，原文如此。

③ 当作“篇”，原文如此。

④ 此处标点应在括号外，原文如此。

⑤ 此处应有标点，原文如此。

固绝妙一篇宣传文字也。[①]

在现存俞平伯书信、日记，及孙玉蓉先生编纂的《俞平伯年谱》中，均未提及该文及俞氏与桥川时雄和《文字同盟》之关联。事实上，该文是对《拟重印〈浮生六记〉序》一文第三、四自然段的摘录，只是略有删节。两相对照，第三自然段仅在“能画”一句后删去“习幕及商”四字；第四自然段摘至“固绝妙一篇宣传文字也”止，删去了后面的文字，“情思笔致极旖旎宛转，而又极真率简易”一句则略为“情思笔致。极宛转而又极简易”，其余文字一仍其旧。

《文字同盟》是桥川时雄（1894—1982）在中国创办的汉日双语杂志，创刊于1927年4月，初为月刊，后因经费、人手、稿源等因素的限制，常常脱期，或以合刊的形式出版，至1931年7月终刊时，共出37期。桥川氏于1918年来华，曾入北京大学作听讲生，由此接触中国学界；后任职于共同通讯社、《顺天时报》。1927年3月从《顺天时报》退职后，以一己之力创办《文字同盟》杂志。该刊的宗旨是：“以此杂志而成为两国士大夫诗文应酬之俱乐部，为往代鸿儒遗文之绍介者，为现在学艺两界之新闻报，为学中日话文者之参考书。”[②] 基于这一理想，《文字同盟》主要刊载中日两国学艺界人士的论学文字、诗文唱和与绘画作品，并记录学界动态，介绍新书新刊。出于自家的学术倾向和文学趣味，桥川氏更心仪旧派人物，对傅增湘、胡玉缙、罗振玉、文廷式、叶德辉、孙雄、黄节、溥儒等每多褒奖，尤推崇王国维与郑文焯。相对而言，与之交往并在《文字同盟》上发文的新文学人物较少。除当时声名显赫的胡适、周作人外，仅有郑振铎、俞平伯等寥寥数人而已，而且所刊均为论学文字。胡适在该刊第一号和第六号上各发表一首新诗，这在以刊载旧体诗为主的《文字同盟》上可谓绝无仅有（第二号还刊载胡适《赠朱经农》七言诗一首，颇似打油诗，作为补白）。周作人则在第二号和第八号上发表三篇译文，均译自日本人吉田兼好的随笔集《徒然草》。1925年4月13日出版的《语丝》杂志第二十二期曾刊载周作人译《〈徒然草〉抄》，

---

① 俞平伯：《〈浮生六记〉考》，桥川时雄主编：《文字同盟》第三号，第23-24页，东京：汲古书院，1991年影印。

② 《文字同盟》第一号发刊词，标点为引者所加。

是从《徒然草》中节选翻译的十四段散文。时隔两年后在《文字同盟》上发表的译文，就是这十四段中的三段。在现存周作人书信和日记中，未见与桥川时雄交往的史料，也未提及在《文字同盟》上发表译文的事。但在《文字同盟》第二号“赠书志谢”栏目中，录有周作人的译著《冥土旅行》。[①] 可见，周氏曾赠书给桥川。而《文字同盟》同一期即发表周作人的译文，这应该不是出于巧合。在第二号的发刊词中，桥川时雄表示已将第一号“赠寄同嗜长老”[②]。作为新文学的代表人物和日本文学的重要翻译家，周作人当在“赠寄”之列。由此可以推断，正是桥川向周作人赠寄刊物（也可能向周氏约稿），周作人才回赠书籍并允许《文字同盟》刊载自家译文。[③]

之所以率先讨论周作人与桥川时雄及其《文字同盟》之关系，意在论证该刊发表俞平伯文章的缘由。自 1924 年 7 月末回北京探亲并顺便寻找工作开始，俞平伯与周作人一直过从甚密。特别是 1925 年秋，俞氏应聘燕京大学教职，得与周作人任教于同一所大学，更促成二人在文学理念和趣味上的反复交流与互相启发。[④] 继《文字同盟》第二号发表周作人的译著后，紧接出版的第三号即刊载俞平伯《〈浮生六记〉考》，其中很可能有周作人的推介引荐之功。当然，也不排除桥川时雄直接向俞氏约稿的可能，但尚无实证。在现有材料可证实周作人与桥川时雄之间存在书刊往还的前提下，周氏作为桥川时雄和俞平伯之间的引介人这一推断是可以成立的。与此同时，《文字同盟》发表俞平伯文，还源于桥川氏对《浮生六记》的喜爱。该刊第一号曾发布预告：自第二号起登载清沈复著《浮生六记》之《闺房记乐》，并作如下广告语。

> 浮生六记一书。为沈复字三白杰作。苏州人。能画。此书虽不全。今所存四篇。独得流传。其第一卷闺房记乐。自写夫妇间之恋史。情思笔致。俱极宛转。真率简易。中国记叙体文章中。罕观之

---

① 载《文字同盟》第二号，第 49 页。

② 载《文字同盟》第二号，发刊词。

③ 张铁荣《周作人与〈文字同盟〉》一文，对周氏与桥川时雄及《文字同盟》之关系，论述详备，可参见。载《鲁迅研究月刊》，1994 年第 1 期。

④ 俞平伯赴京后与周作人的交往，参见孙玉蓉编纂：《俞平伯年谱》，第 80-101 页。

绝妙文字也。[①]

这段广告语基本上摘自俞氏《拟重印〈浮生六记〉序》。该刊第二号在同一广告语后即登载《闺房记乐》片段，从开头至“余亦负气，挈老仆先归”止，600余字。但仅登此一期，第三号起不复刊载，原因不详。

《文字同盟》登载《浮生六记》，并借助广告语大加褒奖，当出于主编桥川时雄对这部作品的喜爱。而俞平伯曾于三年前校点出版该书，理所当然地会被视为研究《浮生六记》的权威人物。桥川氏向俞平伯约稿，也是顺理成章的事。不过是否借助周作人的居中引介，尚待考证。由于篇幅所限，《文字同盟》第三号仅摘录俞氏《拟重印〈浮生六记〉序》的片段，并将标题改为《〈浮生六记〉考》。将作者已发表的著述加以摘录并重新刊载，在《文字同盟》上不乏其例。该刊第九号头条刊登郑振铎《中国文学的新世纪》一文，即注明“摘录《文学大纲》第四册中”[②]。可见，俞平伯在《文字同盟》发表《〈浮生六记〉考》，源于他在相关领域的学术成就和桥川时雄的文学趣味。较之同时代人，俞平伯与外国学者交往不多，于《文字同盟》上发表《〈浮生六记〉考》，是为数不多的例证之一，其意义自不待言。因材料所限，以上论述中难免推断，若想进一步考察这一问题，还有待于挖掘更为过硬的新材料。

综上可知，《〈浮生六记〉考》虽然不是俞平伯的佚文，但仍有其史料价值，故撰文简述之。

**补记：**

花山文艺出版社1997年版《俞平伯全集》（以下简称《全集》）第三卷收录作者有关《浮生六记》的文章四篇：《重刊〈浮生六记〉序》《〈浮生六记〉年表》《〈浮生六记〉二题》和《德译本〈浮生六记〉序》。其中，《重刊〈浮生六记〉序》注明“原载1924年8月18日《文学周报》第一

---

① 载《文字同盟》第一号，第48页。

② 载《文字同盟》第九号，第1页。

三五期"[①]。如前文所述，该文发表在《时事新报·文学》周刊时题为《〈浮生六记〉新序》，收入霜枫社版《浮生六记》时改题为《重印〈浮生六记〉序》(二)，收入《杂拌儿》时改题为《重刊〈浮生六记〉序》。如《全集》中注明原载，则宜使用《〈浮生六记〉新序》，而不是修改后的标题。《全集》第二卷亦收录该文，作为散文集《杂拌儿》中的一篇，题为《重刊〈浮生六记〉序》，标题和正文与第三卷所收大体一致，有明显区别的是文末的创作时间，第二卷作"一九二三，二，二十七"[②]，第三卷作"一九二四年二月二十七日"[③]，时间相差一年。事实上，该文的创作时间应为1924年2月27日。

证据有二：

其一，收入霜枫社版《浮生六记》时，《拟重印〈浮生六记〉序》改题为《重印〈浮生六记〉序》(一)，《〈浮生六记〉新序》改题为《重印〈浮生六记〉序》(二)，前者可确知作于1923年10月20日，依照排序，后者的创作时间当不早于1923年10月，且发表于次年8月，当作"1924年"为是。

其二，《〈浮生六记〉新序》有"去秋在上海，与颉刚、伯祥两君结邻"一句[④]，创作时间若为1923年，"去秋"当在1922年。查《俞平伯年谱》，1922年夏秋之际，俞平伯正在美国考察，同年11月才回到国内，也未在上海久居。[⑤]而1923年9月，俞氏到上海大学任教，直到次年2月才辞去教职，回到杭州。[⑥]可见，所谓"去秋"当在1923年，该文的创作时间也可由此断定为1924年。

《重刊〈浮生六记〉序》的创作时间在开明版《杂拌儿》中作"一九二三"，虽系误植，但《俞平伯全集》第二卷依据该书原版收录，即便时间有误，也完全照录而不加修改，这是妥当且负责的做法。依据原书，

---

① 《俞平伯全集》第三卷，石家庄：花山文艺出版社，1997年，第477页。

② 《俞平伯全集》第二卷，第98页。

③ 《俞平伯全集》第三卷，第478页。

④ 《俞平伯全集》第二卷，第97页；第三卷，第477页所收没有顿号，文字相同。

⑤ 孙玉蓉编纂：《俞平伯年谱》，第55-67页。

⑥ 孙玉蓉编纂：《俞平伯年谱》，第71-75页。

就必须保持原貌，不可妄改。当然，如果能通过注释加以说明，似乎更好。不过，尽管《全集》对《重刊〈浮生六记〉序》特别注意，收录两个版本，但作为俞平伯先生研究《浮生六记》最重要的文章，《拟重印〈浮生六记〉序》却未能收入《全集》，这是令人遗憾的。

# 附录二　作为方法的报刊

## ——晚清报刊文献与中国小说转型研究的可能性

### 一、从一种研究范式说起

对于晚清小说较为系统全面的研究，始于鲁迅《中国小说史略》。[①]该书第二十六篇《清之狭邪小说》、第二十七篇《清之侠义小说及公案》、第二十八篇《清末之谴责小说》涉及晚清小说。由于前两者是对有清一代某种小说类型的整体考察，晚清小说仅仅占据部分篇幅，后者则是对戊戌变法以来某一小说类型的专门论述，因此更为研究晚清小说的后世学人所关注。《中国小说史略》的开创性和鲁迅在现代中国思想文化领域的巨大影响力，使“谴责小说”作为一种定论为学界广泛接受，被视为

① 该书初版本上、下册分别于1923年12月和1924年6月由北京大学第一院新潮社出版。此前涉及晚清小说的著述，多为评论性文章，以“史”命名者，仅王钟麒《中国历代小说史论》（载《月月小说》第十一号，1907年，署名“天僇生”）和张静庐《中国小说史大纲》（上海：泰东图书局，1920年）二种。但前者其实是一篇论文，鲜有正面论及晚清小说的文字，其中仅“今试问萃新小说数十种，能有一焉如《水浒传》《三国演义》影响之大者乎？曰无有也”有涉（标点为引者所加），但寥寥数语，难称研究。后者则史论结合，体例近乎概论与史之间，分别讨论小说的定义与性质、小说的沿革、现代的小说思潮、小说的派别与种类、传奇与弹词等内容，间有涉及晚清小说者，也散见于各章节之中，缺乏整体性。可见，对于晚清小说全面系统的研究，自鲁迅《中国小说史略》始。

对于1897至1910年间小说的整体概括。[①] 加之后世研究者不断地承继推演，逐渐确立了一种人人遵从并实践的研究范式。[②] 在鲁迅《中国小说史略》之后问世的小说通史，如范烟桥《中国小说史》（苏州：秋叶社，1927年）、胡怀琛《中国小说的起源及其演变》（上海：正中书局，1934年）、谭正璧《中国小说发达史》（上海：光明书局，1935年），以及郭箴一《中国小说史》（长沙：商务印书馆，1939年），等等，在体例和观点上各具特色，但整体上未能超越鲁迅确立的研究范式，谭著和郭著更是沿用"谴责小说"概念。第一部晚清小说专史——阿英《晚清小说史》（上海：商务印书馆，1937年）首倡以"晚清"作为小说史断代的命名，作为一部专史，较之《中国小说史略》这类通史，自然涉及更多作品和史料，论述也远为详尽丰赡，但在研究思路和论述体例上，仍处处彰显鲁迅著作之余荫。《晚清小说史》以作品题材为分类标准，凝聚于各章节的命名之中，尤其注重小说产生的社会背景及其展现的社会生活，延续了《中国小说史略》的一个维度，但鲁迅根据小说审美价值定义类型的思路和眼光则未获承续。从鲁迅的通史到阿英的专史，晚清小说的一种研究范式经历了由确立到遵从并延续的过程。唯《晚清小说史》较多使用报刊史料，为《中国小说史略》所未及，于史料上有显著推进。

虽然确立了一种研究范式，但鲁迅从未将"谴责小说"作为对戊戌变法至辛亥革命期间全部小说的整体概括，而只是以此命名其间存在的

① 捷克汉学家米列娜（Milena Dolezelova-Velingerova）曾指出："1897年至1910年间的中国晚清小说，传统上称为'谴责小说'。这个专称是鲁迅在本世纪二十年代初赋予这一时期小说的。"见[捷]米列娜编：《从传统到现代——世纪转折时期的中国小说》，伍晓明译，北京：北京大学出版社，1991年，第1页。中国学者杨联芬在《从"谴责小说"看文学研究的亟待突破》一文中也认为"'谴责小说'概念在获得它特有的含义、被用于指称晚清社会讽刺小说之后，也渐渐获得一种整体性质，几乎成为晚清小说的代称。"载《河北大学学报》（哲学社会科学版），2003年第4期。

② 这里借用了美国学者托马斯·库恩（Thomas Kuhn）的理论。范式（paradigm）理论是托马斯·库恩在《科学革命的结构》（*The Structure of Scientific Revolutions*）一书中提出的，它指的是一个科学共同体成员所共享的信仰、价值、技术等的集合，即常规科学所赖以运作的理论基础和实践规范，是从事某一科学的研究者群体所共同遵从的世界观和行为方式。库恩认为研究范式"主要是为以后将参与实践而成为特定科学共同体成员的学生准备的。因为他将要加入的共同体，其成员都是从相同的模型中学到这一学科领域的基础的，他尔后的实践将很少会在基本前提上发生争议。以共同范式为基础进行研究的人，都承诺同样的规则和标准从事科学实践。"见[美]托马斯·库恩：《科学革命的结构》，金吾伦、胡新和译，北京：北京大学出版社，2003年，第10页。

诸多小说类型之一。《中国小说史略》的学术思路在于，从类型角度对中国小说进行历史观照和艺术考察，对于晚清小说亦如是。在鲁迅看来，所谓狭邪、侠义公案和谴责小说是在戊戌至辛亥期间同时存在的三种小说类型，在《中国小说史略》的不同篇章中分别予以论述，从中可见一斑。因此，认为鲁迅以“谴责小说”概括清朝覆灭前十余年间小说之整体，实出于误解。且因鲁迅在《清末之谴责小说》一篇中论述了《官场现形记》《二十年目睹之怪现状》《老残游记》和《孽海花》四部小说，后世又有“四大谴责小说”之称谓，甚至成为常识和讨论以上作品无须辨析的基本前提，则更是建立在误解之上的误解，却因此引发旨在正本清源的种种新见，力图将后两部小说从“谴责小说”概念中剥离。[①] 近年来，随着学术理念与方法的日益更新和史料挖掘的不断深入，研究者对于“谴责小说”概念提出种种质疑与辨正，试图对鲁迅确立的研究范式构成挑战。[②] 然而，这些质疑与挑战或旨在用另一种类型命名方式替代“谴责小说”，或力图对于“谴责小说”概念所辐射的具体作品予以增减，做出的仅仅是局部的修正，难以实现对于范式的真正超越。能否突破鲁迅确立的研究范式，关键在于理念与方法的创新。前述阿英《晚清小说史》对于报刊史料的使用为鲁迅所未及，有可能成为一个突破口。

## 二、作为史料、媒介与方法的报刊

晚清以降的中国文学经历了由传统到现代的转型。在这一转型过程

---

① 代表性论著有尚慧萍：《〈孽海花〉“谴责小说”之异见》，载《阴山学刊》，1998 年第 1 期；王学钧：《〈老残游记〉非谴责小说论》，载《南京理工大学学报》（社会科学版），2004 年第 4 期；王学钧：《鲁迅对〈老残游记〉的误解》，载《南京师范大学文学院学报》，2007 年第 2 期；高旭东：《论〈老残游记〉〈孽海花〉并非谴责小说》，载《山东师范大学学报》（人文社会科学版），2015 年第 2 期；等等。有趣的是，以上论著只是认为《老残游记》和《孽海花》不属于“谴责小说”，却并未否定这一概念，也未否定《官场现形记》和《二十年目睹之怪现状》与“谴责小说”概念之间的隶属关系。

② 除前述杨联芬、尚惠萍、王学钧、高旭东等学人的论著外，相关研究还有赵艳：《论“谴责小说”宜称“社会小说”》，载《社会科学战线》，2015 年第 3 期；江曙：《论鲁迅“谴责小说”概念的建构及其局限》，载《暨南学报》（哲学社会科学版），2016 年第 9 期；等等。

中，报刊无疑起到至关重要的作用。以晚清至民国初年出版的各类报刊为例，其不仅数量众多，而且自成体系，为中国文学带来了新的风貌，其资本运作、人员构成、办刊宗旨和文化趣味本身也具有重要的研究价值。特别是对于中国文学转型这一文学史大趋势而言，报刊既起到关键性作用，在整体上形成合力，不同立场和派别的报刊之间又具有明显的差异性，使中国文学在转型过程中，呈现出众水分流、众声喧哗的局面，形成了晚清以来中国文学的丰富性与复杂性。晚清时期的期刊如《瀛寰琐记》、"新小说"运动中诞生的诸多杂志，报纸如《申报》《循环日报》《大公报》等等，都在一定时期内引领文学创作与批评之风潮。一些报刊的影响力甚至辐射至今，而彼此间基于改良与革命、激进与保守、新与旧、雅与俗等不同立场的对话关系，尤其值得关注。

同时，报刊又是晚清文学异于此前的古代文学的重要标志之一，也是晚清文学史料异于此前的古代文学的独特领域。可以说，对于报刊史料的收集、整理与研究是晚清文学研究的题中应有之义。报刊保存了晚清文学的原生态：晚清文人的创作，特别是在世纪交替期间，往往最先在报刊发表（连载），之后才收录于作品集（或单独刊行）。因此，某一文本的最初形态，尤其是能够体现其创作真实背景的最初形态，往往出现在报刊之中，考察报刊才能还原文本发生的历史现场。报刊的出现，使中国文学的生产、传播与接受的过程发生了根本性的改变。文学作品首先在报刊上发表，而不再是作家藏之名山、传之后世的珍存，也不再限于三五知己之间的小范围流通，而是大大加快了传播速度，提高了作品的时效性，同时又扩大了受众面，提高了作品的影响力。报刊出现并成为文学作品的载体，不仅促成以稿费为生的职业作家的出现，也使文学作品的基本形态发生显著的变化。以上种种，较之晚清以前的古代文学都是新观念和新现象，体现出文学进入"现代"的新特征。何况，报刊自身的资本背景、市场意识、办刊理念、文学趣味，以及版式设计等因素，除具有文学史意义外，还能彰显思想史、传播史、出版史和艺术史的价值。总之，报刊在晚清的出现，及其依托的出版制度，实现了古代文人向现代作家的转型，也培养了职业编辑和出版人，从根本上改变了中国文学的生产与传播方式，称之为中国文学进入"现代"的标志，也不为过。

从阿英开始，经过几代学人的探索与实践，注重报刊史料逐渐成为晚清文学研究者秉承的学术传统，并对此产生了学术自觉。其中，夏晓虹先生概括得极为准确："近代化报刊在晚清萌生并得到了迅速的发展，报刊尤其是报纸也因此成为后人了解和体味已经消逝的近代社会各种细节的最重要的资料库。这是因为报纸逐日刊行与追踪时事的品格，使其可以最大限度地逼近社会生活的原生态。……报刊可以是后世研究者返回历史现场的最佳通道。"① 事实上，报刊不仅是学者观察晚清文学的窗口，为研究提供丰富的史料，本身也能够成为重要的研究对象。近年来，相关论著层出不穷。② 这些成果旨在探讨报刊与晚清文学之间的互动关系，着力于凸显报刊作为媒介对于中国文学转型的影响。报刊作为晚清的新生事物，逐渐成为文学的生产、传播与消费媒介，从而创造出一种全新的传播与接受方式，深深地影响着作家、编辑和读者。报刊的出现，使文学作品的传播速度大大加快，从生产到流通和消费的过程大为缩短，也促使中国文学逐渐由小众化传播转向大众化传播。报刊传播的及时性和普及性，又从根本上改变了读者的阅读方式，使文学接受群体呈现出平民化、大众化的特征，促使中国文学开始走出文人狭小的圈子，走向社会和大众。特别是在晚清这一危机与生机并存的特殊时刻，报刊促使文人或主动或被动地转变身份，成为报人或商人，在思想启蒙和商业竞逐中，或左右逢源，或进退失据，获得了全新的创作体验。报刊也促使读者身份的转变，读者不再仅仅是文学的被动接受者，而获得对话者和参与者的立场，甚至凭借自己的文学想象与审美期待，影响作

---

① 夏晓虹、陆胤：《打开多扇窗口，眺望晚清风景——夏晓虹教授访谈》，载《学术月刊》，2016年第2期。

② 代表性著作有王燕：《晚清小说期刊史论》，长春：吉林人民出版社，2002年；郭浩帆：《中国近代四大小说杂志研究》，北京：当代中国出版社，2003年；陈玉申：《晚清报业史》，济南：山东画报出版社，2003年；柳珊：《在历史缝隙间挣扎：1910—1920年间的〈小说月报〉研究》，南昌：百花洲文艺出版社，2004年；孟兆臣：《中国近代小报史》，北京：社会科学文献出版社，2005年；蒋晓丽：《中国近代大众传媒与中国近代文学》，成都：巴蜀书社，2005年；李楠：《晚清民国时期上海小报研究》，北京：人民文学出版社，2006年；谢晓霞：《〈小说月报〉1920—1920：商业、文化与未完成的现代性》，上海：上海三联书店，2006年；杨联芬等：《二十世纪中国文学期刊与思潮（1897—1949）》，南昌：百花洲文艺出版社，2006年；杜慧敏：《晚清主要小说期刊译作研究》，上海：上海书店，2007年；程丽红：《清代报人研究》，北京：社会科学文献出版社，2008年；凌硕为：《新闻传播与近代小说之转型》，杭州：浙江大学出版社，2013年；等等。另有博士学位论文十余部、硕士学位论文数百篇，发表于报纸和杂志上的论文则难以计数，兹不一一列举。

家的创作。以上种种，都是作为晚清新兴媒介的报刊对于中国文学转型的重要作用。然而，报刊之于中国文学转型研究的意义，似乎不限于史料或媒介，还可能作为一种方法，在研究过程中彰显其本体价值。也就是说，无论是将报刊视为史料还是媒介，都难以令其摆脱单纯作为研究对象或研究路径的地位。作为研究对象，可能陷入为研究报刊而研究的境地，其结果仅仅是完成一个具体课题；作为研究路径，以报刊为切入点触及某一文学史现象或问题，又可能“得鱼而忘荃”，忽视报刊自身存在的学术价值。因此，无论视报刊为史料还是媒介，都未能将其与文学置于同一层面。在晚清报刊文献与中国文学转型研究中，不能局限于透过报刊看文学的思路，也不能仅仅停留在报刊是如何影响、促进、规范和制约文学转型这一单向度的阐释之中。所谓以报刊为方法，就是将其视为观察晚清文学，特别是文学转型的一个基本视角，这样才有可能超越历史层面的实证研究，实现哲学层面的形而上思考，从而凸显转型的本质内涵，也才有可能构成对于鲁迅确立的研究范式的挑战与突破。

下面将以小说文类为例，探讨作为方法的晚清报刊之于中国小说转型研究的意义。

## 三、报刊与小说转型研究的可能性

在世界文学的历史进程中，小说文类的出现时间较晚。不同于诗歌，几乎自人类文学诞生之日起就存在。而为今人所广泛阅读的小说，虽与神话、传说、故事等有着不可分割的血缘关系，但在本质上却是现代社会的产物。瓦尔特·本雅明曾对故事和小说做出如下区分：“讲故事的人所讲述的取自经验——亲身经验或别人转述的经验，他又使之成为听他的故事的人的经验。小说家把自己孤立于别人。小说的诞生地是孤独的个人——是不再能举几例自己所最关心的事情，告诉别人自己所经验的，自己得不到别人的忠告，也不能向别人提出忠告的孤独的个人。”① 这

① [德]瓦尔特·本雅明：《讲故事的人——尼古拉·列斯科夫作品随想录》，张耀平译，见陈永国、马海良编：《本雅明文选》，北京：中国社会科学出版社，1999年，第295页。

一论断准确地概括了小说的诞生和小说家的身份特征，也适用于中国小说的现代转型。

小说在以诗、文为核心的中国文学文类等级秩序中，长期处于边缘性地位，得不到重视。晚清以降，随着西方文学观念之东渐和梁启超等人倡导“小说界革命”，被士大夫阶层视为“小道”“末流”的小说文类逐渐由边缘走向中心，获得前所未有的价值提升。晚清思想家赋予小说精英意识和启蒙功能，使之以“大说”的身份进入中国文化与文学体系之中。作为俗文学文类的小说的价值提升，是晚清思想家实现其自上而下的启蒙主张的需要。小说的边缘地位，使其民间性至为突出。大力倡导小说可以激扬其民间文化的生命活力，成为颠覆正统的思想资源和实现启蒙的有效工具。与此同时，随着小说逐渐由边缘走向中心，又反过来影响并规约了作家和读者对于“文学”的理解与想象的图景，改变了既有的“文学常识”，实现了对于文学概念的重新建构、对于一种新的写作思路与阅读趣味的倡导和发扬。

晚清小说在转型过程中，也有意摆脱对于故事的单纯依赖，成为新思想和新观念的载体；小说家则努力放弃“讲故事的人”的身份，转而以思想家的面目现身文坛，通过小说传递经验、承载思想。以梁启超《新中国未来记》和陈天华《狮子吼》为代表的晚清政治小说，因为注重说理和忽视艺术表现，常为后世研究者所诟病，除小说家自身艺术水平的制约外，也和以小说为政论的创作理念密切相关。即便是《老残游记》这类艺术水平较高的作品，不乏生动的人物形象和曲折的故事情节，看似与传统小说无异，但寓言性仍是小说家最为倚重的创作指规。

与小说相同，报刊也起源于现代社会。作为中西文化碰撞与交流的产物，报刊成为百年“西学东渐”的重要表征，由舶来品到本土化，从根本上改变了中国的信息传播方式和社会舆论空间，对于中国的文化文学转型起到了至为关键的作用。可以说，报刊既是转型的产物，又是转型的动力。

在文学诸文类中，小说可谓报刊的宠儿。一方面，小说的民间化、通俗化特质使之与报刊这一大众传媒相适应，刊载小说无疑是吸引读者的重要手段；另一方面，报刊巨大的发行量和广阔的辐射面，也有助于小说的广泛传播，从而更为有效地实现民间化和通俗化。晚清思想家正是看到报刊和小说的上述特质，才以创作小说并发表于报刊作为启蒙的重要方式。这样看来，报刊与小说之间不是单纯的载体与文本的关系，而是在彼此的互动中促成中国文化（包括报刊和小说自身）的现代转型。对于小说而言，报刊不仅能够为其提供大显身手的舞台，还是形塑文本的重要空间。晚清小说涵盖了传统意义上的文言小说、话本和章回小说，也包括受西方小说影响而形成的“新小说”及面目各异的翻译小说，呈现出新旧交替、古今杂糅的鲜明特色，诸多小说文体各擅胜场，与资本来源、文化宗旨、发行方式、受众群体彼此不同的各类报刊有着重要关联。对于报刊而言，选择刊载不同创作理念、审美趣味和文化情怀的小说，同样可以确立其自身相对独特的文化品格。晚清报业的繁荣促成了小说文体的丰富多样，而小说文体的丰富多样则进一步促成了报业的蓬勃发展。可见，报刊与小说在文化转型过程中的同构性和文化传播过程中的互动性，使前者可以作为考察后者的重要方法。透过报刊这一视角，中国小说由传统到现代的转型可以得到更为有效的阐释。

以报刊为方法，对于小说作者和文本的转型都能够提供一些较为新颖研究视角。

对于小说作者而言，晚清时期小说家的传统身份面临转型。小说在中国古代长期处于边缘性地位，特别是白话小说，作为民众的文化消费品，作者主要是民间艺人和下层文人，在读者眼中并不具备“作家”的文化身份。即使有上层文人偶或为之，也多将真名隐去，以假名存焉，不求以小说传名，使之与经史诗文等量齐观，作为安身立命的大事业。小说不被视为“创作”，也就不存在对于“小说家”的身份认同。这使古代小说流传至今，往往是作品尚存，作者湮没，从而在小说史研究中造成无数悬案，虽经几代学人多方努力，但至今仍未有定论。[①] 在晚清以前很难有职业小说家的生存空间，这一状况随着报刊的出现得到了根本

① 如《金瓶梅》之作者“兰陵笑笑生”，经几代学者考证，竟得出十余种答案。此外，《西游记》是否为吴承恩所作，《水浒传》之作者“施耐庵”、《红楼梦》之作者“曹雪芹”是否实有其人，至今也仍有争议。小说作者之争，一直是中国小说史研究的一大热点。参见陈曦钟、段江丽、白岚玲：《中国古代小说研究论辩》，南昌：百花洲文艺出版社，2006 年。

改变。如前文所述，稿费制度催生出职业作家，也包括小说家，可以凭借小说创作获取报酬，甚至名扬四海。更为突出的现象是，晚清小说家往往兼具文人、报人、思想家甚至革命者的身份，也使小说创作的目的更趋复杂，或流布文章，或报道实事，或倡导启蒙，或宣扬革命，都凝聚于小说之中，承载于报刊之上。鲁迅曾批评《官场现形记》和《二十年目睹之怪现状》“其在小说，则揭发伏藏，显其弊恶，而于时政，严加纠弹，或更扩充，并及风俗。……而辞气浮露，笔无藏锋，甚且过甚其辞，以合时人嗜好”[①]的创作倾向，若考虑到两位小说作者李宝嘉（伯元）和吴沃尧（趼人）的报人身份，产生上述倾向也是势所必然。

对于小说文本而言，报刊的出现，使小说版本更趋丰富复杂。报刊出现之前，小说文本有手稿、抄本和刻本几类；报刊出现后，一部小说可能率先发表或连载，之后再单独刊行，其间很可能经过作者的修改完善，而时过境迁，事后的修改未必符合作品初创时的文化语境。于是，刊载于报刊上的版本就成为小说版本流变过程中不可或缺的重要一环，保存了小说在传播过程中的原生态特征。而通过各版本的汇校，也可以全面呈现小说文本形成的动态过程，总结作者创作观念的变化。例如曾朴的名作《孽海花》曾刊于《小说林》杂志，1928年又由真美善书店出版单行本，其间改动较大，除基于思想和艺术层面的考量外，也隐含着作者对于以鲁迅、胡适为代表的新文学倡导者之批评的独特回应。由报刊连载本到单行本，《孽海花》的版本流变在晚清小说中并非个例，颇具代表性。同时，发表于综合性报刊上的小说，得以和其他文本（含非文学文本，如新闻报道、政论时评、图像、广告等）同列，这就促成小说与其他文本的互文性：在内容上相互呼应，在文体上相互依托，也为读者提供了一个文本共生互现的阅读语境。在同一报刊内如此，在政治理念、文化立场、审美趣味彼此不同的报刊之间，小说文本的互文性得到了更为充分的体现。如前述《新中国未来记》和《狮子吼》，分别出自改良派与革命派作家之手，各自刊载于两派杂志《新小说》和《民报》，在情节和人物上均呈现出对话甚至对立关系。而各类报刊对于新旧雅俗的

---

① 鲁迅：《中国小说史略》，《鲁迅全集》第9卷，北京：人民文学出版社，2005年，第291页。

不同选择，也使晚清作家对于小说文本的实验丰富多歧，令人眼花缭乱。报刊于此，功莫大焉。

总之，报刊作为方法，可以为中国小说转型研究提供若干可能性。同样，以小说为方法考察报刊，也可能获得意想不到的发现。在晚清独特的文化语境之中，报刊成就了小说，小说也成就了报刊。

# 下编

# 中国现代学术经典文本

# 第十章　述学与论世

## ——鲁迅《魏晋风度及文章与药及酒之关系》

### 一、版本流变

对于鲁迅作品版本流变的研究，尤其是对于从手稿本到不同排印本之间流变的动态过程的研究，一直不乏其例。早在20世纪80年代，史料大家朱正先生就在《鲁迅手稿管窥》一书中，通过对鲁迅12篇作品手稿和改定稿的详细比对与分析，指出："鲁迅自己的手稿也正是我们学习修改文章的一种很好的教材。……仔细研究鲁迅的手稿，研究他的每一处删改，就可以得到许多有益的启发，学习作文的门径。"① 从而为研究鲁迅对自家作品的修改提供了可资借鉴的思路与方法。近年来，由北京鲁迅博物馆和上海鲁迅纪念馆合作攻关的国家社会科学基金重大招标项目"《鲁迅手稿全集》文献整理与研究"成功立项，集全国数十位专家学者之力，对鲁迅手稿进行了全面的探究，其研究思路与方法在于："考证鲁迅手稿本的不同性质与来源，需要熟悉鲁迅的写作习惯与笔墨趣味，对文学创作手稿的笔迹、用稿、用笔、标题、流水页码、写作日期、涂改痕迹、作者署名等方面进行知识考古与全面勘察，同时与初刊本、初版本、全集本对校比勘，通过统计归纳与鉴别考证，明确稿本的不同性

① 朱正：《鲁迅手稿管窥》，长沙：湖南人民出版社，1981年，第4页。

质与来源，为鲁迅的文学创作手稿建立清晰的分类与谱系。”① 鲁迅手稿研究对于鲁迅作品版本的正本清源，以及进一步校勘和整理鲁迅作品、奉献出可供阅读与研究的善本意义重大。不过，相当数量的鲁迅作品手稿今已不存，所谓“对校比勘”往往只能从初刊本做起，经由初版本（也可能包括经鲁迅本人修改的再刊本或再版本），直至全集本。通过对于以上各版本的汇校，可以考察鲁迅作品的版本流变，判断各版本之优劣，并进而分析鲁迅修改过程中体现出的思路、笔法和心态的变化。借助鲁迅的学术讲演《魏晋风度及文章与药及酒之关系》由最初的“记录稿”到最新校订出版的“全集本”的流变，辨析各版本之差别，一方面可以呈现鲁迅修改该文的动态过程，分析其中的写作、学术和文化意义；另一方面对于鲁迅作品的整理与研究也不无裨益。

《魏晋风度及文章与药及酒之关系》是鲁迅在国民党政府广州市教育局主办的市立夏令学术讲演会上所作讲演的记录稿。讲演的地点设在广州市立师范学校礼堂，于 1927 年 7 月 23 日、26 日分两次讲，记录者署名邱桂英、罗西。邱桂英是广州市立师范学校学生，罗西即日后以创作多卷本长篇小说《一代风流》闻名于世的欧阳山，曾为该校学生，记录讲演稿时已被开除。② 鲁迅在讲演前是否准备了书面讲稿，尚难以确知。讲演当由邱、罗二人以速记的方式记录，故与实况相去不远③，而且最大限度地保持了讲演的现场感：如“然而事实上纵使曹操再生，也没人敢问他，我们倘若问他，恐怕他把我们也杀了”④，“但现在也不必细研究它，我想各位都是不想吃它的”⑤，“比方在广东提倡，一年以后，穿西装的人就没有了”⑥，“比方我今天在这里演讲的时候，扪起虱来，那是不大好吧”⑦等几处明显的现场发挥均得以保留。邱、罗二人的记录

---

① 符杰祥：《鲁迅文学创作手稿与稿本问题辨考》，见上海鲁迅纪念馆编：《中国现代作家手稿及文献国际学术研讨会论文集》，上海：上海文化出版社，2016 年，第 45 页。

② 欧阳山：《光明的探索》，原载 1979 年 2 月 20 日《人民文学》月刊第 2 期，见薛绥之主编：《鲁迅生平史料汇编》第四辑，天津：天津人民出版社，1983 年，第 352-353 页。

③ 这一点经黄子平、强英良二先生提示，特此致谢。

④ 载《广州民国日报》副刊《现代青年》第 174 期，1927 年 8 月 12 日。

⑤ 载《广州民国日报》副刊《现代青年》第 174 期，1927 年 8 月 12 日。

⑥ 载《广州民国日报》副刊《现代青年》第 175 期，1927 年 8 月 13 日。

⑦ 载《广州民国日报》副刊《现代青年》第 175 期，1927 年 8 月 13 日。

稿经鲁迅本人修改后[①]，连载于1927年8月11日、12日、13日、15日、16日、17日《广州民国日报》副刊《现代青年》第173—178期（以下简称“记录稿”）。同年，鲁迅在“记录稿”的基础上又加以修改，发表于1927年11月16日《北新》半月刊第2卷第2号(以下简称“修改稿”)。该文后来辑入上海北新书局1928年10月出版的《而已集》，在编辑过程中又经鲁迅进一步修订，去掉了“修改稿”中的多处调整，恢复了“记录稿”的原貌，但也有一些新的修改，成为作者生前的定稿（以下简称“改定稿”）。至此，《魏晋风度及文章与药及酒之关系》经鲁迅反复修改，出现了三个正式发表的文字互异的版本。鲁迅逝世后，在1938年、1956—1958年、1981年和2005年刊行的各版《鲁迅全集》中，该文经编者修订，文字和标点又有所改动。笔者曾对“记录稿”“修改稿”和“改定稿”这三个版本予以汇校，并以迄今为止最新校订出版的人民文学出版社2005年版《鲁迅全集》（以下简称“全集本”）为参照。经过汇校，发现各版本（包括“全集本”）之间的差异共有202处。由于内容较多，篇幅过长，笔者仅择取其中改动较大的61处予以发表[②]，得到了学界同仁的关注。[③] 本文则力图借助全部202处差异，还原并考察《魏晋风度及文章与药及酒之关系》由“记录稿”到“改定稿”的修改过程，同时指出“全集本”在校订过程中存在的若干问题。

1. 由“记录稿”到“修改稿”

1927年11月16日，《魏晋风度及文章与药及酒之关系》经鲁迅修改，发表于《北新》半月刊第2卷第2号。这是鲁迅本人对该文最大的一次修改，部分修改不限于文字与标点的正误，而近乎重写，发挥之处不少。

由于“记录稿”中文字和标点的脱衍错讹之处较多，鲁迅借助“修改稿”进行了全面的订正。如“记录稿”中“因谓我们想研究某一时代

---

① 欧阳山：《光明的探索》，见薛绥之主编：《鲁迅生平史料汇编》第四辑，第356页。《鲁迅日记》1927年8月5日有“寄市教育局讲演稿”的记载，《鲁迅全集》第16卷，北京：人民文学出版社，2005年，第32-33页。

② 见拙作：《鲁迅〈魏晋风度及文章与药及酒之关系〉汇校举要》，载《上海鲁迅研究》，2014年春之卷。

③ 赵献涛先生在《汇校鲁迅作品的文学意义》一文中，参考拙作对于出版鲁迅作品汇校本的文学意义做出了卓有见地的阐述，载《石家庄学院学报》，2015年第2期。

的文学"，"修改稿"中改为"因为我们想研究某一时代的文学"，"谓"显然是"为"字之误。又如"记录稿"中"因为年代长了，做史的是本朝人，当然本朝的人物"，"修改稿"中则改为"这就因为年代长了，做史的是本朝人，当然恭维本朝的人物"，增加"恭维"二字补充了"记录稿"中的脱文，增加"这就"二字，目的是使这一句与上文的语气更加连贯。此外，"记录稿"中将严可均辑录的书名印作"《全上右三代秦汉三国晋南北朝文》"，"修改稿"中则更正为"《全上古三代秦汉三国晋南北朝文》"。以上均属于对"记录稿"中误植的修订。这类例证尚多，兹不一一列举。

除对脱衍错讹的订正外，"修改稿"中的其他一些修改，则属于对文章观点的补充和发挥。如论及何晏服药的原因时，"记录稿"中作"此外，他喜谈也喜名理，他身子不好，因此不能不吃药"，"修改稿"中则改为"他身子不大好，此外也许还有点荒唐的事情，因此不能不吃药"，论述有所丰富调整，特别是"也许还有点荒唐的事情"这一表述是讲演中不曾有的内容，是明显的补充和发挥。又如"记录稿"中"汉时大家还不敢吃，何晏或者将药方略有改变，便吃开头了"，"修改稿"中改为"汉时，大家除治病时万不得已之外还不敢吃，何晏或者将药方略加改变，便吃起来了"，增加"大家除治病时万不得已之外"使论述更为严谨。"记录稿"中论述嵇康的结局"与孔融何晏等同遭不幸的杀害"，"修改稿"中改为"与孔融何晏等一样，遭了不幸的杀害"。嵇康和孔融、何晏等并非同时遭到杀害，"修改稿"中的表述显然更为准确。这一修改在"改定稿"中得以保留。又如"记录稿"中"嵇康的见杀，是因为他的朋友吕安不孝"，"修改稿"中改为"嵇康的见杀，表面上是因为他的朋友吕安不孝"；"记录稿"中"如曹操杀孔融司马懿杀嵇康，都是因为他们和不孝有关"，"修改稿"中改为"如曹操杀孔融，司马懿杀嵇康，都说是因为他们和不孝有关"。这两处均属于细节的修改，但一个副词甚至一个"说"字的补充，却可以见微知著，更充分地体现出作者的立场——对于独裁者寻找杀人借口的不满和揭露。

此外，"修改稿"中还增加了对于标题的说明性文字。"记录稿"标题后仅有"鲁迅讲　邱桂英罗西记"的字样，"修改稿"中作"鲁迅在广州夏期学术演讲会讲　邱桂英罗西记”。①

2. 由“修改稿”到“改定稿”

1928 年 10 月，上海北新书局出版鲁迅的《而已集》，《魏晋风度及文章与药及酒之关系》辑入该书。在编辑过程中，鲁迅又对该文进行了修订。其中最为突出的是去掉了“修改稿”中的多处调整，恢复了“记录稿”的原貌。鲁迅这次修订，依据的底本有可能是刊于《广州民国日报》的“记录稿”，因此不再呈现“修改稿”中的若干补充和发挥之处。如前述“也许还有点荒唐的事情”，“大家除治病时万不得已之外”等补充均不见于“改定稿”。当然也不排除鲁迅同时参考了“记录稿”和“修改稿”，但出于保持讲演原貌的考虑，部分内容延续“记录稿”。

鲁迅在“改定稿”中也做出了不少新的修改，部分修改使该文臻于完善，堪称“定本”。如“记录稿”和“修改稿”中均作“所以他帷幄下面，方士文士就特别地多”，“改定稿”中改为“所以他帷幄里面，方士文士就特别地多”。“帷幄”意为“军队里用的帐篷”，由“下面”改为“里面”，一字之易，表意却更为准确。同类修改又如“记录稿”和“修改稿”中均作“五石散大概有五样药”，“改定稿”中改为“五石散的基本，大概是五样药”。因为五石散的成分不限于五样药，还有其他一些次要成分，“改定稿”中的表述因此更具分寸感。又如“记录稿”和“修改稿”中均作“不能管得许多，所以就变成‘居丧无礼’了”，“改定稿”中改为“不能管得许多，只好大嚼，所以就变成‘居丧无礼’了”。增加“只好大嚼”四字，与前文“晋礼居丧之时，也要瘦，不多吃饭”在文意上能够更好地衔接。再如“记录稿”和“修改稿”中均作“又有一个团体新起，叫做‘竹林名士’”，“改定稿”中改为“又有一个团体新起，叫做‘竹林名士’，也是七个，所以又称‘竹林七贤’”，“改定稿”中增补的内容非常必要。其他如“记录稿”和“修改稿”中均作“所以容易说自由话”，“改定稿”中改为“所以容易说些自由话”；“记录稿”和“修改稿”中均作“访他的人有加以青眼和白眼的分别”，“改定稿”中改为“对于访他的人有加以青眼和白眼的分别”；“记录稿”和“修改稿”中均作“也可以得

① 鲁迅对讲演会名称的表述不够准确，当为“夏令学术讲演会”，而不是“夏期学术讲演会”。见《市教育局将办夏令学术讲演会》，载《广州民国日报》，1927 年 7 月 12 日第九版。

到人的原谅”，“改定稿”中改为“也可以借醉得到人的原谅”；“记录稿”和“修改稿”中均作“亦不可常住宿”，“改定稿”中改为“亦不可住宿”；等等。或增或删，均属于这类修改，不再一一阐述。

此外，还有一些修改贯穿了“记录稿”“修改稿”和“改定稿”，呈现出一个不断完善的过程，属于关键性的调整。如对曹操的评价，“记录稿”中作“然而我想他无论如何是一个聪明人”；也许鲁迅觉得“聪明”的评价不够到位，“修改稿”中改为“然而我想他无论如何，是一个杰出的人”，评价有明显提高，但与上下文不太合拍，鲁迅并非一味地对曹操予以好评；于是，“改定稿”中最终确定为“然而我想他无论如何是一个精明人”，“精明”一词集褒贬于一身，修辞效果也颇为强烈。又如“记录稿”中作“曹操曹丕以外，下面有七个人，都很能做文章，后来称为，建安七子”，“修改稿”中改为“曹操曹丕以外，还有七个人，都很能做文章，后来称为‘建安七子’”，修正了“记录稿”中标点的错误，用“还有”替代“下面有”，也更为准确；而“改定稿”中进一步改为“曹操曹丕以外，还有下面的七个人：孔融，陈琳，王粲，徐幹，阮瑀，应瑒，刘桢，都很能做文章，后来称为‘建安七子’”，不仅增补了七子的姓名，而且将前两稿中的表述结合起来，“还有下面”既使语义与上文相连贯，又表明了七子的地位，这一修改可谓用心良苦。又如“记录稿”中作“所以我们看晋人”，“修改稿”中改为“我们看晋人的传记或画像”，晋人早已作古，是鲁迅不可能见到的，了解晋人通过只能通过传记或画像，这一修改显然更符合逻辑；而“改定稿”中进一步改为“所以我们看晋人的画像或那时的文章”，表意则更为准确丰富。再如“记录稿”中作“家常无米，就去向人家门口要求”，“修改稿”中改为“家常无米，就去向人家门口乞求”，“改定稿”中又改为“家常无米，就去向人家门口求乞”，由“要求”到“乞求”，再由“乞求”到“求乞”，表达愈发恰切。还有一处突出的修改，“记录稿”中作“比方去找我的孩子，树木的树字和人类的人字都是要避讳的，稍一不慎，便会遭无礼的待遇”，属于结合自身的现场发挥，“修改稿”发表时署名鲁迅，再使用“周树人”的名字加以发挥，显然不太合适，于是删作“稍一不慎，便会遭无礼的待遇”，但这样又可能削弱“记录稿”中的表达效果，于是“改定稿”中进一步改为“否则，嘴上一说出这个字音，假如他的父母是死了的，主人便会大哭起来——他记得父母了——给你一个大大的没趣”。这一修改并不多见，几乎是抛开了讲演稿的全面重写。可见，鲁迅对《魏晋风度及文章与药及酒之关系》的修改不限于对讲演稿的订正，还体现出对文章的经营。

同时，鲁迅在“改定稿”中还调整了对于标题的说明文字，改为“九月间在广州夏期学术演讲会讲”，因为收入自家的文集，无须呈现作者或记录者的姓名，这样的修改也便顺理成章了。总之，“改定稿”成为鲁迅生前的“定本”，也成为日后各版《鲁迅全集》所依据的底本。

3. 由“改定稿”到“全集本”

人民文学出版社 2005 年版《鲁迅全集》以鲁迅的各类文集为中心，《魏晋风度及文章与药及酒之关系》收入《而已集》，列入全集第 3 卷。[①]可见，“全集本”所依据的底本并非作为初刊本的“记录稿”或再刊本的“修改稿”，而是收入上海北新书局 1928 年 10 月版《而已集》的“改定稿”。但“全集本”在编辑过程中也做出了部分修订，主要是对错讹的正误和标点的规范，共有 8 处。如“改定稿”中作“Art for Arts sake”，“全集本”订正为“Art for Art’s Sake”，纠正了英文语法和大小写方面的错误；“改定稿”中作“亲朋戚友死于乱者特多”，“全集本”订正为“亲戚朋友死于乱者特多”，调整了错乱的语序。还有一些修订，主要依据《鲁迅全集》之通例，如在对于标题的说明性文字前增加了破折号等。

然而，“全集本”中的个别修改也有可商榷之处。如“改定稿”中作：“曹丕说：‘文章事可以留名声于千载’”，“全集本”中去掉了引号，改为“曹丕说文章事可以留名声于千载”，因为鲁迅没有直接引用《典论·论文》原文，而是用现代汉语加以概括，“全集本”中去掉引号也有一定道理。但同样用现代汉语概括曹操的话，“改定稿”中作“曹操曾自己说过：‘倘无我，不知有多少人称王称帝！’”“全集本”此处同“改定稿”，没有去掉引号，前后标准不够统一。此外，“全集本”中作“故我想，衣大，穿屐，散髪等等”，特地保留了繁体字“髪”，目的是不与“發”相混淆，这是颇为严谨的做法。“散髪”始见于“记录稿”，“修改稿”中去掉了这段话，“改定稿”中予以恢复，也作“散髪”，“全集本”依照“改定稿”。

---

① 这一编辑方式自 1938 年版《鲁迅全集》开始，1956—1958 年版和 1981 年版均沿用，2005 年版是对 1981 年版的修订，故亦沿用。

但联系上下文看，只涉及服五石散后“散發”，并未提到“披头散髪”，可见“记录稿”中“散髪”恐系“散發”之误植，“改定稿”中未能加以订正，“全集本”中亦沿用，改作简化字“散发”似乎更为合理。

以上简要分析了《魏晋风度及文章与药及酒之关系》由“记录稿”到“全集本”的修订过程。由此可知，迄今为止最新修订，也是最为通行的“全集本”尚有个别可商榷之处，未臻完善。由于绝大多数读者和研究者缺乏使用“记录稿”“修改稿”和“改定稿”的便利，提供一个更为准确、规范的“全集本”十分必要。而对于鲁迅作品的整理应遵循哪些原则，笔者不揣浅陋，冒昧提出以下几点浅见。

（1）尽可能忠实于底本。《鲁迅全集》以鲁迅的各类文集为中心，或依据初版本，或依据作者生前的定本；集外文则或依据手稿，或依据初刊本，或依据定本。底本一经确定，在整理过程中，除明显的错讹外，在不影响阅读的前提下，应尽量依据底本，同时尊重鲁迅本人的书写习惯（对文字、标点和格式而言均如此），避免编者的主观臆断和妄改，以便保存其原貌。对底本中的明显错讹，则应加以修改。

（2）文字校勘宜细不宜粗。民国时期出版的文集，不同程度地存在手民误植，鲁迅作品亦如是，而且由繁体字转换为简化字，也容易产生错误。因此，应格外重视文字的校勘，以去伪存真，务求精善。其中，对错别字务须校正（可在原文处径改并在文末附《校勘记》，也可将正字置于中括号内，附在错别字后），必要时亦可结合上下文进行“理校”（使用此法应格外慎重），如前文提到的“散髪”之误。

（3）标点和格式的校勘宜粗不宜细。新式标点在新文化运动之后逐渐普及，鲁迅该文即如此，与现今通行的标点使用规范已颇为近似。虽然个别地方似乎有欠规范，却体现出过渡时代的特征，而且并未影响表述的准确和文意的畅达。因此，除明显缺失或错讹外，对鲁迅作品中标点，不必强求与现今规范的一致性。个别地方不使用标点，或使用句号而不使用分号，均可保持原貌，无须增补或修改。行文格式亦如此，无碍于阅读即可，不必务求规范，只需在出版说明中注明即可。

总之，鲁迅作品虽然不尽属于古籍[①]，但在整理过程中却应该像对待古籍一样，既要加强校勘，避免误植，又要修旧如旧，保留原貌。对于《魏晋风度及文章与药及酒之关系》这类经鲁迅反复修改、存在多个文字互异的版本的作品，通过汇校，一方面可以展现其修改的动态过程，为考察"书写中的鲁迅"提供依据[②]；另一方面，则有助于奉献出一个可供阅读与研究的善本。

## 二、述学与论世

《魏晋风度及文章与药及酒之关系》一文是一篇鲁迅演讲的记录，后经作者多次修改，目前存世的有多个正式发表的文字互异的版本。由于处在特殊的历史时期，鲁迅在演讲中不时表现出对现实的介入，于论学之中包含讽世之意。这一点不仅得到鲁迅本人证实[③]，也为读者熟知。尽管不是一篇纯粹的学术文章，《魏晋风度及文章与药及酒之关系》仍体现出鲁迅的文学史研究观念，可以视为鲁迅未完成的《中国文学史》的魏晋部分。[④] 而且，鲁迅透视现实并独出新见，正是以深厚的学术修养和卓越的文学史识见为思想基础。于论学中寄寓现实体验和社会批评，也是鲁迅后期一个重要的言说策略。本节以考察《魏晋风度及文章与药及酒之关系》的学术价值为出发点，分别围绕鲁迅与刘师培《中国中古文学史讲义》的学术关系以及该文体现出的鲁迅的文学史观等问题展开

① 按照通行说法，判断古籍的时间下限是 1919 年"五四运动"。参见许逸民：《古籍与古籍整理（代自序）》，见许逸民：《古籍整理释例》（增订本），北京：中华书局，2014 年，第 1-7 页。但鲁迅辑校古籍当属此列。

② 参见姜异新：《回归"书写中的鲁迅"——略论鲁迅手稿研究的学术生长点》，载《现代中文学刊》，2016 年第 3 期。

③ 鲁迅在 1928 年 12 月 30 日致陈濬信中说："弟在广州之谈魏晋事，盖实有慨而言。'志大才疏'，哀北海之终不免也。迩来南朔奔波，所阅颇众，聚感积虑，发为狂言。"《鲁迅全集》第 12 卷，北京：人民文学出版社，2005 年，第 143 页。

④ 许寿裳《亡友鲁迅印象记·一五　杂谈著作》称"鲁迅想要做的《中国文学史》"的魏晋六朝部分的标题是"酒，药，女，佛"，"他那篇《魏晋风度及文章与药及酒之关系》（《而已集》），便是这部文学史的一部分。"见鲁迅博物馆鲁迅研究室《鲁迅研究月刊》编辑部编：《鲁迅回忆录》（专著）上册，北京：北京出版社，1999 年，第 252、253 页。

论述，力图凸显《魏晋风度及文章与药及酒之关系》在现代中国文学史研究和文学史写作中的地位和意义，以及鲁迅文学史观的独特价值。

在《魏晋风度及文章与药及酒之关系》中，鲁迅明示以刘师培《中国中古文学史讲义》为参考文献，称刘著"辑录关于这时代的文学评论"[①]。然而，鲁迅对刘著的态度，绝非仅仅视之为材料汇编这么简单，刘著无论是在学术思路还是在一些基本论断上均对鲁迅产生过重要影响。刘师培与鲁迅的学术联系，近年来已有学者详细梳理。[②]《中国中古文学史讲义》采取罗列古籍中的相关材料，后附案语的论述体例，似乎有"论"而无"史"，而这恰恰是刘师培文学史观的体现。在《搜集文章志材料方法》一文中，刘师培提出"文学史者，所以考历代文学之变迁也"的论断，并提出以《文章志》和《文章流别》作为文学史的论述体例。[③]《中国中古文学史讲义》即为这一文学史研究思路的呈现。《中国中古文学史讲义》开篇即提出"俪文律诗为诸夏所独有，今与外域文学竞长，惟资斯体"[④]的主张，以中国古代文论中"文"的概念作为文学的中心，将"笔"摒除于外[⑤]，一方面与晚清以降的"桐城派"文论相对举，另一方面又明确针对西方文学理论的概念体系，力图在中国文论体系中立论。可见，刘师培在立论之初，具有明确的文学史研究意识，这使其研究异于中国古代的"文笔之辨"，显示出创建独立的文学史研究模式的努力，而对论述体例的选择，则成为这一努力下的自觉实践。因此，《中国中古文学史讲义》的论述体例，表面上近乎中国古代文论中的"文章辨体"和"文章流别"，却因作者"对文学史的自觉"这一写作前提，成为探索中国式的文学史研究与写作模式的可贵尝试。

---

① 鲁迅：《而已集·魏晋风度及文章与药及酒之关系》，《鲁迅全集》第 3 卷，北京：人民文学出版社，2005 年，第 524 页。以下引用该文，均据此版本，不再注明。

② 这一课题代表性的研究成果有：陈平原：《作为文学史家的鲁迅》，见王瑶主编：《中国文学研究的现代化进程》，北京：北京大学出版社，1996 年；张杰：《鲁迅与刘师培的学术联系》，载《鲁迅研究月刊》，2000 年第 6 期。

③ 刘师培：《搜集文章志材料方法》，见陈引驰编校：《刘师培中古文学论集》，北京：中国社会科学出版社，1997 年，第 105 页。

④ 刘师培：《中国中古文学史讲义》，《刘师培中古文学论集》，第 3 页。

⑤ 刘师培的文学观，参见王风：《刘师培文学观的学术资源与论争背景》，见陈平原主编：《中国文学研究现代化进程二编》，北京：北京大学出版社，2002 年。

鲁迅曾师从章太炎，但其文学观却更接近刘师培。据许寿裳回忆，章太炎有一次向鲁迅问及文学的定义，鲁迅答道："文学和学说不同，学说所以启人思，文学所以增人感。"章太炎对这一回答并未予以认可。[①]鲁迅对文学的定义，近于刘师培的观点，这影响到鲁迅在《魏晋风度及文章与药及酒之关系》中的一些文学史论断。例如，鲁迅视魏晋为"文学的自觉时代"，这与刘师培的论断十分近似。而将这一时代的文学特色断为"清峻，通脱，华丽，壮大"，与刘师培"清峻"，"通侻"，"骋词"，"华靡"的论断大体一致，从中不难看出两者的学术联系。然而，问题似乎没有这么简单。鲁迅与刘师培的学术关系，并非影响与被影响这一结论所能涵盖。一方面，尽管鲁迅的文学观与刘师培相近，却并不一定是在刘的直接影响下形成。由前引许寿裳的回忆可见，正是鲁迅自身的文学观念，促使他认同刘师培的有关论断，并吸收到自己的研究中，而不是在刘的影响下选择了这一文学观。可以肯定的只是《魏晋风度及文章与药及酒之关系》中有关魏晋文学历史地位和文学特色的若干论断，受到刘师培《中国中古文学史讲义》的影响。另一方面，鲁迅治学与刘师培的相近处，如采用清儒家法、注重史料搜集，撰文学史从文字论起，以时代精神作为分析文学风貌的依据，等等，或服膺清代朴学家的治学理念，或以阮元《文言说》为论文字的理论依据，或秉承《文心雕龙》"文变染乎世情，兴废系乎时序"的文学史观，只能表明二人有相近的学术资源和治学理念，不能单纯断定为"刘影响鲁"这一结论。

在《魏晋风度及文章与药及酒之关系》开篇，鲁迅指出在论述过程中对刘师培《中国中古文学史讲义》略其所详而详其所略。我以为，鲁迅此举不仅明示对刘著观点的借鉴以及对前贤著述的敬意[②]，而且在这详略之中，显示出二人文学史观的差别。在《魏晋风度及文章与药及酒之关系》中，鲁迅并不着力于对具体作家作品或文体流变的分析，而注重一个时代的政治环境、社会风尚以及文人心态等文学外部因素，着力于穿越纷繁复杂的社会现象透视时代的精神。而这正是与以文体为中心的《中国中古文学史讲义》的详略区别所在，且与通常的文学史研究思

① 许寿裳：《亡友鲁迅印象记·七　从章先生学》，见《鲁迅回忆录》（专著）上册，第231页。

② 刘师培生于1884年，比鲁迅小三岁，但其革命思想和学术成就均先于鲁迅闻名于世，得与章太炎、梁启超、王国维等晚清学者同列。

路大相径庭，更近于今人眼中的思想史、文化史和文人心态史。这恰恰体现出鲁迅对文学史这一研究方式的独特理解，促成鲁迅的一系列文学史著述在现代中国文学史研究与写作中的地位和价值。

可见，刘师培《中国中古文学史讲义》对鲁迅《魏晋风度及文章与药及酒之关系》的影响确实存在，不能忽视，但也不宜夸大。刘师培和鲁迅，并不是一个历时性存在的思想发展脉络中相继承、相衔接的两个关节点，而更体现为思想的共时性关系，即在思想激荡的晚清至“五四”，中国知识分子面对共同问题显示出的相近的思维方式。对于鲁迅这样一个思想个体而言，古今中外一切文化传统和思想资源只有植入鲁迅独立的思维世界，经过这个世界创造性的整合才能成为其思想质素。鲁迅不会因为任何一种单独的文化传统和思想资源的影响而成为鲁迅。同样，任何一个具有独创性的思想个体，只有其自身才能成为实现这一独创性的决定因素。鲁迅与刘师培的学术关系进一步证明了以下论断：“一种创造性的文化成果必须经过特定个人的主观想象力和独立的思维过程才能被实际地创造出来，它不仅仅是已有事物的自身连接或重新组合。”①

《魏晋风度及文章与药及酒之关系》问世后，其研究思路和学术论断一直受到文学史家的推崇，特别是鲁迅对文人心态的分析和时代精神的透视，常为后世研究者所称赏和引用，成为魏晋文学研究的经典范例，至今无人超越。《魏晋风度及文章与药及酒之关系》的学术成就，除与鲁迅深厚的学术修养和严谨的治学精神密切相关外，更由鲁迅独特的文学史研究观念所决定。

《魏晋风度及文章与药及酒之关系》与今天绝大多数的文学史书写形态相异，更近于今人眼中的思想史、文化史和文人心态史，这正是鲁迅文学史观的独特之处。在鲁迅看来，研究人类精神生活和精神产品的文学史与思想史、文化史等并无明显分界。《魏晋风度及文章与药及酒之关系》开篇即明示是“文学史上的一部分”，并以“作者的环境、经历和著作”为最基本的研究依据，既是对刘勰“时序”说的继承，又充分体现出鲁迅本人对文学史独特的观察和把握方式。鲁迅文中称：“季札说：‘中

① 王富仁：《鲁迅与中国文化》，见氏著：《中国文化的守夜人——鲁迅》，北京：人民文学出版社，2002年，第5页。

国之君子，明于礼义而陋于知人心。’这是确的，大凡明于礼义，就一定要陋于知人心的，所以古代有许多人受了很大的冤枉。”这句话对理解《魏晋风度及文章与药及酒之关系》和鲁迅的文学史研究思路颇为关键。鲁迅的文学史研究，其最突出的特点就是对世态人心的透彻把握，据此进一步透视一个时代的文学精神，其发现常出人意表，道他人所不能道，而又准确贴切，令人折服。即使是对文体及其艺术风格的分析，也每从社会思想和文人心态入手，颇多知心之论。如对汉末魏初文风的评价，鲁迅即从当时的政治环境和文化风气出发，指出居乱世尚刑名立严法，为治世反清流斥执拗，遂促成文章清峻、通脱的风格，并据此肯定曹操的才能和功绩，从而将思想史、文化史与文学史相融会。鲁迅之所以不将文学史与思想史、文化史截然分界，恰恰是因为它们都是对人类精神世界的探究方式，需要对世态人心的强烈关注和深入观察，而维系它们的纽带正是“人”，是鲁迅终其一生的“立人”思想。

自1906年中断在仙台医专的学业，转向文学启蒙以后，“人”的概念开始引起鲁迅的关注。这一概念及其不同表述方式逐渐成为鲁迅著述中的一个关键词。与此同时，出于对中国现实的强烈关注和民族危机的深切忧虑，“立人”成为鲁迅思想方式与文化行动的基点，并进而成为鲁迅整个精神世界的核心。而作为鲁迅精神世界重要组成部分的学术研究，“立人”思想也一直贯穿其中，成为鲁迅文学史研究的逻辑起点。基于“立人”思想，鲁迅在中国文学史研究中首先注重对世态人心的透视，由“观人心”的角度立论，从而在人所共知的研究材料中见他人所不能见，得出新颖且令人信服的结论。以常被后世研究者称道的对嵇康阮籍的评价为例，嵇阮二人一直以反礼教的姿态为人熟知，亦因此而为人诟病。鲁迅却认为，他们的反礼教，实际是太爱礼教之故，是因为痛感魏晋时人以崇礼教为名，实则毁坏礼教的风气，激而变成反对礼教。正是基于“立人”这一文学史研究的逻辑起点，才使得“人”成为鲁迅文学史关注的中心，把握文学现象的基本尺度。《魏晋风度及文章与药及酒之关系》充分体现出鲁迅这一独特的文学史观念——“人史”观。

晚清至“五四”时期特殊的历史境遇使文学担负起摆脱民族危机，实现精神自救的重任。“五四”时期对“人”的发现，更是通过文学获得，又通过文学记录和传播。这使文学得以居于现代中国思想界的灵魂地位，表现为大规模的思想运动首先以文学运动的方式展开。在中国文学史上，就“人的文学”这一命意而论，“五四”新文学当为翘楚。而作为学术研究的文学史，亦以“人”的确立为最终指向，使“人的文学史”的理念植入“五四”以后中国文学史的精神质素之中。鲁迅在这方面既有开创之功，又是最坚定、走得最远的一位。包括《魏晋风度及文章与药及酒之关系》在内的一系列文学史著述，既保持了严谨扎实的学理性，又时时与现实人生紧密相关。可见，通过文学史研究实现对“人”的关注和把握，实现对现实的参与是鲁迅学术研究的基本出发点。应该承认，鲁迅深厚的学术修养和严谨的治学态度，使其文学史著述具有很强的学理性。但是，学理探讨只是他思考问题的路径，却决不是他思考的终点。同样，鲁迅论文学史时迭出新见，也不是仅仅从若干研究材料中得来，而恰恰是对文学史的独特思考，这使他能够对普通材料做出新的诠释。鲁迅的学术研究，更鲜明地体现为强烈的主体参与意识和深入的现实关怀。这也是鲁迅异于同时代文学史家的独特之处。在文学史研究中，鲁迅以“人”为中心，时时以己心照人心，又时时以人心观己心，既实现了对人心的深刻洞察，又鲜明地凸显着一个自我的存在——这是一个时刻关注国家、民族、社会乃至整个人类命运的思想者的主体精神，是一种强烈的现实感受和朴素的人间情怀。鲁迅以“人史”作为维系文学史精神价值的命脉，从而真正实践了“文学是人学”的主张。

**附 1**

## 鲁迅《魏晋风度及文章与药及酒之关系》校勘记

**汇校说明：**

《魏晋风度及文章与药及酒之关系》一文是鲁迅于 1927 年 7 月 23 日、26 日在国民党政府广州市教育局主办的广州夏期学术演讲会上所作演讲的记录，最初以记录稿的形式刊于 1927 年 8 月 11 日、12 日、13 日、15 日、16 日、17 日广州《民国日报》副刊《现代青年》第 173 至 178 期（以下简称“记录稿”）；后经作者修改，发表于 1927 年 11 月 16 日《北新》半月刊第 2 卷第 2 期（以下简称“修改稿”）。后经鲁迅再次修订，辑入上海北新书局 1928 年 10 月出版的《而已集》（以下简称“改定稿”）。至此，《魏晋风度及文章与药及酒之关系》经鲁迅之手出现了三个文字互异的版本。本附录对这三个版本进行汇校，以展现各版本中文字和标点之差别，并附以目前最为通行的鲁迅作品版本：人民文学出版社 2005 年版《鲁迅全集》（《而已集》收入全集第 3 卷，以下简称“全集”），以为参照。

**《魏晋风度及文章与药及酒之关系》汇校记：**

标题：

1. 副标题［记录稿］鲁迅讲　邱桂英罗西记
　　［修改稿］鲁迅在广州夏期学术演讲会讲　邱桂英罗西记
　　［改定稿］九月间在广州夏期学术演讲会讲
　　［全　集］——九月间在广州夏期学术演讲会讲

正文：

1. ［记录稿］第一面上，第 2 行：可眞不容易，
　［修改稿］第 29 页，第 2 行：可眞不容易。
　［改定稿］第 117 页，第 2 行：同［记录稿］。
　［全　集］第 523 页，第 2 行：同［记录稿］。
2. ［记录稿］第一面上，第 5 行：因谓我们想研究某一时代的文学，
　［修改稿］第 29 页，第 4 行：因为我们想研究某一时代的文学，
　［改定稿］第 117 页，第 5 行：同［修改稿］。
　［全　集］第 523 页，第 5—6 行：同［修改稿］。
3. ［记录稿］第一面上，第 7—8 行：在文学方面起一个重大的变化，
　［修改稿］第 29 页，第 6 行：在文学方面起了一个重大的变化，
　［改定稿］第 117 页，第 7—8 行：同［记录稿］。
　［全　集］第 523 页，第 7—8 行：同［记录稿］。
4. ［记录稿］第一面上，第 8 行：因当时正在黄巾和董卓大乱之后，
　［修改稿］第 29 页，第 6—7 行：因为那时正当黄巾和董卓大乱之后，
　［改定稿］第 117 页，第 8 行：同［记录稿］。
　［全　集］第 523 页，第 8 行：同［记录稿］。
5. ［记录稿］第一面上，第 10 行：更而想在戏台上那一位花面的奸臣，
　［修改稿］第 29 页，第 8 行：更联想到戏台上那一位花面的奸臣。

[改定稿] 第 118 页，第 2 行：更而想起戏台上那一位花面的奸臣，
[全　集] 第 523 页，第 10—11 行：同[改定稿]。

6. [记录稿] 第一面上，第 11 行：现在我们再看历史，在历史上的记载和论断有时也是极靠不住的，
[修改稿] 第 29 页，第 9 行：现在我们再看历史。在历史上的记载和论断，有时也是极靠不住的，
[改定稿] 第 118 页，第 3—4 行：同[记录稿]。
[全　集] 第 523 页，第 11—12 行：同[记录稿]。

7. [记录稿] 第一面上，第 12 行：不能相信的地方很多，
[修改稿] 第 29 页，第 9 行—第 30 页，第 1 行：不能相信的地方很多。
[改定稿] 第 118 页，第 4 行：同[记录稿]。
[全　集] 第 523 页，第 12—13 行：同[记录稿]。

8. [记录稿] 第一面上，第 13—14 行：因为年代长了，做史的是本朝人，当然本朝的人物，
[修改稿] 第 30 页，第 2 行：这就因为年代长了，做史的是本朝人，当然恭维本朝的人物，
[改定稿] 第 118 页，第 5—6 行：为什么呢？因为年代长了，做史的是本朝人，当然恭维本朝的人物，
[全　集] 第 523 页，第 14—15 行：同[改定稿]。

9. [记录稿] 第一面上，第 15 行：很自由地贬斥其异朝的人物，
[修改稿] 第 30 页，第 3 行：便很自由地贬斥其异朝的人物了。
[改定稿] 第 118 页，第 7 行：便很自由地贬斥其异朝的人物，
[全　集] 第 523 页，第 15—16 行：同[改定稿]。

10. [记录稿] 第一面上，第 16—17 行：曹操在史上年代也是颇短的，自然也逃不了说坏话的公例。
[修改稿] 第 30 页，第 4 行：曹氏在史上年代也是颇短的，自然也逃不了说坏话的公例。
[改定稿] 第 118 页，第 8—9 行：曹操在史上年代也是颇短的，自然也逃不了被后一朝人说坏话的公例。
[全　集] 第 523 页，第 17、18 行—第 524 页，第 1 行：同[改定稿]。

11. ［记录稿］第一面上，第 17 行：至少是一个英雄，
［修改稿］第 30 页，第 5 行：至少是一个英雄。
［改定稿］第 118 页，第 10 行：同［记录稿］。
［全　集］第 524 页，第 1 行：同［记录稿］。
12. ［记录稿］第一面上，第 19 行：因为已经做过工作：
［修改稿］第 30 页，第 6 行：因为已经有人做过工作：
［改定稿］第 118 页，第 12 行：同［修改稿］。
［全　集］第 524 页，第 3—4 行：同［修改稿］。
13. ［记录稿］第一面上，第 19 行——第一面下，第 1 行：在文集一方面有清严可均辑的“全上右[①]三代秦汉三国晋南北朝文”。
［修改稿］第 30 页，第 6—7 行：在文集一方面，有清严可均辑的《全上古三代秦汉三国晋南北朝文》。
［改定稿］第 118 页，第 12 行—第 119 页，第 1 行：在文集一方面有清严可均辑的《全上古三代秦汉三国晋南北朝文》。
［全　集］第 524 页，第 4—5 行：同［改定稿］。
14. ［记录稿］第一面下，第 2 行：是全汉文，全三国文，全晋文。
［修改稿］第 30 页，第 7 行：是《全汉文》，《全三国文》，《全晋文》。
［改定稿］第 119 页，第 2 行：同［修改稿］。
［全　集］第 524 页，第 5—6 行：同［修改稿］。
15. ［记录稿］第一面下，第 3—4 行：在诗一方面有丁福保辑的“全汉三国晋南北朝诗”——丁福保是做医生的，现在还在。
［修改稿］第 30 页，第 8 行：在诗一方面，有丁福保辑的《全汉三国晋南北朝诗》。丁福保是做医生的，现在还在。
［改定稿］第 119 页，第 3—4 行：同［记录稿］。
［全　集］第 524 页，第 7—8 行：在诗一方面有丁福保辑的《全汉三国晋南北朝诗》。——丁福保是做医生的，现在还在。
16. ［记录稿］第一面下，第 5—6 行：辑录关于这时代的文学评论有：刘师培编的《中国中古文学史》，这本书是北大的讲义，
［修改稿］第 30 页，第 9—10 行：辑录关于这时代的文学评论，有

① 当作“古”，原文如此。

刘师培编的《中国中古文学史》，这本书是北京大学的讲义。
[改定稿] 第 119 页，第 5—6 行：辑录关于这时代的文学评论有刘师培编的《中国中古文学史》。这本书是北大的讲义，
[全　集] 第 524 页，第 9—10 行：同[改定稿]。

17. [记录稿] 第一面下，第 9 行：倘若刘先生已详的，
[修改稿] 第 30 页，第 12 行：同[记录稿]。
[改定稿] 第 119 页，第 9 行：倘若刘先生的书里已详的，
[全　集] 第 524 页，第 14 行：同[改定稿]。

18. [记录稿] 第一面下，第 11—12 行：董卓之后，曹操专权。在他的统治之下，第一个特色便是尚刑名，
[修改稿] 第 30 页，第 13 行：董卓之后，曹操专权，在他的统治之下，第一个特色便是尚刑名。
[改定稿] 第 119 页，第 11—12 行：董卓之后，曹操专权。在他的统治之下，第一个特色便是尚刑名。
[全　集] 第 524 页，第 16—17 行：同[改定稿]。

19. [记录稿] 第一面下，第 12—13 行：他的立法是很严的。因为当大乱之后。大家都想做皇帝，大家都想叛乱，故曹操不能不如此，
[修改稿] 第 30 页，第 13—14 行：他的立法是很严的，因为当大乱之后，大家都想做皇帝，大家都想叛乱，故曹操不能不如此。
[改定稿] 第 119 页，第 12 行—第 120 页，第 1 行：同[修改稿]。
[全　集] 第 524 页，第 17—18 页：同[修改稿]。

20. [记录稿] 第一面下，第 13—14 行：曹操曾自己说过："倘无我不知有多少人称王称帝"!
[修改稿] 第 30 页，第 14 行—第 31 页，第 1 行：曹操曾自己说过，"倘无我，不知有多少人称王称帝！"
[改定稿] 第 120 页，第 1—2 行：曹操曾自己说过："倘无我，不知有多少人称王称帝！"
[全　集] 第 524 页，第 18—19 行：同[改定稿]。

21. [记录稿] 第一面下，第 16 行：就是尚通脱，
[修改稿] 第 31 页，第 3 行：就是尚通脱。
[改定稿] 第 120 页，第 4 行：同[修改稿]。

[全　集] 第 524 页，第 22 行：　同[修改稿]。

22. [记录稿] 第一面下，第 16—17 行：自然也与当时的风气有莫大的关系，

[修改稿] 第 31 页，第 3—4 行：自然也与当时的风气有莫大的关系。

[改定稿] 第 120 页，第 4—5 行：同[修改稿]。

[全　集] 第 524 页，第 23 行：同[修改稿]。

23. [记录稿] 第一面下，第 23 行：他和他的姊夫是不对的，

[修改稿] 第 31 页，第 8 行：他和他的姊夫是不对的。

[改定稿] 第 120 页，第 11 行：同[记录稿]。

[全　集] 第 525 页，第 5 行：同[记录稿]。

24. [记录稿] 第二面上，第 1 行：伊不肯要，

[修改稿] 第 31 页，第 9 行：同[记录稿]。

[改定稿] 第 120 页，第 12 行：她不肯要，

[全　集] 第 525 页，第 6 行：同[改定稿]。

25. [记录稿] 第二面上，第 9 行：总括起来，我们可以说汉末魏初的文章是清峻通脱。

[修改稿] 第 32 页，第 1 行：同[记录稿]。

[改定稿] 第 121 页，第 8 行：总括起来，我们可以说汉末魏初的文章是清峻，通脱。

[全　集] 第 525 页，第 14 行：同[改定稿]。

26. [记录稿] 第二面上，第 9—10 行：在曹操本身，也是一个改造文章的祖师，可惜他的文章传的很少，

[修改稿] 第 32 页，第 1—2 行：在曹操本身，也是一个改造文章的祖师。可惜他的文章传的很少。

[改定稿] 第 121 页，第 8—9 行：在曹操本身，也是一个改造文章的祖师，可惜他的文章传的很少。

[全　集] 第 525 页，第 14—16 行：同[改定稿]。

27. [记录稿] 第二面上，第 12—13 行：只要有才便可以，

[修改稿] 第 32 页，第 4 行：只要有才便可以。

[改定稿] 第 121 页，第 11—12 行：同[修改稿]。

[全　集] 第 525 页，第 18—19 行：同[修改稿]。

28. ［记录稿］第二面上，第 14 行：他引出离当不久的事实，这也别人所不敢的。

［修改稿］第 32 页，第 5—6 行：他引用离当时不久的事实，这也是别人所不敢的。

［改定稿］第 122 页，第 1 行：他引出离当时不久的事实，这也是别人所不敢用的。

［全　集］第 525 页，第 20—21 行：同[改定稿]。

29. ［记录稿］第二面上，第 16—17 行：或葬于某某名人的墓旁；

［修改稿］第 32 页，第 7 行：或葬于某某名人的墓旁。

［改定稿］第 122 页，第 3—4 行：同[记录稿]。

［全　集］第 525 页，第 23 行：同[记录稿]。

30. ［记录稿］第二面上，第 19—20 行：陆机虽然评曰："贻尘谤于后王"然而我想他无论如何是一个聪明人，

［修改稿］第 32 页，第 9 行：陆机虽然评曰"贻尘谤于后王"，然而我想他无论如何，是一个杰出的人。

［改定稿］第 122 页，第 6—7 行：陆机虽然评曰"贻尘谤于后王"，然而我想他无论如何是一个精明人，

［全　集］第 526 页，第 2—3 行：同[改定稿]。

31. ［记录稿］第二面上，第 20—21 行：他自己能做文章，又有手段，把天下的方士文士通搜罗起来，省得他们走到外面给他捣乱。

［修改稿］第 32 页，第 9—10 行：他自己能做文章；又有手段，把天下的方士文士全都搜罗起来，省得他们走到外面给他捣乱。

［改定稿］第 122 页，第 7—8 行：他自己能做文章，又有手段，把天下的方士文士统统搜罗起来，省得他们跑在外面给他捣乱。

［全　集］第 526 页，第 3—4 行：同[改定稿]。

32. ［记录稿］第二面上，第 21 行：所以他帷幄下面，方士文士就特别地多。[①]

［修改稿］第 32 页，第 10—11 行：同[记录稿]。

［改定稿］第 122 页，第 8—9 行：所以他帷幄里面，方士文士就特

① 以上引录[记录稿]，出自广州《民国日报》副刊《现代青年》第 173 期（1927 年 8 月 11 日）。

别地多。

［全　集］第526页，第4—5行：同［改定稿］。

33. ［记录稿］第一面上，第1行：以长子而承父业，

［修改稿］第32页，第12行：以长子承父业，

［改定稿］第122页，第10行：同［记录稿］。

［全　集］第526页，第6行：同［记录稿］。

34. ［记录稿］第一面上，第1—2行：他也是喜欢文章，其弟曹植，还有明帝曹叡都是喜欢文章的。

［修改稿］第32页，第12—13行：他也是喜欢文章。其弟曹植，还有明帝曹叡，都是喜欢文章的。

［改定稿］第122页，第10—11行：他也是喜欢文章的。其弟曹植，还有明帝曹叡，都是喜欢文章的。

［全　集］第526页，第6—8行：同［改定稿］。

35. ［记录稿］第一面上，第3行：丕着有典论，

［修改稿］第32页，第13行：丕着有《典论》，

［改定稿］第122页，第12行：同［修改稿］。

［全　集］第526页，第8—9行：同［修改稿］。

36. ［记录稿］第一面上，第4行："诗赋欲丽，""文以气为主。"典论的零零碎碎，在唐宋类书中，

［修改稿］第32页，第14行："诗赋欲丽"，"文以气为主"。《典论》的零零碎碎，在唐宋类书中。

［改定稿］第123页，第1行；"诗赋欲丽"，"文以气为主"。《典论》的零零碎碎，在唐宋类书中；

［全　集］第526页，第9—10行：同［改定稿］。

37. ［记录稿］第一面上，第5行：在"文选"中可以获得。

［修改稿］第33页，第1行：同［记录稿］。

［改定稿］第123页，第2行：在《文选》中可以看见。

［全　集］第526页，第10—11行：同［改定稿］。

38. ［记录稿］第一面上，第6—7行：反对当时那些寓训勉于诗赋的见解，

［修改稿］第33页，第2—3行：反对当时那些寓训勉于诗赋的见解。

［改定稿］第 123 页，第 3—4 行：同［记录稿］。
［全　集］第 526 页，第 13 行：同［记录稿］。

39. ［记录稿］第一面上，第 8—9 行：或如近代所说是为艺术而艺术（Art for Arts sake）的一派！
［修改稿］第 33 页，第 3—4 行：或如近代所说，是为艺术而艺术（Art for Art's sake）的一派。
［改定稿］第 123 页，第 5—6 行：或如近代所说是为艺术而艺术（Art for Arts sake）的一派。
［全　集］地 526 页，第 14—15 行：或如近代所说是为艺术而艺术（Art for Art's Sake）的一派。

40. ［记录稿］第一面上，第 9—10 行：更因他以“气”为主故于华丽以外，加上壮大，
［修改稿］第 33 页，第 4—5 行：更因他以“气”为主，故于华丽以外，加上壮大。
［改定稿］第 123 页，第 6—7 行：同［修改稿］。
［全　集］第 526 页，第 16 行：同［修改稿］。

41. ［记录稿］第一面上，第 11 行：“清峻，通脱，华丽，壮大”，
［修改稿］第 33 页，第 5—6 行：“清峻，通脱，华丽，壮大”。
［改定稿］第 123 页，第 8 行：同［修改稿］。
［全　集］第 526 页，第 17—18 行：“清峻，通脱，华丽，壮大。”

42. ［记录稿］第一面上，第 12 行：曹丕说：“文章事可以留名声于千载”。
［修改稿］第 33 页，第 6—7 行：同［记录稿］。
［改定稿］第 123 页，第 9 行：曹丕说：“文章事可以留名声于千载”；
［全　集］第 526 页，第 18—19 行：曹丕说文章事可以留名声于千载；

43. ［记录稿］第一面上，第 13 行：子建大概是违心之论，
［修改稿］第 33 页，第 7 行：子建大概是违心之论。
［改定稿］第 123 页，第 10 行：同［修改稿］。
［全　集］第 526 页，第 20 行：同［修改稿］。

44. ［记录稿］第一面上，第 14 行：第一子建的文章做得好，
［修改稿］第 33 页，第 8 行：第一，子建的文章做得好。

[改定稿] 第 123 页，第 11 行：第一，子建的文章做得好，

[全　集] 第 526 页，第 21 行：同[改定稿]。

45. [记录稿] 第一面上，第 15 行：于是他便敢说文章是小道，

[修改稿] 第 33 页，第 9 行：于是他便敢说文章是小道。

[改定稿] 第 123 页，第 12 行—第 124 页，第 1 行：于是他便敢说文章是小道；

[全　集] 第 526 页，第 22—23 行：同[改定稿]。

46. [记录稿] 第一面上，第 15—16 行：第二子建活动的目标在于政治方面，

[修改稿] 第 33 页，第 9—10 行：第二，子建活动的目标在于政治方面，

[改定稿] 第 124 页，第 1 行：同[修改稿]。

[全　集] 第 526 页，第 23 行：同[修改稿]。

47. [记录稿] 第一面上，第 16—17 行：遂说文章是无用的。

[修改稿] 第 33 页，第 10 行：遂说文章是无用了。

[改定稿] 第 124 页，第 1—2 行：同[修改稿]。

[全　集] 第 526 页，第 24 行：同[修改稿]。

48. [记录稿] 第一面上，第 18 行——第一面下，第 1 行：曹操曹丕以外，下面有七个人，都很能做文章，后来称为，建安七子，

[修改稿] 第 33 页，第 11 行：曹操曹丕以外，还有七个人，都很能做文章，后来称为“建安七子”。

[改定稿] 第 124 页，第 3—4 行：曹操曹丕以外，还有下面的七个人：孔融，陈琳，王粲，徐干，阮瑀，应玚，刘桢，都很能做文章，后来称为“建安七子”。

[全　集] 第 527 页，第 1—3 行：同[改定稿]。

49. [记录稿] 第一面下，第 1—2 行：七人的文章都很少，现在我们很难判断，大概都不外是慷慨“华丽”，

[修改稿] 第 33 页，第 11—12 行：七人的文章都很少，现在我们很难判断。大概都不外是“慷慨”，“华丽”。

[改定稿] 第 124 页，第 4—6 行：七人的文章很少流传，现在我们很难判断；但，大概都不外是“慷慨”，“华丽”罢。

[全　集] 第 527 页，第 3—4 行：同[改定稿]。

50. [记录稿] 第一面下，第 2—3 行：华丽即书曹丕所主张，慷慨就因当天下大乱之际，亲朋戚友死于特乱者多，于是为文就不免带着悲凉，激昂和“慷慨”。

[修改稿] 第 33 页，第 12—13 行：华丽即曹丕所主张；慷慨就因为正当天下大乱之际，亲戚朋友死于乱者特多，于是为文就不免带着悲凉，激昂和“慷慨”。

[改定稿] 第 124 页，第 6—7 行：华丽即曹丕所主张，慷慨就因当天下大乱之际，亲朋戚友死于乱者特多，于是为文就不免带着悲凉，激昂和“慷慨”了。

[全　集] 第 527 页，第 4—6 行：华丽即曹丕所主张，慷慨就因当天下大乱之际，亲戚朋友死于乱者特多，于是为文就不免带着悲凉，激昂和“慷慨”了。

51. [记录稿] 第一面下，第 4 行：七子之中，特别的是孔融，他专喜和曹操捣乱，

[修改稿] 第 33 页，第 14 行：七子之中，特别的是孔融。他专喜和曹操捣乱。

[改定稿] 第 124 页，第 8 行：七子之中，特别的是孔融，他专喜和曹操捣乱。

[全　集] 第 527 页，第 7 行：同[改定稿]。

52. [记录稿] 第一面下，第 4—5 行：曹丕典论里有论孔融的，因此他也被拉进建安七子一块儿，其实不对很两样的，

[修改稿] 第 33 页，第 14 行—第 34 页，第 1 行：曹丕《典论》里有论孔融的，因此他也被拉进“建安七子”一块儿去。其实不对，很两样的。

[改定稿] 第 124 页，第 8—10 行：同[修改稿]。

[全　集] 第 527 页，第 7—9 行：同[修改稿]。

53. [记录稿] 第一面下，第 5—6 行：不过在当时他的名声可非常之大，

[修改稿] 第 34 页，第 1 行：不过在当时他的名声可非常之大。

[改定稿] 第 124 页，第 10 行：不过在当时，他的名声可非常之大。

[全　集] 第 527 页，第 9 行：同[改定稿]。

54. ［记录稿］第一面下，第 6—7 行：曹丕很不满意他，
［修改稿］第 34 页，第 2 行：曹丕很不满意他。
［改定稿］第 124 页，第 11 行：同[修改稿]。
［全　集］第 527 页，第 10 行：同[修改稿]。

55. ［记录稿］第一面下，第 7—8 行：就他所有的看起来，我们可以睢出他并不大对别人讥讽，只对曹操，
［修改稿］第 34 页，第 2—3 行：就所有的看起来，我们可以知道他并不大对别人讥讽，只对曹操。
［改定稿］第 124 页，第 11—12 行：就他所有的看起来，我们可以瞧出他并不大对别人讥讽，只对曹操。
［全　集］第 527 页，第 11—12 页：同[改定稿]。

56. ［记录稿］第一面下，第 8—9 行：曹丕把袁熙的妻，甄氏拿来。归了自己，
［修改稿］第 34 页，第 3—4 行：曹丕把袁熙的妻甄氏拿来，归了自己。
［改定稿］第 125 页，第 1 行：曹丕把袁熙的妻甄氏拿来，归了自己，
［全　集］第 527 页，第 12—13 行：同[改定稿]。

57. ［记录稿］第一面下，第 10 行：以今例古。
［修改稿］第 34 页，第 5 行：以今例古，
［改定稿］第 125 页，第 2 行：同[修改稿]。
［全　集］第 527 页，第 14 行：同[修改稿]。

58. ［记录稿］第一面下，第 13—14 行：其实曹操也是吃酒的。我们看他的“何以解忧？惟有杜康。”的诗句，可以知道。
［修改稿］第 34 页，第 7 行：其实曹操也是喝酒的。我们看他的“何以解忧？惟有杜康”的诗句，便可以知道。
［改定稿］第 125 页，第 5—6 行：其实曹操也是喝酒的。我们看他的“何以解忧？惟有杜康”的诗句，就可以知道。
［全　集］第 527 页，第 17—18 行：同[改定稿]。

59. ［记录稿］第一面下，第 15 行：所以不得不这样说。
［修改稿］第 34 页，第 8 行：所以不得不这样。
［改定稿］第 125 页，第 7 行：所以不得不这样做；

[全　集] 第 527 页，第 19 行：同[改定稿]。

60. [记录稿] 第一面下，第 15—16 行：所以容易说自由话。
[修改稿] 第 34 页，第 9 行：同[记录稿]。
[改定稿] 第 125 页，第 7—8 行：所以容易说些自由话。
[全　集] 第 527 页，第 20 行：同[改定稿]。

61. [记录稿] 第一面下，第 16—17 行：他杀孔融的罪状大概是不孝。因为孔融有下列的两个主张：
[修改稿] 第 34 页，第 9—10 行：他杀孔融的罪状，大概是不孝。因为孔融有下列的两个主张：——
[改定稿] 第 125 页，第 8—9 行：同[记录稿]。
[全　集] 第 527 页，第 21—22 行：同[记录稿]。

62. [记录稿] 第一面下，第 18 行：孔融主张母亲和儿子的关系是如瓶之盛物一样的。
[修改稿] 第 34 页，第 11 行：同[记录稿]。
[改定稿] 第 125 页，第 10 行：孔融主张母亲和儿子的关系是如瓶之盛物一样，
[全　集] 第 527 页，第 23 行：同[改定稿]。

63. [记录稿] 第一面下，第 19—20 行：假设有天下饥荒的一个时候，
[修改稿] 第 34 页，第 12 行：同[记录稿]。
[改定稿] 第 125 页，第 13—14 行：假使有天下饥荒的一个时候，
[全　集] 第 528 页，第 1 行：同[改定稿]。

64. [记录稿] 第一面下，第 22 行：把他杀了，倘若曹操在生，
[修改稿] 第 34 页，第 14 行：把他杀了。倘若曹操在世，
[改定稿] 第 126 页，第 2 行：同[修改稿]。
[全　集] 第 528 页，第 3—4 行：同[修改稿]。

65. [记录稿] 第一面下，第 24 行：也没人敢问他，
[修改稿] 第 35 页，第 1 行：也没有人敢问他。
[改定稿] 第 126 页，第 4 行：同[记录稿]。
[全　集] 第 528 页，第 5—6 行：同[记录稿]。

66. [记录稿] 第二面上，第 3 行：而且他和孔融早是以气为主来写文章的了。

［修改稿］第 35 页，第 3—4 行：而且他和孔融早是“以气为主”来写文章的了。
［改定稿］第 126 页，第 7 行：同［记录稿］。
［全　集］第 528 页，第 8—9 行：同［修改稿］。

67. ［记录稿］第二面上，第 4—5 行：非专靠曹操父子之功的！
［修改稿］第 35 页，第 5 行：非专靠曹操父子之功的。
［改定稿］第 126 页，第 8—9 行：同［修改稿］。
［全　集］第 528 页，第 10 行：同［修改稿］。

68. ［记录稿］第二面上，第 5 行：却是曹丕提倡的功劳。
［修改稿］第 35 页，第 5 行：却也是曹丕提倡的功劳。
［改定稿］第 126 页，第 9 行：同［记录稿］。
［全　集］第 528 页，第 10—11 行：同［记录稿］。

69. ［记录稿］第二面上，第 8 行：他喜欢研究老子和易经。
［修改稿］第 35 页，第 7 行：他喜欢研究《老子》和《易经》。
［改定稿］第 126 页，第 12 行：同［修改稿］。
［全　集］第 528 页，第 14—15 行：同［修改稿］。

70. ［记录稿］第二面上，第 10 行：所以他们的记载对何晏大不满。
［修改稿］第 35 页，第 8—9 行：所以他们的记载对何晏都大不满。
［改定稿］第 127 页，第 2 行：同［记录稿］。
［全　集］第 528 页，第 16—17 行：同［记录稿］。

71. ［记录稿］第二面上，第 12 行：不是搽粉的，但究竟何晏搽粉不搽呢？
［修改稿］第 35 页，第 10 行：不是搽粉的。但究竟何晏搽粉不搽呢？
［改定稿］第 127 页，第 4 行：不是搽粉的。但究竟何晏搽粉不搽粉呢？
［全　集］第 528 页，第 18—19 行：同［改定稿］。

72. ［记录稿］第二面上，第 13 行：但何晏有两件事我们是知道的，第一他喜空谈，
［修改稿］第 35 页，第 11 行：但何晏有两件事我们是知道的，第一，他喜空谈，
［改定稿］第 127 页，第 5 行：但何晏有两件事我们是知道的。第一，

他喜欢空谈，

［全　集］第 528 页，第 20 行：同［改定稿］。

73. ［记录稿］第二面上，第 14 行：第二他喜欢吃药，是吃药的祖师。

［修改稿］第 35 页，第 11 行：第二，他喜欢吃药，是吃药的祖师。

［改定稿］第 127 页，第 6 行：同［修改稿］。

［全　集］第 528 页，第 21 行：同［修改稿］。

74. ［记录稿］第二面上，第 15 行：此外，他喜谈也喜名理，他身子不好，因此不能不吃药。

［修改稿］第 35 页，第 13 行：他身子不大好，此外也许还有点荒唐的事情，因此不能不吃药。

［改定稿］第 127 页，第 7 行：此外，他也喜欢谈名理。他身子不好，因此不能不服药。

［全　集］第 528 页，第 22 行：同［改定稿］。

75. ［记录稿］第二面上，第 15—16 行：他吃的不是寻常的药，

［修改稿］第 35 页，第 13—14 行：他吃的又不是寻常的药，

［改定稿］第 127 页，第 7—8 行：他吃的不是寻常的药，

［全　集］第 528 页，第 23 行：同［改定稿］。

76. ［记录稿］第二面上，第 17—18 行：汉时大家还不敢吃，何晏或者将药方略有改变，便吃开头了。

［修改稿］第 36 页，第 1—2 行：汉时，大家除治病时万不得已之外还不敢吃，何晏或者将药方略加改变，便吃起来了。

［改定稿］第 127 页，第 9—10 行：汉时，大家还不敢吃，何晏或者将药方略加改变，便吃开头了。

［全　集］第 528 页，第 24 行—第 529 页，第 1 行：同［改定稿］。

77. ［记录稿］第二面上，第 18 行：五石散大概有五样药：

［修改稿］第 36 页，第 2 行：同［记录稿］。

［改定稿］第 127 页，第 10—11 行：五石散的基本，大概是五样药：

［全　集］第 529 页，第 1—2 行：同［改定稿］。

78. ［记录稿］第二面上，第 19 行：赤石脂，

［修改稿］第 36 页，第 3 行：赤石脂。

［改定稿］第 127 页，第 11 行：赤石脂；

[全　集] 第 529 页，第 2 行：同[改定稿]。

79. [记录稿] 第二面上，第 19—20 行：但现在也不必细研究它，[1]

[修改稿] 第 36 页，第 3 行：但现在也不必仔细研究它，

[改定稿] 第 127 页，第 12 行：但现在也不必细细研究牠，

[全　集] 第 529 页，第 3 行：但现在也不必细细研究它，

80. [记录稿] 第一面上，第 1 行：从书上看起来，这种药是很好，人吃了能转弱为强。

[修改稿] 第 36 页，第 5 行：从书上看起来，这种药是很好的，人吃了能立刻转弱为强。

[改定稿] 第 128 页，第 1 行：从书上看起来，这种药是很好的，人吃了能转弱为强。

[全　集] 第 529 页，第 5 行：同[改定稿]。

81. [记录稿] 第一面上，第 1—2 行：因此之故，何晏有钱，他吃起来，大家也跟着吃，

[修改稿] 第 36 页，第 5—6 行：因此之故，何晏一吃，大家也就跟着吃。

[改定稿] 第 128 页，第 1—2 行：因此之故，何晏有钱，他吃起来了；大家也跟着吃。

[全　集] 第 529 页，第 5—6 行：同[改定稿]。

82. [记录稿] 第一面上，第 3—4 行：现在由隋巢元方做的“诸病源候论”的里面可以看到一些，

[修改稿] 第 36 页，第 7 行：现在由隋巢元方做的《诸病源候论》的里面可以看到一些。

[改定稿] 第 128 页，第 3—4 行：同[修改稿]。

[全　集] 第 529 页，第 8—9 行：同[修改稿]。

83. [记录稿] 第一面上，第 5—6 行：先吃下去的时候，没怎样的，后来药的效验既出，名曰散发。

[修改稿] 第 36 页，第 8—9 行：先吃下去的时候，没怎样的，后来药的效验既出，名曰“散发”。

---

① 以上引录[记录稿]，出自广州《民国日报》副刊《现代青年》第 174 期（1927 年 8 月 12 日）。

[改定稿] 第 128 页，第 5—6 行：先吃下去的时候，倒不怎样的，后来药的效验既显，名曰“散发”。

[全　集] 第 529 页，第 10—11 行：同[改定稿]。

84. [记录稿] 第一面上，第 7 行：因此吃了之后不能休息，非走路不可，因走路才能散发，

[修改稿] 第 36 页，第 9—10 行：因此吃下之后不能休息，非走路不可，因走路才能“散发”，

[改定稿] 第 128 页，第 7—8 行：同[记录稿]。

[全　集] 第 529 页，第 12—13 行：同[记录稿]。

85. [记录稿] 第一面上，第 8—9 行：“至城东行散。”

[修改稿] 第 36 页，第 10—11 行：“至城东行散”，

[改定稿] 第 128 页，第 9 行：同[修改稿]。

[全　集] 第 529 页，第 14 行：同[修改稿]。

86. [记录稿] 第一面上，第 8—9 行：后来清朝做诗的人不知其故，

[修改稿] 第 36 页，第 11 行：后来做诗的人不知其故，

[改定稿] 第 128 页，第 9 行：同[修改稿]。

[全　集] 第 529 页，第 14 行：同[修改稿]。

87. [记录稿] 第一面上，第 10 行：所以不吃药也以行散二字入诗，

[修改稿] 第 36 页，第 11—12 行：所以不吃药也以“行散”二字入诗，

[改定稿] 第 128 页，第 10 行：所以不服药也以行散二字入诗，

[全　集] 第 529 页，第 15 行：同[修改稿]。

88. [记录稿] 第一面上，第 11—12 行：吃烧的东西。

[修改稿] 第 36 页，第 13 行：吃热的东西。

[改定稿] 第 128 页，第 11—12 行：同[修改稿]。

[全　集] 第 529 页，第 18 行：同[修改稿]。

89. [记录稿] 第一面上，第 13—14 行：就有一样不必冷吃的就是酒。

[修改稿] 第 37 页，第 1 行：同[记录稿]。

[改定稿] 第 129 页，第 1—2 行：只有一样不必冷吃的，就是酒。

[全　集] 第 529 页，第 20 行：同[改定稿]。

90. [记录稿] 第一面上，第 15 行：用冷水浇身，吃冷东西，饮热酒。

［修改稿］第 37 页，第 2 行：同[记录稿]。
［改定稿］第 129 页，第 3 行：用冷水浇身；吃冷东西；饮热酒。
［全　集］第 529 页，第 21—22 行：同[改定稿]。

91. ［记录稿］第一面上，第 16 行：五石散吃的人多，
［修改稿］第 37 页，第 2—3 行：五石散吃的人一多，
［改定稿］第 129 页，第 4 行：同[记录稿]
［全　集］第 529 页，第 22 行：同[记录稿]。

92. ［记录稿］第一面上，第 17—18 行：为御防皮肉被衣服擦伤，
［修改稿］第 37 页，第 4 行：同[记录稿]。
［改定稿］第 129 页，第 5—6 行：为豫防皮肤被衣服擦伤，
［全　集］第 529 页，第 24 行：同[改定稿]。

93. ［记录稿］第一面上，第 18 行——第一面下，第 1—2 行：现在有许多人以为晋人轻裘缓带，衣宽。在当时是人们高逸的表现，其实不知他们是吃药的原故。
［修改稿］第 37 页，第 4—5 行：现在有许多人以为晋人轻裘缓带，是那时的人们高逸的表现。其实不知他们是吃药的原故。
［改定稿］第 129 页，第 6—8 行：现在有许多人以为晋人轻裘缓带，宽衣，在当时是人们高逸的表现，其实不知他们是吃药的缘故。
［全　集］第 530 页，第 1—2 行：同[改定稿]。

94. ［记录稿］第一面下，第 3 行：把衣服宽大起来了！
［修改稿］第 37 页，第 6 行：把衣服宽大起来了。
［改定稿］第 129 页，第 9 行：同[记录稿]。
［全　集］第 530 页，第 3—4 行：同[记录稿]。

95. ［记录稿］第一面下，第 4 行：因皮肤易磨破，
［修改稿］第 37 页，第 7 行：同[记录稿]。
［改定稿］第 129 页，第 10 行：因皮肤易于磨破，
［全　集］第 530 页，第 5 行：同[改定稿]。

96. ［记录稿］第一面下，第 5 行：所以我们看晋人，
［修改稿］第 37 页，第 7—8 行：我们看晋人的传记或画像，
［改定稿］第 129 页，第 11 行：所以我们看晋人的画像或那时的文章，

[全　集] 第 530 页，第 6 行：同[改定稿]。

97. [记录稿] 第一面下，第 7 行：不能穿新的而宜于穿旧的；更不能常洗，

[修改稿] 第 37 页，第 10 行：同[记录稿]。

[改定稿] 第 130 页，第 1 行：不能穿新的而宜于穿旧的，衣服便不能常洗。

[全　集] 第 530 页，第 9—10 行：同[改定稿]。

98. [记录稿] 第一面下，第 8 行："扪虱而谈，"

[修改稿] 第 37 页，第 11 行：扪虱而谈，

[改定稿] 第 130 页，第 2 行："扪虱而谈"，

[全　集] 第 530 页，第 10—11 行：同[改定稿]。

99. [记录稿] 第一面下，第 10 行：但在那时是不要紧的，此皆因习惯不同之故。①

[修改稿] 第 37 页，第 12 行：同[记录稿]。

[改定稿] 第 130 页，第 4 行：但在那时不要紧，因为习惯不同之故。

[全　集] 第 530 页，第 12—13 行：同[改定稿]。

100. [记录稿] 第一面下，第 11 行：比才②清朝是提倡抽大烟的，

[修改稿] 第 37 页，第 13 行：比方清朝是提倡抽大烟的，

[改定稿] 第 130 页，第 4—5 行：这正如清朝是提倡抽大烟的，

[全　集] 第 530 页，第 13 行：同[改定稿]。

101. [记录稿] 第一面下，第 12—13 行：我们就觉得很奇怪。

[修改稿] 第 37 页，第 14 行：同[记录稿]。

[改定稿] 第 130 页，第 6 行：我们就觉得很奇怪了。

[全　集] 第 530 页，第 15 行：同[改定稿]。

102. [记录稿] 第一面下，第 14 行：此外可见服散的情形及其他种种的书，还有葛洪的抱朴子。

[修改稿] 第 38 页，第 1 行：此外可窥见服散的情形及其他种种的书，还有葛洪的《抱朴子》。

---

① [记录稿][修改稿]在这一句后另起一段，[改定稿][全集]不另起。

② 当作"方"，原文如此。

[改定稿] 第 130 页，第 7 行：此外可见服散的情形及其他种种的书，还有葛洪的《抱朴子》。

[全　集] 第 530 页，第 16—17 行：同[改定稿]。

103. [记录稿] 第一面下，第 15—16 行：说是散发以示阔气。

[修改稿] 第 38 页，第 2 行：说是“散发”以示阔气。

[改定稿] 第 130 页，第 8—9 行：同[修改稿]。

[全　集] 第 530 页，第 18—19 行：同[修改稿]。

104. [记录稿] 第一面下，第 16—18 行：表示他是刚才写了许多字的。故我想，衣大，穿屐，散髮[1]等等，后来效之，不吃也学起来，与教育实在无关的。

[修改稿] 第 38 页，第 3 行：表示他是刚才写了许多字的一样。

[改定稿] 第 130 页，第 9—11 行：表示他是刚才写了许多字的样子。故我想，衣大，穿屐，散发等等，后来效之，不吃也学起来，与理论的提倡实在无关的。

[全　集] 第 530 页，第 19—21 行：表示他是刚才写了许多字的样子。故我想，衣大，穿屐，散髮②等等，后来效之，不吃也学起来，与理论的提倡实在无关的。

105. [记录稿] 第一面下，第 19 行：又因散发之时，不能肚饿，故吃冷物，

[修改稿] 第 38 页，第 4 行：又因“散发”之时，不宜肚饿，故须吃冷物，

[改定稿] 第 130 页，第 12 行：又因散发之时，不能肚饿，所以吃冷物，

[全　集] 第 530 页，第 22 行：同[改定稿]。

106. [记录稿] 第一面下，第 20 行：一日数次也不可定。

[修改稿] 第 38 页，第 4—5 行：一日数次也不定。

[改定稿] 第 131 页，第 1 行：同[记录稿]。

[全　集] 第 530 页，第 23 行：同[记录稿]。

---

① 当作“發”，原文如此。

② 当作“發”，原文如此。

107. [记录稿] 第一面下，第 20—21 行：因此影响到晋时“居丧无礼”——本来晋魏父母之礼很繁多的。

[修改稿] 第 38 页，第 5 行：因此影响到晋时“居丧无礼”——本来，魏晋时对父母之礼是很繁重的。

[改定稿] 第 131 页，第 1—2 行：因此影响到晋时“居丧无礼”——本来魏晋时，对于父母之礼是很繁多的。

[全　集] 第 530 页，第 23—24 行：因此影响到晋时“居丧无礼”。——本来魏晋时，对于父母之礼是很繁多的。

108. [记录稿] 第一面下，第 21 行：比方想去访个人。

[修改稿] 第 38 页，第 5—6 行：比方想去访一个人。

[改定稿] 第 131 页，第 2 行：比方想去访一个人，

[全　集] 第 530 页，第 24 行—第 531 页，第 1 行：同[改定稿]。

109. [记录稿] 第一面下，第 22—23 行：比方去找我的孩子，树木的树字和人类的人字都是要避讳的，稍一不慎，便会遭无礼的待遇。

[修改稿] 第 38 页，第 6—7 行：稍一不慎，便会遭无礼的待遇。

[改定稿] 第 131 页，第 3—5 行：否则，嘴上一说出这个字音，假如他的父母是死了的，主人便会大哭起来——他记得父母了——给你一个大大的没趣。

[全　集] 第 531 页，第 2—4 行：同[改定稿]。

110. [记录稿] 第一面下，第 23 行——第二面上，第 1 行：晋礼居丧之时，要瘦不多吃饭，不准喝酒。

[修改稿] 第 38 页，第 7 行：晋礼，居丧之时，要瘦，不多吃饭，不准喝酒。

[改定稿] 第 131 页，第 5—6 行：晋礼居丧之时，也要瘦，不多吃饭，不准喝酒。

[全　集] 第 531 页，第 4—5 行：同[改定稿]。

111. [记录稿] 第二面上，第 1—2 行：不能管得许多，所以就变成“居丧无礼”了。

[修改稿] 第 38 页，第 7—8 行：同[记录稿]。

[改定稿] 第 131 页，第 6—7 行：不能管得许多，只好大嚼，所以就变成“居丧无礼”了。

［全　集］第 531 页，第 5—6 行：同[改定稿]。

112. ［记录稿］第二面上，第 3—4 行：因为这个原故，社会上遂尊称这些人叫作名士派。

［修改稿］第 38 页，第 9—10 行：同[记录稿]。

［改定稿］第 131 页，第 8—9 行：因为这个缘故，社会上遂尊称这样的人叫作名士派。

［全　集］第 531 页，第 7—8 行：同[改定稿]。

113. ［记录稿］第二面上，第 5—6 行：吃散发源于何晏，和他同志的，有王弼和夏侯玄两个人，与晏同为吃药的祖师，有他三人提倡，有多人跟着走。

［修改稿］第 38 页，第 11—12 行：服散发源于何晏，和他同志的，还有王弼和夏侯玄两个人，有他三人提倡，许多人跟着走。

［改定稿］第 131 页，第 10—11 行：吃散发源于何晏，和他同志的，有王弼和夏侯玄两个人，与晏同为服药的祖师。有他三人提倡，有多人跟着走。

［全　集］第 531 页，第 9—10 行：同[改定稿]。

114. ［记录稿］第二面上，第 7—8 行：王何二人现在我们尚能看到他的文章，

［修改稿］第 38 页，第 12—13 行：同[记录稿]。

［改定稿］第 131 页，第 12 行—第 132 页，第 1 行：王何二人现在我们尚能看到他们的文章。

［全　集］第 531 页，第 11—12 行：同[改定稿]。

115. ［记录稿］第二面上，第 8 行：所以又名曰“正始名士，”

［修改稿］第 38 页，第 13 行：所以又名曰“正始名士”。

［改定稿］第 132 页，第 1 行：同[修改稿]。

［全　集］第 531 页，第 12—13 行：同[修改稿]。

116. ［记录稿］第二面上，第 9 行：只会吃药，

［修改稿］第 38 页，第 13 行：同[记录稿]。

［改定稿］第 132 页，第 2 行：是只会吃药，

［全　集］第 531 页，第 13 行：同[改定稿]。

117. ［记录稿］第二面上，第 10 行：不做文章的流为清谈，

[修改稿] 第 39 页，第 1 行：同[记录稿]。
[改定稿] 第 132 页，第 3 行：不做文章而流为清谈，
[全　集] 第 531 页，第 15 行：同[改定稿]。

118. [记录稿] 第二面上，第 12 行：因为他二人同曹操有关系，
[修改稿] 第 39 页，第 2—3 行：因为他二人同曹氏有关系，
[改定稿] 第 132 页，第 5 行：同[记录稿]。
[全　集] 第 531 页，第 18 行：同[记录稿]。

119. [记录稿] 第二面上，第 15 行：这种吃散的风气，
[修改稿] 第 39 页，第 5 行：同[记录稿]。
[改定稿] 第 132 页，第 8 行：这种服散的风气，
[全　集] 第 531 页，第 21 行：同[改定稿]。

120. [记录稿] 第二面上，第 16 行：因为唐时还有解散方，
[修改稿] 第 39 页，第 5 行：因为唐时还有“解散方”，
[改定稿] 第 132 页，第 9 行：同[修改稿]。
[全　集] 第 531 页，第 22 行：同[修改稿]。

121. [记录稿] 第二面上，第 17 行：唐以后就没有人吃，其因尚未详，
[修改稿] 第 39 页，第 6 行：唐以后就没有人吃了，其因尚未详，
[改定稿] 第 132 页，第 10 行：唐以后就没有人吃，其原因尚未详，
[全　集] 第 531 页，第 23—24 行：同[改定稿]。

122. [记录稿] 第二面上，第 19—20 行：晋名人皇甫谧作一文曰高士传，我们以为他很高超，但他是服散的，有一篇文章，自说吃散太苦。
[修改稿] 第 39 页，第 8—9 行：晋名人皇甫谧有一书曰《高士传》，我们以为他很高超，但他是服散的。有一篇文章，自说吃散之苦。
[改定稿] 第 132 页，第 12 行—第 133 页，第 1 行：晋名人皇甫谧作一书曰《高士传》，我们以为他很高超。但他是服散的，曾有一篇文章，自说吃散之苦。
[全　集] 第 532 页，第 1—2 行：同[改定稿]。

123. [记录稿] 第二面上，第 20 行：因此药性一发，
[修改稿] 第 39 页，第 9 行：因为药性一发，

[改定稿] 第 133 页，第 1 行：同[修改稿]。

[全　集] 第 532 页，第 2—3 行：同[修改稿]。

124. [记录稿] 第二面上，第 21 行：或要发狂。

[修改稿] 第 39 页，第 9 行：同[记录稿]。

[改定稿] 第 133 页，第 2 行：或要发狂；

[全　集] 第 532 页，第 3—4 行：同[改定稿]。

125. [记录稿] 第二面上，第 21—22 行：人本聪明或因此也会变痴呆，故此非要深知药性，会解救而且家里的人多深知药性不可，

[修改稿] 第 39 页，第 9—10 行：人本聪明，或因此也会变痴呆。故非深知药性，会解救，而且家里的人也多深知药性不可，

[改定稿] 第 133 页，第 2—3 行：本来聪明的人，因此也会变成痴呆。所以非深知药性，会解救，而且家里的人多深知药性不可。

[全　集] 第 532 页，第 4—5 行：同[改定稿]。

126. [记录稿] 第二面上，第 22—23 行：所以晋朝人多是癖气很坏，

[修改稿] 第 39 页，第 10—11 行：同[记录稿]。

[改定稿] 第 133 页，第 3—4 行：晋朝人多是脾气很坏，

[全　集] 第 532 页，第 5 行：同[改定稿]。

127. [记录稿] 第二面上，第 23 行：便是食药的原故，

[修改稿] 第 39 页，第 11 行：我想或者也便是服药的原故。

[改定稿] 第 133 页，第 4 行：大约便是服药的缘故。

[全　集] 第 532 页，第 6 行：同[改定稿]。

128. [记录稿] 第二面上，第 24—26 行：有时简直是近于发疯，但在晋朝更有以痴为好的，这大概也是食药的原故。[①]

[修改稿] 第 39 页，第 12 行：有时简直是近于发疯。

[改定稿] 第 133 页，第 5—7 行：有时简直是近于发疯。但在晋朝更有以痴为好的，这大概也是服药的缘故。

[全　集] 第 532 页，第 7—9 行：同[改定稿]。

129. [记录稿] 第一面上，第 1 行：又有一个团体新起，叫做“竹林名士”。

---

① 以上引录[记录稿]，出自广州《民国日报》副刊《现代青年》第 175 期（1927 年 8 月 13 日）。

［修改稿］第 39 页，第 13 行：同［记录稿］。

［改定稿］第 133 页，第 8—9 行：又有一个团体新起，叫做“竹林名士”，也是七个，所以又称“竹林七贤”。

［全　集］第 532 页，第 10—11 行：同［改定稿］。

130. ［记录稿］第一面上，第 1—2 行：正始名士吃药，竹林名士饮酒。

［修改稿］第 39 页，第 13—14 行：正始名士吃药，竹林名士则饮酒。

［改定稿］第 133 页，第 9 行：正始名士服药，竹林名士饮酒。

［全　集］第 532 页，第 11—12 行：同［改定稿］。

131. ［记录稿］第一面上，第 2 行：竹林的代表是嵇康和阮籍。

［修改稿］第 39 页，第 14 行：竹林名士的代表是嵇康和阮籍。

［改定稿］第 133 页，第 10 行：同［记录稿］。

［全　集］第 532 页，第 12 行：同［记录稿］。

132. ［记录稿］第一面上，第 2—4 行：但究竟竹林名士不纯粹是吃酒的，嵇康也兼吃药，而阮籍则是专吃酒的代表。但嵇康也饮酒，[①]

［修改稿］第 39 页，第 14 行—第 40 页，第 1 行：但究竟竹林名士不纯粹是喝酒的，嵇康也兼吃药，而阮籍则是专喝酒的代表，

［改定稿］第 133 页，第 10—11 行：但究竟竹林名士不纯粹是喝酒的，嵇康也兼服药，而阮籍则是专喝酒的代表。但嵇康也饮酒，

［全　集］第 532 页，第 12—14 行：同［改定稿］。

133. ［记录稿］第一面上，第 6 行：这七人中，癖气各有不同，嵇阮二人的癖气都很大，

［修改稿］第 40 页，第 3 行：这七人中，癖气各有不同，嵇阮二人的癖气都很大，

［改定稿］第 134 页，第 1 行：这七人中，脾气各有不同。嵇阮二人的脾气都很大；

［全　集］第 532 页，第 16 行：同［改定稿］。

134. ［记录稿］第一面上，第 8 行：访他的人有加以青眼和白眼的分别。

［修改稿］第 40 页，第 5 行：同［记录稿］。

---

① ［记录稿］以下“嵇”字，均作〇，不再一一注明。

［改定稿］第 134 页，第 3 行：对于访他的人有加以青眼和白眼的分别。

［全　集］第 532 页，第 18 行：同［改定稿］。

135. ［记录稿］第一面上，第 9—10 行：白眼我却装不了！

［修改稿］第 40 页，第 6 行：同［记录稿］。

［改定稿］第 134 页，第 4—5 行：白眼我却装不好。

［全　集］第 532 页，第 20 行：同［改定稿］。

136. ［记录稿］第一面上，第 11 行：后来阮竟做到“口不臧否人物”的地步，嵇康全不改变。

［修改稿］第 40 页，第 7 行：后来阮竟做到“口不臧否人物”的地步，嵇康则全不改变。

［改定稿］第 134 页，第 6 行：后来阮籍竟做到“口不臧否人物”的地步，嵇康却全不改变。

［全　集］第 532 页，第 21—22 行：同［改定稿］。

137. ［记录稿］第一面上，第 12—13 行：与孔融何晏等同遭不幸的杀害。

［修改稿］第 40 页，第 8 行：与孔融何晏等一样，遭了不幸的杀害。

［改定稿］第 134 页，第 7—8 行：同［修改稿］。

［全　集］第 532 页，第 22—23 行：同［修改稿］。

138. ［记录稿］第一面上，第 13—14 行：这大概是吃药和吃酒的原故，吃药可以成仙，仙是可以骄视俗人的；饮酒不会成仙，所以敷衍了事。

［修改稿］第 40 页，第 8—9 行：这大概是吃药和喝酒的原故，吃药可以成仙，仙是可以骄视俗人的，故不屈；饮酒不会成仙，所以随俗沉浮，以敷衍了事了。

［改定稿］第 134 页，第 8—9 行：这大概是因为吃药和吃酒之分的缘故：吃药可以成仙，仙是可以骄视俗人的；饮酒不会成仙，所以敷衍了事。

［全　集］第 532 页，第 23 行—第 533 页，第 1 行：同［改定稿］。

139. ［记录稿］第一面上，第 15—16 行：若在平时有这种状态，

[修改稿] 第 40 页，第 10 行：若在平时，有这种状态，
[改定稿] 第 134 页，第 10—11 行：同[修改稿]。
[全　集] 第 533 页，第 2—3 行：同[修改稿]。

140. [记录稿] 第一面上，第 18—19 行：即如刘伶，——他曾做过篇酒德颂，谁都知道，——
[修改稿] 第 40 页，第 12—13 行：即如刘伶，——他曾做过一篇《酒德颂》，谁都知道，——
[改定稿] 第 135 页，第 1—2 行：即如刘伶——他曾做过一篇《酒德颂》，谁都知道——
[全　集] 第 533 页，第 6—7 行：同[改定稿]。

141. [记录稿] 第一面下，第 1—2 行：他答人说，天地是我的房屋，房屋就是我的衣服，你们为什么进我的衣服中来？
[修改稿] 第 40 页，第 14 行—第 41 页，第 1 行：他答人说："天地是我的房屋，房屋就是我的衣服，你们为什么进我的衣服中来？"
[改定稿] 第 135 页，第 3—5 行：他答人说，天地是我的房屋，房屋就是我的衣服，你们为什么进我的裤子中来？
[全　集] 第 533 页，第 8—10 行：同[改定稿]。

142. [记录稿] 第一面下，第 3 行：在大人先生传里有说：
[修改稿] 第 41 页，第 1—2 行：在《大人先生传》里有说：
[改定稿] 第 135 页，第 5—6 行：同[修改稿]。
[全　集] 第 533 页，第 10—11 行：同[修改稿]。

143. [记录稿] 第一面下，第 4 行：我腾而亦将何怀？
[修改稿] 第 41 页，第 2 行：我腾而上将何怀？
[改定稿] 第 135 页，第 6 行：同[修改稿]。
[全　集] 第 533 页，第 11—12 行：同[修改稿]。

144. [记录稿] 第一面下，第 6 行：神仙也不足信。既然一切都是虚无，所以他便沈湎于酒了。
[修改稿] 第 41 页，第 3—4 行：神仙也不足信。既然一切都是虚无，他便当然沈湎于酒了。
[改定稿] 第 135 页，第 8—9 行：神仙也不足信，既然一切都是

虚无，所以他便沈湎于酒了。

［全　集］第 533 页，第 13—14 行：同[改定稿]。

145. ［记录稿］第一面下，第 6—7 行：然而他还有一个原因，

［修改稿］第 41 页，第 4 行：然而还有一个原因，

［改定稿］第 135 页，第 9 行：同[记录稿]。

［全　集］第 533 页，第 14 行：同[记录稿]。

146. ［记录稿］第一面下，第 7 行：大半倒在环境，

［修改稿］第 41 页，第 4—5 行：同[记录稿]。

［改定稿］第 135 页，第 9—10 行：大半倒在环境。

［全　集］第 533 页，第 15 行：同[改定稿]。

147. ［记录稿］第一面下，第 8—9 行：所以他讲话就极难，只好多饮酒，少讲话；

［修改稿］第 41 页，第 5—6 行：所以他讲话就极难。只好多饮酒，少讲话。

［改定稿］第 135 页，第 10—11 行：所以他讲话就极难，只好多饮酒，少讲话，

［全　集］第 533 页，第 16—17 行：同[改定稿]。

148. ［记录稿］第一面下，第 9 行：也可以得到人的原谅。

［修改稿］第 41 页，第 6 行：同[记录稿]。

［改定稿］第 135 页，第 11—12 行：也可以借醉得到人的原谅。

［全　集］第 533 页，第 17 行：同[改定稿]。

149. ［记录稿］第一面下，第 11 行：就可以知道。

［修改稿］第 41 页，第 7 行：同[记录稿]。

［改定稿］第 136 页，第 1 行：就可以知道了。

［全　集］第 533 页，第 19 行：同[改定稿]。

150. ［记录稿］第一面下，第 12—13 行：阮籍作文章和诗都很好，虽无他的文章□[①]慷慨激昂，而许多意思都是隐而不显的。

［修改稿］第 41 页，第 8—9 行：阮籍作文章和诗都很好，诗比他的文章，还要慷慨激昂些，但许多意思仍是隐而不显的。

① 此处字迹无法辨认。

[改定稿] 第 136 页，第 2—3 行：阮籍作文章和诗都很好，他的诗文虽然也慷慨激昂，但许多意思都是隐而不显的。

[全　集] 第 533 页，第 20—21 行：同[改定稿]。

151. [记录稿] 第一面下，第 13—14 行：我们现在自然更很难看得懂他的诗了，

[修改稿] 第 41 页，第 9 行：我们现在自然更很难看得懂他了，

[改定稿] 第 136 页，第 3—4 行：我们现在自然更很难看得懂他的诗了。

[全　集] 第 533 页，第 21—22 行：同[改定稿]。

152. [记录稿] 第一面下，第 15—17 行：孔子说："学而时习之，不亦说乎"？稽[①]康做的"难自然好学论，"却道，人是并不好学的。

[修改稿] 第 41 页，第 10—11 行：孔子说："学而时习之，不亦说乎？"嵇康做的《难自然好学论》，却道，人是并不好学的。

[改定稿] 第 136 页，第 5—7 行：孔子说："学而时习之，不亦说乎？"嵇康做的《难自然好学论》，却道，人是并不好学的，

[全　集] 第 533 页，第 24 行—第 534 页，第 1 行：同[改定稿]。

153. [记录稿] 第一面下，第 21 行：消息不灵通。

[修改稿] 第 42 页，第 1 行：消息不灵通的缘故。

[改定稿] 第 136 页，第 11 行：同[记录稿]。

[全　集] 第 534 页，第 6 行：同[记录稿]。

154. [记录稿] 第一面下，第 23 行—第二面上，第 1 行：就将嵇康杀掉了。

[修改稿] 第 42 页，第 3 行：同[记录稿]。

[改定稿] 第 137 页，第 1 行：就将嵇康杀了。

[全　集] 第 534 页，第 8—9 行：同[改定稿]。

155. [记录稿] 第二面上，第 3—4 行：嵇康都说不好，那么，叫司马懿篡位的时候，怎么办才是好呢？

[修改稿] 第 42 页，第 5 行：嵇康都说不好。那么，叫司马懿篡位的时候，怎么办才好呢？

---

① 当作"嵇"，原文如此。

[改定稿] 第 137 页，第 4—5 行：同[记录稿]。
[全　集] 第 534 页，第 11—12 行：同[记录稿]。

156. [记录稿] 第二面上，第 5 行：因此就非死不可，
[修改稿] 第 42 页，第 6 行：因此就非死不可。
[改定稿] 第 137 页，第 6 行：因此就非死不可了。
[全　集] 第 534 页，第 13—14 行：同[改定稿]。

157. [记录稿] 第二面上，第 5 行：嵇康的见杀，是因为他的朋友吕安不孝，
[修改稿] 第 42 页，第 6—7 行：嵇康的见杀，表面上是因为他的朋友吕安不孝，
[改定稿] 第 137 页，第 6 行：同[记录稿]。
[全　集] 第 534 页，第 14 行：同[记录稿]。

158. [记录稿] 第二面上，第 6 行：罪案和曹操的杀孔融差不多，
[修改稿] 第 42 页，第 7 行：罪案和曹操的杀孔融差不多。
[改定稿] 第 137 页，第 7 行：同[修改稿]。
[全　集] 第 534 页，第 15 行：同[修改稿]。

159. [记录稿] 第二面上，第 10 行：嵇康的害处是在发议论，
[修改稿] 第 42 页，第 10 行：嵇康的害处是在发议论。
[改定稿] 第 137 页，第 11 行：嵇康的害处是在发议论；
[全　集] 第 534 页，第 19 行：同[改定稿]。

160. [记录稿] 第二面上，第 12 行：但魏晋也不全是这样的情形，
[修改稿] 第 42 页，第 12 行：但魏晋也不全是这样的情形：
[改定稿] 第 138 页，第 1 行：同[记录稿]。
[全　集] 第 534 页，第 21 行：同[记录稿]。

161. [记录稿] 第二面上，第 15 行：司马懿不听他的话，①
[修改稿] 第 42 页，第 14 行：司马懿不听他的话。
[改定稿] 第 138 页，第 4 行：同[记录稿]。
[全　集] 第 534 页，第 24 行：同[记录稿]。

162. [记录稿] 第一面上，第 2 行：季札说“中国之君子，明于礼义而

① 以上引录[记录稿]，出自广州《民国日报》副刊《现代青年》第 176 期（1927 年 8 月 15 日）。

陋于知人心”。

[修改稿] 第 43 页，第 2—3 行：季札说，“中国之君子，明于礼义而陋于知人心。”

[改定稿] 第 138 页，第 7 行：季札说：“中国之君子，明于礼义而陋于知人心。”

[全　集] 第 535 页，第 3—4 行：同[改定稿]。

163. [记录稿] 第一面上，第 5—6 行：而实在是毁坏礼教，不信礼教的。

[修改稿] 第 43 页，第 4—5 行：而实在是毁坏礼教。不信礼教的，

[改定稿] 第 138 页，第 10—11 行：同记录稿]。

[全　集] 第 535 页，第 7—8 行：同[记录稿]。

164. [记录稿] 第一面上，第 6—7 行：太相信礼教，

[修改稿] 第 43 页，第 6 行：太相信礼教了。

[改定稿] 第 138 页，第 12 行：太相信礼教。

[全　集] 第 535 页，第 8 行：同[改定稿]。

165. [记录稿] 第一面上，第 7—8 行：因为魏晋时所谓崇奉礼教是用以自利，那崇奉也不过偶然崇奉，

[修改稿] 第 43 页，第 6—7 行：因为魏晋时所谓崇奉礼教，是用以自利，那崇奉也不过偶然崇奉。

[改定稿] 第 138 页，第 12 行—第 139 页，第 1 行：因为魏晋时所谓崇奉礼教，是用以自利，那崇奉也不过偶然崇奉，

[全　集] 第 535 页，第 9—10 行：同[改定稿]。

166. [记录稿] 第一面上，第 8 行：如曹操杀孔融司马懿杀嵇康，都是因为他们和不孝有关，

[修改稿] 第 43 页，第 7—8 行：如曹操杀孔融，司马懿杀稽[①]康，都说是因为他们和不孝有关。

[改定稿] 第 139 页，第 1—2 行：如曹操杀孔融，司马懿杀嵇康，都是因为他们和不孝有关，

[全　集] 第 535 页，第 10 行：同[改定稿]。

---

① 当作“嵇”，原文如此。

167. ［记录稿］第一面上，第 8—10 行：实在曹操司马懿何尝是著名的孝子，不过将这个名义，加罪于反对自己的人罢了，
［修改稿］第 43 页，第 8—9 行：实在曹操司马懿何尝是著名的孝子，不过将这个名义，加罪于反对自己的人罢了。
［改定稿］第 139 页，第 2—3 行：但实在曹操司马懿何尝是著名的孝子，不过将这个名义，加罪于反对自己的人罢了。
［全　集］第 535 页，第 11—12 行：同［改定稿］。
168. ［记录稿］第一面上，第 11 行：甚至于反对礼教，
［修改稿］第 43 页，第 10 行：同［记录稿］。
［改定稿］第 139 页，第 4 行：甚至于反对礼教。
［全　集］第 535 页，第 13—14 行：同［改定稿］。
169. ［记录稿］第一面上，第 14—15 行：在广东的人所谓北方和我常说的北方的界限有些不同，我常称山东山西直隶河南之类为北方，——
［修改稿］第 43 页，第 12—13 行：在广东的人所谓北方，和我常说的北方的界限有些不同，我常称山东山西直隶河南之类为北方，——
［改定稿］第 139 页，第 7—8 行：在广东的人所谓北方和我常说的北方的界限有些不同，我常称山东山西直隶河南之类为北方——
［全　集］第 535 页，第 16—18 行：同［改定稿］。
170. ［记录稿］第一面下，第 3 行：好像反对三民主义模样，
［修改稿］第 44 页，第 3 行：好像反对三民主义模样。
［改定稿］第 140 页，第 2 行：同［修改稿］。
［全　集］第 535 页，第 24 行：同［修改稿］。
171. ［记录稿］第一面下，第 4 行：有许多也如此，他们倒是迂夫子，将礼教当作宝贝的。
［修改稿］第 44 页，第 4 行：同［记录稿］。
［改定稿］第 140 页，第 3—4 行：有许多大约也如此。他们倒是迂夫子，将礼教当作宝贝看待的。
［全　集］第 536 页，第 1—2 行：同［改定稿］。

172. ［记录稿］第一面下，第 5 行：还有一个实证，
［修改稿］第 44 页，第 5 行：还有一个实证。
［改定稿］第 140 页，第 5 行：同［记录稿］。
［全　集］第 536 页，第 3 行：同［记录稿］。
173. ［记录稿］第一面下，第 9 行：就不当拒绝他的儿子，
［修改稿］第 44 页，第 8 行：就不当拒绝他的儿子。
［改定稿］第 140 页，第 9 行：同［记录稿］。
［全　集］第 536 页，第 8 行：同［记录稿］。
174. ［记录稿］第一面下，第 11 行：一看他的“绝交书”，就知道他的态度很骄傲的；
［修改稿］第 44 页，第 9—10 行：一看他的《绝交书》就知道他的态度很骄傲的；
［改定稿］第 140 页，第 11 行：同［记录稿］。
［全　集］第 536 页，第 9—10 行：同［记录稿］。
175. ［记录稿］第一面下，第 11 行：他在家打铁——
［修改稿］第 44 页，第 10 行：他在家打铁，——
［改定稿］第 140 页，第 11—12 行：同［记录稿］。
［全　集］第 536 页，第 10 行：同［记录稿］。
176. ［记录稿］第一面下，第 13—14 行：“何所闻而来，何所见而去”？
［修改稿］第 44 页，第 11 行：“何所闻而来，何所见而去？”
［改定稿］第 141 页，第 1—2 行：同［修改稿］。
［全　集］第 536 页，第 12—13 行：同［修改稿］。
177. ［记录稿］第一面下，第 14 行：“闻所闻而来，见所见而去”。
［修改稿］第 44 页，第 12 行：“闻所闻而来。见所见而去。”
［改定稿］第 141 页，第 2 行：“闻所闻而来，见所见而去。”
［全　集］第 536 页，第 13 行：同［修改稿］。
178. ［记录稿］第一面下，第 15 行：但我看他做给他的儿子看的“家诫”，
［修改稿］第 44 页，第 12—13 行：同［记录稿］。
［改定稿］第 141 页，第 3 行：但我看他做给他的儿子看的《家诫》——

［全　集］第 536 页，第 14—15 行：同[改定稿]。
179. ［记录稿］第一面下，第 16—17 行：就觉得宛然是两个人，
［修改稿］第 44 页，第 13—14 行：就觉得宛然是两个人。
［改定稿］第 141 页，第 5 行：——就觉得宛然是两个人。
［全　集］第 536 页，第 16 行：同[改定稿]。
180. ［记录稿］第一面下，第 18 行：亦不可常住宿，
［修改稿］第 45 页，第 1 行：亦不可常住宿；
［改定稿］第 141 页，第 6 行：亦不可住宿；
［全　集］第 536 页，第 18 行：同[改定稿]。
181. ［记录稿］第一面下，第 23 行：必要须和和气气的拿着杯子。
［修改稿］第 45 页，第 4 行：必须要和和气气的拿着杯子。
［改定稿］第 141 页，第 11 行：必须和和气气的拿着杯子。
［全　集］第 536 页，第 23—24 行：同[改定稿]。
182. ［记录稿］第一面下，第 23 行：实在觉得很希奇，
［修改稿］第 45 页，第 5 行：同[记录稿]。
［改定稿］第 141 页，第 11—12 行：实在觉得很希奇：
［全　集］第 536 页，第 24 行：同[改定稿]。
183. ［记录稿］第二面上，第 5 行：因为他们，生于乱世，
［修改稿］第 45 页，第 8 行：因为他们生于乱世，
［改定稿］第 142 页，第 4 行：同[修改稿]。
［全　集］第 537 页，第 5 行：同[修改稿]。
184. ［记录稿］第二面上，第 5—6 行：并非他们的本态；
［修改稿］第 45 页，第 8—9 行：并非他们的本态。
［改定稿］第 142 页，第 5 行：同[修改稿]。
［全　集］第 537 页，第 6 行：同[修改稿]。
185. ［记录稿］第二面上，第 9 行：于是社会上便很多了，没意思的空谈和饮酒。
［修改稿］第 45 页，第 11—12 行：于是社会上便很多了没意思的空谈和饮酒。
［改定稿］第 142 页，第 9 行：同[修改稿]。
［全　集］第 537 页，第 10—11 行：同[修改稿]。

186. [记录稿] 第二面上，第 10—11 行：弄得玩空城计，
[修改稿] 第 45 页，第 12—13 行：同[记录稿]。
[改定稿] 第 142 页，第 10—11 行：弄得玩“空城计”，
[全　集] 第 537 页，第 12 行：同[改定稿]。

187. [记录稿] 第二面上，第 11—12 行：亦能做文章的，
[修改稿] 第 45 页，第 13 行：同[记录稿]。
[改定稿] 第 142 页，第 11—12 行：是也能做文章的，
[全　集] 第 537 页，第 13 行：同[改定稿]。

188. [记录稿] 第二面上，第 14 行：即魏末晋初的文章的特色，[1]
[修改稿] 第 46 页，第 1 行：即是魏末晋初的文章的特色。
[改定稿] 第 143 页，第 2 行：便是魏末晋初的文章的特色。
[全　集] 第 537 页，第 16 行：同[改定稿]。

189. [记录稿] 第一面上，第 1 行：到东晋，风气变了！
[修改稿] 第 46 页，第 3 行：到东晋，风气变了，
[改定稿] 第 143 页，第 4 行：到东晋，风气变了。
[全　集] 第 537 页，第 18 行：同[改定稿]。

190. [记录稿] 第一面上，第 4—5 行：所以现在有人称他为“田园诗人”是个非常和平的田园诗人。
[修改稿] 第 46 页，第 5—6 行：所以现在有人称他为“田园诗人”，是个非常和平的田园诗人。
[改定稿] 第 143 页，第 7—8 行：同[修改稿]。
[全　集] 第 537 页，第 21—22 行：同[修改稿]。

191. [记录稿] 第一面上，第 6 行：家常无米，就去向人家门口要求。
[修改稿] 第 46 页，第 6—7 行：家常无米，就去向人家门口乞求。
[改定稿] 第 143 页，第 9 行：家常无米，就去向人家门口求乞。
[全　集] 第 537 页，第 23—24 行：同[改定稿]。

192. [记录稿] 第一面上，第 9 行：而还在采菊东篱下，
[修改稿] 第 46 页，第 9 行：而还在篱下采菊，
[改定稿] 第 143 页，第 12 行：而还在东篱下采菊，

① 以上引录[记录稿]，出自广州《民国日报》副刊《现代青年》第 177 期（1927 年 8 月 16 日）。

［全　集］第 538 页，第 3 行：同［改定稿］。

193.［记录稿］第一面上，第 11 行：便做诗，叫作“秋日赏菊效陶彭泽体，”

［修改稿］第 46 页，第 10—11 行：便做诗，叫作“秋日赏菊效陶彭泽体”，

［改定稿］第 144 页，第 2 行：同［修改稿］。

［全　集］第 538 页，第 5—6 行：同［修改稿］。

194.［记录稿］第一面上，第 13 行：陶潜之在晋末，是和孔融于汉末与嵇康于魏末略同，

［修改稿］第 46 页，第 12 行：陶潜之在晋末，是和孔融于汉末，稽[①]康于魏末略同，

［改定稿］第 144 页，第 4 行：同［记录稿］。

［全　集］第 538 页，第 7 行：同［记录稿］。

195.［记录稿］第一面上，第 15 行：但陶集里有《述酒》一篇，是说当时政治的，

［修改稿］第 46 页，第 13—14 行：但《陶集》里有《述酒》一篇，是说当时政治的。

［改定稿］第 144 页，第 6 行：同［修改稿］。

［全　集］第 538 页，第 9—10 行：同［修改稿］。

196.［记录稿］第一面下，第 1—2 行：陶潜之比孔融，嵇康和平，

［修改稿］第 47 页，第 3 行：陶潜之比孔融稽[②]康和平，

［改定稿］第 144 页，第 10 行：陶潜之比孔融嵇康和平，

［全　集］第 538 页，第 14 行：同［改定稿］。

197.［记录稿］第一面下，第 4—5 行：那诗文完全超于政治的所谓，“田园诗人”“山林诗人”，

［修改稿］第 47 页，第 5 行：那诗文完全超于政治的所谓“田园诗人”“山林诗人”，

［改定稿］第 145 页，第 1—2 行：那诗文完全超于政治的所谓“田

① 当作“嵇”，原文如此。

② 当作“嵇”，原文如此。

园诗人”，“山林诗人”，

［全　集］第 538 页，第 17—18 行：同[改定稿]。

198. ［记录稿］第一面下，第 6 行：则当然连诗文也没有，

［修改稿］第 47 页，第 6 行：则当然连诗文也没有。

［改定稿］第 145 页，第 3 行：同[修改稿]。

［全　集］第 538 页，第 19 行：同[修改稿]。

199. ［记录稿］第一面下，第 8 行：这才是“为我”因为若做出书来给别人看，

［修改稿］第 47 页，第 8 行：这才是“为我”，因为若做出书来给别人看，

［改定稿］第 145 页，第 3 行：这才是“为我”。因为若做出书来给别人看，

［全　集］第 538 页，第 21—22 行：同[改定稿]。

200. ［记录稿］第一面下，第 10 行：于朝政还是留心，

［修改稿］第 47 页，第 10 行：于朝政还是留心。

［改定稿］第 145 页，第 7 行：同[记录稿]。

［全　集］第 538 页，第 23 行：同[记录稿]。

201. ［记录稿］第一面下，第 14 行：但我的学识太浅薄，[①]

［修改稿］第 47 页，第 12—13 行：同[记录稿]。

［改定稿］第 145 页，第 11 行：但我学识太少，

［全　集］第 539 页，第 3 行：同[改定稿]。

**附 2**

## 鲁迅在广州夏令学术演讲会演讲史料补遗

1927 年 7 月，鲁迅应国民党政府广州市教育局的邀请[②]，在广州市

① 以上引录[记录稿]，出自广州《民国日报》副刊《现代青年》第 178 期（1927 年 8 月 17 日）。

② 《鲁迅日记》1927 年 7 月 10 日记载：“蒋径三，陈次二来约讲演。”王世家、止庵编：《鲁迅著译编年全集》第 8 卷，北京：人民出版社，2009 年，第 315 页。

立夏令学术演讲会[①]上发表演讲，题为《魏晋风度及文章与药及酒之关系》，于7月23日、26日分两次讲完[②]。演讲的记录稿连载于1927年8月11—13日、15—17日《广州民国日报》副刊《现代青年》第173—178期；同年，鲁迅在记录稿的基础上又加以修改，发表于1927年11月16日《北新》半月刊第2卷第2号；该文后来辑入上海北新书局1928年10月出版的《而已集》，在编辑过程中又经鲁迅进一步修订，成为作者生前的定稿。[③] 鲁迅在广州期间曾多次发表公开演讲，以这一次最为知名。一方面，演讲体现出鲁迅独特的文学史观，可以视为未完成的《中国文学史》的魏晋部分[④]；另一方面，处在“四一五”清党后的特殊历史时刻，鲁迅在论学之中包含讽世之意，显示出借助学术介入现实的言说策略[⑤]。基于此，这次演讲及其相关史料得到了学术界的重视，在一些研究著作和史料汇编中均有所涉及，特别是20世纪70年代以来，尤为突出。如中山大学中文系编《鲁迅在广州》（广州：广东人民出版社，1976年）[⑥]，山东师范学院聊城分院中文系、图书馆编《鲁迅在广州》（聊城：山东聊城印刷厂，1977年印行），朱金顺辑录《鲁迅演讲资料钩

---

① 《广州民国日报》1927年7月6日有《市教育局举办夏期学术演讲会》的报道，标题作“夏期”，正文则作“夏令”。在该报此后的相关消息中，均作“夏令”。而“演讲会”或“讲演会”之名称，则一直混用。本文据原刊辑录，不作统一。行文中则一律写为“演讲会”。

② 《鲁迅日记》1927年7月23日记载：“上午蒋径三，陈次二来，邀至学术讲演会讲二小时，广平翻译。”7月26日记载：“上午往学术讲演会讲二小时，广平翻译。”王世家、止庵编：《鲁迅著译编年全集》第8卷，第338页。

③ 笔者曾对这三个版本予以汇校，并以迄今为止最新校订出版的人民文学出版社2005年版《鲁迅全集》为参照，作《〈魏晋风度及文章与药及酒之关系〉汇校记》。经过汇校，发现各版本（包括《鲁迅全集》）之间的差异共有202处。

④ 许寿裳：《亡友鲁迅印象记·一五　杂谈著作》称“鲁迅想要做的《中国文学史》”的魏晋六朝部分的标题是“酒，药，女，佛”，“他那篇《魏晋风度及文章与药及酒之关系》（《而已集》），便是这部文学史的一部分。”见鲁迅博物馆鲁迅研究室《鲁迅研究月刊》选编：《鲁迅回忆录》（专著）上册，北京：北京出版社，1999年，第252、253页。

⑤ 鲁迅在1928年12月30日致陈濬信中说：“弟在广州之谈魏晋事，盖实有慨而言。‘志大才疏’，哀北海之终不免也。迩来南朔奔波，所阅颇众，聚感积虑，发为狂言。”王世家、止庵编：《鲁迅著译编年全集》第9卷，第537页。

⑥ 人民文学出版社1981年版《鲁迅全集》第3卷中《而已集》由中山大学中文系负责文本校勘和注释工作，这一史料汇编即为注释工作的产物。该社2005年新版《鲁迅全集》第3卷中《而已集》的文本校勘和注释的修订工作，则由天津师范大学中文系负责。

沉》（长沙：湖南人民出版社，1980 年），马蹄疾《鲁迅讲演考》（哈尔滨：黑龙江人民出版社，1981 年），薛绥之主编《鲁迅生平史料汇编》第四辑（天津：天津人民出版社，1983 年），等等。① 以上史料汇编或摘录鲁迅日记书信，或征引其他当事人（如将演讲译为广东话的许广平和演讲稿的记录者欧阳山）的回忆，或搜集报刊上的报道，较为全面地呈现出此次演讲的全过程。然而，以上诸书对于相关史料的搜集尚未臻完备，且相互之间屡有重复。鲁迅的日记和书信，记录此次演讲的信息非常简略。许广平、欧阳山等人提供的史料均属于事后追忆，难免记忆有误，甚或渲染夸大之处。相对而言，报纸上刊载的消息距离演讲发生的时间较近，也更具可靠性。而以上史料汇编中所收多限于发表在《广州民国日报》上的《市夏令学术讲演题录》②一则。事实上，作为当时广州最大的官方报纸，《广州民国日报》上刊载的相关史料尚有多则。本文辑录该报登载的其他相关史料，并略加分析，以补充以上史料汇编之不足。

1927 年 7 月 6 日，《广州民国日报》第九版“本市新闻”栏刊载题为《市教育局举办夏期学术演讲会》的报道，这是该报最早出现的有关夏令学术演讲会的消息：

市教育局举办夏期学术演讲会

市教育局局长刘懋初，接事以来，锐意整顿，对于提倡市民学术研究，特趁暑假期间，举办夏令学术演讲会，供给一般市民以比较高深的学术研究机会。其中科目，有哲学、教育、社会、经济、政治、艺术、医学等科。每科均聘请名人及专门学者拟题讲演。期间约六星期。每日由上午七时三十分至十时三十分。地址在市立师

① 以上史料汇编相互之间具有一定的关联：山东师范学院聊城分院中文系、图书馆编《鲁迅在广州》参考并采用了中山大学中文系编《鲁迅在广州》中的史料，并有所拓展；薛绥之主编《鲁迅生平史料汇编》第四辑中“鲁迅在广州”部分，编者为李伟江、饶鸿竞、吴宏聪，也均来自中山大学中文系。值得一提的是，李伟江先生对于“鲁迅在广州”的相关史料搜集最勤、研究最为深入、成就也最为突出，除以上几种史料汇编外，其遗著《鲁迅粤港时期史实考述》（张钊贻、李桃编，长沙：岳麓书社，2007 年）代表着迄今为止相关研究的最高成就。

② 这一标题与原刊略有出入，详见下文。

范。本期拟额招三百人。凡属市民，有相当听讲能力者，皆得报名听讲。报名时征收听讲金二角，不另收费。现已呈候市厅批准开办，闻报名日期，拟由十日开始云。[1]

两天后，即7月8日，该报又在同版同栏刊登《夏令学术演讲会之简章及内容》，更加详细地介绍了演讲会的相关情况：

夏令学术演讲会之简章及内容

报名日期—七月十日至十五日　　地址：永汉北路市立师范

市教育局为提倡市民学术研究起见，特在暑假期间，举办夏令学术演讲会。兹探得其简章及各科之内容概略如下：

简　章

一、本讲演会，利用暑假间期[2]，讲演各种学术，使一般市民，得有研究较高深的学术机会为宗旨；二、本讲演会暂设在永汉北路市立师范内；三、凡本市市民不拘性别，有志研究学术，经本讲演会认为有相当学力者，皆得报名；四、本讲演会听讲席额定三百名，如报名人数超过定额时，则采用抽签法，以定去取；五、本讲演会开讲期间，由七月十八日至八月廿八日止，计六星期。每日讲演时间，由七时三十分至十时三十分；六、本演讲会[3]所讲科目，分哲学、教育、政治、经济、艺术、社会学、医学、自然科学等科。但上列科目，得体察情形临时增删之（本期为供给本市教育界人员之研究起见，特别注重教育学一科）；七、报名者须缴纳听讲费二毫，既纳费后，除抽签不当选者外，余概不发还；八、报名日期，由七月十日至十五日止；九、报名地址在市立师范。

拟开各科之内容概略

（哲学）哲学概论、人生哲学、现代哲学趋势、人生问题、教育哲学，（社会学）社会学概论、社会主义及其派别、社会政策、民族

① 原刊一律用逗号断句，本文在引录过程中改为现今通行的标点使用和书写方式，并将繁体字转换为简化字，竖排版改为横排版，下同。

② 当作“期间”，原文如此。

③ 此处作“演讲会”。

心理、群众心理、革命心理、社会心理，（教育学）（1）现代教育思潮、（2）小学教育、（3）中等教育、（4）心理概论、（5）儿童心理、（6）教育心理、（7）教学法、（8）教室管理、（9）训育问题、（10）学校卫生、（11）儿童参考用书研究、（12）教育统计、（13）教育行政、（14）学潮研究、（15）市民教育、（16）学生运动、（17）设计教学法、（18）道尔顿制研究、（19）儿童游乐研究、（20）儿童社会想象、（21）革命教育，（经济学）国民经济、社会经济组织、中国经济概况、资本主义研究、共产主义之解释、民生主义真解、合作社研究，（政治）政治概论、中国政治略史、政党、外交政策、帝国主义、五权宪法、三民主义，（自然科学）科学概论、发明与文明、小学校理科教授之讨论，（医学）社会卫生、传染病论及预防法、本市卫生行政，（文学）文学概论、文学起原①、民众文学、近代中国文学概论，（美术）美学浅论、美术史、近代美术趋势，（市政）市政研究。

从《拟开各科之内容概略》看，确实特别注重教育，所列演讲内容最为丰富。而虽然已经公开清党，却仍包含有关社会主义、共产主义之内容。文学一科，内容较少，均属概论性质。可见，尽管主办方很可能已经确定邀请鲁迅开讲，但尚不知具体题目，也就未能列入。

7 月 12 日，《广州民国日报》在第九版“本市新闻”栏再度发布题为《市教育局将办夏令学术讲演会》的消息，除举办讲演会的意义及讲演的时间地点外，还详细介绍了经费预算。因与鲁迅关联不大，故不录。

7 月 13 日，该报在第六版“教育消息”栏又刊载题为《市立夏令学术讲演会进行情形》的报道，披露了讲师名单，周树人的名字位列其中：

市立夏令学术讲演会进行情形

市教育局为提高市民学术上之修养及研究起见，决于暑假期间，举办学术讲演会。所有讲师业经延聘学术界有名人物担任。查文学方面，已请定周树人、江绍原、胡春霖、杨伟业诸先生担任。教育

① 当作“起源”，原文如此。

由许崇清、黄希声、萧悔尘、王仁康、李应南、汪敬熙、陈衡、谭祖荫诸先生担任。医学由司徒朝、陈彦、伍伯良、李奉藻诸先生担任。政治由谢瀛洲、邓长虹、高廷梓、刘懋初诸先生担任。经济由孔宪铿、黄典元、郭心嵩[①]诸先生担任。市政由周学棠先生担任。社会学由区声白、崔载杨先生担任。自然科学由陈宗南、费鸣年[②]、柳金田先生担任。美术由胡振天、梁銮先生担任。查该会已于十一日在市师开始报名，十五日截册。故连日报名者均其踊跃云。

在同日第九版的《本市新闻》栏，还刊载了觉悟社发布的《市立夏令学术讲演会之进行》的消息，也介绍了聘请的各科讲师，内容与前文几乎完全相同，唯“郭心嵩”作“郭心崧”，“费鸣年”作“费鸿年”。为避免重复，兹不录。

7 月 14 日，《广州民国日报》第六版“教育消息”栏刊登题为《本市夏令学术讲演会讲题录》的报道，介绍了部分讲师演讲的具体题目，其中鲁迅的讲题为《魏晋风度及文章与药及酒之关系》：

本市夏令学术讲演会讲题录

本市夏令学术讲演会已聘定名人担任讲演，兹将各讲师所拟定之讲题或科目探述如下：邓长虹讲现时国际政治，黄希声讲学习原则、教室问答及智力发达程序，周树人讲魏晋风度及文章与药及酒之关系，胡根天[③]讲中国画及西洋画之境界、近代美术之趋势、与吾人应有的认识，陈彦讲传染病及预防法，区声白讲中国社会问题，崔载扬讲各国民族心理，黄典元讲个人主义的经济与社会主义的经济之比较批评，周学棠讲市政研究，王仁康讲革命教育，司徒朝讲卫生行政及社会卫生，陈宗南讲近代科学思想，陈荣讲教育管理，高廷梓讲什么是不平等条约、什么是帝国主义，陈融、曹受坤讲民法，刘懋初讲市民教育及教育行政，李应南讲教育哲学、现代教育思潮、学校卫生设计教学法、儿童游乐研究及发明与文明，李奉藻

① 当作“郭心崧”，原文有误。
② 当作“费鸿年”，原文有误。
③ 当作“胡振天”，原文有误。

讲医学、陈衡讲社会心理学，杨伟业讲设计教学法及文学，此外如许崇清、萧悔尘、谢瀛洲、孔宪铿、胡春霖、郭心崧、何思敬、汪静熙、费鸿年、谭祖荫、梁銮、伍伯良、柳金田诸先生讲题尚未确定云。

这段报道曾收录于前文提及的五种史料汇编中，标题均作《市夏令学术讲演题录》，与原刊略有出入，时间只注明1927年7月，未具体到日。且开头均标有“（觉悟社）”字样，似乎是由该社供稿。查原刊，并无这一标注。据笔者推测，很可能是最先出版的中山大学中文系编《鲁迅在广州》的编者将这篇报道与刊载于同一栏目的前一篇题为《市校教联会执监委员会议记》的报道（标注为“觉悟社云”）相混淆所致，当然也不排除是与前述觉悟社发布的《市立夏令学术讲演会之进行》相混淆所致。而此后出版的诸书均参考《鲁迅在广州》，故一仍其旧。

夏令学术演讲会于7月18日开幕。7月21日《广州民国日报》第六版“教育消息”栏刊载标注为“本报专访”的报道《教育局夏令学术演讲会开幕礼纪》，较为详细地介绍了开幕式的情况：“是日会员到会者四百余人。市长林云陔、教育局长刘懋初及各讲师皆莅会。”林云陔和刘懋初还即席发表了演说。查鲁迅当天日记，并无出席开幕式的记录①，故不再抄录这篇报道。

7月23日，鲁迅进行了第一次演讲。当天的《广州国民日报》第九版《本市新闻》栏刊登消息《周树人先生文学讲演》：

周树人先生文学讲演
在市夏令学术讲演会

本市夏令学术讲演会，业于昨十八日开始，计报名人数约四百一十人。连日出席听讲人数，总在三份二以上，情形其为踊跃，秩序亦见整肃。查今日自上午八时起，系由文学巨子鲁迅先生主讲，题目系《魏晋风度及文章与药及酒之关系》。现闻到会请求特别旁听

① 《鲁迅日记》1927年7月18日：“晴。上午立峨来。得汪馥泉信，一日发。夜朱辉煌等来，还泉廿。”王世家、止庵编：《鲁迅著译编年全集》第8卷，第337页。

者甚众云。

这是鲁迅（周树人）的名字最后一次出现在《广州民国日报》有关市立夏令学术演讲会的报道中。不过，在担任讲师的诸人中，仅鲁迅得到了单独报道，可见该报甚至广州市政府对于鲁迅的重视。无独有偶，同年7月16日鲁迅在广州知用中学发表题为《读书杂谈》的演讲，《广州民国日报》也予以专门报道。[①] 因该报道并未涉及市立夏令学术演讲会，且收录于前述五种史料汇编中，故不再抄录。

以上辑录并简要分析了《广州民国日报》所刊鲁迅与广州市立夏令学术演讲会的相关史料。鲁迅与该报关系密切，不仅发表过多篇杂文，此次演讲的记录稿亦经鲁迅本人修订，连载于该报副刊《现代青年》。鲁迅发表演讲时，已辞去中山大学教职[②]，而仍受到当局邀请，并由官方报纸予以充分报道和极力推崇。可见，鲁迅与国民党政府广州市当局的关系，未必像一些回忆录和研究文章中所言，形同水火，剑拔弩张。而鲁迅在演讲中以学术介入现实、借古讽今的言说策略，由此更堪玩味。

---

① 《新文学巨子鲁迅先生之公开演讲》，载《广州民国日报》，1927年7月16日第九版“教育消息”栏。

② 鲁迅辞职的原因及过程，李伟江先生《鲁迅与中山大学》一文论述最为稳妥详备，见《鲁迅粤港时期史实考述》，第21-30页。

# 第十一章　小说如何入史

## ——鲁迅《中国小说史略》

在众多涉足中国小说史研究的现代学人中，鲁迅的学术贡献与成就极为突出。《中国小说史略》开创了中国人独立撰写小说史的先河，以宏大的学术视野和精辟的理论概括，改变了中国小说“自来无史”的局面，奠定了中国小说史写作的基本格局。鲁迅之后撰写中国小说史者，代不乏人，在资料占有上较之中国小说史学的发生时期有很大提高，研究方法也不断更新，力图实现超越。唯小说史体例和叙述框架仍多因袭《中国小说史略》，鲜有突破。对作家作品的论断更是奉《中国小说史略》为圭臬。之所以如此，除基于鲁迅杰出的艺术感受力和深厚的学术积累外，也和鲁迅对小说史这一研究体式进行了成功的理论设计密切相关。作为现代中国学人对小说史写作的最初尝试（尽管是最初尝试，却凭借鲁迅杰出的理论才能和深厚的学术积累，成为中国小说史研究的一座高峰），《中国小说史略》的学术思路和研究方法在中国小说史学的发生时期均具有典范意义。本章将《中国小说史略》的出现视为20世纪中国学术史上的一个文化事件，对该书进行发生学意义上的考察，通过分析《中国小说史略》的学术思路和研究方法，进而凸显鲁迅小说史研究背后的文化选择。

# 一、小说如何入史

1923年10月，鲁迅为新潮社初版《中国小说史略》撰写序言，开篇即称：

> 中国之小说自来无史；有之，则先见于外国人所作之中国文学史中，而后中国人所作者中亦有之，然其量皆不及全书之什一，故于小说仍不详。①

视自家著作为第一部由中国人撰写的较为成熟的小说专史，鲁迅这一论断，充满了学术自信，并得到后世研究者的认可。② 尽管在《中国小说史略》之前出现的冠以“小说史”名称的著作，尚有王钟麒《中国历代小说史论》和张静庐《中国小说史大纲》二种，但前者是一篇论文，仅以数百字概括中国小说几千年的发展变革，而将主要篇幅用于分析古人作小说的原因，体现出鲜明的宣传色彩，意不在于学术，尚不具备小说专史的性质和规模；后者则在“小说”概念下兼及戏曲，并且在资料的

---

① 鲁迅：《中国小说史略·序言》，《鲁迅全集》第9卷，北京：人民文学出版社，2005年，第4页。以下引用《中国小说史略》中的文字，无特别注明者，均出自这一版本。

② 黄霖等著《中国小说研究史》指出“在鲁迅《中国小说史略》之前出现的小说史著作尚无严谨的体例与科学的指导思想，显得较为稚嫩”，杭州：浙江古籍出版社，2002年，第244页。胡从经《中国小说史学史长编》亦认为《中国小说史略》“发前人未发之覆，于‘自来无史’的空白中进行首创”，上海：上海文艺出版社，1998年，第403页。胡著第五章论及包括《中国小说史略》在内的十五种小说史论著，称“其中有三种问世于鲁著之前，十一种出版于鲁著之后”，第373-374页。依胡著的论述顺序，“三种”当指张静庐《中国小说史大纲》（上海：泰东图书局，1920年）、郭希汾编译《中国小说史略》（上海：中国书局，1921年，系日本人盐谷温所著《支那文学概论讲话》之一节）和庐隐《中国小说史略》（1923年6—9月连载于《晨报》附刊《文学旬刊》3—11号）。可见，胡著判定《中国小说史略》的问世时间，是以该书的初版本（北京大学第一院新潮社1923年12月初版上卷）为据。而在此之前问世的铅印本《中国小说史略》（1921—1922年由北京大学印刷科陆续排印），小说史体例和基本论断已大体确立。由此可知，《中国小说史略》之前出现的中国人所著之小说史，仅张静庐《中国小说史大纲》和胡著中未提到的王钟麒《中国历代小说史论》（1907年发表于《月月小说》第一年第十一号，署名“天僇生”）二种。

准确性和论断的科学性上均嫌不足。最初的几种由中国人撰写的文学史著作，诚如鲁迅所言，专论小说的篇幅极其有限。其中“第一部”——林传甲著《中国文学史》[①]，鲜见对小说的正面评价；稍后出现的黄人（摩西）著《中国文学史》[②]，虽然在著作规模和理论深度上均超林著，但仍以诗文为论述中心，对小说较少涉及。文学史家对小说的态度，既体现在若干具体论断之中，亦通过文学史著作留给小说的论述空间得以彰显。可见，《中国小说史略》之前的小说史写作，之所以成就有限，不仅源于著者学术水平的高下，更是其学术观念的使然。在中国古代以诗文为中心的文学批评体系中，很难有作为边缘文类的小说的生存空间。小说尚不被正统的诗文评所接纳，遑论入史。传统的小说评点，尽管不乏精辟的见解与独到的发现，但整体观之尚不能望诗文研究之项背，而且印象式的批评毕竟无法取代以系统严密见长的小说史研究。对鲁迅及其同时代人而言，小说如何成为学术、如何入史，在中国几无先例可循，基本上是从头做起。这一方面使其学术成绩比较容易获得凸显[③]，另一方面，由于缺乏可供借鉴的本土学术资源，小说史的理论框架和术语都需要重新创制。早期研究者多采取借鉴乃至直接移植西人成说的方式解决这一问题，把中国小说纳入西人现成的理论框架之中。然而真正卓有成就的学人，却在借鉴西人研究成果的同时努力突出自家的理论创见，保持中国小说史学独立的学术品格。这一努力自鲁迅及其同时代学人开始，并在他们手中收获了第一批学术成果。因此，前引《中国小说史略》序言中的文字，可以作为一种学术史观来解读。对他人小说史著作的评价，往往依据论者眼中“小说史应该怎样”的理论设计。鲁迅对既往研究成果的褒贬取舍，实隐含着对自家著作的理论设计与期待——探索并总结适用于中国小说史研究的理论体系、批评方法和概念术语。这一理论设计与期待，显示出鲁迅创建中国小说史学的独立研究体系的理论勇

① 初为光绪三十年（1904）京师大学堂优级师范馆中国文学史课程讲义，宣统二年（1910）武林谋新室出版，是中国人独立撰写的第一部中国文学史。

② 系作者任教于东吴大学时所编之教材，国学扶轮社印行，约 1905 年前后出版。

③ 陈平原《小说史学的形成与新变》指出：“正因为‘中国之小说自来无史’，鲁迅、胡适等人的实绩便更容易凸显。不仅如此，日后几代学者孜孜以求，耕耘于小说研究这一园地，且大都有所收获，也跟其起点较低有关。”见陈平原：《文学的周边》，北京：新世界出版社，2004 年，第 160 页。

气与学术自觉。《中国小说史略》的学术生命力，首先植根于鲁迅对小说史的学术定位，植根于对以下几个关键问题的理论设计：何为“小说”，何为“小说史”，小说如何入史。

小说作为“散文体的叙事性虚构文类”这一定义，在今天已成共识①，何为“小说”似乎构不成一个理论命题。但如果考虑到中国古代文学理论体系中“小说”概念的宽泛与流动，以及近代以来在西学参照下产生的种种歧见②，对于今人“文学常识”中的“小说”概念在中国的确立过程，就有进一步追问的必要。“小说”一词在中国古代文献中，指非关大道的琐屑之言，与今人作为文学文类的定义相去甚远。③ 这样看来，“小”既包含着价值判断，也是对其篇幅短小的文体特征的形象概括，本身即具有贬义。这在相当长的时间里成为文人的普遍观念。小说也因此一直处于文学的边缘地位。尽管历代不乏肯定和推崇小说者，但究竟如凤毛麟角，未能占据主流。④ 将小说置于文学体系的中心地位而提升其价值，自晚清始。梁启超等人接受自日本转道传入的西方文学观念，发起“小说界革命”，将小说纳入文学范畴之中，实为中国小说理论史上的重要事件。小说从此获得了承载“大道”的文化职能和地位，并逐渐成为最受重视的文学文类。不过，晚清学人主要强调小说的知识传播作用和社会影响力，首先在功能层面立论，对其作为文学文类的艺术本质尚缺乏更为透辟的认识。而且，“小说界革命”实际上也包括对戏曲的革新⑤，在“小说”概念的理解上仍有汗漫不清之处。如当时最具理论深度的小说研究论著——管达如《说小说》一文，借鉴西方小说理论，论及小说价值和功能时不乏卓识，而对小说“文学上之分类”，则断为“文言体”“白话体”和“韵文体”，后者包括作为戏曲的传奇及弹词。“小说”

---

① 童庆炳主编：《文学概论》（修订本），武汉：武汉大学出版社，1995年，第200页。

② 黄霖等著《中国小说研究史·引言》指出中国古代的“小说”概念过宽，而现代某些学者“以有完整故事的唐代传奇开始，甚至以个人独立创作的《金瓶梅》开始才承认其为‘小说’的观点”则又过严，《引言》第1页。

③“小说”一词最早见于《庄子·外物》——“饰小说以干县令，其于大达亦远矣”，不是对文学文类的概括。

④“小说”概念在中国古代的流变及其地位的升沉，参见陈洪：《中国小说理论史》，合肥：安徽文艺出版社，1992年。

⑤ 黄霖：《近代文学批评史》，上海：上海古籍出版社，1993年，第380页。

概念兼及戏曲，是清末民初的普遍观念。[①] 可见，晚清学人实现了对小说价值的前所未有的提升，但对其文学本质的探索和总结，尚有不如人意之处。五四学人在晚清学术积累的基础上，通过对西学更直接、更透彻的理解和接受，克服了晚清小说理论的不足，注重考察小说的文学本质，并将戏曲摒除于小说概念范畴之外。至此，作为独立的文学文类的小说概念，在中国终获确立。综上可知，今人“文学常识”中“小说”概念的形成，历经晚清至五四两代学人的理论探索和学术创建。晚清学人的理论贡献主要在于奠定了小说在文学体系的中心地位，并尝试建立系统的中国小说学，为后世提供了深厚的学术积累。五四学人则进一步将小说纳入学术研究的视野中，通过创建具有学科意义的中国小说史学，重新绘制中国文学的历史图景，进而实现对中国文化与文学秩序的重建。小说概念更因中国小说史的出现，获得了充分的历史依据和坚实的理论支撑，逐渐成为常识，深入人心。

由于知识背景和学术理念的相对一致，鲁迅与其新文学同道对小说概念的理解近似。而这一理解上的近似又有助于在他们小说史研究中形成合力。20 世纪初的小说史研究，成就最著者当推鲁迅与胡适。同为新文学代表人物，鲁迅以《中国小说史略》开中国人著小说史之先河，对中国小说的发展历程进行了史的概括，创建了中国小说史写作的科学体系；胡适则凭借其章回小说考证，辨正了中国小说史实上的若干疑难，并以历史的眼光考察了多部明清章回小说的情节、版本由初创到最终确立的演进过程，提供了一种具有典范意义的研究方法。[②] 两人在研究思路和成就上交相辉映，形成学术上的默契，共同奠定了中国小说史学的研究格局。此后的小说史研究者，几乎都是在鲁、胡二人开创的研究格局中继续开拓。以上论断，建立在整体观的基础之上，倘若做细部考察，鲁迅与胡适及其他学术同行，对“小说”概念的理论设计仍有区别。

周作人曾对《中国小说史略》的学术成就做出以下概括：“其后研究

---

① 民初问世的几部小说理论著作，蒋瑞藻《小说考证》、钱静方《小说丛考》、张静庐《中国小说史大纲》均兼及戏曲。参见陈平原：《鲁迅以前的中国小说史研究》，见《陈平原小说史论集》（下），石家庄：河北人民出版社，1998 年，第 1394-1399 页。

② [美]余英时：《中国近代思想史上的胡适》，见欧阳哲生选编：《解析胡适》，北京：社会科学文献出版社，2000 年。

小说史的渐多，各有收获，有后来居上之概，但那些成绩似只在后半部，即明以来的章回小说部分，若是唐宋以前古逸小说的稽考恐怕还没有更详尽的著作。”① 周作人这一评价是否准确客观尚可进一步讨论，值得关注的是，上述评价提供了一个颇有价值的观察视角，即《中国小说史略》前半部对先秦至唐代文言小说的研究，更能凸显鲁迅小说史研究的理论特色。如前文所述，小说在中国古代被排斥在正统的文学研究范畴之外，在最初由中国人撰写的文学史中也未能占据一席之地。晚清至五四两代学人参考西方文学理论，试图重建中国人对“小说”的理解与想象，主要依据小说的俗文学性质立论，这决定了他们对白话小说的格外关注，在文学史著作中留给白话小说的篇幅也逐渐增多。② 两代人对小说的重视和推崇，主要针对白话而言。综上可知，小说在晚清前后的文学研究中经历了或弃或取的不同际遇，但在这一弃一取之中，被遗漏的恰恰是文人创作而又受文人轻视的文言小说。较之白话小说，文言小说在中国文学史上的地位显得更为尴尬。首先，尽管出自文人之手，但在古代仍被视为与大道相对的琐屑之言和诗文之外的游戏之作。③ 即使如唐传奇那样得到文人称赏，也是就其文章价值而言，作为小说的特质仍不被看重。其次，晚清至五四学人注重小说的俗文学价值，白话小说显然更符合他们的这一理论期待，更容易成为立论的依据，文言小说因此仍被排除在学术研究的视野之外。可见，晚清至五四时期对于白话小说的认识，基本上达成共识，而对文言小说的态度，则尚有分歧。在中国

---

① 周作人：《关于鲁迅》，见鲁迅博物馆鲁迅研究室选编：《鲁迅回忆录》（专著）中册，北京：北京出版社，1999 年，第 884 页。

② 以两代学人的代表——梁启超和胡适为例。梁启超在“小说界革命”的纲领性文章《论小说与群治之关系》（最初发表于 1902 年《新小说》第一号，署名“饮冰”）中，主要依据白话小说（兼及同属“说部”的戏曲）立论，对小说“熏、浸、刺、提”四功效的概括，也针对白话小说的作用而言。晚清学人强调小说的知识传播功能，文言小说显然不适用。胡适在新文学的“开山纲领”《文学改良刍议》（最初发表于 1917 年 1 月《新青年》第二卷第一期）中，强调白话文学在中国文学史上的正宗地位；旨在为新文学主张寻求历史依据的《白话文学史》（上海：新月书店，1928 年 6 月初版）一书，尽管只完成上卷，至唐代而绝，但却体现出概括并总结中国文学史中白话文学的发展线索这一研究思路；其小说考证，也只涉及明清两代的章回小说。至于五四之后出现的各种中国文学史，虽然观点和体例不一，但论述小说尤其是白话小说的章节，却逐渐呈增加之势。参见陈玉堂：《中国文学史书目提要》，合肥：黄山书社，1986 年。

③ 浦江清：《论小说》，见《浦江清文录》，北京：人民文学出版社，1958 年，第 181-182 页。

小说史学的发生时期，对文言小说的研究，鲁迅差不多是孤军深入。鲁迅对“小说”概念异于同时代人的理论设计，集中体现在《中国小说史略》对唐前文言小说的命名之中。

《中国小说史略》作为以小说为论述中心的专门史，对小说概念的理解，是决定其立论的关键。鲁迅通过小说类型的划分和命名，承担对不同时期小说创作形态的历史定位。[①]《中国小说史略》中对于小说类型的命名，或借用前人成说，如“志怪”“传奇”等等；或出于自创，如“神魔小说”“人情小说”“谴责小说”等等。对于唐代“叙述宛转，文辞华艳”的小说，鲁迅袭取明人胡应麟《少室山房笔丛》中的概念，命名为“传奇文”；而唐前“粗陈梗概”的丛残小语，则依题材分为两类：“张皇鬼神”者名为“志怪”，仍借用胡应麟说，记时人言行流品者则名为“志人”，系自创。以上都是小说史意义上的命名。鲁迅对唐前文言小说尚有一总称，曰“古小说”。

1901—1912 年间，鲁迅辑录唐前小说佚文 36 种，汇为长编，题名《古小说钩沉》。[②]“古小说”这一称谓，自该书始。与鲁迅对小说类型的命名相比，“古小说”缺乏对特殊的历史和文化语境中小说创作形态的概括力，小说史意味不甚突出。“古小说”不是类型学层面的概念，而是鲁迅旨在揭示中国小说的发展特质的理论设计。晚清以降的中国学人开始借鉴西方小说理论，总结中国小说的特色和价值。但是，中国古代小说毕竟有着相对独立的发展形态。对于多数研究者而言，西方小说理论所提供的思路和方法扩大了他们的学术视野，而中西文化差异造成的理论盲点，又限制了他们对中国小说独特性的认知，在促进研究者发现问题的同时，也可能遮蔽一些问题。如前文所述，有研究者从西人之小说概念出发，将中国小说的发生，限定为立意虚构且有完整情节的唐传奇。而唐前小说由于创作理念和艺术形态与上述标准存在出入，被多数研究者排除在小说史研究视野之外。鲁迅将无意虚构并且呈只言片语形态的

---

① 陈平原《鲁迅的小说类型研究》指出《中国小说史略》“把中国小说（尤其是元明清三代的章回小说）的艺术发展理解为若干主要小说类型演进的历史”这一学术思路，载《鲁迅研究月刊》1991 年第 9 期。

② 《古小说钩沉》的辑录时间及成书过程，参见林辰：《关于〈古小说钩沉〉的辑录年代》，载 1950 年《人民文学》第 3 卷第 2 期。

唐前文言小说纳入小说史叙述的框架之中，体现出以研究对象为中心的学术理念，即注重根据研究对象的特点调整理论，而不是从理论出发对研究对象进行取舍，在借鉴西人成说的同时，保持了必要的冷静与审慎。为探索和总结中国小说的发展形态，为创建独立的中国小说史学的理论话语开辟了广阔的空间，奠定了小说史写作的中国形态：既是中国“小说”的历史，又是“中国”的小说史。

之所以特别强调《中国小说史略》的“中国”形态，意在揭示鲁迅小说史研究的一个重要思路：通过对中国小说的历史概括突出其独有的艺术特质与发展形态，进而探索并总结适用于中国小说史研究的理论体系和批评方法。这一思路，决定着鲁迅对“小说史”概念的理论设计，以及对“小说文类如何写入历史”这一问题的处理方式。作为近代思想与文化的产物，文学史（小说史）以 19 世纪以来的民族-国家观念为基础。以历史的方式概括一个民族国家的文学创作及其发展过程，实现对民族精神的揭示，是其主要文化职能之一。[①] 晚清以降的中国学人开始关注并尝试撰写文学史，也正是出于探索民族国家的历史定位这一政治诉求与文化期待。五四一代学人，多将文学史纳入文化史范畴之中，力图重新绘制中国文学的历史图景，进而实现重建中国文化与文学秩序的思想主张。小说的俗文学性质使之在新的文学秩序中占据中心地位，无论是进入大学课堂，还是入史，都使之获得了文化价值的空前提升，为小说由边缘走向中心提供了历史依据和理论支撑。鲁迅对“小说史”的学术定位，即体现出上述思路。这决定了《中国小说史略》在分析具体作家作品，突出小说的艺术本质的同时，格外重视一个时期的政治环境、社会风尚以及文人心态等文化因素，着力于穿越纷繁复杂的文化现象透视时代的精神。这样，小说就以一种文化形态的身份进入历史。《中国小说史略》通过若干小说类型的演进概括小说艺术的发展历程，对不同类型的命名，不仅是对一个时期小说艺术的总结，也是对小说创作所代表的文化精神的揭示。

以“神魔小说”这一类型为例。“神魔小说”是对明代奇幻怪异题材小说创作的概括。这一类型在《中国小说史略》最初的油印本中，名为

① 戴燕：《文学史的权力》，北京：北京大学出版社，2002 年，《前言》第 2 页。

“历史的神异小说”：

> 至于取史上之一事或一人，而又不循旧文，出意虚造，以奇幻之思，成神异之谈，则至明始有巨制，其魁杰曰《西游记》。①

在油印本中，《西游记》与《英烈传》等“讲史”（油印本称为“英贤小说”）列入同一篇，“历史的神异小说”这一命名，主要针对这类作品在借用历史事件的基础上，敷衍出具有奇幻色彩的情节这一创作理念。《西游记》《封神演义》等作品尽管将历史事件植入情节之中，但主要作为故事发生的背景，讲述历史并不是小说创作的初衷，小说叙述主要建立在对天上人间各种奇幻怪异故事的想象之上。因此，“历史的神异小说”这一命名并不准确。铅印本《中国小说史略》易名为“神魔小说”，与“讲史”分离，独立成篇。这一处理方式在《中国小说史略》以后的各版本中不复更改。

《中国小说史略》在论述“神魔小说”出现的文化背景时说：

> 奉道流羽客之隆重，极于宋宣和时，元虽归佛，亦甚崇道，其幻惑故遍行于人间，明初稍衰，比中叶而复极显赫，……且历来三教之争，都无解决，互相容受，乃曰“同源”，所谓义利邪正善恶是非真妄诸端，皆混而有析之，统于二元，虽无专名，谓之神魔，盖可赅括矣。

可见，“神”“魔”并举，突出以道教为代表的中国本土宗教神秘文化和佛教为代表的外来宗教文化的合流②，正是基于明代特殊的文化趋向和小说创作环境。“神”“魔”相对，又是对这类以正邪之争为主要情节的

① 单演义保存：《鲁迅小说史大略》，西安：陕西人民出版社，1981年，第76页。

② “神”是宗教及神话中所指的超自然体，是源出中国本土的概念。见罗竹风主编：《汉语大词典》第7卷，北京：汉语大词典出版社，1991年，第855页。“魔”则是梵文 māra 的音译，“魔罗”的略称。佛教把一切扰乱身心，破坏行善者和一切妨碍修行的心理活动均称作“魔”。是源于佛教的外来语。见罗竹风主编：《汉语大词典》第12卷，北京：汉语大词典出版社，1993年，第473页。

小说创作倾向的形象概括。因此，“神魔小说”是中国古代奇幻怪异题材的小说创作发展到明代的一种特殊形态，具有鲜明的小说史意味和文化内涵。这一命名，较之“神异”“神怪”等更能反映出一个时期的社会风尚和文化精神对小说创作的影响。

从《中国小说史略》对小说类型的命名不难看出，鲁迅重视小说创作背后的文化因素，借此寻求建立中国小说史学的理论体系；同时，避免使用现实主义、浪漫主义等西人成说，保持中国文学研究的独立的命名权。类型的命名，既是对小说艺术特质的概括，又是对其产生的文化环境的还原。以上思路使《中国小说史略》不仅是一部中国小说的艺术史，也是一部中国小说的文化史，为建立中国小说史学的理论体系做出了有益的探索，显示出鲁迅独特的小说史运思方式。

## 二、教材与专著

与晚清至五四时期许多学术经典著作一样，鲁迅《中国小说史略》最初也是大学讲义。尽管鲁迅在辛亥革命之前就曾辑录《古小说钩沉》，但当时未必有研究小说的想法；即便有此想法，也未必采用小说史的书写方式。鲁迅撰小说史，很大程度上是在大学授课的需要。① 不过，考虑到鲁迅在离开大学讲坛后仍反复对《中国小说史略》做出修改，足可见其将《中国小说史略》作为专著经营的用心。这使该书成为一部介乎教材与专著之间的文学史，具备双重的学术职能。② 讨论《中国小说史略》这方面的理论特征，有助于进一步考察鲁迅对“小说史”的理论设计，以及背后的学术价值取向。

韦勒克、沃伦在《文学理论》中，列专章讨论了文学理论、文学批

① 陈平原：《作为文学史家的鲁迅》，见《陈平原小说史论集》（下），第 1771 页。

② 陈平原：《小说史：理论与实践》第三章《独上高楼》，根据学者撰史时对“拟想读者”的不同认定，将文学史的书写形态划分为研究型、教科书型和普及型三类，是恰当的划分。见《陈平原小说史论集》（下），第 1201-1202 页。但考虑到《中国小说史略》问世之初，各种文学史著作主要作为大学讲义，供大众阅读的功能尚未显露，故本节将普及型文学史暂且搁置，仅讨论研究型和教科书型两类。

评和文学史相互区别而又相互包容的关系。[①] 文学史首先作为一种文学研究体式，与文学理论和文学批评相区别，分别代表不同的研究思路，以及相应的著述体式。18 世纪，文学史的写作开始由罗列作家和作品名称的百科全书式的大纲向历史描述转移。这次转移进一步强化了其作为独立的文学研究体式的理论个性，并担负起民族意识的教化任务。[②] 教育功能开始成为文学史的文化职能之一。可见，文学史在其诞生地西方，教育功能只是其诸多文化职能之一，而且还是一种后来追加的职能。而中国古代不存在文学史这一研究体式，以之取代传统“文章流别”，实有赖于晚清以降对西方学制的引进，对近代日本及欧美文学教育思路的移植。[③] 这使文学史的理论个性在传入中国过程中发生了微妙的偏转，教育功能进一步突出，教材成为其主要书写形态。因此，由中国人撰写的文学史一经出现，即先天地具备教材性质，承担教学职能，并逐渐形成弥漫于学界的“教科书心态”。[④] 以中国人撰写的第一部“中国文学史”——林传甲著《中国文学史》为例。林著是京师大学堂优级师范馆中国文学课程的授课报告书。尽管著者自陈以日人笹川种郎《支那文学史》为蓝本，但又将笹川著作中予以专门论述的戏曲、小说等一并弃置，而大体上以文体递变为中心，兼及文字和文法，使西来之文学史与中国传统的“文章流别”两种研究思路相错杂，讲述历史与应用写作的功能相并置。之所以产生这样复杂的文本形态，除体现出新旧交替之际，传统文学观念的巨大惯性在林氏身上的投影外，也是他严格遵从 1903 年颁布的《奏定优级师范学堂章程》对中国文学课程的基本定位的结果。[⑤] 林

① [美]韦勒克、沃伦著，刘象愚等译：《文学理论》第 4 章，北京：生活・读书・新知三联书店，1984 年。

② [德]赫・绍伊尔著，章国锋译：《文学史写作问题》，见[英]赫尔塞等著，黄伟等译：《重解伟大的传统》，北京：社会科学文献出版社，1999 年，第 74-79 页。

③ 陈平原：《新教育与新文学——从京师大学堂到北京大学》，见陈平原：《中国大学十讲》，上海：复旦大学出版社，2002 年，第 112-113 页。

④ 陈平原：《小说史：理论与实践》第三章《独上高楼》，见《陈平原小说史论集》（下），第 1204 页。

⑤ 夏晓虹：《作为教科书的文学史——读林传甲〈中国文学史〉》，载陈平原、陈国球主编：《文学史》（第二辑），北京：北京大学出版社，1995 年。

著虽冠以“文学史”的名目，本质上却更接近于“国文讲义”[①]，照章办事的教科书心态，使其基本上不敢放手发挥，作为个人独立的著述来经营。这令该书无论在学术思路还是书写形式上均与后世的文学史大相径庭。不过，像林著这样亦步亦趋地遵循教学章程的文学史毕竟还是少数。在与林氏同时代的研究者中，已经有人开始注意到“教科书”与“专家书”的区分。[②] 只是在经营自家著述时极少采用文学史这一书写形式。[③] 可见，即使依据欧美学制设置了文学史课程，若非完成教学章程所规定的任务，绝大多数研究者是不愿意采用文学史体式的。这一方面与对文学史的思路和体式不尽熟悉，暂时采取谨慎回避的态度有关；另一方面，“教科书”与“专家书”的严格区分，亦包含对两种著述类型之高下的价值评判。毕竟，普及知识的“教科书”无法像立一家之言的“专家书”那样引起研究者的兴趣，前者对具体学术运作的严格规定，也可能限制研究者学术专长的充分发挥。何况，京师大学堂的管理者和教员，多为清廷官员和旧式读书人。尽管依据欧美学制为“文学”设科，但对“文学”概念的设定却往往“别具幽怀”。[④] 对绝大多数人而言，为适应新学制的要求，不得已对西方文学观念和著述体式采取俯就的态度，其内心仍保持着对传统意义上的“文学”，尤其是经学与文章的高度自信。这也使他们无法以平静的心态接纳文学史。

之所以率先讨论林著这一不甚成功的文学史写作实践，意在指出西方学制及文学史研究思路初入中国时，研究者反应的不甚积极和自身选择的被动性。这也是作为“专家书”的文学史迟迟不得以面世的主要因

---

① 林著于宣统二年（1910）由武林谋新室出版，封面标有“京师大学堂国文讲义”的字样。陈国球《“错体文学史”——林传甲的“京师大学堂国文讲义”》亦指出该书“主要目标是编‘国文讲义’多于撰写‘文学史’”。见陈国球：《文学史书写形态与文化政治》，北京：北京大学出版社，2004年，第59页。

② 陈平原：《新教育与新文学——从京师大学堂到北京大学》，见陈平原：《中国大学十讲》，第118页。

③ 林氏之后任教大学堂的林纾、姚永朴等人，均在讲义基础上形成自家著述。但初为讲义的《春觉斋论文》《文学研究法》等，虽然其中不乏精彩的文学史论断，却都没有采用文学史的书写方式。

④ 陈平原《新教育与新文学——从京师大学堂到北京大学》详细梳理了“文学”学科在京师大学堂学制中逐渐确立的过程；陈国球《文学立科——〈京师大学堂章程〉与“文学”》对晚清新学制设立过程中“文学”概念的流变及其背后的政治诉求与文化期待亦有深入考辨，见陈国球：《文学史书写形态与文化政治》。

素之一。上述局面，自蔡元培执掌北大，特别是“章门弟子”和刘师培等人陆续登上北大讲台之后，始有根本性的改观。

新文化运动之后的北京大学，在文学课程设置上较之大学堂章程有相当大的调整和突破，其中最突出的是“中国文学史”和“中国文学”课程的分置。[①] 此举使二者的学术分界渐趋明朗，开始形成各自独立的学术视野和理论个性。这两门课程的边界，类似于后来高等院校文学专业的“文学史”和“文学作品选”的区分，前者讲历史演变，提供文学知识和研究思路；后者重艺术分析，培养鉴赏能力和写作水平。[②] 课程分置改变了晚清学制中“文学史”概念上的混沌局面，使之逐渐摆脱了传统“文章流别”的干扰，理论个性得到更充分的发挥。文学史概念的正本清源，是提升其学术价值的基本条件之一。同时，为长期被排除在学术视野之外的小说和戏曲单独设课，也使具有西学背景的研究者有了用武之地。这一时期进入北大的刘师培、“章门弟子”等学人，既有深厚的国学基础，又对西方文学理论非常熟悉，在经营文学史方面有着前辈学人不可比拟的理论优势。他们往往依据自家的研究兴趣与学术水平，对教学大纲中规定的文学史教学内容及书写形式有所调整和自由发挥，植入研究者本人的理论个性，促进了文学史由教科书向个人著作的转化。此外，蔡元培掌校时期的北大，在为各门课程选择教师时，特别注重其学有所长与术业专攻，延请刘师培讲授中古文学史，周作人讲授欧洲文学史，吴梅讲授戏曲史，鲁迅讲授小说史，俱为一时之选。其中小说史课程的设置，最初由于找不到合适的人选，而暂时搁置。1920 年国文系预备增加小说史课，拟请周作人讲授。周作人考虑到鲁迅更为适合，就向当时的系主任马幼渔推荐。鲁迅于是受聘北大，开设小说史课，并因

① 参见陈平原《新教育与新文学——从京师大学堂到北京大学》中引录的 1917 年北京大学中国文学门课程表。该文未指出两门课程内容上的区别。见陈平原：《中国大学十讲》，第 131 页。在最近的一篇学术随笔中，陈平原先生依据巴黎法兰西学院汉学研究所收藏的北大讲义，论述了两门课程的分界，并有精彩的发挥。见陈平原：《在巴黎邂逅“老北大”》，载《读书》，2005 年第 3 期。“中国文学史”和“中国文学”课程的分置，突出两种文学研究思路，并规定了各自的学术对象和方法，使前者逐渐趋向史学。

② 参见陈平原：《在巴黎邂逅“老北大”》。

此成就了其小说史的撰写。[1] 可见，在北京大学的课程设置和教师遴选中，体现着因人设课、因课择人的办学理念。这既保证了各门课程的学术水平，又促使学者将其学术思路与研究成果以文学史的书写方式落实到文字，公之于世。

综上可知，晚清至五四的学人选择文学史这一著述体式，大都与在学院任教的经历有关。而且随着对文学史概念理解的深入，以及具有西学背景的研究者加盟，文学史开始由教材式的书写形态向专著化发展，学术价值获得了明显的提升。在讲义基础上形成的文学史著作，不乏在观点和体例上卓有创见者，不仅显示出作者的学术个性，而且实现了对文学史这一著述体式的学术潜质的创造性发挥。可见，衡量一部文学史著作学术价值的高下，除作者学术水平的因素外，也有赖于作者对自家著作的学术定位。教材型的文学史，以知识的传授为主，汇集各家学术观点，避免自家见解的过分突出，强调材料的准确和论述的稳健。专著型的文学史，则避免滞着于知识的介绍，而重在研究思路与方法的展示，以及个人学术创见的充分发挥。依上述标准考量《中国小说史略》，不难看出鲁迅经营自家小说史专著的明确意识。与刘师培、黄侃、吴梅等学者一样，鲁迅登北大讲坛，是因为在某一学术领域中的非凡造诣，而不是为课程的开设涉足新的专业。这保证了他们从事研究的主动性和学术特长的发挥。鲁迅在讲授小说史之前，在这一研究领域中浸淫已久。凭借深厚的学术积累撰写讲义，一出手便不同凡响。同时，小说史作为选修课，不同于必修课在内容上有明确的规定，讲授者可根据自家的学术兴趣和研究水平调整课程的内容，选择讲述的方式，可进可退，拥有更大的自由度。鲁迅个人的学术创见因此得到了更充分的发挥。应北大之请讲授小说史，为鲁迅学术思路的系统梳理和研究成果的全面展示提供了一个难得的契机。

鲁迅将《中国小说史略》作为专著经营，还有赖于他对文学史这一著述体式的学术定位。首先，鲁迅非常重视文学史的学术职能。在厦门大学中文系讲授中国文学史期间，他曾致信许广平，介绍自己授课和编

---

① 周作人：《知堂回想录·一三七·琐屑的因缘》，《知堂回想录》（下），石家庄：河北教育出版社，2002 年，第 466-467 页。

写讲义的情况：

> 我的功课，大约每周当有六小时，因为语堂希望我多讲，情不可却。其中两点是小说史，无须豫备；两点是专书研究，须豫备；两点是中国文学史，须编讲义。看看这里旧存的讲义，则我随便讲讲就很够了，但我还想认真一点，编成一本较好的文学史。[①]

这段自述，体现出鲁迅对自家著作的学术期待：不仅满足教学需要，更要在学术上有所创获，希望奉献流传后世的学术经典，而非只供教学的普通讲义。这使他对文学史的撰写精益求精，下笔极为谨慎。鲁迅晚年屡有撰写中国文学史的想法，并做了较长时间的准备，但终未着手。[②] 除过早去世不及动笔，远离学院的研究环境，以及晚年的创作心态等因素外[③]，多少也与其过于求精的治学态度有关。其次，鲁迅考量文学史的眼界甚高，对同时代人著作的评价极严。[④] 在中国学者撰写的文学史中，得鲁迅激赏者仅刘师培《中国中古文学史》，其不仅向友人大力推荐[⑤]，而且在自家关于魏晋文学的演讲中，明示以刘著为参考文献，详其所略并略其所详，对魏晋文学特色的概括也明显师承刘氏。[⑥] 这与鲁迅对郑振铎《插图本中国文学史》的评价恰堪对照。在致台静农信中，鲁迅批

---

① 鲁迅：《两地书・四一》，《鲁迅全集》第 11 卷，第 119 页。

② 鲁迅在与友人的通信中，多次表达出撰写文学史的想法。如《320413 致李小峰》："文学史不过拾集材料而已，倘生活尚平安，不至于常常逃来逃去，则拟于秋间开手整理也。"《鲁迅全集》第 12 卷，第 298 页。《320514② 致许寿裳》："而今而后，颇欲草中国文学史也。"《鲁迅全集》第 12 卷，第 305 页。《320509（日） 致增田涉》："今后拟写小说或中国文学史。"《鲁迅全集》第 14 卷，第 204 页。1928 年以后的日记中也多有购买商务印书馆版《四部丛刊》和《二十五史》的记载。

③ 关于鲁迅晚年文学史著述的"中断"现象及其文化意义，参见陈平原《作为文学史家的鲁迅》中的有关分析，见《陈平原小说史论集》（下），第 1770-1776 页。

④ 鲁迅在《331220① 致曹靖华》中推荐若干种文学史著作，包括谢无量《中国大文学史》，郑振铎《插图本中国文学史》，陆侃如、冯沅君《中国诗史》，王国维《宋元戏曲史》，鲁迅《中国小说史略》，但评价为"这些都不过可看材料，见解却都是不正确的"。《鲁迅全集》第 12 卷，第 523 页。

⑤ 鲁迅在《280224 致台静农》中说："中国文学史略，大概未必编的了，也说不出大纲来。我看过已刊的书，无一册好。只有刘申叔的《中古文学史》，倒要算好的，可惜错字多。"《鲁迅全集》第 11 卷，第 103-104 页。

⑥ 鲁迅：《而已集・魏晋风度及文章与药及酒之关系》，《鲁迅全集》第 3 卷，第 524-525 页。

评郑振铎“恃孤本秘笈，为惊人之具”的做法，称其文学史著作为“资料长编”[①]。这一评价道出了鲁迅考量文学史的独特眼光——对“史识”的特别看重。推崇刘师培，正是出于对其史识的钦佩，对其文学史写作思路的认同。同信中，鲁迅谈及《中国小说史略》的修改：

> 虽曰改定，而所改实不多，盖近几年来，域外奇书，沙中残楮，虽时时介绍于中国，但尚无需因此大改《中国小说史略》，故多仍之。[②]

这段话值得仔细玩味。在鲁迅看来，尽管新史料层出不穷，但不足以撼动《中国小说史略》的学术框架和基本论断。维系《中国小说史略》学术生命的不是对史料的占有，而是在“史识”基础上对史料的重新“发现”——在取舍之间体现学术眼光。一部《中国小说史略》，稀见史料不多，尽管时人对其考证方面的成绩大加赞赏[③]，但该书其实并不以此见长。论史料上的成就，郑振铎并不在鲁迅之下，甚至对一些具体问题的研究还有过之。鲁迅的优势，在于“史识”——通过寻常的作品和寻常的史料，能够产生不同寻常的发现。对史识的注重，使鲁迅在《中国小说史略》中着力突出自家的理论创见，而将知识性的内容以资料长编的形式，单独成书，既体现出“先从做长编入手”[④]的治学理念，又使小说史著作获得了准确的学术定位。《中国小说史略》超越于教材的学术个性与魅力，也因此得以凸显。

以《中国小说史略》中对《儒林外史》的分析为例。鲁迅在《中国小说史略》第二十三篇《清之讽刺小说》中只讨论了《儒林外史》一部作品。这是不同于当时及后世小说史的处理方式，体现出独特的理论设计。“讽刺小说”这一类型在《中国小说史略》最初的油印本中尚未出现，

---

① 鲁迅：《320815 致台静农》，《鲁迅全集》第 12 卷，第 321-322 页。

② 鲁迅：《320815 致台静农》，《鲁迅全集》第 12 卷，第 322 页。

③ 胡适《〈白话文学史〉自序》评《中国小说史略》曰：“搜集甚勤，取裁甚精，断制也甚谨严，可以为我们研究文学史的人节省无数精力。”阿英《作为小说学者的鲁迅先生》称《中国小说史略》“实际上不止是一部‘史’，也是一部非常精确的‘考证’书”。其都在史料学层面立论，虽言之凿凿，但有些不得要领。

④ 鲁迅：《330618② 致曹聚仁》，《鲁迅全集》第 12 卷，第 404 页。

《儒林外史》归入“谴责小说”范畴中。铅印本对此做出调整，《儒林外史》从“谴责小说”中分离，作为《清之讽刺小说》独立成篇，并获得极高评价——“秉持公心，指擿时弊”，“慼而能谐，婉而多讽”，成为对作品讽刺精神及艺术特质的定评。该篇对“讽刺小说”类型的概念及特征有如下概括：“寓讥弹于稗史者，晋唐已有，而明为盛，尤在人情小说中。”[①] 可见，“讽刺小说”古已有之，并非自《儒林外史》始。以《儒林外史》为“讽刺小说”的唯一代表，基于鲁迅衡量“讽刺小说”思想和艺术价值的最高标准——“公心讽世”和“婉曲”之美。完全符合这一标准的仅此一部作品，自该书问世“说部中乃始有足称讽刺之书”[②]。仅以一部作品概括一种小说类型，看似不符合小说史写作的常规，而且上述标准也似乎过于严苛。但《中国小说史略》中独特的小说史运思方式恰恰体现于此：类型的设计与命名，体现对小说创作观念和审美取向的历史定位与价值评判；选取某一类型的代表作品，反过来又对类型的小说史意味做出准确的概括与诠释。鲁迅对“讽刺小说”价值标准的认定，以及对《儒林外史》的推崇，表面上将同类型中其他作品排除于理论视野之外，但实质上却通过一部代表作品的参照，完成了对其他作品的小说史定位，而无须一一评述，从而超越了务多求全的“教科书心态”，超越了作品罗列式的静态研究。

综上可知，《中国小说史略》作为专著型小说史的学术个性在于：对作品和史料的选择不求多多益善，而在取舍之间凸显作者的学术眼光。鲁迅最初应授课之需，编写教材，但出于杰出的理论才能和对自家著作的学术期待，在此过程中显示出经营个人著作的明确意识。鲁迅对小说史的学术定位，使之超越了单一的教学职能：一部《中国小说史略》，用于讲坛则是教材，供同行阅读则为专著，在教材和专著之间自由出入，形成一种学术张力，实现了对小说史学术价值的提升。

---

① 许寿裳保存：《中国小说史大略（铅印本）》，见鲁迅博物馆鲁迅研究室编：《鲁迅研究资料》第 17 辑，天津：天津人民出版社，1986 年，第 135 页。

② 许寿裳保存：《中国小说史大略（铅印本）》，见鲁迅博物馆鲁迅研究室编：《鲁迅研究资料》第 17 辑，天津：天津人民出版社，1986 年，第 135 页。

## 三、进化与反复

晚清以降，中国传统的循环论的文学史观念模式开始为进化史观所取代，后者更因五四时期胡适等人的大力倡导，逐渐居于20世纪中国文学史观之主流。[①] 同为五四学人的鲁迅，与其同道具有相近的学术兴趣与文化追求，加之早年亦曾深受进化论的影响，在学术研究与文化批评中均不免此理论印记。[②] 然而，就鲁迅的小说史观而言，则与占据主流的进化史观判然有别。

1924年7月，鲁迅应邀到西安做关于中国小说史的讲演，记录稿经本人整理后，题作《中国小说的历史的变迁》，次年刊于西北大学出版部印行的《国立西北大学、陕西教育厅合办暑期学校讲演集》（二）。在开场白中，鲁迅说：

> 我所讲的是中国小说的历史的变迁。许多历史家说，人类的历史是进化的，那么，中国当然不会在例外。但看中国进化的情形，却有两种很特别的现象：一种是新的来了好久之后而旧的又回复过来，即是反复；一种是新的来了好久之后旧的并不废去，即是羼杂。然而就并不进化吗？那也不然，只是比较的慢，使我们性急的人，有一日三秋之感罢了。文艺，文艺之一的小说，自然也如此。[③]

这一论断常为研究者引用，作为论证鲁迅与进化论相关而又相异的文学史观的重要依据。然而仔细体味上述论断，似乎还包括另一重内涵：对文学史这一研究体式的理论预设。在鲁迅看来，文学史研究的基本思路

---

① 陈伯海：《中国文学史之宏观》，北京：中国社会科学出版社，1995年，第166-185页。

② 鲁迅留日时期通过阅读严复译《天演论》和日本人丘浅治郎著《进化论讲话》，开始接触进化论。参见鲁迅：《朝花夕拾·琐忆》，《鲁迅全集》第2卷，第296页；周启明：《鲁迅的青年时代·鲁迅的国学与西学》，见《鲁迅回忆录》（专著）中册，第821页。鲁迅在介绍西方生物进化学说的《人之历史》和阐述浪漫主义文艺思潮的《摩罗诗力说》等论文中均论及进化学说。至于杂文中关涉进化论之处更是不胜枚举。

③ 鲁迅：《中国小说的历史的变迁》，《鲁迅全集》第9卷，第311页。

在于考察不同时代文学现象的变迁过程，这是由其先在的理论视野决定的，“史总须以时代为经”①。同时，文学史和文学现象并不仅仅是研究方法与研究对象的关系。文学现象的复杂性使之呈现相对独立的存在方式，而不完全遵循研究者的理论认定。因此，对文学现象的任何一种考察方式，都只是研究者基于自家学术观念的一种研究思路和言说方式而已，其阐释的有效性和有限性往往同时存在。鲁迅在《中国小说的历史的变迁》开场白中明确交代以历史的眼光考察中国古代小说这一理论出发点，力图“从倒行的杂乱的作品里寻出一条进行的线索”②，正是基于对自家学术思路的功效与局限的理论自觉。这一自觉使鲁迅突破了进化史观的先在局限，依照已成的事实，对中国小说的变迁过程予以详细的梳理和准确的把握，从而对文学史观念模式做出了独立的理论选择。鉴于进化史观在20世纪中国文学史写作中的重要地位，首先对晚清至五四文学史观中的进化论因素进行一番正本清源式的梳理，以凸显鲁迅的理论选择的学术背景。

韦勒克、沃伦在《文学理论》中介绍了两种进化概念：一是由蛋成长为鸟的进化过程，二是由鱼脑到人脑的进化过程，并指出后者不仅“假定有变化的系列”，还“假定这变化系列有它的目的”，因此更接近“历史”进化的观念。③ 以之作为文学史写作的假定性前提，可以把文学史解释为向一个特殊目标进化的一系列文学作品与文学现象的序列。这使进化论的文学史观念模式具备了鲜明的决定论和目的论色彩。进化论的文学史观在晚清以降大行其道，主要原因有二：一是在19世纪后半叶的西方，实证主义成为最主要的历史和文化思维模式之一，对文学史写作产生了决定性影响，向后者输入自然科学的规律性思维，突出进步与发展的历史观念。④ 作为进化史观的思想基础，实证主义被当时热衷引进西学的中国人作为最新的历史与文化观念而接纳。二是晚清的政治危局，

① 鲁迅：《351105 致王冶秋》，《鲁迅全集》第13卷，第576页。该信中，鲁迅还对“文学史”与其他文学研究体式的边界做出了明确限定：“讲文学的著作，如果是所谓‘史’的，当然该以时代来区分，‘什么是文学’之类，那是文学概论的范围，万不能牵进去，如果连这些也讲，那么，连文法也可以讲进去了。”从中可见鲁迅对“文学史”理论视野的基本预设。

② 鲁迅：《中国小说的历史的变迁》，《鲁迅全集》第9卷，第301页。

③ [美]韦勒克、沃伦著，刘象愚等译：《文学理论》第19章，第294-296页。

④ [德]赫·绍伊尔著，章国锋译：《文学史写作问题》，见《重解伟大的传统》，第81-82页。

促使中国知识分子寻找强国保种的思想动力和文化资源。进化论对发展与进步的强调，非常切合晚清的这一政治期待与文化诉求。[①] 被后人誉为“介绍西洋近世思想的第一人”[②]的严复，通过翻译《天演论》介绍进化学说[③]，影响了晚清至五四两代学人的历史观念。在文学史观上的影响，则见于两代学人对“一代有一代之文学”这一命题的反复申说。

王国维《宋元戏曲史·序言》开篇有云：

> 凡一代有一代之文学：楚之骚，汉之赋，六代之骈语，唐之诗，宋之词，元之曲，皆所谓一代之文学，而后世莫能继焉者也。[④]

王国维这一论断首先是对清人焦循（理堂）观点的转述。焦循《易余籥录》卷十五提出“一代有一代之胜”说，并在《与欧阳制美论诗书》中加以发挥：

> 故五代之词。六朝初唐之遗音也。宋人之词。盛唐中唐之遗音也。诗亡于宋而遁于词。词亡于元而遁于曲。[⑤]

对此，钱锺书《谈艺录》第四评曰：

> 若用意等于理堂，谓某体限于某朝，作者之多，即证作品之佳，

---

① 近年来有研究者提出近代中国学人接受进化论，源出于儒家，在接受过程中基于儒家思想立场对西来进化论学说有所批判和保留。参见袁进：《试论中国近代对西方进化论思想的接受》，载《中国比较文学》，2004 年第 2 期。袁文所界定的“儒家”，包括老庄，实际上是以儒家为中心的中国传统文化思想的代名词。

② 胡适：《五十年来中国之文学》，见姜义华编：《胡适学术文集·新文学运动》，北京：中华书局，1993 年，第 106 页。

③《天演论》是英国人赫胥黎《进化论与伦理学》的中文译本，但严复在翻译过程中进行了大量的增删。在翻译过程中随意发挥本是晚清译界之风尚，但严复的改写中突出“物竞天择，适者生存”的理念，进一步将生物进化学说引入社会文化领域，体现出晚清知识分子寻求富强的文化诉求。参见[美]施瓦茨著，叶凤美译：《寻求富强：严复与西方》，南京：江苏人民出版社，1989 年。

④ 王国维：《宋元戏曲史》，上海：华东师范大学出版社，1995 年，第 1 页。

⑤ 焦循：《与欧阳制美论诗书》，见《雕菰集》（下），第 235 页，北京师范大学图书馆藏商务印书馆国学基本丛书本，书无版权页，出版地及时间不详。

则又买菜求益之见矣。元诗固不如元曲，汉赋遂能胜汉文，相如高出子长耶。唐诗遂能胜唐文耶。宋词遂能胜宋诗若文耶。[①]

焦氏此论，是一种以文类衰变为中心的退化论文学史观[②]，这在中国古代文论中并不鲜见。钱锺书《谈艺录》中即从各种古籍摘引多则相似的论断。王国维转述焦循观点，并未持肯定态度，看法却和钱锺书相近。[③]《宋元戏曲史》第十二节《元剧之文章》有云：

焦氏谓一代有一代之所胜，欲自楚骚以下，撰为一集，汉则专取其赋，魏晋六朝至隋，则专录其五言诗，唐则专录其律诗，宋专录其词，元专录其曲。余谓律诗与词，固莫盛于唐宋，然此二者果为二代文学中最佳之作否，尚属疑问。[④]

可见，王国维只是借用焦循的表达方式，文字虽同，观念实异。焦循依朝代立论，以历朝新见之文类为文学史之主流，忽视其他文类的存在，简化了文学史的复杂性。王国维则依文类立论，某一文类在某一朝代达到其高峰，所谓“后世莫能继焉者”即指文类自身的发展状况而言，各文类之间不存在相互取代的关系。《宋元戏曲史》以戏曲这一中国古代的边缘文类为研究对象，借用“一代有一代之文学”的命题，意在突出其文学史地位。王国维借用焦循观点，而剔除其文类以朝代为限的批评观和退化论因子，部分地体现出进化论的理论倾向。

王国维提出“一代有一代之文学”这一命题，主要还是借以突出戏曲的文学史价值，进化论对其文学史观而言，只是多种理论元素之一，尚不具备方法论的决定性意义。进化史观真正大行其道并深入人心，还有赖于五四时期胡适等人的大力倡导。

---

① 钱钟书：《谈艺录》（补订本），北京：中华书局，1984 年，第 31 页。

② 陈伯海：《中国文学史之宏观》，第 175 页。

③ 王国维“一代有一代之文学”说常被研究者等同于焦循的观点，高恒文《读〈管锥编〉〈谈艺录〉札记》较早对此提出不同看法，并对二者的区别有精辟的辨析，载《文艺理论研究》，2001 年第 6 期。

④ 王国维：《宋元戏曲史》，上海：华东师范大学出版社，第 120 页。

与王国维借用“一代有一代之文学”说的研究姿态不同，胡适则明确地赋予这一命题以方法论的意义，体现出鲜明的进化论色彩。首先，在新文学“开山纲领”——《文学改良刍议》中，胡适基于重建中国文学秩序的新文化立场，重申“一时代有一时代之文学”这一命题，力图提升白话文学的文学史地位。在“文学因时进化，不能自止”[①]的观念下，中国文学史被胡适解释为白话文学不断进化，逐渐占据文学发展的主流，动摇并最终取代古文文学正宗地位的过程，强化了中国文学史之变迁的目的性和方向性。其次，历史进化的文学史观，还体现出方法论意义。胡适承认在治学方法上受到赫胥黎进化论和杜威实验主义哲学的影响。[②] 在他看来“一切学说都必须约化为方法才能显出它们的价值”[③]，其大部分学术著作也都具有教人以“拿证据来”的思想方式和治学方法这一终极目的。[④] 进化史观的建立，一方面从文学史的发展趋势上肯定白话文学的“正宗”地位，为新文学的合理性与合法性提供了历史依据[⑤]；另一方面则便于把复杂的文学现象系统化与知识化，形成一种简单可行、操作性强的文学史写作思路。进化史观由此成为中国文学史学（中国小说史学）发生阶段被绝大多数研究者所接受的一种观念模式。五四以后多有冠以“文学发展史”或“文学发达史”名目的著作出现，一些虽不以此命名，但也以进化论为基本思路。在破旧立新的历史阶段，进化论为中国文学史的价值重建提供了可借鉴的理论资源，在特定的历史与文化语境中具有重要意义。但是，进化史观的理论缺陷，

---

① 胡适：《文学改良刍议》，见欧阳哲生编：《胡适文集》第 2 卷，北京：北京大学出版社，1998 年，第 7 页。

② 唐德刚译：《胡适口述自传》，北京：华文出版社 1992 年版，第 102-109 页。

③ [美]余英时：《中国近代思想史上的胡适》，见欧阳哲生选编：《解析胡适》，第 112 页。

④ 对此胡适曾多次予以承认。《〈胡适文存〉序例》中称：“我的唯一的目的是注重学问思想和方法。故这些文章无论是讲实验主义，是考证小说，是研究一个字的文法，都可以说是方法论的文章。”见《胡适文集》，第 2 卷，第 1 页。《介绍我自己的思想》中还特别强调：“我的几十万字的小说考证，都只是用一些‘深切而著明’的实例来教人怎样思想。”见《胡适文集》第 5 卷，第 517 页。

⑤ 胡适在《〈中国新文学大系·建设理论集〉导言》中称：“我们特别指出白话文学是中国文学史上的‘自然趋势’，这是历史的事实。……我们再三指出这个文学史的自然趋势，是要利用这个自然趋势所产生的活文学来正式替代古文学的正统地位。简单说来，这是用谁都不能否认的历史事实来做文学革命的武器。”《中国新文学大系·建设理论集》，上海：良友书局 1935 年版，上海：上海文艺出版社 1981 年影印，第 20-21 页。

如过度强调文学史变迁的连续性和方向性，热衷于总结规律与建立联系，使这一观念模式体现出明显的先验性。而且，胡适等人对进化论的宣扬，现实功利目的过强，在特定历史阶段具有阐释的有效性，但随着时间的推移，其弊端也就日益显露出来。

以上简要论述了晚清至五四文学进化史观的基本状况，意在揭示鲁迅小说史研究的学术背景及其相对独立的理论选择。如前文所述，鲁迅曾深受进化论的影响，在学术研究和文化批评中均体现其理论印记。但是，进化论只是构成鲁迅精神世界与思维方式的诸多因素之一，而不是唯一的决定性因素，在接受并阐释这一理论的过程中也时有质疑与反思。特别是某些文化现象的反复，使鲁迅产生一种“回到过去”的历史轮回之感。① 在考察历史时，也就对各种“反复”和“羼杂”的现象格外敏感。同时，鲁迅的小说史研究，始终以研究对象为中心，依其特点选择研究方法，而不是依据方法对文学现象做出取舍，从而祛除个人主观的好恶成见，避免了先验性的思维模式。上述研究姿态使鲁迅的小说史著述超越了进化史观的理论局限。

《中国小说史略》对进化史观的超越集中体现在两个方面：一是对小说史时间性的独特处理，二是“拟”与“末流”等小说史论断的提出。

文学史作为对既往文学现象的回顾式的研究，对时间有着先在的依赖。“史”的眼光首先将研究对象置于时间线索之上，在时间流程中展现文学现象的演变过程。尤其是进化史观，更加突出文学史写作的时间意识，强调文学史变迁的连续性与方向性，把复杂的文学现象落实在因时进化的规律之中，显示出线性的思维模式。新与旧、进步与倒退也都是以时间性为基本前提的理论预设。可以说，进化论是一种维系在单一的时间性基础上的文学史观。鲁迅的小说史观与此不同。首先，以中性的“变迁”而非“发展”“演进”等具有明显方向性的称谓命名自家的小说史著作，正是出于对进化史观过于明确的方向感的警惕。其次，《中国小说史略》（包括《中国小说的历史的变迁》）对于小说的历史演化不仅进行历时性的描述，还予以共时性的考察。该书以朝代为经，但只作为小

① 鲁迅：《集外集拾遗·又是“古已有之”》，《鲁迅全集》第7卷，第239页。

说产生的时间背景，对创作观念与审美趋向没有决定性作用。[①] 以类型为中心，突出小说创作背后的文化因素，同一时代的各种小说类型共同构成这一时代整体的艺术成就与文化面貌。可见，《中国小说史略》中每一小说类型都是一个相对独立的空间性存在，其章节设置因此体现出空间意识。同一时代的若干小说类型，无论省略其中的任何一种，对小说史知识的全面性可能有所影响，但都不会造成历史线索的中断。鲁迅小说史研究的空间意识，打破了进化史观对时间性的单一依赖。这样，小说史不再滞着于对连续性与规律性的主观想象之上，不再被视为向某一终极目标演进的包含若干阶段性的序列，从而对每一时代每一类型小说创作的特色与价值，都做出了准确而清晰的理论概括。

《中国小说史略》对进化史观的突破还体现在部分小说史论断上。该书大体上是以朝代为经，小说类型为纬，用类型概括某一朝代主要的小说创作趋向，尤其是新出现的趋向。但并不局限于此。对个别不适合用单一类型概括者，鲁迅宁可放弃类型化的命名方式，如“明之拟宋市人小说”“清之拟晋唐小说”“清之以小说见才学者”等。如果说后者是对清代独有的以“文章经济”为宏旨的小说创作风尚的概括，本身仍具有类型化命名的理论特征的话，前两者则针对古已有之，经过一段时间的消遁后重新进入作家创作视野的小说类型，并使用“拟”字概括小说史上的这类“反复”现象。《中国小说史略》中的“拟”字，除在引文及叙述语中出现外，作为判断语出现者凡 14 次，含义有二，而又彼此关联。一是对摹拟前人，缺乏独创精神的创作趋向的批评，如“拟古且远不逮，更无独创之可言矣”（第十二篇），“惟后来仅有拟作及续书，且多滥恶”（第二十七篇）等，是一种基于创作经验和审美趣味的价值判断，体现出鲁迅的小说批评观。一则如前述，概括小说史上某一创作类型中断后复又盛行的现象，主要承担历史判断，体现出鲁迅的小说史观。以《中国

---

① 鲁迅在《中国小说史略·题记》中说：“即中国尝有论者，谓当有以朝代为分之小说史，亦殆非肤泛之论也。”这里“论者”即指郑振铎。该《题记》手稿作：“郑振铎教授之谓当有以朝代为分之小说史，亦殆非肤泛之论也。”据增田涉回忆，《中国小说史略》付印时，郑振铎知道点了他的名字，要求不要点出，因此，校正时改作“尝有论者”。鲁迅对此的解释是：“‘殆非肤泛之（浅薄之）论’，实际上正是‘浅薄之论’，所以本人讨厌。”参见增田涉著，钟敬文译：《鲁迅的印象·三三·鲁迅文章的“言外意”》，见《鲁迅回忆录》（专著）下册，第 1405-1406 页。可见，鲁迅对以朝代为小说史变迁的决定因素这一研究思路并不认同。

小说史略》第二十二篇《清之拟晋唐小说及其支流》为例。志怪传奇至元代渐趋消亡，明初复有文人仿效，因朝廷禁止而衰歇，至明末又盛行，清代依旧，并产生了《聊斋志异》和《阅微草堂笔记》这样的优秀作品。明清两代文人创作志怪传奇，在小说类型上已非新创。因此，鲁迅不再另设新词，而使用"拟晋唐小说"这一命名方式（《中国小说的历史的变迁》中命名为"拟古派"，作为"清小说之四派"之一）。依进化史观看来，这类消遁后复又盛行的创作形态，是对小说史发展链条的中断和倒退，违反了进化的基本原则。《中国小说史略》则依据创作的具体情况立论，没有将这一现象视为小说史的"逆流"，对其代表作有较高评价。特别是对于《阅微草堂笔记》这部取法六朝，创作观念及审美趣味更趋古雅的作品，评价不在由下层文人本传奇而作的《聊斋志异》之下，实现了对五四"民间本位的进化史观"的超越。[①] 可见，作为历史判断与作为价值判断的"拟"，尽管存在理论上的关联，但仍需要做必要的区分。前者无疑更能体现《中国小说史略》作为小说史著作的学术特色。

《中国小说史略》中另一突破进化史观的小说史论断是"末流"。"末流"在《中国小说史略》中出现凡 3 次，用以概括摹仿前人而又缺乏创新，以致丧失原作精神的创作趋向。和"拟"相比，"末流"在历史判断中蕴含着更为明确的价值判断。部分小说家借用某种久不为文人所采纳的小说类型，融入自家的创作观念和审美理想，不仅不失独创，而且使这一类型在小说史上重放光彩，获得新生，可谓"名"旧而"实"新。这一创作趋向为鲁迅所认可，以"拟"概括之，主要作为历史判断。而部分小说家，慕他人作品之高格，或仿照或续写，由于小说观念和艺术水平上的差距，加上一味因袭的创作态度，不仅未能发挥原作的优长，

---

① 新文化运动时期"民间文学本源说"的理论特色及得失，参见陈伯海：《中国文学史之宏观》，第 181 页。鲁迅在《340220 致姚克》中说："歌，诗，词，曲，我以为原是民间物，文人取为己有，越做越难懂，弄得变成僵石，他们就又去取一样，又来慢慢的绞死它。譬如《楚辞》罢，《离骚》虽有方言，倒不难懂，到了扬雄，就特地'古奥'，令人莫名其妙，这就离断气不远矣。词，曲之始，也都文从字顺，并不艰难，到后来，可就实在难读了。现在的白话诗，已有人掇用'选'字，或每句字必一定，写成一长方块，也就是这一类。"《鲁迅全集》第 13 卷，第 28 页。这一论断表面基于五四时期民间本位的文化价值观，但本质上是不满于新诗创作的日渐僵化，批评束缚文学创作的各种清规戒律，论述的中心实在最后一句。这是一种基于创作观念的文学批评观，而不是一种文学史观，与"民间本位的进化史观"并无关联。

而且益显其弊恶，成就较原作相去甚远。对于这类追赶潮流而又等而下之的跟风之作，鲁迅则以“末流”断之，在历史判断中凸显价值判断。上述小说史论断的提出,避免了将中国小说史的变迁过程处理为一个“代变而代胜”的线性序列，揭示出小说史演化的复杂性，克服了进化史观过度强调连续性与方向性的理论缺陷。

鲁迅的小说史观，很难用进化、退化或循环等任何一种文学史观念模式加以概括。研究者可以从《中国小说史略》中找到一些模式的理论痕迹，但任何一种模式都无法提供唯一合理的解释。这基于鲁迅小说史研究的学术思路。鲁迅对作品与现象的评价，首先从自家的真实感受出发，而不为任何既定标准所左右。鲁迅的学术视野，也不为模式自身的理论盲点所遮蔽。这样,《中国小说史略》作为一部客观地概括中国小说演化过程及其艺术特征的文学史，而不是一部观念史，其学术生命力也不会因为任何一种观念模式的衰落而丧失。

## 附3

### 鲁迅《中国小说史略》与盐谷温《中国文学概论讲话》——对于“抄袭说”的学术史考辨

1923 年 10 月，鲁迅为北京大学新潮社初版《中国小说史略》撰写序言，开篇即称:“中国之小说自来无史；有之，则先见于外国人所作之中国文学史中，而后中国人所作者中亦有之，然其量皆不及全书之什一，故于小说仍不详。”[①] 鲁迅序言中所谓“外国人所作之中国文学史”，包括[俄]瓦西里耶夫《中国文学简史纲要》(1880)、[日]古城贞吉《支那文学史》(1897)、[英]翟理斯《中国文学史》(1897)、[日]笹川种郎（临风)《支那文学史》(1898)、[德]顾鲁柏《中国文学史》(1902) 等。[②] 这些撰著于世纪之交的文学史著作，尽管各有其成就，但均未能及时译为中文，因此在当时的中国声名不著。倒是稍后问世的盐谷温著《中国文

① 鲁迅:《中国小说史略》上卷，北京：北京大学第一院新潮社，1923 年 12 月初版，《序言》第 1 页。

② 郭延礼:《19 世纪末 20 世纪初东西洋〈中国文学史〉的撰写》，载《中华读书报》，2001 年 9 月 19 日第 22 版。

学概论讲话》，大有后来居上之势。① 盐谷氏的著作之所以声名远播，除本身的学术价值较高，并且多次译为中文，为国内读者所熟知外②，也和该书与鲁迅《中国小说史略》之间的一场涉及“抄袭”的学术公案密切相关。两部著作之关联，至今仍引起纷纭众说。本附录力图“回到历史现场”——首先对于90多年前的这桩学术公案进行详细梳理与论析，进而通过比较两部著作的学术思路与方法，廓清二者之关系，以此接近并还原历史的本来面貌，从而在实证研究的基础上，使对“抄袭”之论的批驳，超越为鲁迅本人的辩诬，而从学理层面探讨同时代学人对《中国小说史略》的历史评价，进而展现“中国小说史学”建立之初，中日两国学人不同的学术思路与文化选择。

## （一）从一桩学术公案说起

鲁迅《中国小说史略》最初作为在北京大学、北京高等师范学校等院校开设中国小说史课程的讲义，从1920年12月起陆续油印编发，共17篇；后经作者增补修订，由北大印刷所铅印，内容扩充至26篇。1923年12月，该书上卷由北京大学第一院新潮社出版，下卷出版于次年6月。《中国小说史略》至此得以正式刊行。③ 作为中国小说史研究划时代的著作，该书问世之初，并未引起评论家和研究者的重视。鲁迅在当

---

① 该书据盐谷温1917年夏在东京大学的演讲稿改写而成，于1918年12月完稿，1919年5月由大日本雄辩会出版。《中国文学概论讲话》虽不是严格意义上的文学史，但对中国的影响却超越了此前及同时代的文学史著作。

② 郭希汾节译该书小说部分，题名《中国小说史略》，上海：中国书局，1921年5月初版。后有陈彬龢节译本，题名《中国文学概论》，北平：朴社，1926年3月初版；君左节译本，题名《中国小说概论》，载《小说月报》第17卷号外《中国文学研究》（下册），上海：商务印书馆，1927年6月；孙俍工全译本，题名《中国文学概论讲话》，上海：开明书店，1929年6月初版。

③ 《中国小说史略》的成书过程及其版本流变，参见荣太之：《〈中国小说史略〉版本浅谈》，载《山东师院学报》（社科版），1979年第3期；吕福堂：《〈中国小说史略〉的版本演变》，见唐弢等著：《鲁迅著作版本丛谈》，北京：书目文献出版社，1983年；杨燕丽：《〈中国小说史略〉的生成与流变》，载《鲁迅研究月刊》，1996年第9期；[日]中岛长文：《“悲凉”の書——〈中国小説史略〉》，见中岛长文译注：《中国小説史略》附录，东京：平凡社，1997年；鲍国华：《论〈中国小说史略〉的版本演进及其修改的学术史意义》，载《鲁迅研究月刊》，2007年第1期。

时主要以小说家闻名，其小说史研究方面的成就不免为小说家的盛名所掩。涉及该书的第一次论争也并未发生在学术研究范围内，而是陈源（西滢）在《闲话》及与友人的通信中，指责《中国小说史略》抄袭盐谷温《中国文学概论讲话》之小说部分。

1925 年 11 月 21 日，陈源在《现代评论》上发表《闲话》，称：

> 现在著述界盛行“摽[①]窃”或“抄袭”之风，这是大家公认的事实。一般人自己不用脑筋去思索研究，却利用别人思索或研究的结果来换名易利，到处都可以看到。……
>
> 可是，很不幸的，我们中国的批评家有时实在太宏博了。他们俯伏了身躯张大了眼睛，在地面上寻找窃贼，以致整大本的摽窃，他们倒往往视而不见。要举个例么？还是不说吧，我实在不敢再开罪“思想界的权威”。……
>
> 至于文学，界限就不能这样的分明了。许多情感是人类所共有的，他们情之所至，发为诗歌，也免不了有许多共同之点。……
>
> “摽窃”“抄袭”的罪名，在文学里，我以为只可以压倒一般蠢才，却不能损伤天才作家的。文学史没有平权的。文学是“只许州官放火，不许百姓点灯”的。……至于伟大的天才，有几个不偶然的標[②]窃？[③]

陈源这篇《闲话》以“剽窃”为主题，事出有因。1925 年 10 月 1 日起，徐志摩接编《晨报副刊》，报头使用凌叔华所作画像一幅。10 月 8 日，《京报副刊》发表署名重余（陈学昭）的《似曾相识的〈晨报副刊〉篇首图案》，指出该画像剽窃英国画家比亚兹莱。1925 年 11 月 7 日，《现代评论》第二卷第四十八期发表凌叔华的小说《花之寺》。11 月 14 日《京报副刊》又刊登署名晨牧的《零零碎碎》一则，暗指《花之寺》抄袭契诃夫小说《在消夏别墅》。可见，陈源大谈“剽窃”为主题，概源于此，实有为凌叔华开脱之意。陈源与鲁迅因同年的“女师大事件”而交恶，

① 当作“剽”，原文如此，下同。

② 当作“剽”，原文如此。

③ 陈源：《闲话》，载 1925 年 11 月 21 日《现代评论》第二卷第五十期，署名“西滢”。

因此怀疑上述两篇文章皆出于鲁迅之手，于是旁敲侧击，暗指鲁迅抄袭。虽然“整大本的剽窃”一说的矛头所向，文中没有明言，但“思想界的权威”一语，实指鲁迅而言。① 然而既然陈源未曾指名，鲁迅“也就只回敬他一通骂街”②，在一篇文章的附记里略作回应：

> 按照他这回的慷慨激昂例，如果要免于“卑劣”且有“半分人气”，是早应该说明谁是土匪，积案怎样，谁是剽窃，证据如何的。现在倘有记得那括弧中的“思想界的权威”六字，即曾见于《民报副刊》广告上的我的姓名之上，就知道这位陈源教授的“人气”有几多。③

次年1月，陈源在发表于《晨报副刊》上的通信里，重提“剽窃”之事，并将矛头明确指向鲁迅及其《中国小说史略》：

> 他常常控告别人家抄袭。有一个学生抄了郭沫若的几句诗，他老先生骂得刻骨镂心的痛快。可是他自己的《中国小说史略》却就是根据日本人盐谷温的《支那文学概论讲话》里面的“小说”一部分。其实拿人家的著述做你自己的蓝本，本可以原谅，只要你在书中有那样的声明，可是鲁迅先生就没有那样的声明。在我们看来，你自己做了什么不正当的事也就罢了，何苦再去挖苦一个可怜的学生，可是他还尽量的把人家刻薄。“窃钩者诛，窃国者候④，”本是自古已有的道理。⑤

这组题为《闲话的闲话之闲话引出来的几封信》的私人通信，内容

---

① 1925年8月初，北京《民报》在《京报》《晨报》刊登广告，宣称“本报自八月五日起增加副刊一张，专登学术思想及文艺等，并特约中国思想界之权威者鲁迅……诸先生随时为副刊专著”。

② 鲁迅：《华盖集续编・不是信》，《鲁迅全集》第3卷，北京：人民文学出版社，2005年，第244页。该文最初发表于1926年2月8日《语丝》周刊第六十五期，署名“鲁迅”。

③ 鲁迅：《学界的三魂》附记，载1926年2月1日《语丝》周刊第六十四期。

④ 当作“侯”，原文如此。

⑤ 陈源：《闲话的闲话之闲话引出来的几封信》之九《西滢致志摩》，载1926年1月30日《晨报副刊》，署名“西滢”。

主要是陈源和周作人就“女师大事件”的余波展开的若干问答，以及试图在陈周之间进行调解的张凤举的来信。不过，陈源在批评周作人之余，笔锋一转，将矛头指向鲁迅，围绕“剽窃”大做文章。因“女师大事件”交恶于前，怀疑鲁迅著文指责凌叔华“抄袭”在后，陈源此举也就不难理解。针对上述攻击和指责，鲁迅随即发表《不是信》一文予以驳斥：

> 盐谷氏的书，确是我的参考书之一，我的《小说史略》二十八篇的第二篇，是根据它的，还有论《红楼梦》的几点和一张《贾氏系图》，也是根据它的，但不过是大意，次序和意见就很不同。其他二十六篇，我都有我独立的准备，证据是和他的所说还时常相反。例如现有的汉人小说，他以为真，我以为假；唐人小说的分类他据森槐南，我却用我法。六朝小说他据《汉魏丛书》，我据别本及自己的辑本，这工夫曾经费去两年多，稿本有十册在这里；唐人小说他据谬误最多的《唐人说荟》，我是用《太平广记》的，此外还一本一本搜起来……。其余分量，取舍，考证的不同，尤难枚举。自然，大致是不能不同的，例如他说汉后有唐，唐后有宋，我也这样说，因为都以中国史实为“蓝本”。我无法“捏造得新奇”，虽然塞文狄斯的事实和“四书”合成的时代也不妨创造。但我的意见，却以为似乎不可，因为历史和诗歌小说是两样的。诗歌小说虽有人说同是天才即不妨所见略同，所作相像，但我以为究竟也以独创为贵；历史则是纪事，固然不当偷成书，但也不必全两样。①

在上述回应之后，这场纷争暂时偃旗息鼓。然而鲁迅对“剽窃”之说一直耿耿于怀。直到十年后《中国小说史略》由增田涉译为日文出版，鲁迅称：

> 在《中国小说史略》日译本的序文里，我声明了我的高兴，但还有一种原因却未曾说出，是经十年之久，我竟报复了我个人的私仇。当一九二六年时，陈源即西滢教授，曾在北京公开对于我的人

① 鲁迅：《华盖集续编·不是信》，《鲁迅全集》第3卷，第244-245页。

身攻击，说我的这一部著作，是窃取盐谷温教授的《支那文学概论讲话》里面的“小说”一部分的；《闲话》里的所谓“整大本的剽窃”，指的也是我。现在盐谷教授的书早有中译，我的也有了日译，两国的读者，有目共见，有谁指出我的“剽窃”来呢？呜呼，“男盗女娼”，是人间的大可耻事，我负了十年“剽窃”的恶名，现在总算可以卸下……①

从这段充满了洗刷屈辱的快意之情的文字中，不难看出所谓“剽窃”事件给鲁迅带来的巨大的心灵压抑与伤害。其实，陈源又何尝不是在遭遇“女师大事件”及此后的一系列冲突所造成压抑与伤害中，慌不择言，以致听信他人“鲁迅《中国小说史略》系‘剽窃’而来”的传言，不经查证，即以之作为攻击鲁迅的“有力”证据。假使陈源认真阅读鲁迅和盐谷温的著作，再加以比较，恐怕不会犯此“常识错误”。② 此后，鲁迅和陈源都不再提及这场论争。倒是在鲁迅去世的当年，胡适在复苏雪林信中重提此事，并表明了自己的立场：

凡论一人，总须持平。爱而知其恶，恶而知其美，方是持平。鲁迅自有它的长处。如他的早年的文学作品，如他的小说史研究，皆是上等工作。通伯先生当日误信一个小人张凤举之言，说鲁迅之小说史是抄袭盐谷温的，就使鲁迅终身不忘此仇恨！现今盐谷温的文学史已由孙俍工译出了，其书是未见我和鲁迅之小说研究之前的作品，其考据部分浅陋可笑。说鲁迅抄袭盐谷温，真是万分的冤枉。盐谷一案，我们应该为鲁迅洗刷明白。③

---

① 鲁迅：《且介亭杂文二集·后记》，《鲁迅全集》第 6 卷，第 450-451 页。

② 陈源所谓“抄袭”说来自传言，鲁迅对此亦有所觉察，在《不是信》中说：“好在盐谷氏的书听说（!）已有人译成（？）中文，两书的异点如何，怎样‘整大本的摽窃’，还是做‘蓝本’，不久（？）就可以明白了。在这以前，我以为恐怕连陈源教授自己也不知道这些底细，因为不过是听来的‘耳食之言’。不知道对不对？”鲁迅：《华盖集续编·不是信》，《鲁迅全集》第 3 卷，第 245 页。不过从语气上看，鲁迅的上述看法也是出于推测，对于传言的始作俑者既不知其名，也无意追究。

③ 胡适：《致苏雪林》（1936 年 12 月 14 日），《胡适文集》第 7 卷，北京：人民文学出版社，1998 年，第 185 页。

在肯定鲁迅的学术贡献、驳斥“抄袭”说的同时，胡适指出陈源（即信中所谓“通伯先生”）之所以得出鲁迅“抄袭”盐谷温的错误论断，源于张凤举的“小人播乱”。张凤举其人及其在这次论争中所作所为，已有学者著文考证。① 应指出的是，尽管是私人通信，但胡适确信以其在文化史上的地位和影响力，其书信日记等私人文字势必将公之于世，与其公开发表的文章一样，被后人视为重要史料。因此，胡适将书信日记也作为著作来经营，下笔审慎，结构精心。可见，在与苏雪林的通信中，胡适将“抄袭”说的始作俑者归于旁人，实有为陈源开脱之意，同时将罪责坐实在“小人张凤举”身上，以正视听。不过，使陈源“误信其言”的很可能不只张凤举一人。时在北大任职的顾颉刚亦认为鲁迅有抄袭之嫌，并以此告知陈源，才引发陈源著文指责鲁迅“抄袭”。尽管几位当事人在公开发表的文字中对此均讳莫如深，但 1949 年，时任云南大学教授的刘文典却在一次演讲中加以披露。刘文典的演讲稿没有发表，今已不存。但在刘氏演讲的第二天，即 1949 年 7 月 12 日，昆明《大观晚报》发表《刘文典谈鲁迅》一文，记录了刘氏演讲的要点，其中涉及顾颉刚与“抄袭”说云：

> 顾颉刚曾骂鲁迅所著的《中国小说史略》是抄袭日本人某的著作，刘为鲁辩护，认为鲁取材于此书则有之，抄袭则未免系存心攻击。②

刘文典对所谓“抄袭”说持否定意见，但并未在演讲中指明“顾颉刚曾骂鲁迅”“抄袭”的消息来源。刘文典之后，所谓“抄袭”说绝少为人提起。直到近半个世纪后，顾颉刚之女顾潮在回忆父亲的著作中重提此事：

> 在“女师大学潮”中，鲁迅、周作人坚决支持学生的运动，而

① 朱正：《小人张凤举》，载《鲁迅研究月刊》，2002 年第 12 期。

② 中国社会科学院文学研究所鲁迅研究室编：《鲁迅研究学术论著资料汇编（1913—1983）》第 4 卷，北京：中国文联出版公司，1987 年，第 839 页。

校长杨荫榆的同乡陈源为压制学生运动的杨氏辩护，两方发生了激烈的论战，鲁迅与陈源由此结了深怨。鲁迅作《中国小说史略》，以日本盐谷温《支那文学概论讲话》为参考书，有的内容是根据此书大意所作，然而并未加以注明。当时有人认为此种做法有抄袭之嫌，父亲亦持此观点，并与陈源谈及，1926 年初陈氏便在报刊上将此事公布出去。……为了这一件事，鲁迅自然与父亲亦结了怨。①

顾潮的上述论断源出当时尚未公开的《顾颉刚日记》。2007 年，日记经整理正式出版，使顾颉刚持“抄袭”说的真相得以公之于世。

在 1927 年 2 月 11 日的日记中，顾颉刚按语云：

鲁迅对于我的怨恨，由于我告陈通伯，《中国小说史略》剿袭盐谷温《支那文学讲话》。他自己抄了人家，反以别人指出其剿袭为不应该，其卑怯骄妄可想。此等人竟会成群众偶像，诚青年之不幸。他虽恨我，但没法骂我，只能造我种种谣言而已。予自问胸怀坦白，又勤于业务，受兹横逆，亦不必较也。②

假使如顾氏所言，陈源著文宣扬“抄袭”说实源出顾颉刚，而不是（或不仅仅是）胡适所指认的张凤举，那么，在前引致苏雪林信中，胡适力图为之开脱的就不只陈源一人了。而且，顾颉刚一直将首倡“抄袭”说并告知陈源作为与鲁迅结怨的缘由，言之凿凿。③ 然而目前尚无确证

① 顾潮：《历劫终教志不灰——我的父亲顾颉刚》，上海：华东师范大学出版社，1997 年，第 103 页。从顾潮的这段回忆看，当时持“抄袭”说者，亦不止顾颉刚一人。

② 顾颉刚：《顾颉刚日记》第二卷（1927—1932），台北：联经出版事业股份有限公司，2007 年，第 15 页。

③ 在 1927 年 3 月 1 日的日记中，顾颉刚总结受鲁迅“排挤”的原因数端，其中“揭出《小说史略》之剿袭盐谷氏书”位列榜首。《顾颉刚日记》第二卷（1927—1932），第 22 页。

表明两人之结怨源出于此。①

以上之所以率先讨论这桩学术公案，意在“回到历史现场”，接近并还原这一历史事件的真实面貌。通过对相关史料的梳理不难发现，尽管“抄袭”说不符合事实，但在当时持此说者却不乏其人。然而无论是陈源、张凤举，还是顾颉刚，各自的出发点却未必相同，似不可概而论之，其中尤以顾颉刚的态度格外值得关注。从上文摘录的顾氏日记看，顾颉刚持“抄袭”说，既不像陈源那样出于私怨，为争一时之意气而完全不顾事实（在顾氏看来，显然是宣扬“抄袭”说为因，和鲁迅结怨为果）②，亦非怀有“小人”张凤举式的“播乱之心”（顾颉刚当时与鲁迅同为“语丝社”成员，虽彼此过从不密，但尚未结怨，刘文典所谓“存心攻击”之说不确）。而且，以顾颉刚为人为文之严谨，道听途说、人云亦云或歪曲事实、搬弄是非的可能性亦极小。因此，顾氏之认定“抄袭”，很可能是出于自家的学术判断，源于对鲁迅小说史研究的学术思路和方法缺乏

① 现有探讨鲁迅与顾颉刚结怨之起因的论著，绝大多数均强调其复杂性，而不以顾氏散布“抄袭”之论作为结怨的直接动因。参见赵冰波：《鲁迅与顾颉刚交恶之我见》，载《河南教育学院学报》（哲学社会科学版），1999 年第 1 期；汪毅夫：《北京大学学人与厦门大学国学研究院——兼谈鲁迅在厦门的若干史实》，载《鲁迅研究月刊》，2002 年第 3 期；徐文海：《从〈南下的坎坷〉看顾颉刚和鲁迅的矛盾冲突》，载《内蒙古民族大学学报》（社会科学版），2003 年第 5 期；卢毅：《鲁迅与顾颉刚不睦原因新探》，载《晋阳学刊》，2007 年第 2 期。明确“抄袭”事件作为结怨的主要原因的是包红英、徐文海的《鲁迅与顾颉刚》，但该文所据仍是刘文典的演讲及顾潮的著作，前者无实据可考，后者则出于《顾颉刚日记》的一面之词，均非确证；桑兵《厦门大学国学院风波——鲁迅与现代评论派冲突的余波》一文指出：“顾颉刚或为传言者之一。至于鲁迅是否知道顾颉刚的态度，则无明确证据，鲁迅本人关于此事的言论，始终未提及顾的名字”（载《近代史研究》，2000 年第 5 期）。邱焕星《鲁迅与顾颉刚关系重探》（载《文学评论》，2012 年第 3 期）一文则认为“抄袭”事件使鲁迅对顾颉刚“极为不满”，但二人结怨的真正原因，是五四之后新文化阵营的分化及其导致的派系冲突，以及对 1920 年代新式政党和新式革命的不同态度；有关这一问题更为详尽的论述，参见施晓燕《顾颉刚与鲁迅交恶始末》（上、下）（载《上海鲁迅研究》，2012 年春之卷、2012 年夏之卷）。

② 与陈源指斥“抄袭”源自途说不同，顾颉刚本人对盐谷温《中国文学概论讲话》并不陌生。陈彬龢的节译本《中国文学概论》就是在顾氏的帮助下，由其主持的北平朴社出版。陈氏之妻汤彬华在节译本序言中记述了该书由翻译到出版的过程。[日]盐谷温著，陈彬龢译：《中国文学概论》，北平：朴社，1929 年 12 月再版，《序言》第 1 页。《顾颉刚日记》1925 年 7 月 23 日亦有“审核彬龢《中国文学概论》”的记载，《顾颉刚日记》第一卷（1913—1926），第 644 页。

充分的了解与认同所造成的“误读”。① 因此，顾颉刚对于《中国小说史略》的态度，在表面的人事纠葛的背后，尚有从学术史的高度做进一步探讨的余地。考察顾氏的态度，也有助于使对“抄袭”说的批驳，超越单纯的为鲁迅本人的辩诬，获得进行更深层的学理探讨的可能。

### （二）顾颉刚的态度

前文已述，顾颉刚认为《中国小说史略》与《中国文学概论讲话》内容上有相沿袭处，据此判定鲁迅“抄袭”，但只在友朋间的闲谈中述及。陈源却“听者有心”，不仅在公开发表的文字中加以披露，而且踵事增华，放大为“整大本的剽窃”，终于导致事态的恶化。这恐怕也是顾颉刚所始料未及的。尽管顾氏持“抄袭”说，对于《中国小说史略》的学术价值评价不高，但其立场却不曾公开表露。直到十几年后，顾颉刚应邀撰写《当代中国史学》一书，才得以公开自家对于《中国小说史略》的学术判断。该书出版于1942年，其中设专章考察俗文学史（包括小说史与戏曲史）和美术史研究，在专论小说史的一节中，分别就胡适、鲁迅、郑振铎等人的学术成就做出评价：

> 胡适先生对于中国小说史的研究贡献最大，在亚东图书馆所标点的著名旧小说的前面均冠以胡先生的考证，莫不有惊人的发现和见解。……所论既博且精，莫不出人意外，入人意中。对于中国小说史作精密的研究，此为开山工作。
>
> 周树人先生对于中国小说史最初亦有贡献，有《中国小说史略》。此书出版已二十余年，其中所论虽大半可商，但首尾完整，现在尚无第二本足以代替的小说史读本出现。
>
> 郑振铎先生对于中国小说史的成就也极大，当为胡适先生以后

---

① 持相同立场的不止顾颉刚一人。小说史家谭正璧在其《〈中国小说发达史〉自序》中亦指出：“周著（引者按，即鲁迅《中国小说史略》）虽亦蓝本盐谷温所作，然取材专精，颇多创建，以著者为国内文坛之权威，故其书最为当代学者所重”。上海：光明书局，1935年8月初版，《自序》第1页。谭正璧虽然对《中国小说史略》颇有好评，但仍强调鲁迅以盐谷氏之著作为“蓝本”，且将该书之闻名学界，归因于鲁迅在当时文坛的地位，态度略显暧昧。

的第一人。[①]

顾颉刚对于胡适和郑振铎的小说史研究较多赞美之词，而对于鲁迅的态度则有所保留，用语颇为审慎，“小说史读本”一语，足见顾氏对《中国小说史略》的基本判断，前后论断恰堪对照。作为新文化的代表人物，鲁迅和胡适在治学方面均做到了穿越“古今”、取法“中西”，二人又都对小说史研究具有浓厚的兴趣，分别以《中国小说史略》和“中国旧小说考证”奠定了中国小说史学的研究格局和自家的学术地位，成为小说史学的开拓者。同时，知识结构、学术理念、文化理想和审美趣味的不同，又使二人的研究显示出鲜明的个性：分别以独具会心的艺术判断和严密精准的考证见长；基于各自的研究成果和学术威望，使中国小说史学在建立之初即呈现出双峰并峙、二水分流的局面。可以说，鲁迅与胡适治学路径不同，成就却难分轩轾。而郑振铎尽管也在小说史研究上取得了较大成就，但其学术视野及理论开创性较之鲁、胡二人均略有不及。由此看来，顾颉刚的上述论断，似乎有失公允。而联系到鲁顾二人的在厦门和广州的结怨，顾颉刚对《中国小说史略》评价不高，很容易给人以夹杂了私人恩怨的印象。然而，《当代中国史学》是一部严肃的学术史著作，作者不因个人的政治倾向和情感好恶而影响到对于研究对象的判断。不因人而废文的态度，使顾颉刚对于政治上“左倾”的郭沫若和时已与其交恶的傅斯年均作出极高的评价，奉前者为“研究社会经济史最早的大师”[②]，对后者之《性命古训辨证》亦颇有好评[③]。因此，造成在学术判断上的“扬胡抑鲁”，与顾颉刚本人对于小说史学的学术定位密切相关。

顾氏治学，受胡适影响极深，奠定其学界地位的“层累地造成的古史”观，也得益于胡适著述的启发。此后虽以《古史辨》别开生面，自

① 顾颉刚：《当代中国史学》，上海：胜利出版公司，1942 年，第 118 页。

② 顾颉刚：《当代中国史学》，第 100 页。该书在讨论甲骨文、金文、古器物学和专门史的有关章节中亦多次对郭氏进行专门论述，第 61、106、109–111 页。

③ 顾颉刚：《当代中国史学》，第 87 页。顾颉刚与傅斯年于中山大学由合作到交恶，时在 1928 年顷。顾氏曾在与胡适信中谈及此事，在自家日记中亦有所记载。参见《顾颉刚致胡适（1929 年 8 月 20 日）》，《胡适来往书信选》上卷，北京：中华书局，1979 年，第 533–534 页；顾颉刚 1928 年 4 月 30 日日记，《顾颉刚日记》第二卷（1927–1932），第 159–160 页。

成一家，但对胡适的授业之功依旧念念在心。[①] 作为现代中国学术之新范式的创建者，胡适的大部分著作都具有“教人以方法”的典范意义。[②] 小说史学之于胡适，首先是其倡导的“整理国故”运动的重要组成部分。[③]“考证”视野下的小说，首先也是作为史料，而不是以具有审美特质的文学文类的身份进入其学术视野。谈艺既非胡适所长，亦非其所愿。虽然上述思路在胡适的“章回小说考证”中只是初露端倪，但经其追随者的进一步倡导与发挥，逐渐蔚为大观，成为中国小说史学的研究范式，也使小说史学在建立之初即呈现出史学化的趋向。顾颉刚在胡适的这一学术设计中立论，将小说史纳入“史学史”的范畴之中加以讨论，以历史研究的学术规范和评判尺度考量小说史写作的理论创见与文化职能。《当代中国史学》之小说史专节在逐一点评各家的学术贡献之后，道出了自家对于小说史研究的学术期待：

> 因为旧小说不但是文学史的材料，而且往往保存着最可靠的社会史料，利用小说来考证中国社会史，不久的将来，必有人从事于此。[④]

可见，顾颉刚在“史学”前提下讨论小说史写作，先验地带有“重史轻文”的倾向，视小说为可信之史料，主张利用小说考证社会史，从而将艺术判断排除在小说史研究的视野之外。依照这一评判标准，《中国小说史略》一类以审美感受见长的小说史论著，较多描述与概括，而缺乏对一些具体问题的深入考察，给人以空疏之感，虽“首尾完整”，但深度不

---

① 顾颉刚：《〈古史辨〉自序》，顾颉刚编著：《古史辨》第一册，上海：上海古籍出版社，1982年，《自序》第40-41页。

② 胡适在《〈胡适文存〉序例》中称：“我的唯一的目的是注重学问思想和方法。故这些文章无论是讲实验主义，是考证小说，是研究一个字的文法，都可以说是方法论的文章。”欧阳哲生编：《胡适文集》第2卷，北京：北京大学出版社1998年版，《序例》第1页。余英时《中国近代思想史上的胡适》对此有深入考察，可参看。余英时：《重寻胡适历程——胡适生平与思想再认识》，桂林：广西师范大学出版社，2004年，第197-202页。

③ 参见陈平原《现代中国学术之建立——以章太炎、胡适之为中心》之第五章“作为新范式的文学史研究”，北京：北京大学出版社，1998年，第185-239页。

④ 顾颉刚：《当代中国史学》，第119页。

足，视之为“读本”尚可，史学创见则有限，与盐谷温《中国文学概论讲话》之类概述文类特征的著作大同小异，难免有相互沿袭之处。这正是顾颉刚认定鲁迅“抄袭”的依据所在。《中国小说史略》学术价值因此得不到顾氏的充分认可。与顾颉刚可堪对照的是，胡适一直对鲁迅的小说史研究抱有极大的好感，不仅在前引复苏雪林信中为鲁迅辩诬，在为自家著述所作的序言中，亦对《中国小说史略》的开创意义和鲁迅的学术创见颇为肯定，评为“搜集甚勤，取裁甚精，断制也甚谨严，可以为我们研究文学史的人节省无数精力”①。表面上看，这一评价不可谓不高。然而，胡适着力关注的仍是鲁迅在小说史料方面的贡献。对于《中国小说史略》的学术价值大加赞赏，不过是因为该书体例完整，能够为其小说考证提供可依循的历史线索而已。对于鲁迅在小说审美批评方面的建树，则较为隔膜。② 有趣的是，出于相近的小说史研究理念和学术定位，胡适与顾颉刚对于《中国小说史略》的评判，均以“考证”为主要标尺，而依据相同的标尺，竟然得出彼此截然相反的结论：一方指斥鲁迅缺乏个人创见，有抄袭之嫌；另一方则认为鲁迅在考证方面的胜于盐谷温，据此为其洗刷辩白。可见，“考证”未必能作为衡量鲁迅小说史研究之成败得失的有效标准。不过，“考证”的标准却反证出《中国小说史略》的理论特色。尽管鲁迅在小说史料的稽考上颇为用力，这方面的成绩也得到时人的大力揄扬③，但《中国小说史略》并不以此见长，维系该书学术生命的不是对史料的占有，而是基于自家的学术眼光，对史料作出重新的“发现”。鲁迅之于考证，非不能也，实不甚为也，其长处

---

① 胡适：《〈白话文学史〉自序》，中国社会科学院文学研究所鲁迅研究室编：《鲁迅研究学术论著资料汇编（1913—1983）》第1卷，北京：中国文联出版公司，1985年，第506页。

② 1923年，胡适在阅读北大第一院新潮社初版《中国小说史略》（上卷）后，曾致信鲁迅，指出该书“论断太少”。此信今不存，但由鲁迅复信中“论断太少，诚如所言”一语可知。《新发现的鲁迅书简——鲁迅致胡适》，载《鲁迅研究月刊》1990年第12期。鲁迅复信中语，恐属谦辞。《中国小说史略》初版（上卷）之学术论断，未必“太少”，只是若干论断在胡适看来，不属于“学术”范畴而已。胡适所谓“论断太少”，可见其对于《中国小说史略》学术价值的基本判断。

③ 除前引胡适《〈白话文学史〉自序》中的论断外，阿英《作为小说学者的鲁迅先生》亦称《中国小说史略》“实际上不止是一部‘史’，也是一部非常精确的‘考证’书”。阿英：《小说四谈》，上海：上海古籍出版社，1981年，第186页。该文最初发表于1936年11月25日《光明》半月刊第一卷第十二期，署名张若英。

在于通过寻常作品和寻常史料，产生不同寻常的学术创见。特别是凭借自家对于小说艺术的超凡领悟力，对作品的审美价值作出精准的判断，往往寥寥数语，或成不刊之论，这是其小说史研究最为人称道处，却也是胡适等学者不愿为或不擅为的。与胡适等赋予小说史研究以明确的史学归属和方法论依据不同，鲁迅治小说史，有专家之长，却素无专家之志。鲁迅将小说史研究视为其整体的文学事业的一部分，着力于发掘作品的审美质素。小说家的身份，赋予其相对完整的知识结构和感性资源，促成了他审视小说的独特眼光，更铸就了鲁迅作为小说史家的“诗性”自觉。因此，单纯以史学标准衡量《中国小说史略》的学术成就，难免凿空之弊。

顾颉刚对于《中国小说史略》评价不高，还源于自家对鲁迅的文化身份及其著述的学术职能的认定。鲁迅和顾颉刚应聘厦门大学教职后，最初尚能相安无事，且彼此间偶有往来(这在二人的日记中均有所记载)，但始终不以朋友相待，交情淡薄，颇有些“道不同，不相与谋”的意味。随着嫌怨的加深，分歧也渐趋明朗。鲁迅以顾颉刚为陈源之同道①，顾颉刚则称鲁迅为“不工作派”②，彼此难容。事实上，鲁迅在厦门大学任教期间，除担任本科生教学，编写《汉文学史纲要》，提交《〈嵇康集〉考》和《古小说钩沉》，承担《中国图书志·小说》的研究外，还指导研究生并审查论文。③ 可见，鲁迅并非真正的“不工作”。之所以被讥为“名士派”④，皆因顾颉刚对鲁迅的上述工作，尤其是教学工作的学术价值缺乏认同所致。在顾颉刚看来，自家与鲁迅有从事研究与教学之分，在身份上亦有学者与文人之别，而教学工作的学术价值与研究相去甚远，

---

① 顾颉刚本不属于“现代评论派”，但与胡适过从甚密，且其《古史辨》曾得陈源褒奖，因此被鲁迅视为“陈源之流”，对其全无好感。鲁迅：《两地书·四八》，《鲁迅全集》第11卷，第137页。

② 顾颉刚在致胡适信中说：“广州气象极好，各机关中的职员认真办事，非常可爱。使厦门大学国学院亦能如此，我便不至如此负谤。现在竭力骂我的几个人都是最不做工作的，所以与其说是胡适之派与鲁迅派的倾轧(这是见诸报纸的)，不如说是工作派和不工作派的倾轧。”《顾颉刚致胡适》(1927年4月28日)，《胡适来往书信选》上卷，第430页。

③ 汪毅夫：《北京大学学人与厦门大学国学研究院——兼谈鲁迅在厦门的若干史实》，载《鲁迅研究月刊》，2002年第3期。

④ 鲁迅：《两地书·四八》，《鲁迅全集》第11卷，第137页。

文人的文化贡献亦不能望学者之项背。[①] 顾氏强调自家“性长于研究”，“不说空话”，而鲁迅“性长于创作”，是“以空话提倡科学者”，与己相较，“自然见绌”[②]，于此可见一斑。出于学者的优越感，顾颉刚在1929年8月20日致胡适信中，对研究与教学的价值一判高下：

> 在此免不了中山大学的教书，一教书我的时间便完了。我是一个神经衰弱的人，越衰弱便越兴奋，所以别人没有成问题的，我会看他成问题。这在研究上是很好的，但在教书上便不能。教书是教一种常识，对于一项学科，一定要有一个系统，一定要各方面都叙述到。若照教书匠的办法，拿一本教科书，或者分了章节作浅短的说明，我真不愿。若要把各种材料都搜来，都能够融化成自己的血肉，使得处处有自己的见解，在这般忙乱的生活中我又不能。所以教了两年书，心中苦痛得很。[③]

这一重研究而轻教学的立场，使顾颉刚对于鲁迅《中国小说史略》和盐谷温《中国文学概论讲话》这类从课堂讲义脱化而成的学术著作缺乏起码的认同与敬意。在顾氏看来，这类著作不过是常识之汇集，虽有稳健博洽之长，却不利于研究者个人创见的充分发挥，学术含量不高，亦难免空疏之弊，且相互间在体例及论述上均大体相沿，视之为粗陈梗概的教科书“读本”尚可，而难以企及严谨的学术著作的理论深度。同样，顾颉刚以学人为自家定位，而视鲁迅为文人，以此区别两人的文化身份，知彼罪彼，所依据的也都是对于文人的评判标准。学人的自我期许和身份认定，使顾颉刚对于胡适一脉的学院派的小说史研究更为认同，将其学术贡献置于鲁迅之上，而将《中国小说史略》与盐谷温《中国文学概论讲话》相类同，否定其原创性。顾氏不把鲁迅视为学术同道，对

---

① 早在赴厦门大学任教之前，顾颉刚对于学者与文人的身份已有明确区分，并以学者自命，不愿与文人为伍。在1923年8月6日的日记中，即有如下记载：“日来觉得凡是文学家都是最不负责任而喜出主张的人，非我所能友。”《顾颉刚日记》第一卷（1913—1926），第383-384页。

② 顾颉刚1927年3月1日日记，《顾颉刚日记》第二卷（1927—1932），第22页。

③ 《顾颉刚致胡适（1929年8月20日）》，《胡适来往书信选》上卷，北京：中华书局，1979年，第534-535页。

其研究成果评价不高也是势所必然。

然而在鲁迅看来，教学与研究却没有这样明显的高下之分。文学史（小说史）这一著述体式在中国的确立，实有赖于晚清以降对西方学制的引进，对近代日本及欧美文学教育思路的移植。① 这使中国人撰写的文学史一经出现，即先天地具备教材性质，承担教学职能。晚清至五四的学人选择文学史这一著述体式，大都与其在学院任教的经历有关。随着对文学史概念理解的深入，以及具有新文化背景的研究者加盟，文学史开始由教材式的书写形态向专著化发展，学术价值获得了明显的提升。在讲义基础上形成的文学史著作，不乏在观点和体例上卓有创见者，不仅显示出作者的学术个性，而且实现了对文学史这一著述体式的学术潜质的创造性发挥。《中国小说史略》最初也是作为大学讲义而创作的。鲁迅以小说史体式承载其学术见解，很大程度上是在大学授课的需要。② 然而考虑到鲁迅在离开大学讲坛后仍反复对《中国小说史略》做出修改，足可见其将该书作为学术著作经营的用心。衡量一部文学史著作学术价值的高下，除学术水平的因素外，还有赖于作者对自家著作的学术定位。鲁迅非常重视文学史的学术职能，希望通过文学史写作，不仅满足教学需要，更要在学术上有所创获，希望奉献流传后世的学术经典，而非只供教学的普通讲义。③ 鲁迅最初应授课之需编写讲义，但出于杰出的理论才能和对自家著作的学术期待，在此过程中显示出经营个人著作的明确意识。鲁迅对文学史的学术定位，使之超越了单一的教学职能：一部《中国小说史略》，用于讲坛则是讲义，供同行阅读则为专著，在讲义和专著之间自由出入，从而有效地弥合了教学与研究之间的学术落差。而顾颉刚视《中国小说史略》为讲义，对其学术价值无法作出有效的阐释，

---

① 陈平原：《新教育与新文学——从京师大学堂到北京大学》，陈平原：《中国大学十讲》，上海：复旦大学出版社，2002 年，第 112-113 页。

② 陈平原：《作为文学史家的鲁迅》，《陈平原小说史论集》下卷，石家庄：河北人民出版社，1998 年，第 1771 页。

③ 1926 年，鲁迅在厦门大学中文系讲授中国文学史期间，曾致信许广平，表明对于编写文学史的认真态度："我的功课，大约每周当有六小时，因为语堂希望我多讲，情不可却。其中两点是小说史，无须豫备；两点是专书研究，须豫备；两点是中国文学史，须编讲义。看看这里旧存的讲义，则我随便讲讲就很够了，但我还想认真一点，编成一本较好的文学史。"鲁迅：《两地书·四一》，《鲁迅全集》第 11 卷，第 119 页。

仅凭表面的论述框架及观点的近似，而认定该书是对盐谷氏之著作的沿袭，忽视了两者在“小说史意识”上的重大分别，其“抄袭”之论，看似凿凿，实出于误断。

综上可知，无论是顾颉刚认定鲁迅“抄袭”，还是在《当代中国史学》中“扬胡抑鲁”，抑或否认鲁迅的教学工作的学术价值，均不是出于个人恩怨与好恶，而是自家的理论立场、学科背景和身份定位使然。以史学视野统摄小说和小说史，忽视了小说作为文学文体自身的独立性，尤其是在评判鲁迅这样以艺术感受力见长的研究者时，作为史家的“傲慢与偏见”也就在所难免。“史学视野下的小说史研究”的理论洞见与盲点亦因此得以同时呈现。

### （三）“概论”与“史”

19 世纪末到 20 世纪初，日本汉学家编撰了多部有关中国文学的研究著作，这些著作多采用“文学史”（如古城贞吉、笹川种郎）或“文学概论”体式（如儿岛献吉郎、盐谷温），对中国学术界产生了重大影响。其中，盐谷温著《中国文学概论讲话》虽然问世较晚，但由于对小说与戏曲的开创性研究，尤为中国学者所瞩目。该书分上下两篇，共六章，并缀附录两篇。

篇章目次如下：

上篇　第一章　音韵
　　　第二章　文体
　　　第三章　诗式
　　　第四章　乐府及填词
下篇　第五章　戏曲
　　　第六章　小说
附录　论明之小说“三言”及其他

宋明通俗小说流传表[①]

由以上篇章设置不难看出，该书除第一章从分析汉语之特性入手，为后文探讨韵文及诗歌提供理论依据外，其余五章均各自以文类为中心展开论述，各章之间呈现出平行的结构方式。盐谷氏将中国古代文学批评体系中长期处于边缘地位的小说、戏曲独立成篇，使之与诗文相并列，意在突出小说与戏曲的地位。而且，统计表明：下篇两章占据该书正文（除附录外）的 66%，其中小说独占 35%，如果加上同样涉及小说的附录，讨论小说的总篇幅则占据全书的近 50%。在综论各文类的著作中，研究者对于某一文类的价值判断，既体现在若干具体论断之中，亦通过其著作留给该文类的论述空间得以彰显。在《中国文学概论讲话》中，盐谷温有意将小说、戏曲与诗文相并列，并着力扩充其篇幅，用意即在于此。作者在该书《原序》中称："及元明以降，戏曲小说勃兴，对于国民文学产生了不朽的杰作。"[②] 这在今天已成为学界之共识，但在当时则实属新见。[③] 盐谷氏之前，日本学术界关注小说者不乏其人，然而在自家综论各文类的著作中，或仍以小说为诗文之附属，或仍将主要篇幅用于分析诗文，留给小说的论述空间颇为有限。以全书近半数篇幅讨论小说，《中国文学概论讲话》尚属首创。盐谷温对于戏曲小说，尤其是后者的重视，恰与彼时中国学术界的研究风气相契合。自晚清以降，对于小说文类的关注日渐成为文人学者之共识，这由中国文化与文学自身发展的现实困境所决定，而关注小说的眼光、思路及方法却主要受到来自日本的影响。不仅晚清梁启超倡导之"小说界革命"，其基本理念及术语

---

① 这里依据孙俍工全译本的目次。[日]盐谷温著，孙俍工译：《中国文学概论讲话》，上海：开明书店，1929 年 6 月初版，目次第 13-18 页。

② [日]盐谷温著，孙俍工译：《中国文学概论讲话》，上海：开明书店，1929 年 6 月初版，《原序》第 5 页。

③ 日本学者内田泉之助为《中国文学概论讲话》作序，对其学术价值评判如下："盐谷博士生于汉学世家，夙在大学专攻中国文学，深究其蕴奥。尝游学西欧及禹域，归朝之后发表其研究之一端而著《中国文学概论讲话》一书。在当时的学界叙述文学底发达变迁的文学史出版的虽不少，然说明中国文学底种类与特质的这种的述作还未曾得见，因此举世推称，尤其是其论到戏曲小说，多前人未到之境，筚路蓝缕，负担者开拓之功盖不少。"上书，《内田新序》第 7 页。

多借自明治新政[①]；五四新文化运动后，胡适以一系列“章回小说考证”，奠定中国小说史学之根基，亦得到日本汉学家的大力协助，尤其在资料搜集上受益良多。[②] 两代学人借助来自东瀛的“他山之石”，逐步建立起中国小说史学的学术规模和理论体系。可见，《中国文学概论讲话》受到中国学者的推崇，概源于盐谷氏对于小说的侧重。在该书三种中文节译本中，有两种节译其小说一章。特别是最早出现的郭希汾节译本，直接冠名为《中国小说史略》。由于该译本在鲁迅《中国小说史略》正式出版之前面世，且书名相同（郭译本未注明“节译”及盐谷原书名），也为指责鲁迅“抄袭”者提供了依据和口实。郭希汾截取盐谷氏著作中概论小说之章节，作为小说史加以译介，且冠以“小说史略”的名称，基于自家对小说史这一研究思路和著述体式的理解，却误解了原著的写作策略。盐谷温在该书《原序》中云：

> 中国文学史是纵地讲述文学底发达变迁，中国文学概论是横地说明文学底性质种类的。[③]

盐谷氏将《中国文学概论讲话》命名为“概论”而非“史”，各章以文类为中心，与文学史有横向与纵向之别。该书全译本的译者孙俍工对此亦有认识，在译者自序中称：

> 又关于中国文学底研究的著述照现在的情形看来，恰与内田先生（引者按：即该书新序作者内田泉之助）所说日本数年前的情形同病，纵的文学史一类的书近年来虽出版了好几部，但求如盐谷先生这种有系统的横的说明中国文学底性质和种类的著作实

---

① 夏晓虹：《觉世与传世——梁启超的文学道路》第八章“‘以稗官之异才，写政界之大势’——梁启超与日本明治小说”，上海：上海人民出版社，1991 年，第 201-235 页。

② 胡适在考证《水浒传》时，在资料搜集和版本考订上多次就教于日本汉学家青木正儿，其间书信往还，受益良多。参见杜春和、韩荣芳、耿来金编：《胡适论学往来书信选》下册，石家庄：河北人民出版社，1998 年，第 805-823 页。

③ [日]盐谷温著，孙俍工译：《中国文学概论讲话》，《原序》第 5 页。

未曾见。[1]

鲁迅本人对于“文学概论”和“文学史”，也做出过明确区分。在致曹靖华信中，他曾向曹氏推荐若干种中国文学研究著作：

> 中国文学概论还是日本盐谷温作的《中国文学讲话》清楚些，中国有译本。至于史，则我以为可看（一）谢无量：《中国大文学史》，（二）郑振铎：《插图本中国文学史》（已出四本，未完），（三）陆侃如，冯沅君：《中国诗史》（共三本），（四）王国维：《宋元戏曲史》，（五）鲁迅：《中国小说史略》。[2]

将盐谷氏与自家著作分别归类。可见，“概论”与“史”的研究思路和著述体式本不相同，郭希汾以盐谷氏之“概论”为“史”，将二者相混淆，实源于中国小说史学建立之初，中国学者对这一学科理解的纷纭与混乱。即便依郭氏所见，将《中国文学概论讲话》之小说专章视为小说史，其“小说史”意识与鲁迅相比亦大相径庭。

盐谷氏著作第六章《小说》之细目如下：

第一节　神话传说
第二节　两汉六朝小说
　　一　汉代小说
　　二　六朝小说
第三节　唐代小说
　　一　别传
　　二　剑侠
　　三　艳情
　　四　神怪
第四节　诨词小说

① ［日］盐谷温著，孙俍工译：《中国文学概论讲话》，《译者自序》第10页。

② 鲁迅：《331220① 致曹靖华》，《鲁迅全集》第12卷，第523页。

一　诨词小说底起原

二　四大奇书

三　红楼梦①

表面上看，这一章节设计与鲁迅《中国小说史略》并无明显分别。鲁迅著作凡二十八篇，各篇依朝代为序，在朝代之下设计类型，连缀以为史。如此看来，无论是指责鲁迅“抄袭”，还是认定其以盐谷氏之著作为“蓝本”，均证据确凿，不容申辩。然而，在章节设计相近的背后，小说史意识的差异才是比较两部著作的关键。盐谷温的著作，依朝代分期，力图依次展现每一时期中国小说的格局和面貌，但真正得到展现的是朝代的递进，对于小说的论述，各时期之间仍采取并列方式。尽管各部分在分析具体文本时精彩之见迭出，但对于小说文类自身的演变却关注不够。可见，《中国文学概论讲话》之小说部分是依照朝代顺序论列小说，“小说史”的意味其实并不突出。这并不是盐谷温的眼光或学养不足造成的，而源于该书著述体式的制约。“概论”的基本思路是横向地呈现各文类之特征，也就无须对其发展递变做纵向的考察。在中国小说史学建立之初，以朝代为线索撰史者不乏其例，这些研究者与盐谷温的区别在于，后者对自家著作之“概论”特征颇为自觉，明确将其与“小说史”相区隔，前者则径以为“史”，忽视了两者在学术思路与著述体式上的差异。鲁迅本人对于这类依朝代分期之小说史，也颇有异议。1931 年上海北新书局出版订正本《中国小说史略》，鲁迅为之补撰《题记》云：“即中国尝有论者，谓当有以朝代为分之小说史，亦殆非浮泛之论也。”② 其中并未明示“论者”一词之所指。据《中国小说史略》日译本之译者增田涉回忆，《题记》付印时鲁迅曾作出修改：

> 我还记得一件事，在他的《小说史略》订正版的《题记》里，有这样的话：“……即中国尝有论者，谓当有以朝代分之小说史，亦殆非肤浅之论也。”这题记的底稿是给了我的，现在还在手边，原文

① [日]盐谷温著，孙俍工译：《中国文学概论讲话》，目次第 18-20 页。

② 鲁迅：《中国小说史略》（订正本），上海：北新书局，1931 年 9 月，《题记》第 3 页。

稍有不同，在“中国尝有论者”的地方，明显地写作“郑振铎教授”。可是，付印的时候，郑振铎教授知道点了他的名字，要求不要点出，因此，校正的时候，改作“尝有论者”了。乍一看来，好像他对郑振铎的说法有同感，我问他为什么郑不愿意提出他的名字呢？他给我说明了：“殆非肤泛之（浅薄之）论”，实际上正是“浅薄之论”，所以郑本人讨厌。①

可见，鲁迅对于“以朝代为分之小说史”评价不高，在自家之《中国小说史略》中，朝代只是作为小说变迁的历史背景。鲁迅的小说史意识表现为：以小说发展的历史时期为背景，以小说类型的递变为线索，用类型概括一个时期小说发展的格局与面貌。上述思路有助于展现小说文类自身的发展变迁，从而保证了小说史作为文学研究与著述体式的自律性与自为性。② 在鲁迅看来，依朝代这一历史存在为小说史分期，无疑是以外在因素作为文学研究的标准，忽视了小说的文学性；而径取朝代为线索，在做法上也略显取巧。这是鲁迅与郑振铎及盐谷温等人在“小说史意识”上的重大区别。综上可知，鲁迅《中国小说史略》与盐谷温《中国文学概论讲话》都以朝代为经，确实给人以雷同乃至因袭之感，但这只是表面上的论述体例的相近，背后的学术思路却大为不同。诚如鲁迅在《不是信》中所言：自家著作中的朝代更迭只是“以史实为‘蓝本’”，作为背景存在，而不是小说史的线索。以所谓“蓝本”为依据，指斥鲁迅“抄袭”盐谷温，是对其“小说史意识”缺乏充分的关注和深入的了解所致。

前引鲁迅《不是信》中对于“抄袭”说的答辩，其中也坦诚《中国小说史略》二十八篇中的第二篇，即《神话与传说》是根据盐谷氏著作

① [日]增田涉著，钟敬文译：《鲁迅的印象・三十三・鲁迅文章的“言外意”》，钟敬文著/译，王得后编：《寻找鲁迅・鲁迅印象》，北京：北京出版社，2002 年，第 343-344 页。

② 韦勒克、沃伦批评那种“只是写下对那些多少按编年顺序加以排列的具体文学作品的印象和评价”的文学史不是“史”，“大多数文学史是依据政治变化进行分期的。这样，文学就认为是完全由一个国家的政治或社会革命所决定”。“不应该把文学视为仅仅是人类政治、社会或甚至是理智发展史的消极反映或摹本。因此，文学分期应该纯粹按照文学的标准来制定。”[美]勒内・韦勒克、[美]奥斯汀・沃伦著，刘象愚等译：《文学理论》（修订版）第十九章《文学史》，南京：江苏教育出版社，2005 年，第 302-303、315、317-318 页。

之大意而成。这也成为“抄袭”说的主要依据。鲁迅论及神话传说时，对于盐谷温确有不少借鉴之处，但是否能够就此认定“抄袭”，尚须辨析。现代汉语中所谓神话及神话学的概念，均译自日本，时在20世纪初。[①]彼时鲁迅正在日本留学，最初接触神话及神话学，也是通过日文材料。在作于日本的《破恶声论》中，鲁迅阐述了神话的文化价值，将其视为文学与思想的起源。[②] 1920年他受聘北京大学，开设中国小说史课程，并撰写讲义时，以神话为小说之起源，这一思路就与其在留日期间接触神话学不无关联。鲁迅的神话学知识主要习自日本，加之当时中国的神话学尚处于初创阶段，缺乏可供参考的本国学术成果，借鉴日本学人的研究，也有其不得已处。在最初的油印本讲义《中国小说史大略》中，《神话与传说》一篇的主要观点就是来自盐谷温的著作，但油印本纯作讲义，没有作为个人著作公开出版，吸收前沿成果用于教学，无涉“抄袭”。1923年北京大学新潮社刊行《中国小说史略》初版本上卷时，有关神话一篇的内容则大为改观，不仅材料较之油印本增补甚多，次序和观点也有相当大的调整和修正。仍保留盐谷温对于中国神话散失之原因的两点解释，但以“论者谓有二故”领述之，不敢掠为己见（最初的油印本讲义也作如是处理），并补充自家的一则论断于后，且辅以多则史料证之。可见，《中国小说史略》第二篇《神话与传说》受《中国文学概论讲话》之影响属实，但绝非一味沿袭，全无自家之创见。盐谷氏对于鲁迅最大的启发，是一部中国小说史从神话讲起、视神话为小说之起源这一学术思路。所谓“抄袭”说，未免过甚其词。而且，鲁迅从1909年起即开始搜集唐前小说佚文，最终汇成《古小说钩沉》稿本十册，成为后来撰写小说史的重要资料。鲁迅的小说史辑佚工作，早于盐谷氏著作之刊行，《不是信》中自陈“我都有我独立的准备”，并非虚言。

以上通过对两部著作之学术思路的辨析，试图为批驳“抄袭”说提供若干“内证”。“抄袭”说之不可信，除“内证”外，还有过硬的“外证”可为凭据，即鲁迅与盐谷温的学术交往。盐谷温对于中国小说研究的贡献，除在《中国文学概论讲话》中充分肯定小说的价值与地位外，

---

① 陈连山：《20世纪中国神话学简史》，叶舒宪：《海外中国神话学与现代中国学术：回顾与展望》，陈平原主编：《现代学术史上的俗文学》，武汉：湖北教育出版社，2004年。

② 鲁迅：《集外集拾遗补编·破恶声论》，《鲁迅全集》第8卷，第32页。

在作品和资料发掘上的成绩也甚为可观。在中国本土久已失传的元刊全相平话及明话本集“三言”就是由盐谷氏率先发现，并传回国内的。鲁迅在《中国小说史略》（订正本）题记中对此大加褒奖：“盐谷节山教授之发见元刊全相平话残本及‘三言’，并加考索，在小说史上，实为大事。”① 根据这些新材料和研究成果，鲁迅订正了《中国小说史略》，对第十四、十五和第二十一篇进行了大幅修改，调换原第十四、十五篇的顺序，题目统一定为《元明传来之讲史》，内容也做出相应的调整，并增补了对新发现的作品和材料的论述。第二十一篇则增加了对《全像古今小说》和《拍案惊奇》的分析，内容也有较大扩充。此外，在自家的小说史著述中，鲁迅多次引用盐谷氏的研究成果。同样，盐谷温对于鲁迅的学术成就也颇为推重，不仅在教学过程中参考《中国小说史略》，还与其他九位日本的中国小说史研究者联名写给鲁迅一张明信片，公开表达对于鲁迅的小说史研究的敬意。这一则新近披露的材料，成为两位学者之间惺惺相惜的学术因缘的又一确证。明信片为竖行毛笔书写，信片的上半面写收信人的地址及人名：

上海北四川路底
　内山书店　转交
鲁迅先生

下半面是信文及签名：

中国小说史学会读了一同记名以为念恭请撰安
盐谷温　内田泉　小林道一　松井秀吉　藤勇哲　荒井瑞雄
守屋禎次　松枝茂夫　黑木典雄　目加田诚②

这张明信片写于 1930 年，由于邮戳日期模糊不清，不能确定是 2 月还是 3 月。此时《中国小说史略》订正本尚未出版，信中“读了”，当

① 鲁迅：《中国小说史略》（订正本），《题记》第 3 页。

② 载《鲁迅研究月刊》，2009 年第 6 期，封三。信中“读了”指读了鲁迅《中国小说史略》。

指1925年北新书局合订本或此前的新潮社本。

鲁迅和盐谷温的学术因缘，不限于此。早在1926年，盐谷温的学生兼女婿辛岛骁（增田涉在东京帝国大学文学部中国文学科的同班同学）到北京造访鲁迅，带来盐谷温所赠《至治新刊全相平话三国志》一部（即盐谷氏影印的《元刊全相平话》残本之一种），并稀见书目两种，即日本内阁文库现存书目《内阁文库书目》和日本古代的进口书帐《舶载书目》。1927年7月30日，鲁迅把这两种书目中的传奇演义类和清钱曾《也是园书目》中的小说二段，合并编为《关于小说目录两件》，发表于同年8月27日、9月3日《语丝》周刊第146—147期。两天后，鲁迅回赠辛岛骁以排印本《三宝太监西洋记通俗演义》《醒世姻缘》各一部。[①] 通过辛岛骁，鲁迅和盐谷温建立了学术联系，每当发现小说和戏曲的新材料，即互相寄赠。两人互通书信，互赠书籍，这在《鲁迅日记》中多有记载，兹不一一举证。1928年2月23日，两人终于在上海会面，盐谷温赠鲁迅《三国志平话》、杂剧《西游记》，并转交辛岛骁所赠旧刻小说、词曲影片74页，鲁迅回赠以《唐宋传奇集》。[②] 鲁迅亲笔题字送给盐谷温的《中国小说史略》也保存至今。[③] 从鲁迅与盐谷温的学术交往不难看出，两人在小说史研究上始终互相支持，互相推重。如果真有所谓“抄袭”，鲁迅恐怕不会如此坦然地面对盐谷温，而盐谷温不断向鲁迅寄赠书籍资料，亦难免不辨是非之讥，无异于“开门揖盗”了。

## 余论 “寂寞的运命”

1935年6月，《中国小说史略》日译本出版，鲁迅为之作序云：“这一本书，不消说，是一本有着寂寞的运命的书。”[④] 在自家著作问世后的十余年间，鲁迅的小说史研究曾得到各种各样的赞扬与诟病，但大抵是褒多于贬，鲁迅之于中国小说史学的开创地位和学术贡献，得到了公

---

① 鲁迅：《日记十五》，《鲁迅全集》第15卷，第633页。

② 鲁迅：《日记十七》，《鲁迅全集》第16卷，71页。

③ 李庆：《日本汉学史》第二部《成熟和迷途（1919-1945）》，上海：上海外语教育出版社，2004年，第444页。

④ 鲁迅：《且介亭杂文二集·〈中国小说史略〉日本译本序》，《鲁迅全集》第6卷，第360页。

认。然而在鲁迅看来，《中国小说史略》的命运是寂寞的，在纷繁的赞扬与责难声中，自家的学术理念并未获得准确的理解和有效的阐释。“寂寞”一语，充满了“难得知己”的悲凉之感。纵观20世纪上半叶的中国小说史研究，尽管鲁迅与胡适的学术成就难分高下，但以后者为代表“实证派”研究实居于主流地位。胡适等人对于古典小说的考证，将小说这一边缘性文类纳入学术研究的视野，以治经史的态度和方法从事小说研究，从根本上提升了其文化地位，并因此创建了学术研究的新范式，为后学开无数法门。胡适的小说史研究，在奠定中国小说史学的研究格局的同时，也形成了一座不易超越的理论高峰，更因后世学人的推重与承继，自成一派。然而，学术高峰在彰显其优长的同时，往往也暴露出内在的困境与矛盾。在“整理国故”的前提下，胡适之于中国古代小说，着力关注“社会史料”价值，而相对忽视其作为文学文类的审美特质。“胡适关注的始终是‘文本’产生的历史，而不是‘文本’自身。”[①] 即便偶有所及，由于“历史癖”与“考据癖”，其论断往往“别具幽怀”。胡适评判小说的艺术价值时，对于写实笔法最为关注，也最为欣赏，在文学阅读趣味背后透射出史家的心态和视野。胡适等人对于审美批评的相对忽视，逐渐强化了小说史研究的史学归属，并最终导致文学研究自身的“失语”。[②] 这恰恰是鲁迅和胡适在小说史研究上的主要分歧所在。在与台静农的通信中，鲁迅对胡适一派的研究作出如下评判：

> 郑君（引者按：指郑振铎）治学，盖用胡适之法，往往此实足以炫耀人目，其为学子所珍赏，宜也。我法稍不同，凡所泛览，皆通行之本，易得之书，故遂孑然于学林之外，《中国小说史略》而非断代，即尝见贬于人。但此书改定本，早于去年出版，已嘱书店寄上一册，至希察收。虽曰改定，而所改实不多，盖近几年来，域外奇书，沙中残楮，虽时时介绍于中国，但尚无需因此大改《史略》，故多仍之。郑君所作《中国文学史》，顷已在上海豫约出版，我曾于

① 陈平原：《现代中国学术之建立——以章太炎、胡适之为中心》，第264页。

② 罗志田：《文学的失语：整理国故与文学研究的考据化》，罗志田：《裂变中的传承——20世纪前期中国的文化与史学》，北京：中华书局，2003年，第287页。

《小说月报》上见其关于小说者数章，诚哉滔滔不已，然此乃文学史资料长编，非“史”也。但倘有具史识者，资以为史，亦可用耳。①

可见，鲁迅难以认同胡适、郑振铎等人“恃孤本秘笈，为惊人之具”的治学方法，而特别关注研究者的“史识”，力图通过对“史识”的强调，使小说史研究从史学笼罩下挣脱出来，恢复小说作为文学文类的独立性。“史识”是鲁迅判断文学史著作成就高下的首要标准。基于这一标准，鲁迅对同时代学人的文学史著作评价极严。② 与通信之中显示出的治学理念相比，鲁迅发言时的立场和心态也值得格外关注。该信写于 1932 年，鲁迅时已远离学院，寓于上海从事自由撰述，“孑然于学林之外”恰恰是鲁迅当时处境的真实反映。身处学界边缘，以局外人的姿态立论，既造成与学院中人难以弥合的疏离感，又因此获得隔岸观火的绝佳位置，得以洞彻学院派研究的种种缺失。③ 而反观自家小说史研究的命运——《中国小说史略》或以“长于考证”而得赞扬，或因“不善考证”而被疑“抄袭”，在种种赞赏与非议中，其“史识”却始终未获关注。在鲁迅看来，同时代学者的文学史与小说史研究，于史料上勤于用力者不乏其人，而能够在史料中凸显“史识”者却寥若晨星。在学术研究上缺乏真正的同道，使鲁迅萌生“寂寞”之感；而远离学院又使他“不复专于一业，一事无成”④，计划中的中国文学史最终未能完成，“一点别人没有见到的话”⑤也随之失去了言说的契机，则更增添了鲁迅的“寂寞”。

---

① 鲁迅：《320815① 致台静农》，《鲁迅全集》第 16 卷，第 321-322 页。着重号为引者所加。

② 在前引致曹靖华信中，鲁迅在列举几种文学研究著作后，评价为：“这些都不过可看材料，见解却都是不正确的。”《鲁迅全集》第 12 卷，第 523 页。

③ 鲁迅与胡适等人在小说史研究上的分歧，于方法之外，也包含对于学术研究之文化担当的不同理解。鲁迅始终不以学者自居，与学院有意保持距离，在与学院派治学门径不同的背后，文化选择上的相异更为关键。

④ 鲁迅：《两地书 · 一三五》，《鲁迅全集》第 11 卷，第 323 页。

⑤ 鲁迅在《两地书 · 六六》中说：“但如果使我研究一种关于中国文学的事，大概也可以说出一点别人没有见到的话来。”《鲁迅全集》第 11 卷，第 187 页。

# 第十二章　小说如何考证

## ——胡适《中国旧小说考证》

作为现代中国学术之新范式的建立者①，胡适在人文学科诸领域中均做到了开风气之先。对于中国小说史学而言亦如是。作为胡适大力倡导的“整理国故”运动的重要组成部分，中国小说史学不仅承载着提升白话文学地位的文化使命，也体现出以小说为社会史料的阅读趣味。以《〈水浒传〉考证》和《〈红楼梦〉考证》为代表的“中国旧小说考证”②系列论文，与胡适的大部分学术著作一样，具有“教人以方法”的典范意义③，其学术思路与写作策略，启发并规范了几代学人。胡适对于小说史研究的学术期待与文化诉求，不仅在他本人的著述中得到了较为有

---

① 胡适对于现代中国学术的典范意义，余英时《中国近代思想史上的胡适》一文率先加以总结和表彰。见[美]余英时：《重寻胡适历程——胡适生平与思想再认识》，桂林：广西师范大学出版社，2004年，第197-202页。

② 这些论文最初是为汪原放主持的上海亚东图书馆出版的一系列标点本中国古典小说所作，或名为“考证”，或名为“序”“跋”，包括：《〈水浒传〉考证》、《〈水浒传〉后考》（附《致语考》）、《百二十回本〈忠义水浒传〉序》、《〈水浒〉续集两种序》、《〈红楼梦〉考证》、《重印乾隆壬子本〈红楼梦〉序》、《考证〈红楼梦〉的新材料》、《跋〈红楼梦考证〉》、《〈西游记〉考证》、《〈三国演义〉序》、《〈三侠五义〉序》、《〈官场现形记〉序》、《〈海上花列传〉序》、《〈镜花缘〉的引论》等十余篇。本文统称为“中国旧小说考证”。

③ 对此胡适曾多次予以承认。《〈胡适文存〉序例》中称：“我的唯一的目的是注重学问思想和方法。故这些文章无论是讲实验主义，是考证小说，是研究一个字的文法，都可以说是方法论的文章。”欧阳哲生编：《胡适文集》第2卷，北京：北京大学出版社1998年版，第1页。以下引用该书，不再一一标注版本。《介绍我自己的思想》中还特别强调：“我的几十万字的小说考证，都只是用一些‘深切而著明’的实例来教人怎样思想。”《胡适文集》第5卷，第517页。

效的呈现，更经其弟子和学术追随者顾颉刚、孙楷第、周汝昌等人的进一步倡导与发挥，逐渐蔚为大观。尽管随着小说史资料的不断发现和小说史观念的日益更新，后世的研究较之胡适有一定的突破与超越，胡适的一些学术论断，尤其是对作品的审美判断，也常常遭到诟病①；但其基本思路为后学所承继，至今仍保持着旺盛的学术生命力。胡适对于中国小说史学的贡献，不在于某些具体论断的确凿不移，而在于开辟了一条新的学术路径，并最终奠定了中国小说史学的学术品格。

## 一、杜威的中国传人

1921年7月11日，来华两年又两个月的实用主义哲学大师约翰·杜威离开中国，其亲传弟子胡适携长子祖望送行。胡适对导师的离去依依不舍，并在当天的日记中表达了对杜威的惜别和仰慕之情：

> 杜威先生今天走了。车站上送别的人甚多。我带了祖儿去送他们。我心里很有惜别的情感。杜威先生这个人的人格真可做我们的模范！他生平不说一句不由衷的话，不说一句没有思索过的话。只此一端，我生平未见第二人可比他。②

胡适一生，对于世界思想文化名人的评价之高，无出于杜威之右者，而其做人作文，也始终奉乃师为楷模，直到晚年，仍念念在心，反复申

---

① 胡适曾有《狸猫换太子故事的演变》一文（载1925年3月14日、21日《现代评论》第一卷第十四、十五期），考察传说的变迁沿革，但顾颉刚的“孟姜女故事”研究，在学术视野与理论深度上显然有所超越。此外，孙楷第对于通俗小说书目的整理、周汝昌对于曹雪芹家世的考证，都在胡适开辟的学术路径上，有显著推进。而胡适晚年在与后学的通信中反复强调《红楼梦》“在文学技术上比不上《海上花列传》，也比不上《老残游记》”，更被视为审美误断的“范例”。参看胡适1961年11月20日致苏雪林信，1961年11月24日致高阳信，胡颂平编著：《胡适之先生年谱长编初稿》（校订版）第九册，台北，联经出版事业公司，1990年，第3374、3386页。

② 曹伯言整理：《胡适日记全编》第3卷，合肥：安徽教育出版社，2001年，第368页。

说。[①] 作为对胡适产生终身影响的学者，杜威的学说也经由其弟子的大力鼓吹和亲身实践，在中国现代思想史和教育史上产生了重大影响。[②] 杜威来华之时，胡适已经以其"文学革命"首倡者的身份驰名海内。然而，尽管身为五四新文化运动的领袖人物，胡适却丝毫不敢掠美，在不同场合反复强调杜威思想对其新文学主张，尤其是治学方法的深刻影响。表面上看，胡适一生的思想与治学都局限在杜威学说的体系之中，无论是世界观还是方法论都没有越雷池一步。但事实上，却不能将胡适简单地视为杜威思想的中国翻版，忽视其自身的主体性。胡适在接受与传承乃师思想的过程中，时有选择和发挥。特别是回国以后，他在本土的文化语境中研究、处理中国问题时，对杜威思想的选择更为主动，发挥也更为自如。可见，胡适与杜威的思想关联，体现为一种在接受中有选择、在传承中有发挥的对话关系。胡适从事中国小说史研究的代表性作品——"中国旧小说考证"系列论文正是这一对话关系的产物，这组论文不仅是其研究旨趣和治学方法的集中代表，成为中国现代学术史上的一种研究范式，而且在中国传统的"考证之学"和杜威的"实验主义"之间寻求交集，最能体现胡适"不疑处有疑"和"有疑处不疑"的思维方式，承载胡适对杜威思想在传承中的自我发挥之处，更是展现胡适与杜威乃至整个中国与西方之间思想对话的绝佳范例。

1915年9月，胡适由康奈尔大学转学至哥伦比亚大学哲学系研究部。他之所以离开康奈尔，除逃避友朋之间无休止的应酬外，还出于对哥伦比亚大学哲学系在学界的崇高威望的仰慕，尤其是对杜威的思想甚为心仪。[③] 胡适最终得偿所愿，师从杜威，并在其指导下完成博士学位论文。杜威人格与思想的巨大感召力，使胡适终身以"实用主义哲学的传人"自励。杜威在华期间，胡适几乎全程陪同，并以其精彩的翻译，使杜威的英文演讲产生了轰动效应，促使杜威的哲学思想和教育思想在中国得

---

① 胡适晚年在其口述自传中，还特别强调"杜威教授当然更是对我有终身影响的学者之一"，并举出若干影响的实例。参见唐德刚译：《胡适口述自传》，北京：华文出版社，1992年，第102-104页。

② 元青：《杜威与中国》，北京：人民出版社，2001年，第216-231页。

③ 唐德刚译：《胡适口述自传》第五章"哥伦比亚大学和杜威"，第95-109页。

到了有效的传播，并因此奠定了自家“杜威思想的中国传人”身份。[①]

胡适对杜威实用主义哲学思想的传承，不限于其博士学位论文，还表现在回国后一系列宣扬新文化的著述中，以及在杜威来华前后，对其思想的不遗余力的鼓吹。其间，胡适先后发表《实验主义》《杜威哲学的根本观念》《杜威论思想》《杜威的教育哲学》等多篇论文，在杜威离开中国的前一天，还撰写了《杜威先生与中国》一文，情真意切。这些文字中，对实用主义哲学思想最为全面详尽介绍的，当属《实验主义》。该文最初共分四部分，包括“引论”“皮耳士——实验主义的发起人”“詹姆士的心理学”和“詹姆士论实验主义”，发表于1919年4月15日出版的《新青年》第6卷第4号上，介绍了实用主义哲学思潮由皮尔士到威廉·詹姆斯的演变历程；后与《杜威哲学的根本观念》《杜威论思想》《杜威的教育哲学》这三篇论文合并为长文《实验主义》（三文分别作为第五、六、七部分），收入《胡适文存》一集。对于该文的内容，不作转述，只需指出该文用近一半篇幅介绍杜威思想，着力突出其在实用主义哲学流派中的主导地位，阐述的内容与杜威思想大体吻合，评价也较为公允，并无过甚其词之处，对于实用主义哲学在中国的传播贡献多多。表面上看，该文以介绍为主，甚至亦步亦趋，力求若合符节，绝少自我发挥之处。但事实上，胡适在介绍和阐释杜威思想时不无主观色彩，并有独特的理解和创造性的发挥，将以杜威为代表的实用主义哲学流派的主要观念，总结为“科学试验室的态度”和“历史的态度”，体现出对杜威实用主义哲学思想的传承中的选择、接受中的背离。

首先，胡适将实用主义哲学划分为两种趋向：一是Pragmatism（这是“实用主义”一词的英文表述，胡适译为“实际主义”），二是Experimentalism（胡适称为“实验主义”），“‘实际主义’（Pragmatism）注重实际的效果；‘实验主义’（Experimentalism）虽然也注重实际的效果，但他更能点出这种哲学所最注意的是实验的方法”[②]。胡适一直把实用主义称为“实验主义”，强调效果之外的方法的重要性，并不是出于对杜威思想的误解，而是在接受过程中的别有会心，出于对方法的格外

① 胡适对杜威的敬慕，不限于思想，也在于情感。除前引《胡适日记》外，杜威归国后，胡适为次子取名“思杜”——思念杜威之意，可见一斑。

② 胡适：《实验主义》，欧阳哲生编：《胡适文集》第2卷，第208-209页。

关注。这显然属于胡适的创造性发挥。其次，胡适将实用主义哲学与达尔文进化论相联系，强调后者对前者的决定性意义，并据此将实用主义哲学的根本观念总结为“进化观念在哲学上应用的结果，便发生了一种‘历史的态度’（The genetic method）”[①]。这也很难说是对于实用主义哲学的准确阐释，而更多地出于胡适对进化论的主观认同与强烈好感。无独有偶，在此前提到的作于杜威离华前一天的《杜威先生与中国》一文中，胡适进一步阐述了杜威思想，虽不及《实验主义》一文详尽博洽，却更为简洁明晰：

> 他的哲学方法总名叫做“实验主义”；分开来可作两步说：
>
> （1）历史的方法——“祖孙的方法”　他从来不把一个制度或学说看作一个孤立的东西，总把他看作一个中段：一头是他所以发生的原因，一头是他自己发生的效果；上头有他的祖父，下面有他的子孙。捉住了这两头，他再也逃不出去了！这个方法的应用，一方面是很忠厚宽恕的，因为他处处指出一个制度或学说所以发生的原因，指出他的历史的背景，故能了解他在历史上占的地位与价值，故不致有过分的苛责。一方面，这个方法又是最严厉的，最带有革命性质的，因为他处处拿一个学说或制度所发生的结果来评判他本身的价值，故最公平，又最厉害。这种方法是一切带有评判（Critical）精神的运动的一个重要武器。
>
> （2）实验的方法　实验的方法至少注重三件事：（一）从具体的事实与境地下手；（二）一切学说思想，一切知识，都只是待证的假设，并非天经地义；（三）一切学说与理想都须用实行来试验过；实验是真理的唯一试金石。第一件，——注意具体的境地，使我们免去许多无谓的假问题，省去许多无意义的争论。第二件，——一切学理都看作假设——可以解放许多“古人的奴隶”。第三件，——实验——可以稍稍限制那上天下地的妄想冥思。实验主义只承认那一点一滴做到的进步，——步步有智慧的指导，步步有自动的实验——

① 胡适：《实验主义》，欧阳哲生编：《胡适文集》第2卷，第212页。

才是真进化。[①]

该文发表在《晨报》后，胡适将剪报附在日记之中，并指出“中国真懂得杜威先生的哲学的人，实在不多，故我很想使大家注重这一个真正有益的一点——方法”[②]。将杜威哲学思想的核心价值定位于“方法”之上，这是胡适一以贯之的看法。但以杜威为代表的实用主义哲学流派，其立论自然不限于方法论层面，也涉及本体论和认识论范畴。胡适对其方法论价值的一味强调，有失片面。实用主义哲学的兴起，固然与近代科学的发达密切相关，但其核心价值并不单纯维系在进化论学说的基础之上。[③] 胡适将实用主义总结为“历史的方法”，显然以进化论为依据。而证之以胡适在《介绍我自己的思想》一文中的表述：

> 我的思想受两个人的影响最大：一个是赫胥黎，一个是杜威先生。赫胥黎教我怎样怀疑，教我不信任一切没有充分证据的东西。杜威先生教我怎样思想，教我处处顾到当前的问题，教我把一切学说理想都看作待证的假设，教我处处顾到思想的结果。[④]

赫胥黎正是“社会达尔文主义”的代表人物。胡适自陈受到赫胥黎与杜威的影响，两人分别代表的进化论和实用主义思想在胡适身上都有明显的体现，而在接受过程中，赫胥黎和杜威的思想也互为因果。可见，胡适借助进化论理解实用主义，又透过实用主义接受进化论。在情感层面，胡适显然更侧重于杜威，但在接受杜威思想时，却难以避免先在的进化论眼光。可见，胡适强调实用主义哲学的“实验性”内涵，放大其方法论价值，做出了个人化的解读。这样看来，胡适对于杜威思想的理解，不仅出于对其师学说的接受和传承，也在有意无意之间形成了背离与超越，从而使其对实用主义哲学的阐释，不无夫子自道式的自我言说意味。

---

① 胡适：《杜威先生与中国》，《胡适文集》第 2 卷，第 280 页，着重号为原文所有。

② 《胡适日记全编》第 3 卷，第 368 页。

③ 对杜威实用主义哲学的解说，参见[美]梯利著，葛力译：《西方哲学史》（增补修订版），北京：商务印书馆，2000 年，第 623-626 页，第 733-737 页。

④ 胡适：《介绍我自己的思想》，《胡适文集》第 5 卷，第 507-508 页。

正是在对杜威思想的选择性接受和自我发挥之中，体现出胡适对实用主义哲学的创造性理解，也使其与杜威之间的思想传承，超越了单纯的影响与被影响，呈现为一种对话的关系。

胡适终身奉杜威为师，在西学领域可谓师出名门，渊源有自，但其毕生关注和研究的，却是中国的思想和文学问题。这又使他在面对具体的研究对象时，一方面自觉取法西方，另一方面又不肯轻易放弃本土的治学理念和方法，力图在中西思想与学术中寻求交集。无论是其终生信奉的“大胆的假设，小心的求证”的十字真言[①]，还是对中国古代“汉学”方法的肯定，在胡适的言说中都具有中西合璧的色彩。尤其是后者，不仅属于胡适钟情一生的方法问题，而且对“考证之学”的关注，更是早在赴美留学之前，并在接触实用主义哲学后，与之相印证，发掘出考证方法的科学性，将其与实验的方法相类同、相对举。[②] 胡适在这方面最杰出的贡献和最具典范意义的工作，在于将小说文类与考证方法的聚合。同样，正是在中国小说史学这一研究领域中，胡适试图整合中西学术，对于杜威思想的接受与选择，及其自我发挥之处，也蕴含其中。

## 二、小说作为文学

1929 年，有志于从事小说目录学研究的孙楷第致信胡适，说：

> 窃尝谓吾国小说俗文素被摈斥，收藏家不掇拾，史学家不著录，考证家不过问，使七八百年以来负才之士抱冤屈而不得伸。独先生于“五四”之际，毅然提倡，不仅为破坏工作，兼从事于积极整理，为小说抬高身分，使风气稍稍转移，今之读书人犹肯从事于此，实源渊于先生，可谓豪杰之大先天下之忧乐者也！[③]

① 胡适：《清代学者的治学方法》，《胡适文集》第 2 卷，第 288 页。

② 唐德刚译：《胡适口述自传》第六章“青年期逐渐领悟的治学方法”，第 133-144 页。

③ 杜春和、韩荣芳、耿来金编：《胡适论学往来书信选》上册，石家庄：河北人民出版社，1998 年，第 495 页。

孙楷第大力褒奖胡适对于小说史研究的学术贡献，实非过誉。小说文类，在中国古代奉诗文为正统的文学体系中一直处于边缘性地位，受到身居庙堂的士大夫的轻视。尽管个别上层文人偶有触及，参与小说阅读和创作，但也是将小说视为消闲的对象，并未赋予其独立的文学地位。有清以来，小说的地位有所提升，有文人开始关注白话小说的严肃性："《红楼梦》热这种现象使得小说的严肃性已经成为无可否认的事实。"①但这一提升不过是小说文类内部的自我调整，在整体的文类等级秩序中，小说仍居于诗文之下，很难对诗文的正统地位构成有力的挑战。真正使小说的文类等级获得提升，实有赖于晚清至五四两代学人之力。以梁启超为代表的晚清学人，奉小说为"文学之最上乘"，在以诗文为正统的士大夫阶层中提升了小说的地位。相对而言，以胡适等为代表的五四学人，淡化了梁启超等人推崇小说背后的政治诉求，更体现出学术的眼光。五四学人视小说为学术研究对象，采用西来之文学史（小说史）的研究体式，将小说作为主要文类，纳入中国文学史的叙述之中。对于小说的"文学"发现，使作家逐渐摈弃了视小说创作为正业之余的悠闲笔墨这一观念，也改变了读者将小说作为消闲阅读对象的态度，重构了中国人的"小说想象"，并最终形成一种新的阅读趣味和审美理想。

作为新文学倡导者，胡适的主要贡献在于揭开"文学革命"的序幕，并通过一系列论著对新文学进行了系统的理论建构。而小说文类在这一理论建构中起到至为关键的作用，成为胡适的新文学理论的主要依据和资源。早在 1906 年，时在上海中国公学读书的胡适，就在《竞业旬报》上连载长篇章回体小说《真如岛》，意在"破除迷信，开通民智"②。以小说为启蒙之利器，此时的胡适与晚清学人同一声气，这是其从事新文化建设的起点。赴美留学期间，胡适进一步构筑了以白话文学为正宗的文学史观念，日记中即有"清文正传不在桐城、阳湖，而在吴敬梓、曹

---

① [美]宇文所安著，宇文秋水译：《过去的终结：民国初年对文学史的重写》，载刘东主编：《中国学术》，2001 年第 1 辑，北京：商务印书馆，2001 年，第 184 页。宇文所安认为，清代"传奇和杂剧虽然总的来说仍被排除在'四部'之外，但是已经很明显地获得了'高级文学体裁'的地位"。这一论断未免言过其实。如果比照清代诗文和小说戏曲的地位，会发现后者尽管有所提升，但诗文的正统地位依然如故。而且，倘若小说已获得"高级文学体裁"之殊荣，清末梁启超等人也就无须倡导"小说界革命"；林纾翻译西方小说，也无须以"史迁笔法"自我期许了。

② 胡适：《四十自述·在上海（二）》，《胡适文集》第 1 卷，第 80-81 页。

雪芹、李伯元、吴趼人诸人也”的论断。[①] 1917年1月他发表《文学改良刍议》，揭开了“文学革命”的序幕。[②] 该文不仅提出文学改良的“八事”主张，而且从“一时代有一时代之文学；……文学因时进化，不能自止”的进化史观出发，强调以白话取代文言，确立白话文学的正宗地位：“然以今世历史进化的眼光观之，则白话文学之为中国文学之正宗，又为将来文学必用之利器，可断言也。”[③] 可见，胡适试图借助一种文学史研究思路——以白话文学为正宗的进化史观——达到建构新文学观念的目的。[④] 而这一思路的主要实践，就是其文学史和小说史研究。

作为文学史家，胡适的主要工作在于从“整理国故”的纲领出发，重新梳理了中国文学的变迁沿革。1919年11月，胡适发表《新思潮的意义》，提出“研究学问，输入学理，整理国故，再造文明”的新文化纲领，这也成为他由文化批判转向学术研究的重要标志。尽管胡适强调“整理国故”旨在以“评判的态度”重新估定历史文化遗产的价值[⑤]，然而以新文学倡导者的身份主张阅读和研究古书，还是引起了人们的非议与责难，使他不得不宣称“我所以要整理国故，只是要人明白这些东西原来‘也不过如此’”，“化黑暗为光明，化神奇为臭腐，化玄妙为平常，化神圣为凡庸：这才是‘重新估定一切价值’”[⑥]。这一价值重估的努力，与杜威实用主义哲学的基本价值取向极其吻合。但胡适也结合自家所处

---

① 胡适1916年9月5日日记《王阳明之白话诗》，《胡适日记全编》第2卷，第482页。

② “文学革命”的口号，在胡适留美期间与人讨论新旧文学问题时即已提出，只是他在撰文寄给《新青年》时，考虑到反对者的压力和当时国内的舆论状况，改作较为平和稳健的“文学改良”这一称谓。参见《胡适留学日记》卷十四《一四、文学革命八条件》，《胡适日记全编》第2卷，第464-465页。胡适：《逼上梁山——文学革命的开始》，《胡适文集》第1卷，第143页。

③ 胡适：《文学改良刍议》，《胡适文集》第2卷，第7、14页。

④ “一代有一代之文学”这一命题，在晚清至五四得到了两代学人的反复申说，但其背后的思维方式并不都因循进化论。如王国维《宋元戏曲史·序言》开篇有云：“凡一代有一代之文学：楚之骚，汉之赋，六代之骈语，唐之诗，宋之词，元之曲，皆所谓一代之文学，而后世莫能继焉者也。”上海：华东师范大学出版社，1995年，第1页。就是依文类立论，指出某一文类在某一朝代达到其高峰，所谓“后世莫能继焉者”即指对文类自身的发展状况而言，各文类之间不存在相互取代的递进关系。《宋元戏曲史》以戏曲这一中国古代的边缘文类为研究对象，借用“一代有一代之文学”的命题，意在突出其文学史地位，并非奉进化论为圭臬。进化论真正大行其道并深入人心，实有赖于胡适等人在“文学革命”时期的大力倡导。

⑤ 胡适：《新思潮的意义》，《胡适文集》第2卷，第552页。

⑥ 胡适：《整理国故与“打鬼”》，《胡适文集》第2卷，第117-118页。

的现实语境，有所发挥。事实上，“整理国故”的主张隐含着胡适推进“文学革命”的文化策略。“文学革命”发生后，尽管新文学凭借其倡导者的广泛宣传，并通过与反对者的论争初步建立起来，但要使之得到根本确立，还需要从历史的角度寻求理论支持。胡适借助“整理国故”系统梳理中国文学史，从文学史的发展趋势上肯定白话文学的“正宗”地位，正是为新文学合理性与合法性寻求历史依据。[①] 其“中国旧小说考证”系列论文，以及《国语文学史》和《白话文学史》这两部关系密切的文学史著作，均可视为上述文化策略的产物。

《国语文学史》是胡适 1921 年至 1922 年分别在教育部国语讲习所和南开大学所做演讲的讲义，其间有一定的删改；《白话文学史》则是在前者的基础上，吸收国内外新发现的史料和学术界新的研究成果，增删修订而成。[②] 尽管《白话文学史》只及中唐，未成完璧，但胡适的文学史观得到了充分的彰显。在该书序言列出的“《国语文学史》的新纲目”中，自先秦至清代，小说逐渐居于文学史叙述的中心地位。这与胡适 1922 年 3 月 3 日所作《文学革命运动》一文中对于白话文学史的分歧相呼应。该文将白话文学史划分为五个时期：

> 一、汉魏六朝“乐府”。
>
> 二、唐代的白话诗和禅宗的白话散文。
>
> 三、五代的白话词，北宋柳永、欧阳修、黄庭坚的白话词，南宋辛弃疾一派的白话词。
>
> 四、金、元时代的白话小曲和白话杂剧。
>
> 五、明清白话小说。

并强调明清以来“五百年流行最广，势力最大，影响最深，就是《水浒》、

① 胡适在《〈中国新文学大系·建设理论集〉导言》中称：“我们特别指出白话文学是中国文学史上的‘自然趋势’，这是历史的事实。……我们再三指出这个文学史的自然趋势，是要利用这个自然趋势所产生的活文学来正式替代古文学的正统地位。简单说来，这是用谁都不能否认的历史事实来做文学革命的武器。”《中国新文学大系·建设理论集》，上海：良友书局，1935 年，第 20-21 页。

② 由《国语文学史》到《白话文学史》的流变及相互间的差异，参见曹伯言：《从〈国语文学史〉到〈白话文学史〉》，载《学术界》，1993 年第 2 期。

《三国》、《西游》、《红楼》等几部小说。……白话小说起与宋代，到明朝已进入成人时期。”[①] 如前文所述，胡适对于白话文学史的建构，是从历史进化的文学观念出发，对中国文学史进行重新估价，以此为其“文学革命”主张寻求历史依据，进而实现其建立新文学的文化理想。在胡适看来，“白话文学史就是中国文学史的中心部分”[②]，一部中国文学史就是“古文文学的末路史”和“白话文学的发达史”[③]。这种“双线文学史观”在学理上的得失姑且不论，值得关注的是，胡适怎样通过这种文学史建构方式将小说纳入文学史的叙述框架之中，提升其文类等级，并进而实现建立新文学的文化策略。从历史进化的“双线文学史观”出发，中国文学史被胡适描述为白话文学不断进化，逐渐占据文学发展的主流，动摇并最终取代古文文学正宗地位的历史，表现为“活文学”对“死文学”的征服。在这一文学史叙述的“剧情主线”中，小说这一长期被轻视的边缘性文类，逐渐占据了显要位置。在胡适构筑的“白话文学史”体系中，每一时代都有一种代表性的文类，体现这一时代白话文学的主要成就：汉魏有民歌，唐宋有白话诗词，元代有戏曲，至明清两代，小说则居于中心地位，而且随着白话文学对于古文文学的不断“征服”，小说的地位也逐渐提升。基于这种白话文学“代变”而“代胜”的文学史建构方式，小说地位的提升，成为文学史变革的大势所趋，无可争辩地作为明清两代文学的主要成就的代表。胡适曾指出，“清朝的文学，除了小说之外，都是朝着‘复古’的方面走的”[④]，“在我们自己的时代，那唯一可以被称作活文学的作品便是《我佛山人》（吴趼人）、《南亭亭长》（李伯元）和《洪都百炼生》（刘鹗）等人所写的《官场现形记》、《二十年目睹之怪现象》、《九命奇冤》和《老残游记》。”[⑤] 这一具有“托古改制”[⑥]意味的文学史研究思路，使新文学不再是横空出世的孤立现象，而成为白话文学发展的最新和最高阶段的产物。这就为新文学的确立提

① 胡颂平编著：《胡适之先生年谱长编初稿》（校订版）第二册，第478页。

② 胡适：《〈白话文学史〉自序》，《胡适文集》第8卷，第146页。

③ 胡适：《白话文学史·引子》，《胡适文集》第8卷，第151页。

④ 胡适：《〈词选〉自序》，《胡适文集》第4卷，第548页。

⑤ 唐德刚译：《胡适口述自传》，第161页。

⑥ 参见黎锦熙：《〈国语文学史〉代序》，《胡适文集》第8卷，第5页。

供了看起来相当严密的历史逻辑，新文学的存在也因此获得合法性。

胡适晚年在回顾新文学运动时，把“文学革命”成功的原因归结为以下两点：一，“反对派实在太差了”；二，“用历史法则来提出文学革命这一命题，其潜力可能比我们所想象的更大。把一部中国文学史用一种新观念来加以解释，似乎是更具说服力。这种历史成份重于革命成份的解释对读者和一般知识分子都比较更能接受，也更有说服的效力。”[①] 前者固然是在新文学及其反对者的论争尘埃落定、胜负已分之后，以胜利者的姿态回首当年，不无得意；后者则是胡适对其文学史观的历史总结。可见，正是出于为建立新文学提供历史依据的目的，胡适选择并最终确立历史进化的白话文学史观，作为构筑中国文学史的基本线索，从而决定了“小说成为文学”——进入文学史叙述框架的身份和姿态。新文学倡导者的理论立场和言说策略，决定了胡适对小说的定位和取舍——白话而非文言。尽管胡适认为先秦诸子的寓言“可当‘短篇小说’之称”，《世说新语》“很有‘短篇小说’的意味”，《虬髯客传》“可算得上品的‘短篇小说’”[②]，但在小说史研究中最为用力的主要还是白话小说，纳入“考证”视野的也主要是章回小说。[③] 综上可知，胡适的文学史和小说史研究，促成了小说文类和新文学理念的价值互补：小说凭借白话文学的身份参与新文学的建构，为后者提供了历史依据；而新文学的建立，又保证了小说地位持续稳步的上升。

## 三、考证作为方法

胡适使“小说作为文学”，将其纳入文学史的叙述框架中，解决了“小说可以读，可以研究”的问题。至于“小说怎样读，怎样研究”，则取决于胡适对于“方法”的选择。

---

① 唐德刚译：《胡适口述自传》，第 185-186 页。

② 胡适：《论短篇小说》，《胡适古典文学研究论集》下册，上海：上海古籍出版社，1988 年，第 680、683、685 页。

③ 在胡适公开发表的文字中，专门讨论白话短篇小说的只有《宋人话本八种序》。在其“小说考证”系列中，唯一涉及的文言小说是《聊斋志异》，但主要是对于作者蒲松龄生平的考证。

“方法”对于胡适而言具有特殊的意义。如前文所述，胡适承认自家在治学方法上受到赫胥黎进化论和杜威实验主义哲学的影响，并据此在清代考据学中发现了“科学”精神，从而总结出“大胆的假设，小心的求证”的十字真言。这既是胡适治学的基本原则，也是支撑其“文学革命”主张的理论基础。胡适大部分学术著作都有教人以“拿证据来”的思想方式和治学方法这一终极目的。大力倡导“文学革命”，也意在传播其重实证的科学法则和科学精神。据此，胡适的学术研究在中国现代学术史上构成一种研究范式，提供了一种具有典范性的方法论。[①] 对胡适而言，“方法”不是学术研究中的技术因素，而具有决定性意义：“方法”决定了胡适发现问题、思考问题的视角和眼光，也决定了他对于研究对象的取舍与判断。而对于“方法”的格外关注，又使胡适在接受杜威实用主义哲学时别有怀抱，将乃师思想化约为一种方法论，进行了颇能凸显自家个性的发挥。

应指出的是，在新文学倡导者中，胡适最乐于并善于进行自我言说。这与他对于自传文体的高度关注和积极倡导密切相关[②]，意在通过对其自传的经营以身作则，身体力行。同时，对于自家文化身份和历史使命的自我期许，使胡适将文稿、演讲，乃至书信、日记等私人性文本，均视为其新文化主张的重要载体，下笔审慎，结构精心，不肯放过任何一个宣扬自家理念的机会。胡适在新文化运动初期因倡导“文学革命”而骤得大名，不满 27 岁即被聘为北京大学教授，学术起点甚高。作为先觉者的一言一行，时时受到广泛的关注。面对同行和读者期待的目光，胡适也不断地进行自我言说，强化众人和自家对于先觉者形象的期许：似乎在新文化运动前的一举一动，都是在为即将到来的“文学革命”做准备，经过了胡适的深思熟虑，目的性与方向感十足。应该说，此举不无“为名所累”的意味：以宣扬新文化而闻名于世，新文化也就成为外界对

① 陈平原《胡适的文学史研究》指出：“胡适的这两部大书（引者按：指《中国哲学史大纲》和《白话文学史》）都是建立‘典范’（paradigm）之作，既开启了新途径，引进了新方法，提供了新概念，又留下了不少待证的新问题。……其意义主要不在自身论述的完美无瑕，而在于提供了示范的样板。”王瑶主编：《中国文学研究现代化进程》，北京：北京大学出版社，1996 年，第 215 页。

② 陈平原：《现代中国学术之建立——以章太炎、胡适之为中心》，北京：北京大学出版社，1998 年，第 216 页。

胡适文化身份的基本定位。在众人眼中，胡适之于新文化，不容不做，亦不容改做，稍有差池，即引起质疑和责难。这使胡适几乎终生都在解释中度日。尽管胡适对此应对自如，而且似乎乐此不疲，但事后追认的言说立场，还是遮蔽了促成其新文化主张的诸多偶然性因素，掩盖了先觉者形象背后的某些个人趣味，尤其是掩盖了胡适在亦步亦趋地接受杜威思想过程中的自我选择与发挥。

胡适对于“方法”的反复言说亦如是。胡适不断强调方法的重要性，赋予其对于学术研究的决定性意义，并进一步将自家治学的基本方法定位在“考证”之上。[①] 除前引《清代学者的治学方法》和《〈胡适文存〉序例》中对于方法的强调外，1921 年 8 月 13 日，他在与顾颉刚谈编写《中国历史》时说：“整理史料固重要，解释（interpret）史料也极为重要。中国止有史料——无数史料，——而无历史，正因为史家缺欠解释的能力。”[②] 约一年后，在与日本学者今关近磨的谈话中，其出言更为大胆：

> 我们的使命，是打倒一切成见，为中国学术谋解放。
> 我们只认方法，不认家法。
> 中国今日无一个史家。[③]

如此“心中有法，目中无人”式的论断，基于胡适手握杜威实用主义哲学的尚方宝剑，对自家治学方法的高度自信，也进一步强化了他在学术界的自我定位和期许。[④] 胡适以科学的眼光考量中国传统学术，在清儒

---

① “方法”不仅是胡适学术研究的自我期许，也成为他衡量旁人学术著作的标尺。在为孙楷第《日本东京所见中国小说书目提要》所作序言中，胡适称赞孙楷第“是今日研究中国小说史最用功又最有成绩的学者。他的成绩之大，都由于他的方法之细密。他的方法，无他巧妙，只是用目录之学做基础而已。”《胡适古典文学研究论集》下册，第 1271 页。

② 《胡适日记全编》第 3 卷，第 431 页。

③ 《胡适日记全编》第 3 卷，第 772 页。

④ 除上引文献外，胡适在其他场合也多次讨论方法。1928 年 9 月，作《治学的方法与材料》一文，提出科学的方法，只不过是“尊重事实，尊重证据”。在应用上，科学的方法只不过“大胆的假设，小心的求证”，参见《新月》第一卷第九期、《小说月报》第二〇卷第一期。1952 年 12 月 1 日至 6 日，他在台湾大学做了三次关于“治学方法”的演讲，仍对“方法”予以反复申说。胡颂平编著：《胡适之先生年谱长编初稿》（校订版）第六册，第 2242-2256 页。

家法和杜威实用主义哲学之间寻找交集，于是，在清学的考证方法中发现了与科学理念的相契合处——实证性。在胡适看来，考证方法经过科学理念的改造与整合，已不为中国传统学术所囿，而能够与“科学”的研究方法——杜威实用主义哲学产生交汇，甚至因此获得了解放和再生，得以纳入胡适的思想体系之中，成为自家得以安身立命的学术根基，并担负起“整理国故”——建设新文化的历史使命。

不过，胡适选择考证作为治学的主要方法，不仅出于对杜威思想的认同与接受，回国之初的学术环境，及其带来的巨大压力，也促成这一选择。胡适最初因提倡白话文而被蔡元培延请，担任北大教职。彼时北大文科正笼罩在一股考证学风之下，当时最有声望的三位文科教授：刘师培、黄侃和陈汉章，都在小学方面功力深厚。[①] 而且，胡适发现他的学生，如傅斯年、顾颉刚、毛子水等，在旧学根底上也胜过自己。[②] 这一学术环境，及其带来的生存压力，迫使胡适不得不在治学方法，尤其是考证之学上加倍用功。不过，胡适毕竟是以杜威思想传人和新文化倡导者的身份进入北大，将自家治学完全纳入旧学轨辙，既非胡适所能，亦非其所愿。于是，胡适以杜威实用主义哲学为根基，调整考证的学术思路与研究对象，将考证从传统经学、史学的体系中抽离出来，以“西学东渐”统摄“旧学新知”，试图在旧学与西学之间找到一个有效的平衡点。胡适此举，一方面是基于其新文化立场，有意与旧派争夺学术阵地，将白话小说这一被排斥在传统“四部”之学视野以外的边缘性文类，纳入考证的视野[③]，提升了小说的文化地位，也从根本上改变了考证之学

① 陈以爱：《中国现代学术研究机构的兴起——以北大研究所国学门为中心的探讨》，南昌：江西教育出版社，2002 年，第 22-24 页。

② 罗家伦：《元气淋漓的傅孟真》，胡颂平编著：《胡适之先生年谱长编初稿》（校订版）第一册，第 296 页。

③ 在《四库全书总目提要》中，“子部”之下包括被后世视为“笔记小说”的《世说新语》等，“集部”之下包括作为文言小说总集的《太平广记》以及收录小说的各种类书，但白话小说均被排斥在“四部”之外。

的研究对象和学术品格[①]；另一方面，由于胡适在旧学上无师承，这也使其不为之所囿，比较容易“离经叛道”，在研究中闪展腾挪，依照研究对象进行自我调整。可见，胡适不为传统经学家法和门户所限，源于其对旧学的相对“陌生”——旧学根基和功力的相对不足，以及对杜威思想的深切认同和自家选择的高度自信。在学术转型的大背景下，“以西学剪裁中国文化”渐成主潮，旧学根基和功力的相对不足反而成为他的长处：胡适与旧学之间的距离，恰好为西学所填补。这样，在由经史子集四部之学转向现代学科划分的过程中，特别是在对文学文类的等级秩序重新调整的过程中，胡适敏锐地把握住了新学科的命脉，以西学的眼光唤起新一代学人改造旧学、创建新学的信心与热情。[②] 胡适以其“半新不旧的考据”[③]给人以耳目一新之感，并作为一种研究范式，在学界产生了极为深远的影响。[④] 而胡适在中西学术之间的纵横驰骋、左右逢源，也得到了充分地展现。

胡适以“考证”作为小说史研究的主要方法，还源于自家对于小说的阅读趣味。早在赴美留学之前，胡适就曾撰写《小说丛话》。[⑤] 这一系列学术笔记，涉及《石头记》《金瓶梅》《七侠五义》等章回小说，其中除考证作者外，已见以小说为社会史料之眼光。可见，胡适的“历史

① 胡适在《〈曲海〉序》中指出：“向来中国的学者对于小说戏曲大都存鄙薄的态度，故校勘考据的工力只用于他们所谓‘正经书’，而不用于小说曲本；甚至于收藏之家，目录之学，皆视小说戏剧为不足道。……比较说来，小说更受上流社会的轻视，故关于他们的记载更缺乏。”《胡适文集》第4卷，第569页。

② 顾颉刚的“疑古”思想及其“层累地造成的古史”观，即得益于胡适的学术研究，特别是《〈水浒传〉考证》等论文的启发。参见顾颉刚：《〈古史辨〉自序》，顾颉刚编著：《古史辨》第一册，上海：上海古籍出版社，1982年，第40-41页。

③ 胡适：《〈水浒传〉考证》，《胡适古典文学研究论集》下册，第750页。

④ 胡适依据传统学术方法和体例“托古改制”，不限于考证。1922年1月21日，其在《章实斋先生年谱序》中说：“我这部年谱，虽然沿用向来年谱的体裁，但有几点，颇可以算是新的体例。”胡颂平编著：《胡适之先生年谱长编初稿》（校订版）第二册，第475页。

⑤ 《小说丛话》系胡适《藏晖室笔记》之一，未刊，无写作日期，当是1910年出国留学前在上海中国公学读书时所作。《胡适日记全编》第1卷，第42-47页。

癖”与“考据癖”并不是自倡导新文学始，而是其一贯的阅读趣味。[①] 其以治史的眼光看待小说，使小说更加适于纳入考证之学的范畴，得以和经史相并置，从而将小说从边缘性地位中解放出来，使之真正进入了学术研究的视野，获得高级文类的地位。[②] 在考证的前提下，以小说取代经史，又促成对于传统经学的研究对象的置换，使之逐步获得现代学术的品格。为提升小说的文化地位，胡适为其量身打造了考证之法；为实现考证之学的现代转化，胡适又选取小说文类，纳入其研究范畴。由此可见，对于胡适而言，提升小说的文化地位，非考证不得其法；使考证为新学所用，亦非小说不得其实。作为方法的“考证”与作为学术对象的“小说”，交融在胡适的小说史研究的视域之中。“小说”与“考证”的遇合，促进了双方在现代学术体制中的身份转换与价值提升，也成为胡适改造清儒家法和发挥杜威思想这一学术选择得以大显身手的舞台。

---

① 除早年笔记中显露以小说为社会史料的阅读趣味外，胡适在其最先完成的“章回小说考证”论文——《〈水浒传〉考证》中，即明确突出自家“历史癖”和“考据癖”。参见《胡适古典文学研究论集》下册，第750页。在1936年3月21日复叶英信中，其特别指出“你读过《儒林外史》没有？那是中国教育史的最好史料。”参见《胡适论学往来书信选》上册，第346页。1950年6月21日，胡适在阅读《五续今古奇观》（该书是坊间抽印的“短篇小说总集”的一部，其中作品往往出于“三言”“二拍”）时说：“今天我特别注意王本立《天涯寻亲》一篇，其中写明朝北方‘差役’制度的可怕，特别写报充‘里役’之种种痛苦，真是重要史料。”参见《胡适日记全编》第8卷，第39页。直到晚年，在对台湾中国教育学会等六个学术团体发表题为《中国教育史的材料》的演讲时，仍强调“要找寻教育史的活的资料，《儒林外史》、《醒世姻缘》……都有很好的资料。《儒林外史》实在是一部很好的教育史资料，书中不但谈到学制，学生、老师们的生活，同时还谈到由于学制，老师、学生们的生活与关系，所养成的学生的人格与德性。《醒世姻缘》虽然是一部全世界最伟大的怕太太小说，但它里面有些地方，把当时的学制与师生之间的生活情形，描写得非常透澈。”见胡颂平编著：《胡适之先生年谱长编初稿》（校订版）第八册，第3133页。可见，胡适的这一阅读趣味，终其一生。

② 值得关注的是，在中国古代与小说同处于边缘性地位的词、曲、戏曲、弹词及其他民间说唱艺术，在20世纪中国也引起了学人的重视，并被纳入学术研究视野，但相对于小说而言，均未获得“高级文类”的地位。“戏曲学”尽管名家辈出，渐称显学，但只限于研究范畴，作家从事“戏剧”创作，盖以舶来之话剧为基本形态，并非中国古代戏曲创作的延续。民间说唱艺术，则被纳入所谓“俗文学”的视野中加以考察，相对于诗文的边缘性依旧。真正脱“俗”入“雅”，彻底摆脱边缘性地位的，似唯有小说文类。这与小说自身可以承担“大说”的特质有关，也源于西来之注重小说的文学观念；同时，与胡适等人以“考证”之眼光，凸显小说的史料价值，亦不无关联。

# 四、小说如何考证

胡适的“中国旧小说考证”系列，最初是为汪原放主持的亚东图书馆标点排印本“中国古典小说读本”系列（以下简称“亚东版”）所作的序言。胡适对于小说考证对象的选择，首先取决于“亚东版”的小说选目。“亚东版”对于小说选目及其底本的遴选慎之又慎，作品经过细致校勘，并以新式标点断句。而且每部小说都由胡适、钱玄同、陈独秀等新文化倡导者作序，承担导读的作用。学人的参与，为阅读和研究小说提供了可靠的版本，逐渐在现代读者心中构筑起中国古典小说的经典化图景；对于小说史研究的学术提升，也起到了重要作用，影响及于一时。[①]孙楷第曾在致胡适信中称誉：“亚东排印古小说，甚便阅者，自是胜事。”[②] 胡适本人对此亦有好评，在为日译本《五十年来中国之文学》所作序言中说：

> 小说向来受文士的蔑视，但这几十年中也渐渐得着了相当的承认。古小说的发现，尤为这个时期的特色。《宣和遗事》的翻印，《五代史平话》残本的刻行，《唐三藏取经诗话》的来自日本，南宋《京本通俗小说》的印行，都可给文学史家许多材料。近年我们提倡用新式标点符号翻印古小说，如《水浒传》，《红楼梦》之类，加上历史的考证，文学的批评，这也可算是这个时期一种小贡献。[③]

胡适将“亚东版”视为对于古典小说的重新发现，学术期望甚高。在为小说所作的具有导读功能的序言中，也有意识地植入自家的学术理

---

① 亚东图书馆出版的“中国古典小说读本”系列，是现代学术参与古典小说阅读与出版的范例。以新文学出版机构的身份（亚东图书馆曾先后出版胡适《尝试集》《胡适文存》等新文学读物）从事古典小说整理，胡适、汪原放等策划人关注小说的立场和视角、遴选作品的策略与眼光，意味深长。“亚东版”的策划、出版、发行，对于中国小说史学之建立，以及构建现代中国读者的古典小说想象，都起到至关重要的作用。当有专文论之，此不赘。

② 《胡适论学往来书信选》上册，第 500 页。

③ 《胡适古典文学研究论集》上册，第 168-169 页。

念与文化策略。胡适对“亚东版”的策划、出版、发行用力甚勤[①]，意在告诉普通读者哪些小说可读，该怎样读，提供经过整理的可靠读本，指引读者借助其导读文字，获得阅读古典小说的正确途径，并进而了解其学术创见和研究方法。经由学者标点校勘、撰写导读的古典小说，是对胡适“整理国故”主张的有效呈现。[②] 胡适为“亚东版”系列所作的序跋，本身也构成一个系列。虽然每篇文章各有侧重，但整体思路却一以贯之。1942年，胡适将这些导读文字结集为《中国旧小说考证》一书，以“考证”之总称概括之，也体现出对于自家小说史研究的学术定位和理论自觉。

胡适曾在复王重民信中坦言自家“在文学史上的贡献只是用校勘考证的方法去读小说书”[③]，晚年也曾对助手胡颂平谈道：“我自己对红楼梦最大的贡献，就是从前用校勘、训诂、考据来治经学史学的，也可以用在小说上。”[④] 胡适以实证方法研究小说，既要借此传播科学观念，又力图将小说与经史相并置，提高其文化地位，并进而为新文学的确立提供理论支持。但小说作为文学文类，具有不同于经史的特性，在纳入“考证”视野的过程中，也受到方法的制约。“考证”视野中的小说，首先是作为社会史料，而不是以具有审美价值的文学文类的身份进入胡适的学术视野。以治经史的眼光和方法研究小说，决定了他“重史轻文”的研究倾向。[⑤] 胡适在选取考证对象时，依据的主要是小说的学术含量，而不是其审美价值的高低。例如，尽管胡适对《红楼梦》的思想见地和文学技术的评价始终不高，但这部小说在作者和版本上的诸多疑点，使

---

① 胡适全程参与了“亚东版”的小说选目和底本遴选。小说导读，以胡适所作数量为最，也最为用力。参见胡适与汪原放的通信，《胡适论学往来书信选》下册，第644–652页。

② 1921年7月31日，胡适在南京东南大学及南京高师暑期学校发表题为《研究国故的方法》的讲演，着重谈了四点，第四点就是“整理”：形式的方面，加上标点和符号，替彼分开段落来；内容方面，加上新的注解，折中旧有的注解；并且加上新的序、跋和考证；还要讲明书的历史和价值。参见曹伯言、季维龙编著：《胡适年谱》，合肥：安徽教育出版社，1986年，第209页。

③ 《胡适论学往来书信选》上册，第74页。着重号为原文所有。

④ 胡颂平编著：《胡适之先生年谱长编初稿》（校订版）第十册，第3652页。

⑤ 在1960年11月24日致高阳信中，胡适承认：“三十年来（快四十年了，我的《考证》稿是民国十年三月写的，改稿是十年十一月改定的）‘红学’的内容，一直是史学的重于文学的。”参见胡颂平编著：《胡适之先生年谱长编初稿》（校订版）第九册，第3385–3386页。

之成为可供考证研究大显身手的绝佳例证。因此，对于《红楼梦》的考证，几乎贯穿于胡适的整个学术生涯。①

胡适的“中国旧小说考证”侧重于两端：一是对作品的版本、情节及人物形象的起源、流变与生成过程的梳理，二是对小说作者的考证。前者成为“历史进化的文学观念”的绝佳例证，后者则在实践考证方法的同时，承载了胡适的学术理想与文化关怀。而这两大侧重，无论是研究策略还是具体的操作方法，都与胡适本人对于杜威实用主义哲学的阐释相符合——所谓“科学试验室的态度”和“历史的态度”均蕴含其中。同时，胡适“中国旧小说考证”系列论文，尤其是《〈水浒传〉考证》和《〈红楼梦〉考证》这两篇代表作，在写作思路上也明显依照杜威实用主义哲学的思维模式展开。在《实验主义》一文中，胡适将杜威思想分作五步：

> （一）疑难的境地；（二）指定疑难之点究竟在什么地方；（三）假定种种解决疑难的方法；（四）把每种假定所涵的结果，一一想出来，看那一个假定能够解决这个困难；（五）证实这种解决使人信用；或证明这种解决的谬误，使人不信用。②

胡适的“中国旧小说考证”即体现出以上思路。以《〈红楼梦〉考证》一文为例，该文首先指出“红学”研究陷入了“索隐派”的附会误区，成为胡适从事《红楼梦》考证的触发点，是为第一步；然后将附会的“红学”分为三派，逐一指出其谬误，是为第二步；接下来强调以科学的考证取代猜谜般的索隐，作为正确的研究方法，是为第三步；之后提出胡适本人的大胆假设，即“自传说”，再根据可靠的版本与可靠的材料，分别考察《红楼梦》作者的事迹家世、著书时代以及版本流变，证实假设

---

① 与《红楼梦》形成鲜明对比的是，《金瓶梅》一直没有进入胡适的研究视野。尽管关于其作者的疑点更多，可供研究者发挥的余地更大。表面上看，是因为《金瓶梅》不适于普及，无法纳入“亚东版”的小说选目之中。胡适在致钱玄同信中，也曾批评《金瓶梅》“即以文学的眼光观之，亦殊无价值。何则？文学之一要素，在于‘美感’。请问先生读《金瓶梅》，作何美感？”参见《胡适论学往来书信选》下册，第 1109 页。事实上，胡适的上述论断，主要基于对《金瓶梅》表现“兽性的肉欲”的道德评判。所谓“美感”，也建立在这一道德评判之上，并非审美判断。

② 胡适：《实验主义》，《胡适文集》第 2 卷，第 233 页。

的准确性，是为第四和第五步。由此可见，胡适对于乃师思想的接受，可谓亦步亦趋。不过，在胡适的小说考证中，多有自我发挥之处，体现出自家的研究兴趣、文化关怀与言说策略。

中国古代白话小说，尤其是长篇章回小说，由初创到成书，往往不是出于一人之手：或在传抄中为文人改写（如《三国演义》），或在刊刻中遭书商删削（如《红楼梦》）。小说中的人物和情节也经历了由雏形到不断丰富、最终蔚为大观的过程。《水浒传》作为其中的代表，成为第一部进入胡适考证视野的章回小说。[①]《水浒传》触发了胡适的“历史癖”与“考据癖”，小说人物与情节的因时递变、不断积累的过程，也使考证方法有了用武之地。胡适对于《水浒传》的考证颇为用力，不仅确立了这部白话小说的文学史价值，并且以此为契机，总结出“历史进化的文学观念”[②]，成功地实践了胡适眼中的实用主义哲学的方法论，并使《〈水浒传〉考证》成为一篇学术宣言，为此后自家及其学术追随者的一系列考证研究，提供了可资借鉴的范例。

胡适“中国旧小说考证”系列论文的另一用力之处，是对于小说作者的考证。小说在中国古代，长期处于边缘性地位。特别是白话小说，作为文化消费的对象，作者主要是民间艺人和下层文人，在读者眼中并不具备“作家”的文化身份和精英地位。即使有上层文人偶或为之，也多将真名隐去，以假名存焉，不求以小说传名，使之与经史诗文等量齐观，作为安身立命的大事业。小说既然不被视为“创作”，也就不存在对于“小说家”的身份认同。这使中国古代小说流传至今，往往是作品尚存，作者湮没，从而在小说史研究中造成无数悬案，虽经几代学人多方努力，但至今仍未有定论。[③] 在胡适开始从事小说考证的 20 世纪初，相去不远的晚清小说家李伯元、刘鹗等人的生平事迹已多汗漫不可考，

① 《〈水浒传〉考证》于 1920 年 7 月 27 日脱稿，是胡适的第一篇“旧小说考证”文字。

② 《胡适古典文学研究论集》下册，第 790 页。

③ 如《金瓶梅》之作者“兰陵笑笑生”，经几代学者考证，竟得出十几种答案。《三国演义》之作者“罗贯中”的生平，《西游记》是否为吴承恩所作，《封神演义》之著作权属于“许仲琳”还是“陆西星”，《水浒传》之作者“施耐庵”、《红楼梦》之作者“曹雪芹”是否实有其人，至今也莫衷一是，争议不绝。小说作者之争，一直是中国小说史学的研究热点。特别是在“红学”领域，对于作者生平及家世的研究，逐渐形成所谓“曹学”，尤为突出。参见陈曦钟、段江丽、白岚玲：《中国古代小说研究论辩》，南昌：百花洲文艺出版社，2006 年。

引起研究者的广泛争议[①]，遑论元明两代的小说家。中国古代小说“作者”的悬案，使胡适的考证方法获得了大显身手的机会。然而，胡适对于小说作者的考证，并未停留在治学方法的操练之上，而将新文学倡导者的学术理想和文化关怀注入其中：尊小说家为“作家”，视小说为“创作”，将“文学”的身份赋予小说和小说家，从根本上提升了其文化地位。

1922 年，在为自家《吴敬梓年谱》所作短序中，胡适指出：“中国小说家都不能有传记，这是中国文学史上最不幸的事。”[②] 三十多年后，胡适又在一次致词中解释自家投入大量精力，考证白话小说的用意：一是研究白话文学史，以提高白话文学的地位；一是感激白话文的创始者，所以研究他们的生平，表扬他们的事迹。[③] 对小说家生平的考证，是胡适小说史研究的主要内容，甚至成为胡适考证小说的前提，在其“中国旧小说考证”系列中占据了显著的位置。即使对于《水浒传》作者施耐庵这样的“乌有先生”[④]，虽然不能考证其真实身份，但对于小说家“高超的新见解”和“伟大的创造力”[⑤]仍大加赞赏。此外，胡适率先为小说家编写传记和年谱，改变了小说家不入正史、“自来无传”的局面。在胡适看来，小说首先是“创作”；既然是“创作”，其“作者”——小说家——的价值就应该得到认可和尊重。这一论断在今天已成为常识，似乎并无高妙之处。但考虑到中国小说史学建立之初，小说和小说家尚未完全摆脱边缘性地位，胡适对其价值的认定，隐含着将小说和小说家置于文学体系的中心位置的文化策略，对于小说地位的提升，功莫大焉。

考证小说从作者入手，也源于胡适讲求实证的治学理念。这在对《红

① 1931 年 11 月 8 日，容肇祖致胡适信，据周桂笙《新庵笔记》中的一则史料，证胡适《〈官场现形记〉序》中“这书有光绪癸卯（一九〇三）茂苑惜秋生的序，痛论官的制度；这篇序大概是李宝嘉自己作的”之论断有误。参见《胡适论学往来书信选》下册，第 1165 页。胡适本人在读罗振玉《雪堂丛刻》时，也从其《五十日梦痕录》中检出有关刘鹗（铁云）的“事实一篇”，并说：“我寻求刘铁云事实，久而无所得，今见此篇，大喜过望。……他的《老残游记》，我当时即疑心是一种自传。今读此传，果然。”《胡适日记全编》第 3 卷，第 467 页。

② 《胡适日记全编》第 3 卷，第 871-877 页。

③ 胡颂平编著：《胡适之先生年谱长编初稿》（校订版）第七册，第 2406 页。

④ 1929 年 6 月 26 日，胡适手抄胡瑞亭《施耐庵世籍考》，在日记中说：“我不信此事，颇疑为乡下小族无可依托，只好假托于《水浒》作者，而不知《水浒》作者也是乌有先生也。”《胡适日记全编》第 5 卷，第 440-443 页。

⑤ 胡适：《〈水浒传〉考证》，《胡适古典文学研究论集》下册，第 785 页。

楼梦》的一系列考证中体现得最为突出。在《〈红楼梦〉考证》等著作中，胡适提出了其小说史研究中最著名也最大胆的“假设”——“自传说”。“自传说”针对的是“索隐派红学”：

> 他们不去搜求那些可以考定《红楼梦》的著者，时代，版本等等的材料，却去收罗许多不相干的零碎史事来附会《红楼梦》里的情节。他们并不曾做《红楼梦》的考证，其实只做了许多《红楼梦》的附会！①

事实上，“索隐派”和胡适的《红楼梦》研究，使用的方法都是考证。但在胡适看来，“索隐派”的“考证”建立在猜谜一般的臆想之上，缺乏实证的科学精神，只能以“附会”命名之。胡适将小说的情节视为作者曹雪芹的亲身经历，从考证作者入手，强调“必须先作这种种传记的考证，然后可以确定这个‘作者自叙’的平凡而合情理的说法”②，动摇了“索隐派”的根基。应该承认，胡适对“索隐派”的批驳，使“红学”更为接近小说本身。然而，实证性的治学方法，对于批驳“索隐派”十分有效，对于审美判断则不无局限。实证性研究遮蔽了小说与传记之间的区隔，使胡适以治史的眼光阅读小说，也就决定了他对于小说写实性的格外关注。尽管胡适的小说考证，并不回避审美判断，但不语怪力乱神的阅读趣味③，使胡适的审美判断成为实证研究的延伸：以实证精神考证作者，同样以实证精神判断作品文学价值之高下。在致高阳信中，胡适说：

> 我写了几万字的考证，差不多没有说一句赞颂《红楼梦》的文学价值的话，……我止说了一句：“《红楼梦》只是老老实实的描写

---

① 胡适：《〈红楼梦〉考证》（改定稿），《胡适红楼梦研究论述全编》，上海：上海古籍出版社，1988年，第75页。着重号为原文所有。

② 胡适：《对潘夏先生论〈红楼梦〉的一封信（与臧启芳书）》，《胡适红楼梦研究论述全编》，第223页。

③ 在《论短篇小说》一文中，胡适将《神仙传》和《搜神记》之类称为“最下流”。《胡适古典文学研究论集》下册，第682页。

这一个'坐吃山空''树倒猢狲散'的自然趋势，因为如此，所以《红楼梦》是一部自然主义的杰作。”此外，我没有说一句从文学观点来赞美《红楼梦》的话。

老实说来，我这句话已过分赞美《红楼梦》了。书中主角是赤霞宫神瑛侍者投胎的，是含玉而生的，——这样的见解如何能产生一部平淡无奇的自然主义的小说！[①]

可见，写实视角下的文学阅读，以及对于小说社会史料价值的关注，逐渐强化了中国小说史研究的史学归属。这一趋势由胡适首创，经其弟子顾颉刚、孙楷第、周汝昌等人的大力倡导与发挥，形成了中国小说史学的学术品格，成为20世纪上半期中国小说史研究的主流。

① 胡颂平编著：《胡适之先生年谱长编初稿》（校订版）第九册，第3386页。

# 附录三　小说史如何讲授

## ——由北京大学国文门研究所小说科到鲁迅

在促成小说文类兴起的诸多因素中，除视野开阔、才华卓著的先驱者——如鲁迅与胡适——的大力倡导和苦心经营外，制度的保障也至为关键。近年来，随着福柯、布尔迪厄等后现代主义理论大师的著作在中国的广泛迻译与传播，加之受到港台及海外学界的相关研究的启示，中国内地学人开始关注制度、主要是现代教育制度和学术生产机制对于学科建制的作用。[①] 其中，现代大学教育与“文学”学科兴起之关联，尤

① 其中，以福柯《知识考古学》和布尔迪厄《艺术的法则》的影响最为卓著，华勒斯坦等人的著作（如《开放社会科学》《学科·知识·权力》等）也直接促进了中国学术界对于相关问题的密切关注。港台学人的相关著作，在中国内地出版并引起较大反响的有：王汎森：《中国近代思想与学术的系谱》，石家庄：河北教育出版社，2002 年初版，长春：吉林出版集团责任有限公司，2011 年增订再版；陈以爱：《中国现代学术研究机构的兴起——以北大研究所国学门为中心的探讨》，南昌：江西教育出版社，2002 年；刘龙心：《学术与制度——学科体制与现代中国史学的建立》，北京：新星出版社，2007 年。中国内地学人的代表性著作有：陈平原：《中国现代学术之建立——以章太炎、胡适之为中心》，北京：北京大学出版社，1998 年；桑兵：《国学与汉学——近代中外学界交往录》，杭州：浙江人民出版社，1999 年；桑兵：《晚清民国的国学研究》，上海：上海古籍出版社，2001 年；罗志田：《权势转移——近代中国的思想、社会与学术》，武汉：湖北人民出版社，1999 年；罗志田主编：《20 世纪的中国：学术与社会·史学卷》，济南：山东人民出版社，2001 年（中国台湾学者刘龙心参与了该书部分章节的写作）；罗志田：《国家与学术——清季民初关于“国学”的思想论争》，北京：生活·读书·新知三联书店，2003 年；左玉河：《从四部之学到七科之学——学术分科与近代中国知识系统之构建》，上海：上海书店出版社，2004 年；左玉河：《移植与转化——中国现代学术机构的建立》，郑州：大象出版社，2008 年；等等。

为引人瞩目，成为学术研究的一大热点。① 中国现代大学学制之于“文学”学科之兴起具有毋庸置疑的重要意义，这一论断迄今已基本上达成共识。作为文学文类之一的小说，其地位在晚清民初的日渐上升也与中国现代大学教育关系密切。晚清以降，小说逐渐进入教育管理者的视野，这就为其日后登堂入室，成为教学与研究的对象奠定了基础。蔡元培担任北京大学校长后，正式将小说纳入大学课程体系之中，从而进一步为其文学和文化地位的有效提升提供了制度性的保障。北京大学率先开设小说讲座和小说史课程，成为一个标志性事件。一方面，它促使晚清以来渐受重视的小说文类，正式进入现代中国知识与学术生产的机制之中，小说史学也由此获得现代学科的专学属性，并由于顺应了新文学倡导者的理念与趣味，得以吸引更多学人参与其中，逐渐蔚为显学。另一方面，大学通过制度性设计，鼓励教师开设小说史课程，并从事小说史研究，不仅使小说进入最高学府，而且培养了以小说为研究对象的新一代研究者，实现了学术的薪火相传。由此可见，现代大学制度对于小说文类之兴起的促成与保障，成为新文化运动的众多发现和主张如何以制度化的方式得以落实的一个显著案例。以民国初年的大学特别是北京大学的小说教学为考察对象，试图通过还原小说进入大学课堂的过程，揭示现代大学制度与小说文类兴起之关系。在具体的分析中，兼及小说史课程与课程之外的学术演讲。前者作为现代学科建制的关键环节，其重要性自不待言；后者则作为小说史课程的延伸和补充，与之共同组成现代中国众声喧哗而又精彩纷呈的小说史课堂，更因此促成相关学术著作在文体上的差异。课程、演讲及相关著作之间的关联和缝隙尤其值得关注。

---

① 陈平原的研究在这一领域里可谓着其先鞭，《文学史的形成与建构》（广州：广东教育出版社，1999 年）、《中国大学十讲》（上海：复旦大学出版社，2002 年）等均具有开拓性，近著《作为学科的文学史》（北京：北京大学出版社，2011 年）对相关问题有更为系统全面的阐述。海内外学人的代表性著作还有戴燕：《文学史的权力》（北京：北京大学出版社，2002 年）、陈国球：《文学史书写形态与文化政治》（北京：北京大学出版社，2004 年）、贺昌盛：《晚清民初“文学”学科的学术谱系》（北京：中国社会科学出版社，2012 年），等。陈国球的近著《文学如何成为知识？——文学批评、文学研究与文学教育》（北京：生活·读书·新知三联书店，2013 年）则代表着学术界对于相关问题的最新思考。

# 一、小说进入大学课堂以前

众所周知，小说进入现代中国的大学课堂，始于 1920 年。是年 8 月，时在教育部任职的鲁迅接受北京大学聘书，讲授中国小说史课程。[①] 鲁迅的应聘，促成小说史在中国大学的正式设课，也为北大增添了一门叫好又叫座的课程。不过，在此之前，北大已有开设小说课程的计划，但由于缺少适合的人选，而借助国文门研究所小说科的系列演讲。事实上，在小说正式进入大学课堂以前，小说科不仅起到了课程的作用，还作为研究机构，使小说成为学术对象。然而鲁迅的盛名，和日后出现的引领学术风尚的北大研究所国文门[②]，使国文门研究所小说科一直隐而不彰，逐渐消失在历史深处。然而小说科仍有其不容忽视的重要价值。本节试图借助相关史料，追怀小说科的历史，并阐释其教育史与学术史意义。

晚清以降，"文学"特别是小说在大学学制中占据一席之地，经历了一个渐进的过程。清光绪二十八年（1902）由京师大学堂管学大臣张百熙主持拟定的《钦定大学堂章程》为文学设科。但所谓"文学科"，包括经学、史学、理学、诸子学、掌故学、词章学、外国语言文字学七类[③]，与今天理解的作为常识的"文学"概念相去甚远。次年，由张氏会同荣庆、张之洞共同拟定的《奏定大学堂章程》，将经学、史学、理学等分别设门，中国文学门始获独立。在其所设的具体科目中，包括接近文学史的"历代文章流别"；而在研究法上，则强调了小说等诸文类与古文之不

---

① 鲁迅：《日记第九（一九二〇年）》，《鲁迅全集》第 15 卷，北京：人民文学出版社，2005 年，第 408 页。

② 由于 1917 年底成立的北大各科研究所未能取得预想中的成功，蔡元培决定进行改组，并于 1922 年成立了北京大学研究所国学门，成为中国现代第一个学术研究的专门机构。有关北大研究所国学门的研究，目前最详尽的著作是陈以爱《中国现代学术研究机构的兴起——以北大研究所国学门为中心的探讨》，南昌：百花洲文艺出版社，2002 年，可参见。

③ 《钦定京师大学堂章程》，见舒新城编：《中国近代教育史资料》（中册），北京：人民教育出版社，1981 年，第 544 页。

同。[①] 应该说，在清政府制定的大学章程中，能够给“引车卖浆者流”的小说文类一线空间，着实不易。当然，《奏定大学堂章程》对于小说只是顺带提及，并未赋予其独立地位。1917 年 1 月蔡元培正式出任北京大学校长后，小说在中国大学学制中才真正浮出水面。同年年底发表的《改订文科课程会议纪事》在中国文学门（简称国文门）选修课中增设《宋以后小说》一项。[②] 这是第一次出现以小说为讲授对象的大学课程，但当时仅仅列入计划，并未开课。同时，蔡元培掌校以后，强调以学术研究作为大学的宗旨和使命：“大学者，研究高深学问者也”[③]，并提倡师生开展共同研究：“所谓大学者，非仅为多数学生按时授课，造成一毕业生之资格而已也，实以为是为共同研究学术之机关。”[④] 1917 年底，北京大学设立了以文、理、法三科各学门为基础的研究所。[⑤]

研究所的组织形式在《研究所总章》第一节《组织》中有详细规定：

> 第一条　各分科大学中之各门俱得设研究所。例如哲学门研究所及中国文学门研究所之类。
>
> 第二条　研究所以各门“各种”之教员组织之，遇有特别需要得加聘专门学者为研究所教员。
>
> 第三条　各研究所教员中，由校长推一人为研究所主任。
>
> 第四条　每研究所设事务员一人。
>
> 第五条　本校毕业生俱得以自由志愿入研究所，本校高级学生得研究所主任之认可，亦得入研究所。
>
> 第六条　本校毕业生以外，与本校毕业生有同等之程度而志愿入所研究者，经校长及本门研究所主任之认可，亦得入研究所。
>
> 第七条　本国及外国学者志愿共同研究而不能到所者，得为研

---

① 《奏定大学堂章程》，见舒新城编：《中国近代教育史资料》（中册），第 587-588 页。

② 《改订文科课程会议纪事》，载《北京大学日刊》，第十五号，1917 年 12 月 2 日。

③ 蔡元培：《就任北京大学校长之演说》，载《东方杂志》，第 14 卷第 4 号，1917 年 4 月。

④ 蔡元培：《就任北京大学校长之演说》，载《东方杂志》，第 14 卷第 4 号，1917 年 4 月。

⑤ 对此，《申报》曾予以报道：“北京大学设立各科研究所，顷已次第成立。文科研究所于昨日在校长室开第一次研究会，学生志愿研究者约四五十人，蔡鹤卿校长，陈仲甫学长及章行严、胡适之、陶孟和、康心孚、陈伯弢诸教授均莅会。”载《申报》，1917 年 12 月 8 日，王学珍、郭建荣主编：《北京大学史料》（第二卷 1912—1937・二），北京：北京大学出版社，2000 年，第 1365 页。

究所通信员。

……[1]

此外，研究所各章程还强调教员与教员、教员与研究员、研究员与研究员之间的共同研究。尽管实际入所的研究员以北京大学本科在学的学生为主，但从章程及后来的实际操作看，各科研究所承担起北大最早的研究生教育之职责，也成为中国现代学术研究机构之雏形。

各科各学门研究所均设置若干研究科目，由本门教授担任指导教员。其中，文科国文门研究所最初公布的研究科目和指导教员名单如下：

诂训

陈汉章　田北湖

文字孳乳之研究

黄侃

修词学

田北湖

特别研究问题

宋元通俗文

田北湖[2]

科目较少，教员也仅有三人。稍后，《北京大学日刊》刊出《国文研究所研究科时间表》，对研究科目和指导教员的名单有较大规模的修订增补，详情如下：

① 《研究所总章》，载《北京大学日刊》，第一八二号，1918年7月16日。

② 《国文研究所教员担任科目表》，载《北京大学日刊》，第九号，1917年11月25日。王学珍、郭建荣主编《北京大学史料》（第二卷1912—1937）将该表与同年11月28日《北京大学日刊》第十一号刊出的《文科国文门研究所研究员认定科目表（续前）》合二为一，将学生身份的研究员胡鸣盛、黄芬、王肇祥、谢基夏、伍一比、陈建勋等六人误归入教员名单，见《北京大学史料》（第二卷1912—1937·二），第1432页。

科目　　担任教员　会期次数及时间

音韵　　钱玄同　　月一次第一星期（六）三时至四时　十二月八日

形体　　钱玄同　　每月一次第四星期(六)三时至四时　十二月二十九日

形体　　马夷初　　每月二次第一/三星期(一)三时半至四时半　十二月三/十七日

诂训　　陈伯弢[1]　每月一次第二星期（六）二时至三时　十二月十五日

诂训　　田湖北[2]　每月一次第一星期（五）三时至四时　十二月七日

文字孳乳　黄季刚　　每月一次第三星期(六)三时至四时　十二月廿二日

文　　黄季刚　　每月一次第二星期(六)三时至四时　十二月十五日

文　　刘申叔　　每月一次第四星期(四)三时至四时　十二月二十七日

文学史　朱逷先　　每月一次第一星期(三)三时至四时　十二月五日

文学史　刘申叔　　每月一次第二星期(四)三时至四时　十二月十三日

文学史　吴瞿安

文学史　刘叔雅　　每月一次第四星期(六)四时至五时　十二月二十九日

诗　　伦哲如　　每月一次第一星期(三)四时至五时　十二月五日

诗　　刘农伯　　每月一次第二星期(三)四时至五时　十二月十二日

---

① 即前表中之陈汉章。

② 当作“田北湖”，原文如此。

| | | | |
|---|---|---|---|
| 词 | 伦哲如 | 每月一次第三星期(三)四时至五时 | 十二月十九日 |
| 词 | 刘农伯 | 每月一次第四星期(三)四时至五时 | 十二月二十六日 |
| 曲 | 吴瞿安 | 每月二次第一三星期(四)四时至五时 | 十二月六二十日 |
| 小说 | 刘半农<br>周启明<br>胡适之 | 每月二次第二四星期(五)四时半至五时半 | 十二月十四二十八①[^1] |

从上表中可知，北大国文门研究所在科目设置上涵盖了语言学和文学的诸多分支，语言学领域之音韵、文字（字形字体）、训诂，文学范畴之文学史和诸文类研究，均有所涉及。尤其是在文类研究上，于诗文之外，为不登大雅之堂的边缘文类——“曲”和“小说”单独设科，眼光独具，这无疑承载着“新文化运动”兴起后北大校方和国文门诸君的新文学与新教育理想。而对各科目教员的选择，也注重其术有专攻，所列俱为一时之选，堪称当时北大国文门教师的最强阵容。同时，部分科目采取不同教员分别指导的形式，“文”由黄侃和刘师培（申叔）分授，“文学史”则由朱希祖（逷先）、刘师培、吴梅（瞿安）和刘文典（叔雅）各自完成，“诗”“词”等亦如是。这保证了不同理念和流派的学者都有充分展现其学术观点与特长的舞台，也使学生有更多的选择。各科目中，最值得详细申说的是“小说”一科。与其余诸科目不同的是，小说科由三位教员共同承担，既不像“文字孳乳”和“曲”科之唱独角戏，也不像“文学史”和“文”科之各领风骚，刘半农、周作人（启明）和胡适这“三驾马车”之所以选择同一科目而又能通力协作，与三人兼具新文学倡导者和北大国文门之边缘人这一“双重身份”不无关联。作为新文学倡导者，这好理解。刘半农、周作人和胡适都是《新青年》的主要撰稿人，对新

---

① 《国文研究所研究科时间表》，载《北京大学日刊》，第十六号，1917年12月4日。该表中小说科“会期次数及时间”原缺“日”字。

思想、新文化和新文学的呼唤不遗余力，于诸文类中高扬小说之价值，亦与新文学之主流观念若合符节，借助北大国文门研究所为小说单独设科之契机，传播自家的新文学理想，体现在以三人为中心的小说科历次集会之中。而作为北大国文门的边缘人，导致三人于小说科中聚首，则更值得关注。刘半农最初由于给《新青年》撰稿，于1917年秋经兼任该刊主编和北大文科学长的陈独秀推荐，担任北京大学法科预科教授；在此之前，刘氏曾在上海中华书局任编译员，创作和翻译过不少言情和侦探小说。[①] 这一“鸳鸯蝴蝶派”身份，成为刘半农屡遭新文化同人责骂的“历史污点”[②]；并因难以摆脱旧上海的文人才子气，以其“浅”而被同人批评[③]；加之没有留学经历，又常为英美派所嘲笑[④]。胡适由于1917年1月在《新青年》上发表《文学改良刍议》一文而暴得大名，为蔡元培校长礼聘（其中亦有陈独秀的举荐之功）。[⑤] 不过，同年底《中国哲学史大纲》（上卷）一书尚未出版，缺少旧学师承的胡适还没能在北大站稳脚跟。尽管身兼哲学和国文两门教授，共在哲学门尚能开设《中国哲学》和《中国哲学史》这类主流课程，在国文门的课程表上却不见其名[⑥]；且由于倡导白话文，不断遭到旧派学人辱骂[⑦]。与刘、胡两位相比，周作人在北大国文门的地位更为独特。身为浙江人和“章门弟子”，周氏在北大的地位本应相当稳固。但周作人却一直有如履薄冰的紧张感，在晚年的回忆中仍强调自家的“附庸”地位：“平心而论，我在北大的确可以

① 《刘半农生平年表（1891—1934）》，鲍晶编：《刘半农研究资料》，天津：天津人民出版社，1985年，第68-71页。

② 王森然：《刘复先生评传》，王森然：《近代名家评传》（二集），北京：生活·读书·新知三联书店，1998年，第385页。

③ 鲁迅：《且介亭杂文·忆刘半农君》，《鲁迅全集》第4卷，北京：人民文学出版社，2005年，第74页。周作人：《知堂回想录·一二五·三沈二马下》，《知堂回想录》（下），石家庄：河北教育出版社，2002年，第420页。

④ 周作人：《知堂回想录·一二三·卯字号的名人三》，《知堂回想录》（下），第410页。

⑤ 胡颂平编著：《胡适之先生年谱长编初稿（校订版）》（第一册），台北：联经出版事业公司，1990年，第295页。

⑥ 《文科本科现行课程》，载《北京大学日刊》第十二号，1917年11月29日。

⑦ 周作人：《知堂回想录·一五六·北大感旧录二》，《知堂回想录》（下），第546-548页；张中行：《红楼点滴》，陈平原、夏晓虹编：《北大旧事》，北京：生活·读书·新知三联书店，1998年，第432页。

算是一个不受欢迎的人，在各方面看来都是如此，所开的功课都是勉强凑数的，在某系中只可算得是个帮闲罢了。”[①] 周作人最初得同门朱希祖推荐，本拟到北大讲授希腊文学史和古英文。[②] 但抵京后与蔡元培见面时，却被邀请担任预科国文课程，周氏感到力不能及，对此敬谢不敏，还险些为此辞教南归，后转到北大附设的国史编纂处任职[③]，1917 年 9 月才被聘为国文门教授[④]。查该年北大国文门课程表，周作人承担一年级《欧洲文学史》和二年级《十九世纪欧洲文学史》两门课[⑤]，这在时以“训诂音韵”和“文学考据”为宗尚的北大国文门[⑥]，的确属于边缘课程。可见，前引周作人的晚年回忆，并非自谦。综上可知，刘半农、周作人和胡适在当时的北大国文门都处于边缘地位，却也因此无须放下身段，即可以选择名师宿儒所不屑为之的小说——以边缘人身份研究、讲授小说这一边缘文类，可谓实至名归。加之三人在进入北大之前都曾致力于小说的翻译和创作[⑦]，更使他们成为主持国文门研究所小说科的不二人选。

从前引《国文研究所研究科时间表》中不难看出，北大校方对研究所颇为重视，不仅安排了强大的师资，而且各科目集会在时间设置上也堪称细致严密，因此引发学生踊跃报名。在 1917 年 11 月 22 日、25 日和 28 日的《北京大学日刊》上，连续三期刊载《文科研究所国文学门研究员认定科目表》，据此统计报名人数共计 152 人次（校方允许学生兼任不同科目的研究员）。不过，各科目的报名人数却极不平均，小说科仅唐英、唐伟两人报名（两人还同时报名其他科目，而且均未参加小说科此

① 周作人：《知堂回想录·一三七·琐屑的因缘》，《知堂回想录》（下），第 468 页。

② 周作人：《知堂回想录·一〇四·去乡的途中一》，《知堂回想录》（下），第 339-340 页。

③ 周作人：《知堂回想录·一一〇·北京大学》，《知堂回想录》（下），第 361-362 页。

④ 周作人 1917 年 9 月 4 日的日记中有“得大学聘书”的记载，鲁迅博物馆藏：《周作人日记（影印本）》（上），郑州：大象出版社，1996 年，第 692 页。

⑤ 《文科本科现行课程》，载《北京大学日刊》，第十二号，1917 年 11 月 29 日。

⑥ 陈以爱：《中国现代学术研究机构的兴起——以北大研究所国学门为中心的探讨》，第 15-16 页。

⑦ 刘半农于民国初年曾在上海创作和翻译小说数十种。周作人曾与鲁迅合作，翻译《域外小说集》及哈葛德、柯南道尔等人的小说，并撰写多篇介绍外国小说的文章。胡适早在 1906 年就曾在上海《竞业旬报》上发表章回小说《真如岛》（未完），在其鼓吹新文学、倡导白话文的著述中也常常以小说为例。

后开展的任何一次集会）。与之相比，音韵报名21人、形体15人、训诂13人、文字孳乳之研究22人、文33人、诗13人，报名人数相对较少的曲科也有7人。[①] 日后在小说科研究会中出力甚多的傅斯年，最初报名的科目是注音字母之研究，制定标准韵之研究，文、语典编纂法。报名人数相差悬殊，体现出刘师培、黄侃、钱玄同等知名教授的威望与号召力，也进一步印证了刘半农、周作人和胡适的边缘地位，当然也和作为边缘文类的小说不受重视有关。尽管如此，国文门研究所各科目的实际开展却并非取决于教员声望的高低和研究员人数的多寡。事实上，多数科目没有依照时间表正常开展研究活动，或者即使开展，也没有得到师生的重视，并留下相关的文字记录，令后人了解其详情，殊为可惜。独小说科有序进行，而且几乎每次都留下了详细的记录，为今天追怀、重构其过程并阐释其意义积累了宝贵的材料。小说以外的其他科目没有文字记录，并非偶然。除参与者的重视程度外，将前引《国文研究所教员担任科目表》《国文研究所研究科时间表》和同年的北大国文门课程表相对照，就可以发现个中缘由。1917年11月公布的北大《文科本科现行课程》“中国文学门”课程及任课教师有：

第一年级

| | |
|---|---|
| 中国文学 | 黄季刚 刘申叔 |
| 中国古代文学史（上古讫[②]建安） | 朱逷先 |
| 文字学（音韵之部） | 钱玄同 |
| 欧洲文学史 | 周作人 |
| 哲学概论 | 陈百年 |
| 英文 | |

第二年级

| | |
|---|---|
| 中国文学 | 黄季刚 刘申叔 |

① 《文科研究所国文学门研究员认定科目表》，载《北京大学日刊》，第六号，1917年11月22日；《国文研究所研究员认定科目表（续前）》，载《北京大学日刊》，第九号，1917年11月25日；《文科国文门研究所研究员认定科目表（续前）》，载《北京大学日刊》，第十一号，1917年11月28日。

② 当作“迄”，原文如此，下同。

| | |
|---|---|
| 中国古代文学史 | 朱逷先 刘申叔 |
| 文字学（形体之部） | 钱玄同 |
| 十九世纪欧洲文学史 | 周作人 |
| 英文 | |
| 第三年级 | |
| 中国文学 | 黄季刚 吴瞿安 |
| 中国近代文学史（唐宋讫今） | 吴瞿安 |
| 文字学（训诂之部） | 钱玄同[①] |

不难发现，上表中的课程及任课教师与国文门研究所各科目及指导教师基本重合（将中国文学史和中国文学分别设课，以后者涵盖文、诗、词、曲等各文类，则体现出将“文学史”与“文学”分而治之的教学思路[②]）。也就是说，研究所各科目中的绝大多数都可以通过日常教学来完成。在有效完成教学工作的前提下，避免重复性劳动，不重视研究所相关科目的开展，或开展但不予记录，问题不大。但小说在当时未列入课程表。如前文所述，稍后颁布的《改订文科课程会议纪事》在国文门的选修课程中增设《宋以后小说》，但也是“有目而无文”，由于缺少合适的教师，未能开设。而与之形成鲜明对照的是，“曲”本与小说同为边缘性文类，但有吴梅这样的曲学大家位列教席，既得以进入课堂，又得以列为研究科目，受到不少学生的青睐，因而身价倍增。[③] 这样看来，国文门研究所小说科就不仅仅是一项研究科目，而担任着一直未能正式开设的小说课程之角色。国文门研究所为小说文类单独设科，延请刘半农、周作人、胡适这三位新文学倡导者主持其事，从中可见北大校方的良苦用心。这恐怕也正是刘、周、胡三人，尤其是前两人——胡适由于兼任哲学门研

① 《文科本科现行课程》，载《北京大学日刊》，第十二号，1917 年 11 月 29 日。

② 北京大学《文科国文学门文学教授案》明确规定：“文科国文学门设有‘文学史’及‘文学’两科，其目的本截然不同，故教授方法不能不有所区别。”载《北京大学日刊》，第一百二十六号，1918 年 5 月 2 日。标点为引者所加。

③ 陈平原：《知识、技能与情怀——新文化运动时期北大国文系的文学教育》，见氏著：《作为学科的文学史》，北京：北京大学出版社，2011 年，第 80-81 页。

究所教员，指导“中国名学钩沉”等科目①，同时还要在英国文学门开设《英国文学》《亚洲文学名著（英译本）》等课程②，分身乏术——对此倾尽全力，从而使小说科在研究所各科目中开展得最为成功、相关材料也保存得最为完好的原因之一。

## 二、小说科的具体活动

对于北大国文门研究所小说科，周作人在其晚年中有较为详细的追忆：

> 北大那时还于文科之外，还早熟的设立研究所，于六年（一九一七）十二月开始，凡分哲学，中文及英文三门，由教员拟定题目，分教员公同研究及学生研究两种。我于甲种中选择了“改良文字问题”，同人有钱玄同马裕藻刘文典三人，却是一直也没有开过研究会，乙种则参加了“文章”类第五的小说组，同人有胡适刘复二人，规定每月二次，于第二第四的星期五举行开会，照例须有一个人讲演。我们的小说组于十二月十四日开始，一共有十次集会，研究员只有中文系二年级的崔龙文和英文系三年级的袁振英两人，我记得讲演仅有胡刘二君各讲了一回，是什么题目也已忘记了，只仿佛记得刘半农所讲是什么“下等小说”，到了四月十九日这次轮到应该我讲了，我遂写了一篇《日本近三十年小说之发达》，在那里敷衍的应用。③

知堂老人的这段追忆大体无误，特别是以坚持数十年的日记为蓝本，对时间的记录非常准确，但其中仍有部分细节需要订正：集会的数量并未达到十次；研究员除崔袁二君外，还包括后来加入的傅斯年和俞平伯，以及“旁听员”傅缉光一人（仅参加一次）；讲演也不限于三回。接下来结合《北京大学日刊》上刊载的相关记录，及《周作人日记》等其他第

① 《哲学门研究所纪事》，载《北京大学日刊》，第十二号，1917年11月29日。

② 《文科本科现行课程》，载《北京大学日刊》，第十二号，1917年11月29日。

③ 周作人：《知堂回想录·一二七·五四之前》，《知堂回想录》（下），第427-428页。

一手材料，还原国文门研究所小说科从设立到终止的全过程，以及其间历次集会之详情。

据《周作人日记》记载，1917年11月13日，周氏赴北大研究所开会，“认定‘改良文字问题’及‘小说’二项，遇胡适之、刘半农二君”①。这是北大研究所成立之前的一次准备会，会议确立了国文和哲学门研究所的研究科目。三日后的《北京大学日刊》第一号刊载题为《有志研究国文哲学者注意》的通告，介绍研究所的筹备进度：“敬启者：国文哲学门研究所现已组织就绪，内分研究科及特别研究科两项。研究科及特别研究科目已由本门各教授分别担任。……”② 同月30日，周作人又赴北大开会，并与刘半农拟定小说研究表。③

经过这一系列的准备工作，1917年12月14日，小说科第一次集会如期举行。到会的教员有刘半农和周作人，研究员有袁振英和崔龙文。集会首先由刘半农发表演讲，倡导以科学方法研究小说，提出以“文情并茂”四字为小说界中最美满之评语，进而分析小说不受重视的原因，并结合自家七年来编译小说的经验，探讨如何转变阅读小说的眼光，最后强调研究小说的科学方法应包括历史和进步两方面，后者尤宜以西洋小说为宗尚。周作人在随后的发言中提议研究小说当侧重于进步方面，故研究外国小说当以近代名人著作为主体，19世纪以前的著作可归入历史范围。周作人的发言，明确了小说研究和小说史研究的区别。④

同年12月28日，小说科举行第二次集会。与会教员不变，研究员则增加了傅斯年。集会首先由周作人演讲，将小说研究分为过去的小说研究和新小说之发展两大部分，于后者仍大力推举外国小说，强调其“今日所臻之境远非中土所及也”；并将中国小说之演进分为野史、闲书和人生文学三个时代。周氏还介绍了自家拟定的研究课题：“拟就古小说中寻求历史的发展”“拟研究古小说中之神怪思想”。刘半农随后发言，谈及

---

① 《周作人日记（影印本）》（上），第707页。标点为引者所加，下同。

② 《有志研究国文哲学者注意》，载《北京大学日刊》，第一号，1917年11月16日。标点为引者所加。

③ 《周作人日记（影印本）》（上），第710页。

④ 《文科国文门研究所报告》，载《北京大学日刊》，第三十三号，1917年12月27日。《周作人日记》1917年12月14日载：“半农来。四时后同往二道桥文科研究所。袁、崔二君来会，六时散。”《周作人日记（影印本）》（上），第713页。

中文小说之分类（白话之章回小说和短篇之笔记小说）、研究文章之体式（札记或论文），并提出研究所集会不必逐次演讲，宜注重互相讨论、交换研究心得。刘氏也介绍了自家拟定的研究课题："中国之下等小说此为历史方面者""印度近代小说思想之变迁此为进步方面者"。研究员傅斯年则表示愿意先研究小说之原理，指出"小说事就其制作方面言之，则为术；就其原理方面言之，则为学"，并请两位教员推荐相关英文书籍。刘半农还带来英、俄、法国小说各一种，布置三位研究员分别阅读。[①] 较之两周前的第一次集会，第二次集会的内容更加丰富，也具有更为浓厚的研究讨论气氛。

小说科第三次集会于 1918 年 1 月 18 日举行，与会教员和研究员与第一次相同。此次集会改为专题演讲，由刘半农作，题为《通俗小说之积极教训和消极教训》。这是刘氏在新文化运动期间有关小说的著名文字，由于有"详细演辞录存（研究）所中"，因此记录稿颇为简略。刘半农演讲后，与会的两位研究员就研究所中已购中国小说五十余种，各认数种作为研究对象。崔龙文选择《小说丛考》《顾氏四十家小说》和《晋唐小说六十种》，袁振英选择《留东外史》《老残游记》和《二十年目睹之怪现状》。[②] 二人就古代与近代、文言与白话的不同选择，是否出于教员的特意安排，目前尚无材料可以证明。所谓"演辞"与刘半农后来发表的同题文章是否一致，也难以确证。因此无法判断是刘氏事先写好文章，再照章宣讲；还是先草拟初稿，事后再敷衍成文。《通俗小说之积极教训和消极教训》一文不难获取，故不再记述第三次集会演讲的详细内容。

小说科第四次集会举行于同年 2 月 1 日，与会教员仍为刘、周两位，研究员则达到四人：傅斯年回归，还新增了俞平伯。集会首先由周作人作题为《俄国之问题小说》的演讲，概括问题小说的定义和条件、与教

---

① 《文科国文门研究所报告》（傅斯年记录），载《北京大学日刊》，第四十八号，1918 年 1 月 17 日。《周作人日记》1917 年 12 月 28 日载："四时往二道桥，半农亦至。六时散。"12 月 31 日载："傅斯年君函送研究会记事稿。"《周作人日记（影印本）》（上），第 716、717 页。

② 《文科国文门研究所报告》，载《北京大学日刊》，第五十一号，1917 年 1 月 20 日。《周作人日记》1918 年 1 月 18 日载："往研究所，五时半出，同半农步行至东安门，乘车回。"《周作人日记（影印本）》（上），第 729 页。

训小说和社会小说之区别，并分别介绍了俄国小说家赫尔岑《谁之罪》、车尔尼雪夫斯基《如之何》(即《怎么办》)、托尔斯泰《安娜·卡列尼娜》和陀思妥耶夫斯基《罪与罚》等名著之大意。演讲过后，俞平伯和傅斯年分别认定了自家研究之小说，俞氏为《唐人小说六种》，傅氏为《五代史平话》和《儒林外史》。[①] 从中可见仍有文言与白话之分。现存周作人公开发表的文字及未刊稿中均无同题文章。此前几天的《周作人日记》中也没有撰写相关演讲稿的记载。可见，周氏在演讲之前并未成文，事后也未加以整理。不过在新文化运动期间讲述日后大行其道的问题小说，自是题中应有之义，其发现与引领时代风尚之用心，值得关注。

1918 年 3 月 1 日《周作人日记》有如下记录："往研究所，胡、袁二君来，未讲演，谈至五时而散。"[②] 似乎小说科于当日举行了一次没有演讲的集会。"胡、袁二君"当为教员胡适和研究员袁振英。查《国文研究所报告》，是年 3 月的两次小说科集会分别安排在 15 日和 29 日。可见，这次会谈并非出于北大校方或国文门研究所的安排，而是由小说科同人自行拟定。本月 15 日的集会恰好由胡适演讲，因此这次会谈很可能是为半个月后的集会做准备，不能算作小说科的第五次集会。

两周后，小说科第五次集会如期举行。此次出席教员有胡适和周作人，研究员仍为前次四人。《北京大学日刊》误将此次集会算作"第四次"，也导致之后两次集会计数的错误。这是胡适唯一一次参加小说科集会，也是唯一一次发表演讲，题目是《短篇小说》。演讲经傅斯年记录，连载于 1918 年 3 月 22—26 日《北京大学日刊》第九十八至一百零一号（24 日为星期日，未出刊）。由此可知胡适事先做了准备，但并未成文。记录稿后经胡适本人改定，以《论短篇小说》为题发表于 1918 年 5 月 15 日《新青年》第 4 卷第 5 号。胡适的修改主要在文字表达，文章结构和主要观点没有明显变化。该文已发表，因此不再记述其内容。胡适演讲后，周作人提出了一些不同见解。两人在彼此的辩驳砥砺中深化了自家对于

---

① 《文科国文门研究所报告》，载《北京大学日刊》，第六十三号，1917 年 2 月 3 日。《周作人日记》1918 年 2 月 1 日载："同半农至研究所，六时出。"《周作人日记（影印本）》（上），第 731 页。

② 《周作人日记（影印本）》（上），第 736 页。

短篇小说的看法。①

小说科第六次集会也于 3 月 29 日如期举行，与会教员为刘半农、周作人，研究员四人不变。由刘氏作题为《中国之下等小说》的演讲。② 与《通俗小说之积极教训和消极教训》一样，这也是刘半农在新文化运动期间有关小说的代表性著述。其要点连载于 4 月 16—17 日《北京大学日刊》第一百一十二至一百一十三号。定稿则发表于 1918 年 5 月 21—25、27—31 日，6 月 1、3、4 日《北京大学日刊》第一百四十二至一百五十四号。小说科第七次集会，也是现有记录的最后一次集会于同年 4 月 19 日举行。出席教员与第六次同，研究员中俞平伯未参加，仅剩余下三人，另新增一名旁听员傅缉光。③ 集会由周作人作《日本近三十年小说之发达》的专题演讲。可以肯定的是，周作人事先撰写了详尽的演讲稿（决非纲要）。④ 《文科国文门研究所记事》仅录其要点，全文则发表于 1918 年 5 月 20—25、27—31 日，6 月 1 日《北京大学日刊》第一百四十一至第一百五十二号，又发表于同年 7 月 15 日《新青年》第 5 卷第 1 号，后收入周氏散文集《艺术与生活》。三次收录，除个别标点略有出入外，整体上无大区别。与刘半农的两篇名作相比，《日本近三十年小说之发达》在当时更为知名，影响也更大，且反复刊载，对其内容亦无须详述。

北大国文门研究所小说科的集会，至此中断。虽然 5 月 3 日和 17 日，6 月 14 日和 28 日的集会已列入计划，并多次公布，但始终未见关

① 《国文研究所小说科第四次会记录》，载《北京大学日刊》，第九十八号，1918 年 3 月 22 日；《国文研究所小说科第四次会记录（续）》，载《北京大学日刊》，第九十九号，1918 年 3 月 23 日；第一百号，1918 年 3 月 25 日；第一百零一号，1918 年 3 月 26 日；第一百零二号，1918 年 3 月 27 日。《周作人日记》1918 年 3 月 15 日载："至研究所，又回至校，与适之谈，七时返寓。"《周作人日记（影印本）》（上），第 738 页。

② 《文科国文门研究所记事》，载《北京大学日刊》，第一百一十二号，1918 年 4 月 16 日；《文科国文门研究所记事》（续），《北京大学日刊》第一百一十三号，1918 年 4 月 17 日。《周作人日记》1918 年 3 月 29 日载："至法科访半农，同至研究所。"《周作人日记（影印本）》（上），第 741 页。

③ 《文科国文门研究所记事》，载《北京大学日刊》，第一百一十七号，1918 年 4 月 22 日。《周作人日记》1918 年 4 月 19 日载："又至研究所，六时了。同半农步行至法科，乘车回。"《周作人日记（影印本）》（上），第 745 页。

④ 在本月 17、18 日《周作人日记》中，均有"起讲演稿"的记载。《周作人日记（影印本）》（上），第 745 页。

乎其详情的文字记录。[①] 查这四天的《周作人日记》，也没有赴研究所出席集会，或与刘半农、胡适等人会面的记载。[②] 因此，在新史料出现之前，可以认定北大国文门研究所小说科集会举行至第七次即告终止。

在以上的追怀中，之所以特别注重一些看似无关紧要的细节，如演讲与相关著述的先后顺序问题，除力图重构历史现场外，还意在凸显现代大学学制之下演讲与著述之间的关联与缝隙。撰著在先演讲在后，抑或演讲在先成文在后，并非无关紧要之事，而是关乎演讲的现场效果和相关著述的文体选择。撰著在先，固然准备充分，成竹在胸，而且为文也较为谨严，还可以省却记录整理之劳，易于发表；但书面撰著毕竟不同于口语讲述，特别是一旦遇到不善于公开演讲的教师（如周作人[③]），很可能照章宣读，课堂效果不佳。成文在后，可以减少文稿的制约，有利于擅长演讲者（如胡适[④]）的自由发挥，但又可能易放难收，无法集中谈论某一话题；记录稿虽然能保留口语色彩及现场感，却又难免汗漫无序之弊，缺乏书面撰著的条理分明、细致谨严，而一经作者修葺改定，固然成文，却又趋于书面化，难以准确地传达出演讲的现场效果。演讲和著作（抑或课堂和书斋、白话和文言、口语和书面语）之罅隙，在参与人数较少且包含师生问答的研究会上尚能得到遮掩，而一旦面临人数众多、规模较大的课堂讲授，就会显露无遗。这一问题，在鲁迅于北京

---

① 《集会一览表》，《载北京大学日刊》，第一百二十五号，1918 年 5 月 1 日；第一百二十六号，1918 年 5 月 2 日；第一百二十七号，1918 年 5 月 3 日；第一百三十七号，1918 年 5 月 15 日；第一百三十八五号，1918 年 5 月 16 日；第一百三十九号，1918 年 5 月 17 日；第一百六十一号，1918 年 6 月 12 日；第一百六十二号，1918 年 6 月 13 日；第一百七十二号，1918 年 6 月 26 日；第一百七十三号，1918 年 6 月 27 日；《国文研究所课程时间表》，载《北京大学日刊》，第一百五十一号，1918 年 5 月 31 日。

② 《周作人日记（影印本）》（上），第 747、749、755、758 页。

③ 周作人不擅演讲，在课堂上常常依照事先写好的讲义宣读。梁实秋在《忆岂明老人》一文中回忆周氏在清华大学的一次演讲："讲题是《日本的小诗》，他坐在讲坛之上，低头伏案照着稿子宣读，而声音细小，坐第一排的人也听不清楚，事后我知道他平常上课也是如此。"《梁实秋怀人文录》，北京：中国广播电视出版社，1991 年，第 200 页。

④ 与周作人相比，胡适的演讲水平极高。柳存仁在《北大与北大人》一文中回忆："胡先生在大庭广众间的演讲之好，不在其演讲纲要的清楚，而在他能够尽量的发挥演说家的神态，姿势，和能够使安徽绩溪化的国语尽量的抑扬顿挫。并且因为他是具有纯正的学者气息的一个人，他说话时的语气总是十分的热挚真恳，带有一股自然的傻气，所以特别的能够感动人。"陈平原、夏晓虹编：《北大旧事》，第 295 页。

诸高校讲授中国小说史课程和 1924 年赴陕西西安暑期学校进行小说史系列演讲特别是撰著在先的文言讲义《中国小说史略》和成文在后的演讲的白话记录稿《中国小说的历史的变迁》在观点表述与文体选择上的差异中得到了较为充分的体现。笔者对此曾撰文予以论述，此不赘言。[①]刘半农、周作人、胡适等人的演讲稿日后均以文章的形式公开发表，成为新文化运动期间著名的小说理论文献。可见，小说进入课堂，促成了相关著述的问世。通过系列演讲，小说科力图解决“何谓小说”和“怎样研究小说”诸问题。事实上，无论是刘半农对小说价值之高举，还是周作人对域外经验的介绍，以及胡适对短篇小说文体概念的界定，都出于新文学倡导者的理论立场，力图借此确立对于小说文类的评判标准，从而为小说获得新文学的身份、进入现代大学学制奠定了理论基础。而诸位教员和研究员的积极参与，也使小说在正式进入大学课堂以前，在师生之间保持了一定的关注度。由小说科集会上的系列演讲到鲁迅开设小说史课程，小说进入大学课堂经历了系统化和规范化的过程。

以上通过对相关史料的钩沉辨析，追忆、重构了北京大学国文门研究所小说科从设立到终止的全过程，以及其间历次集会的详细情况，并阐释了其教育史和学术史意义。北大于 1917 年底设立各科研究所，最初列入计划的研究科目不下百种，其理想不可谓不高远，气魄不可谓不宏大。但在彼时彼地，相对于开展研究生教育和创建中国现代学术研究机构这一系列重大事业而言，此番努力尚属草创，或者说是一次失败的尝试。北大各学门研究所，连同其麾下的诸科目，包括本文力图追怀和阐释的小说科，虽做出种种努力，但均难言成功，并很快烟消云散。由刘半农、周作人和胡适的演讲稿改定而成的几篇文章，虽经刊载而闻名于世，但其之于新文化运动的现实意义远远大于实际的学术价值。傅斯年、俞平伯等人虽然选定了研究对象，但也均未能落实到文字，产生有价值的学术成果。北大研究所没有取得成功，个中缘由，并非经费支绌或人才匮乏，而是未逢其时。尽管有校方制定计划、提供资金，师生认真准备、积极参与，但当时的北大并不具备支撑起如此规模的学术研究机构

① 鲍国华：《小说史如何讲授——鲁迅〈中国小说的历史的变迁〉片论》，载《天津师范大学学报》（社会科学版），2011 年第 6 期。

的充足条件。[①] 直到四年后的1921年底，蔡元培校长决定改组研究所，经学校评议会讨论通过了《国立北京大学研究所组织大纲》，并于次年1月创立了中国现代第一个学术研究的专门机构——北大研究所国学门[②]，从而开启了中国现代学术史上的一段光辉岁月。尽管如此，1917年底设立的北大各科研究所仍有其不容忽视的意义。特别是国文门研究所小说科，在当时北大小说课程的开设尚未找到适合人选的情况下，举区区数人之力，使小说活跃于大学讲堂近半年之久，其筚路蓝缕之功，惨淡经营之志，依然值得后人珍视与称赏。

## 三、小说史课堂上的鲁迅

新文化运动之后的北京大学，在文学课程设置上较之大学堂章程有相当大的调整和突破，其中最突出的是“中国文学史”和“中国文学”课程的分置。[③] 此举使二者的学术分界渐趋明朗，开始形成各自独立的学术视野和理论个性。这两门课程的边界，类似于后来高等院校文学专业的“文学史”和“文学作品选”的区分。前者讲历史演变，提供文学知识和研究思路；后者重艺术分析，培养鉴赏能力和写作水平。课程分置改变了晚清学制中“文学史”概念的混沌局面，使之逐渐摆脱了传统“文章流别”的干扰，理论个性得到更充分的发挥。文学史概念的正本清源，是提升其学术价值的基本条件之一。同时，为长期被排除在学术视野之外的小说和戏曲单独设课，不仅有助于为上述文类的价值提升提供制度性的保障，还使具有西学背景的研究者有了用武之地，有助于透过

---

① 陈平原：《北大传统：另一种阐释——以蔡元培与研究所国学门的关系为中心》，陈平原：《老北大的故事》，南京：江苏文艺出版社，1998年，第87-89页。

② 梁柱：《蔡元培与北京大学》（修订本），北京：北京大学出版社，1996年，第62页。

③ 参见陈平原《新教育与新文学——从京师大学堂到北京大学》中引录1917年北京大学国文门课程表。该文并未指出两门课程内容上的区别。参见陈平原：《中国大学十讲》，上海：复旦大学出版社，2002年，第131页。在此后发表的一篇学术随笔中，陈平原依据巴黎法兰西学院汉学研究所收藏的北大讲义，论述了两门课程的分界，并有精彩的发挥。参见陈平原：《在巴黎邂逅“老北大”》，载《读书》，2005年第3期。“中国文学史”和“中国文学”课程的分置突出了两种文学研究思路，并规定了各自的学术对象和方法，使前者逐渐趋向史学。

西学视角重新审视和发现传统，对中国文学的规范和秩序进行重建，同时依据自家的研究兴趣与学术水平，对教学大纲中规定的文学史教学内容及书写形式有所调整和自由发挥，植入研究者本人的学术个性，促进文学史由教科书向个人著作的转化。蔡元培掌校时期的北京大学，在为各门课程（尤其是新设置的课程）选择教师时，特别注重其学有所长与术业专攻，延请刘师培讲授中国中古文学史，周作人讲授欧洲文学史，吴梅讲授戏曲史，鲁迅讲授小说史，俱为一时之选。其中小说史课程的设置，最初由于找不到合适的人选，而暂时搁置。1920 年预备增加小说史课，拟请周作人讲授。周作人考虑到鲁迅更为适合，就向当时的系主任马幼渔推荐。鲁迅于是受聘北大，开设小说史课，并因此成就了其小说史的撰写。[①] 可见，在北京大学的课程设置和教师遴选中，体现着因人设课、因课择人的办学理念。这既保证了各门课程的学术水平，又促使学者将其学术思路与研究成果以文学史的书写方式落实到文字，公之于世。鲁迅在应聘北大之前，在小说史研究领域浸淫已久，尤其是在古小说的搜集与整理上用力甚深，《古小说钩沉》可资为证。然而，倘若没有开设小说史课程的经历，鲁迅有关小说的研究著作，是否还会采用小说史这一撰述方式，则难以断言。可见，鲁迅应北大之请讲授小说史，为其学术思路的系统梳理和研究成果的全面展示提供了一个难得的契机，不仅促成了中国小说史学划时代的名著《中国小说史略》的撰写，也开启了小说史学的“鲁迅时代”，并最终奠定了中国小说史学的学科规范与学术品格。之所以能够取得这样引人瞩目的成就，除鲁迅本人学养深厚和态度认真等因素外，也和现代大学教育制度和学术生产机制的逐步确立，特别是小说史课程所设定的研究思路与撰述体例的促成与规约密切相关。

鲁迅自 1920 年起在大学课堂讲授小说史，直至 1926 年 8 月离开北京止，六年中先后在北京大学、北京高等师范学校（后更名北京师范大学）、北京女子高等师范学校（后更名北京女子师范大学）、北京世界语专门学校、北京中国大学文科部等高校任教，影响深远。小说史虽然只

---

① 周作人：《知堂回想录·一三七·琐屑的因缘》，《知堂回想录》（下），石家庄：河北教育出版社，2002 年，第 466-467 页。

是一门选修课，却成为当时最受学生欢迎的课程之一。鲁迅讲授小说史之所以大受欢迎，除基于其在中国小说史研究领域的深厚积累与非凡造诣外，也和鲁迅擅长讲课密切相关。遗憾的是，当时录音、录像等现代化手段尚未出现，无法完整地记录鲁迅小说史课程的现场效果。幸好有若干当事人的回忆性文字，为追怀与重构鲁迅的小说史课堂提供了可能。

1924 年在北京世界语专门学校读书，并与鲁迅过从甚密的荆有麟于 1942 年撰《鲁迅回忆断片》一书，这样描述鲁迅的授课：

> 记得先生上课时，一进门，声音立刻寂静了，青年们将眼睛死盯住先生，先是一阵微笑，接着先生便念出讲义上的页数，马上开始讲起来，滔滔如瀑布，每一个问题的起源，经过，及先生个人对此的特殊意见。先生又善用幽默的语调，讲不到二十分钟，总会听见一次轰笑，先生有时笑，有时并不笑，仍在继续往下讲。……时间虽然长（先生授课，两小时排在一起继续讲两个钟头，中间不下堂）些，而听的人，却像入了魔一般。随着先生的语句，的思想，走向另一个景界中了。要不是先生为疏散听者的脑筋，突然讲出幽默话来，使大家轰然一笑，恐怕听的人，会忘记了自己是在课堂上的，而先生在中国历史人物中，特别佩服曹操，就都是在讲授时候，以幽默口吻送出的。①

可见，内容充实、言语幽默、富于吸引力，是鲁迅授课的主要特点。而连续讲授两个小时而不令听者感到厌烦，更是难得。北京大学法文系学生，曾选修小说史课，并帮助鲁迅印刷讲义的常惠晚年回忆：

> 鲁迅先生讲课，是先把讲义念一遍，如有错字告诉学生改正，然后再逐段讲解。先生讲课详细认真，讲义字句不多，先生讲起来援引其他书中有关故事，比喻解释，要让学生对讲的课了解明白。学生问到讲义中的字句情节，先生一定多方讲解，直到学生明白了，

---

① 荆有麟：《鲁迅回忆断片·鲁迅教书时》，鲁迅博物馆鲁迅研究室《鲁迅研究月刊》选编：《鲁迅回忆录》（专著）上册，北京：北京出版社，1999 年，第 140-141 页。

先生才满意。先生的比喻，不止用书中字句，有时还在黑板上画画，不够的地方，还要用姿势表示。《中国小说史略》第八篇“唐之传奇文”（上）有“《异梦录》记邢凤梦见美人，示以‘弓弯’之舞”，学生对“弓弯”不明白，先生援引了《酉阳杂俎》里的故事：“有士人醉卧，见妇人踏歌曰：舞袖弓腰浑忘却，蛾眉空带九秋霜。问如何是弓腰？歌者笑曰：汝不见我做弓腰乎？乃反首髻及地，腰势如规焉。”先生援引了这个故事，大概觉得还不够，于是仰面，弓腰，身子向后仰，身子一弯曲，就晃起来，脚也站立不稳了，这时先生自语：“首髻及地，吾不能也。”同学们见他这样负责讲解，都为之感动。课堂上师生之间情感接近，课文内容也有情趣。对先生的讲课认真精神和有风趣的言谈，同学们都喜爱和尊敬。[①]

在授课过程中热情投入，并注重与学生的互动，这样的课程理所当然地会受到欢迎。曾为北京女子师范大学学生的许广平，在《鲁迅回忆录》一书中披露了鲁迅小说史课程的更多细节，尤其关涉讲义以外的发挥之处：

如第四篇《今所见汉人小说》，他明确地指出：“现存之所谓汉人小说，盖无一真出于汉人，晋以来，文人方士，皆有伪作，至宋明尚不绝。”大旨不离乎言神仙的东方朔与班固，前者属于写神仙而后者则写历史，但统属于文人所写的一派。《神异经》亦文人作品。而道士的作品之不同处则带有恐吓性。有时一面讲一面又从科学的见地力斥古人的无稽，讲到《南荒经》的蚘虫，至今传说仍存小儿胃中，鲁迅就以医学头脑指出此说属谬，随时实事求是地分析问题。在《西南荒经》上说出讹兽，食其肉，则其人言不诚。鲁迅又从问路说起，说有人走到三岔路口，去问上海人（旧时代），则三个方向的人所说的都不同，那时问路之难，是人所共知的。鲁迅就幽默地

① 常惠：《回忆鲁迅先生》，鲁迅博物馆鲁迅研究室编：《鲁迅诞辰百年纪念文集》，长沙：湖南人民出版社，1981 年，第 516 页。

说："大约他们都食过讹兽罢！"众大笑。[1]

这一段回忆文字颇具现场感，开头的引文出自《中国小说史略》，之后则是对这一句话的讲解和发挥，既运用医学常识，又引入社会现象，一收一放，轻健自如，确实体现出高超的讲课艺术。此外，对于鲁迅授课的回忆性材料尚多，兹不一一举证。

之所以不厌其烦地引用当事人对于鲁迅授课的追怀，意在接近并还原鲁迅的"教学现场"。从中不难发现，尽管三位当事人回忆的立场和姿态各有不同，撰文的时间及其历史背景也有异，但对于鲁迅的授课方式、特点与效果的描述却惊人地一致——既遵循讲义，不致离题万里，又时有精彩发挥，保持课堂的生动活跃，这无疑是文学课堂的最佳范例。较之同在北大讲坛执教的林损（公铎）和孟森（心史），前者以授课不入正题，反而喜欢骂人著称，后者则每每在课堂上一字不差地照读讲义。[2] 两相对照，鲁迅的授课大受欢迎，除选修者外，还吸引众多旁听者和偷听者[3]，以至教室常常爆满，并不断触发当事人的追怀与重构，这恐怕不只源于鲁迅生前身后的巨大声誉，其授课内容的丰富充实和教学方式的

① 许广平：《鲁迅回忆录·三　鲁迅的讲演与讲课》，鲁迅博物馆鲁迅研究室《鲁迅研究月刊》选编：《鲁迅回忆录》（专著）下册，第1108页。许氏该书著于20世纪50年代末，虽然受到时代症候的影响，评价鲁迅的政治意义时有过甚其词之处，但描述鲁迅授课，与他人的回忆相近，可见大体如实，并无增饰。

② 20世纪30年代就读于北大的张中行，晚年撰《红楼点滴》一文，回忆师长："林公铎（损），人有些才气，读书不少，长于记诵，二十几岁就到北京大学国文系任教授。一个熟于子曰诗云而不识abcd的人，不赞成白话是可以理解的。一次，忘记是讲什么课了，他照例是喝完半瓶葡萄酒，红着面孔走上讲台。张口第一句就责骂胡适怎样不通，因为读不懂古文，所以主张用新式标点。""孟心史（森）先生。专说他的讲课，也是出奇的沉闷。有讲义，学生人手一编。上课钟响后，他走上讲台，手里拿着一本讲义，拇指插在讲义中间。从来不向讲台下看，也许因为看也看不见。应该从哪里念起，是早已准备好，有拇指作记号的，于是翻开就照本慢读。我曾经检验过，耳听目视，果然一字不差。下课钟响了，把讲义合上，拇指仍然插在中间，转身走出，还是不向讲台下看。下一课仍旧如此，真够得上是坚定不移了。"参见陈平原、夏晓虹编：《北大旧事》，第432、435页。

③ 北大的课堂，素以"来者不拒，去者不追"著称，旁听者的人数有时甚至超过正式在册的学生，其中又有"旁听"和"偷听"之分。曾听过鲁迅小说史课程的孙席珍在《鲁迅先生怎样教导我们的》一文中回忆："我开始听鲁迅先生讲课，是一九二四年上半年的学期中间，是自由进去听的。象这样的听讲，当时叫做偷听，连旁听也算不上，因为旁听也要经过注册手续，且须得到任课教师的同意。"鲁迅博物馆鲁迅研究室编：《鲁迅诞辰百年纪念文集》，第86页。

灵活生动，才是主因。在鲁迅离开北京后，虽有马廉、孙楷第等人先后在北大开设小说史课程，但都难以再现鲁迅授课的精彩效果。

不过，尽管能够借助当事人的追怀与重构不断接近鲁迅小说史课程的原貌，但在没有完整详尽的课堂记录的情况下，毕竟无法真正做到还原现场。尽管有用作讲义的《中国小说史略》留存至今，但鲁迅将其作为著作经营的用心，又使之不同于普通的课程讲义或授课实录。在这一背景下，鲁迅 1924 年西安暑期讲学的记录稿《中国小说的历史的变迁》，就体现出独特的价值。虽然由于课时所限，不得不删繁就简，在内容上与《中国小说史略》有详略之分，但这部由听课人记录、授课人审定的讲稿[①]，却成为对于鲁迅小说史课程的难得的现场实录，较之当事人的回忆，更准确也更直观地呈现出鲁迅的教学现场。鲁迅在西北大学讲授小说史，计十一次十二小时，课时不及在北大的三分之一。但证之以当事人的回忆，其授课方式和效果却与在北大时相同。

李瘦枝在《“刘记西北大学”的创办与结束》一文中述及鲁迅演讲的现场效果：

> 讲演会场有两处，一是校内大礼堂，一是风雨操场（当时在教育厅院内），鲁迅先生和王桐龄、夏元瑮诸人在大礼堂，刘文海、蒋廷黻等在风雨操场，听众可以自由选择参加。……由于鲁迅先生的讲演内容丰实，见解深刻，特别是他在讲演中的那种昂扬地战斗精神，感染力很强，不多几天礼堂上即座无虚席，及至讲唐宋以后，就有不少人争不到座位站着听讲了。[②]

相比之下，其他几位当事人更关注鲁迅的讲授方式。时任西北大学秘书兼讲师、参与暑期讲学筹备和招待工作的段绍岩回忆：“他（鲁迅——引者按）的仪容严肃，讲话简要而幽默，讲演时如跟自己人谈家常一样的

① 鲁迅的讲演由西北大学学生昝健行、薛效宽记录，经整理后由西北大学出版部寄请鲁迅改订，鲁迅改订后寄回。这在《鲁迅日记》中有详细记载。参见鲁迅：《日记十三》（一九二四年），《鲁迅全集》第 15 卷，第 528 页。

② 李瘦枝：《“刘记西北大学”的创办与结束》，原载《陕西文史资料选辑》第三辑，见单演义编：《鲁迅在西安》，西安：西北大学鲁迅研究室资料组，1978 年，第 121 页。

亲切。”[①] 另一位当事人、后任易俗社编辑的谢迈千的回忆与此相近：“鲁迅先生上堂讲演，总是穿着白小纺大衫，黑布裤，黑皮鞋，仪容非常严肃。讲演之前，只在黑板上写个题目，其余一概口讲，说话非常简要，有时也很幽默，偶而一笑。”陪同鲁迅演讲的刘依仁的追怀则更为详尽：“鲁迅先生的讲演，真如他的写文章一样，理论形象化，绝不抽象笼统，举出代表作品，找出恰当例证，具体发挥，没有废话，使听者不厌，并感着确有独到之处。”[②]

上述几段回忆性文字，虽不及前引荆有麟、常惠和许广平的回忆详细丰赡，但大体一致。可见，鲁迅此次西安讲学，依旧以小说史为题，而且不受课时与场地的局限，授课方式及现场效果与在北京各高校无异。但据现有史料，未见向听众发放讲义的记载。而《中国小说的历史的变迁》的存在，成为对于此次演讲内容的详细记录，稍可弥补鲁迅在北京各高校讲授小说史课程，有讲义而无现场记录的遗憾。更为重要的事，《中国小说的历史的变迁》使用白话记录，与《中国小说史略》之文言述学恰堪对照，二者在语言表述与文体选择上的差异，成为考察课程、演讲与相关著作之关联与缝隙的绝佳范例。

## 四、课程、演讲与著作

1924 年夏，鲁迅应国立西北大学之邀，赴西安讲学。自 7 月 7 日启程，至 8 月 12 日返京，历时一个月零六天（含旅途时日）。鲁迅对于此次西安之行并不看重，除在自家日记中做“流水账”式的简要记述外（鲁迅的日记历来如此），日后在其著述及与友人的通信中也很少提起。[③] 倒

---

① 段绍岩：《回忆鲁迅先生在西安》，单演义编：《鲁迅在西安》，第 114 页。

② 两段回忆均见单演义：《关于鲁迅的〈中国小说的历史的变迁〉》，单演义编：《鲁迅在西安》，第 38 页。

③ 鲁迅涉及此次西安之行的著述，主要有杂文《说胡须》和一封致日本友人山本初枝的私人通信。《说胡须》探讨中国文化及国民性，西安之行只是引发议论的一点由头，并非主旨。书信中虽然披露“关于唐朝的小说”这一写作计划的终止，但也未详细记述此次行旅，而且记错了赴西安讲学的具体时间。参见鲁迅：《坟·说胡须》，《鲁迅全集》第 1 卷，第 183-187 页；《340111 致山本初枝》，《鲁迅全集》第 14 卷，第 278-280 页。

是几位同行者和陕西方面的接待者，以及聆听鲁迅讲学的几位当事人对此颇为重视，通过回忆提供了丰富的史料。后世研究者对此则更为关注，分别通过对这一事件的追怀、重构与阐释，奉献出不少精彩的学术论断，使“鲁迅在西安”成为一个学界内外竞相讨论的热门话题。有趣的是，此次暑期讲学由国立西北大学和陕西省教育厅合办，获邀者甚众，其中不乏李济、蒋廷黻、陈钟凡、夏元瑮、吴宓（受约请而未至）等知名学者①，与鲁迅同行赴陕的也有十余人之多②，而其中唯有鲁迅受到密切关注，一言一行均获得记述、追忆与研究，这显然并非取决于鲁迅西安之行自身的重要意义，而是时代症候使然，取决于鲁迅日后——尤其是新中国成立后——在思想和政治领域中如日中天的崇高地位。这也使后世对于这一事件的记述、追忆与研究普遍高调，不无政治色彩。③

对于鲁迅西安之行的记述、追忆与研究，主要集中于三个话题：与军阀的斗争，长篇小说（或剧本）《杨贵妃》之创作计划的终止，以及演讲的记录稿《中国小说的历史的变迁》。相对而言，研究者更为关注前两个话题，对鲁迅此次西安之行的“正业”——讲授“中国小说史”，反而着墨不多。鲁迅赴陕西讲学，选择小说史作题目，自有在北京各高校开设的相关课程做基础，可谓驾轻就熟，但也不乏周密审慎之处。讲学之余受邀为陕西督军刘镇华的士兵演讲，内容仍是小说史，可见一斑。④但是否如论者所言，时时显示出“战士”面目，与军阀及各种恶势力不懈斗争，尚须辨析。突出鲁迅与军阀的斗争，强调其“战士”身份，在特定历史时期内自是题中应有之义。然而将《中国小说的历史的变迁》中的若干现场发挥之处，也归之为鲁迅的“斗争策略”，未免过甚其词。与之相比，探求长篇小说《杨贵妃》的构思及其最终未能着笔的原因，更为当事人及后世研究者所津津乐道，也成为鲁迅西安之行中最受关注

① 受邀者名单详见《暑期学校简章》，单演义编：《鲁迅在西安》，第211-214页。

② 与鲁迅一同赴陕的北京师范大学教授王桐龄在其《陕西旅行记》一书中详细记录了同行13人的名单，单演义编：《鲁迅在西安》，第200页。

③ 对于鲁迅西安之行的记述、追忆与研究，除孙伏园《长安道上》作于1924年8月回京后不久，且主要记述自家观感，对于鲁迅只是偶尔提及外，其余大多完成于1936年鲁迅逝世后，而又以1956年鲁迅逝世20周年之际尤为集中，对于鲁迅西安之行的政治意义屡有过甚其词之处。

④ 王淡如：《一段回忆——纪念鲁迅先生逝世二十周年》，原载1956年10月9日《西安日报》，见单演义编：《鲁迅在西安》，第118-119页。

的话题，近年来仍是新见迭出，其成果数量和质量均大大超越对于《中国小说的历史的变迁》的研究。[①] 之所以如此，一方面是由于《中国小说的历史的变迁》记录稿经鲁迅本人校订后，已落实为文字，辑入《国立西北大学陕西教育厅合办暑期学校讲演集》（二）[②]，留给研究者驰骋想象的空间远不及未能问世的《杨贵妃》；另一方面，由于有《中国小说史略》这部巨著在前，《中国小说的历史的变迁》的研究余地也就相对有限，即便有研究者述及，也或将《中国小说的历史的变迁》视为独立于《中国小说史略》之外的另一部小说史研究著作加以表彰，或将《中国小说的历史的变迁》作为对《中国小说史略》的浓缩、修正和发展。前者夸大了《中国小说的历史的变迁》的学术价值，后者则对《中国小说的历史的变迁》自身的独特性缺乏关注。可见，在涉及鲁迅西安之行的三个话题中，反而是其讲学及相关记录稿《中国小说的历史的变迁》更有阐释的余地。因此，探讨鲁迅的西安之行，在突出“战士”鲁迅和“作家”鲁迅面目的同时，令“学者”鲁迅适时登场，实有必要。事实上，《中国小说史略》与《中国小说的历史的变迁》相比，不仅有详略之分，还有著作与演讲记录稿之别，其主要差异不在观点，而在表述方式。下文即试图从这一角度入手，探讨作为演讲记录稿的《中国小说的历史的变迁》与作为著作的《中国小说史略》之关系，进而凸显课程、演讲及其相关著作之间的关联与缝隙。

晚清以降，以北京大学的前身京师大学堂为代表，曾有任课教师编写讲义的制度性设计，此举在民国初年虽然有所松动和反复，但仍为不少教师所遵循，并精心撰构，因此促成了多部现代中国的学术经典著作

① 对于未曾着笔的《杨贵妃》及其相关话题的探讨，在鲁迅生前即已出现，孙伏园、郁达夫等均曾为此撰文；鲁迅逝世后，友人冯雪峰、许寿裳的回忆，学者林辰、单演义的考察，各抒己见；近年来仍不断有研究者涉足，如朱正、骆玉明、吴中杰、蒋星煜，日本学者竹村则行等，新见迭出。2008 年，陈平原发表《长安的失落与重建——以鲁迅的旅行及写作为中心》一文，详细梳理了相关话题的研究史，并从若干新角度入手，进一步拓展与深化了相关研究，做出了近乎盖棺论定的阐释，载《鲁迅研究月刊》，2008 年第 10 期，可参看。

② 这部《国立西北大学陕西教育厅合办暑期学校讲演集》由西北大学出版部 1925 年 3 月印行，但鲁迅始终未收到，《中国小说的历史的变迁》在鲁迅生前也未辑入其作品集。《中国小说的历史的变迁》在《讲演集》以外的首次发表，迟至 1957 年《收获》创刊号。

的问世。[①] 鲁迅在应聘北大后，也开始撰写讲义，先以散页的形式于每次课前寄送校方印行，最终集腋成裘，汇集出版。可见，与同时代的许多学术著作一样，《中国小说史略》最初也是作为大学的课程讲义。鲁迅撰写小说史，很大程度上是在大学授课的需要。不过，考虑到鲁迅在离开大学讲坛后仍反复对《中国小说史略》做出修改，亦可见其将《中国小说史略》作为著作经营的用心。[②] 同时，鲁迅也非常重视文学史（包括小说史）的学术职能。1926 年，他在厦门大学中文系讲授中国文学史期间，曾致信许广平，介绍自己授课和编写讲义的情况：

> 我的功课，大约每周当有六小时，因为语堂希望我多讲，情不可却。其中两点是小说史，无须豫备；两点是专书研究，须豫备；两点是中国文学史，须编讲义。看看这里旧存的讲义，则我随便讲讲就很够了，但我还想认真一点，编成一本较好的文学史。[③]

这段自述，体现出鲁迅对自家著作的学术期待：不仅满足教学需要，更要在学术上有所创获，希望奉献流传后世的学术经典，而非只供教学的普通讲义。这使他对小说史的撰写精益求精，即使在告别大学讲坛之后，仍对《中国小说史略》进行增补修订。该书成为学术史上的一代名著，除基于作者丰厚的学术积累外，也和鲁迅严谨甚至近乎严苛的治学态度有关。

此外，从最初的油印本讲义到正式出版，《中国小说史略》一直采用文言。对此，鲁迅在该书序言中称：

---

① 京师大学堂—北京大学关于课程讲义的规定及其调整，参见陈平原：《知识、技能与情怀——新文化运动时期北大国文系的文学教育》（上）之第三部分“从课程讲义到学术著作”，载《北京大学学报》（哲学社会科学版），2009 年第 6 期。

② 《中国小说史略》最初为油印本，共十七篇。后采用铅印，扩充至二十六篇。1923 年 12 月及 1924 年 6 月，经修订后由新潮社出版上、下册本，共二十八篇。此后，又有 1925 年 2 月新潮社再版本、1925 年 9 月北新书局合订本，每次出版均有多处修订。鲁迅告别大学讲坛，定居上海后，仍于 1931 年 9 月和 1935 年 6 月两次修订《中国小说史略》。足见其对自家著作的反复经营。《中国小说史略》的版本流变及其修改情况，参见鲍国华：《论〈中国小说史略〉的版本演进及其修改的学术史意义》，载《鲁迅研究月刊》，2007 年第 1 期。

③ 鲁迅：《两地书·四一》，《鲁迅全集》第 11 卷，第 119 页。

此稿虽专史，亦粗略也。然而有作者，三年前，偶当讲述此史，自虑不善言谈，听者或多不憭，则疏其大要，写印以赋同人；又虑钞者之劳也，乃复缩为文言，省其举例以成要略，至今用之。①

《中国小说史略》“省其举例”固然属实，而鲁迅将采用文言的原因解释为减轻钞写排印之烦劳，此说则不可轻信②。众所周知，自新文化运动起，提倡白话、反对文言的立场几乎贯穿了鲁迅的后半生。对于文言文及其倡导者，鲁迅发出过迄今为止最为激烈的声音，③ 主要见于其散文和杂文之中。在撰写学术著作——除《中国小说史略》外，还包括《唐宋传奇集》之《稗边小缀》，以及同样曾经作为讲义的《汉文学史纲要》——时则采用文言。因此，鲁迅对于文言与白话的取舍，并非出于现实考虑，而主要基于不同的论述对象。在鲁迅的著述中，论述对象与言说方式的“隔”与“不隔”，往往通过对文体的不同选择加以呈现。散文抄写记忆，杂文针砭时弊，关注的都是现实。而《中国小说史略》等学术著作，面对的则是古代的文学作品，需要在言说方式上与研究对象相体贴，保持二者的整体感。《中国小说史略》采用文言，且文辞渊雅，甚至可以作为古典美文来加以鉴赏品读，有效地弥合了述学文体与论述对象之间可能存在的区隔与落差。④

与《中国小说史略》相比，《中国小说的历史的变迁》作为演讲的记录，采用白话，保持了一定的口语色彩和现场感（尤其是开场白和结尾），部分内容就是《中国小说史略》的白话版。如第六讲《清小说之四派及

① 鲁迅：《中国小说史略·序言》，《鲁迅全集》第9卷，第4页。着重号为引者所加。以下引用《中国小说史略》原文，均出自这一版本，不再一一注明。

② 强英良先生曾告诉本书作者，民国时期北大讲义，最初多采用油印，即用铁笔在蜡纸上书写，确实颇为“烦劳”。而黄子平先生则告知，鲁迅学术演讲的记录者，多采用速记方式，因此记录稿较之演讲原貌相去不远。在此，特向两位先生致谢。

③ 鲁迅抨击文言文及其倡导者的文字，不乏其例，其中最为激烈的言辞，出自《〈二十四孝图〉》一文：“我总要上下四方寻求，得到一种最黑，最黑，最黑的咒文，先来诅咒一切反对白话，妨害白话者。即使人死了真有灵魂，因这最恶的心，应该堕入地狱，也将决不改悔，总要先来诅咒一切反对白话，妨害白话者。”《鲁迅全集》第2卷，第258页。

④ 鲁迅对于述学文体的选择及其背后的文化立场，参见陈平原：《分裂的趣味与抵抗的立场——鲁迅的述学文体及其接受》，载《文学评论》，2005年第5期。

其末流》中关于《儒林外史》的论述：

小说中寓讥讽者，晋唐已有，而在明之人情小说为尤多。在清朝，讽刺小说反少有，有名而几乎是唯一的作品，就是《儒林外史》。《儒林外史》是安徽全椒人吴敬梓做的。敬梓多所见闻，又工于表现，故凡所有叙述，皆能在纸上见其声态；而写儒者之奇形怪状，为独多而独详。当时距明亡没有百年，明季底遗风，尚留存于士流中，八股而外，一无所知，也一无所事。敬梓身为士人，熟悉其中情形，故其暴露丑态，就能格外详细。其书虽是断片的叙述，没有线索，但其变化多而趣味浓，在中国历来作讽刺小说者，再没有比他更好的了。[①]

相关内容在《中国小说史略》中，则表述为：

寓讥弹于稗史者，晋唐已有，而明为盛，尤在人情小说中。……迨吴敬梓《儒林外史》出，乃秉持公心，指擿时弊，机锋所向，尤在士林；其文又感而能谐，婉而多讽：于是说部中乃始有足称讽刺之书。

……

吴敬梓著作皆奇数，故《儒林外史》亦一例，为五十五回；其成殆在雍正末，著者方侨居于金陵也。时距明亡未百年，士流盖尚有明季遗风，制艺而外，百不经意，但为矫饰，云希圣贤。敬梓之所描写者即是此曹，既多据自所闻见，而笔又足以达之，故能烛幽索隐，物无遁形，凡官师，儒者，名士，山人，间亦有市井细民，皆现身纸上，声态并作，使彼世相，如在目前，惟全书无主干，仅驱使各种人物，行列而来，事与其来俱起，亦与其去俱讫，虽云长篇，颇同短制；但如集诸碎锦，合为帖子，虽非巨幅，而时见珍异，因亦娱心，使人刮目矣。

---

① 鲁迅：《中国小说的历史的变迁》第六讲“清小说之四派及其末流”，《鲁迅全集》第 9 卷，第 344-345 页，以下引用《中国小说的历史的变迁》原文，均出自这一版本，不再一一注明。

两相对照，《中国小说的历史的变迁》中的论述稍显简略，但内容与《中国小说史略》基本一致，所不同者只在于表述方式。前者采用白话，并保持口语状态；后者则采用典雅的文言，在述史持论的同时，也体现出对于文字的悉心经营——“秉持公心，指擿时弊，机锋所向，尤在士林”，“慼而能谐，婉而多讽”，不仅是对《儒林外史》之讽刺特质的定评，在文字上亦富于美感。通过比较，不难看出鲁迅明确的文体意识：《中国小说的历史的变迁》作为演讲记录，应保持白话讲学的现场效果；《中国小说史略》作为学术著作，在持论谨严的同时，还须在文字上体贴论述对象。二者具有不同的文体归属和学术职能。

《中国小说的历史的变迁》中还有一些不见于《中国小说史略》的内容，被研究者视为对后者的修正和补充。[①] 《中国小说的历史的变迁》中不同于《中国小说史略》之处，多数源于白话与文言的表述差异，少数是对《中国小说史略》中论断的延伸，个别为《中国小说的历史的变迁》中所独有且篇幅较长者，主要有以下几处：

（1）开场白中讨论历史的进化；

（2）第一讲中提出“诗歌在先，小说在后”的观点；

（3）第一讲中关于神话可否作为儿童读物的论述；

（4）第二讲中阐述“万有神教”及其成因；

（5）第三讲中将张生与崔莺莺的团圆视为“国民性”问题；

（6）第三讲中就孙悟空的原型与胡适商榷；

（7）第四讲中论述唐宋传奇不同的原因。

上述“新见”是否属于对《中国小说史略》的修正，尚须一一辨析。第一条即开场白中对进化论的言说，常为研究者所引用，所谓“从倒行的杂乱的作品里寻出一条进行的线索”一语虽不见于《中国小说史略》，却是鲁迅小说史研究的基本思路。作为系列演讲的开场白，只是将贯穿于《中国小说史略》的内在学术理路明确说出而已，并非修正和补充。第二至五条，其主要观点及思路均见于鲁迅的杂文之中。杂文可攻其一点，不及其余，也可借题发挥，任意而谈。学术著作则不然，须有理有据，

---

① 单演义：《鲁迅在西安》第五章“在西安讲演的特色”之三《补充〈史略〉未曾论及的观点和例证》，西安：陕西人民出版社，1981 年，第 46-65 页。

谨慎施为，同时避免枝蔓过多，随意引申，损害著作的整饬严谨。而介于二者之间的演讲，在保持述学之要旨的同时，可以根据现场情况随时延展发挥。因此，这几处“新见”，当属于演讲过程中的现场发挥，之所以见于《中国小说的历史的变迁》而不见于《中国小说史略》，恰恰是二者不同的文体归属使然，并非补充。相对而言，第六、七条与小说史研究本身的关联更为紧密。关于孙悟空的原型，鲁迅在《中国小说史略》中提出“无支祁”说。胡适则在《〈西游记〉考证》一文中提出孙悟空形象来源于印度史诗《罗摩衍那》（Rāmāyana）中的神猴哈奴曼（Hanumān）。[①] 鲁迅与胡适，分别以《中国小说史略》和“中国旧小说考证”系列论文执中国小说史学之牛耳，但彼时小说史学尚处于开创期，新观点、新史料层出不穷。《中国小说史略》初版后不久，鲁迅即收到师友及读者的多封来信，或提供新史料，或对个别论断提出修改意见。[②] 鲁迅对此有接受，也有保留，这是学术研究中的正常现象。关于孙悟空形象的原型，“无支祁”说与“哈奴曼”说均可视为一家之言，并无正误优劣可言。鲁迅在《中国小说的历史的变迁》中介绍了胡适的观点，并加以申说，仍然坚持己见。事实上，这类论述更适合写成专门的答辩文章，而不宜写入小说史著作；否则须答辩反驳处甚多，不免枝枝蔓蔓，造成主次不分，影响小说史的正常论述。而作为演讲，《中国小说的历史的变迁》则不存在这种局限，介绍胡适观点并进行答辩，也属于现场发挥。何况鲁迅仍坚持“无支祁”说，更不能视为对《中国小说史略》的修正。

《中国小说的历史的变迁》第四讲论述唐宋传奇之不同：

> 传奇小说，到唐亡时就绝了。至宋朝，虽然也有作传奇的，但就大不相同。因为唐人大抵描写时事；而宋人则极多讲古事。唐人小说少教训；而宋则多教训。大概唐时讲话自由些，虽写时事，不至于得祸；而宋时则讳忌渐多，所以文人便设法回避，去讲古事。加以宋时理学极盛一时，因之把小说也多理学化了，以为小说非含有教训，便不足道。但文艺之所以为文艺，并不贵在教训，若把小

① 胡适：《〈西游记〉考证》，欧阳哲生编：《胡适文集》第 3 卷，北京：北京大学出版社，1998 年，第 510-514 页。胡适将《罗摩衍那》译为《拉麻传》。

② 鲁迅：《〈中国小说史略〉再版附识》，《鲁迅全集》第 8 卷，第 173 页。

说变成修身教科书，还说什么文艺。

这段论述为《中国小说史略》所无，看似属于新见，但前引之许广平回忆中有如下记述：

> 关于传奇，鲁迅批评宋不如唐，其理由有二：（一）多含封建说教语，则不是好的小说，因为文艺作了封建说教的奴隶了；（二）宋传奇又多言古代事，文情不活泼，失于平板，对时事又不敢言，因忌讳太多，不如唐之传奇多谈时事。①

两相对照，内容极为相近。据许广平回忆，她选修鲁迅的小说史课，讲前三篇时还在使用油光纸临时印的讲义，此后就以新潮社出版上下册本《中国小说史略》为课本了。据此推断，当在1924年上半年，早于鲁迅在西北大学演讲。可见，在赴陕西之前，鲁迅已有上述论断，决非自《中国小说的历史的变迁》始。传奇“宋不如唐”的判断，在《中国小说史略》中即已出现，对其原因也有所阐发，但不及《中国小说的历史的变迁》中详尽。因此，较之《中国小说史略》，《中国小说的历史的变迁》中论述唐宋传奇之差异的内容，只是由略到详而已，并非从无到有的新见。

综上可知，《中国小说的历史的变迁》中的所谓“新见”，无一是对于《中国小说史略》修正和补充，仅属于演讲过程中的现场发挥。对《中国小说的历史的变迁》这样以学术著作为蓝本的演讲记录而言，基本内容和思路相对固定，现场发挥则可因时因地而异，具有一定的随意性和偶然性，能否视为对《中国小说史略》修正，不在于其观点的新颖别致，而在于是否适合于著作。鲁迅在西北大学演讲，从1924年7月21日起，至29日讫，修订讲稿则在是年9月。此时，《中国小说史略》分别于1923年12月和1924年6月由新潮社出版上下册本。在修订《中国小说的历史的变迁》讲稿并寄还后，《中国小说史略》于1925年2月由新潮社再

---

① 许广平：《鲁迅回忆录·三　鲁迅的讲演与讲课》，鲁迅博物馆鲁迅研究室《鲁迅研究月刊》选编：《鲁迅回忆录》（专著）下册，第1111页。

版（合订本）。此次再版，除订正初版本中的若干错字外，对小说史论断和材料的修改共有四处，其中无一涉及出现在这两个版本之间的《中国小说的历史的变迁》中的所谓“修正和补充”。在《中国小说史略》此后的一系列版本中，鲁迅多次进行修订，但《中国小说的历史的变迁》中的“修正和补充”也无一纳入其中。由此可见,《中国小说史略》之于《中国小说的历史的变迁》，并非增补修订，而是学术著作及以其为蓝本的演讲记录稿之关系。

以上讨论了《中国小说的历史的变迁》与《中国小说史略》的学术关联，及其自身的学术意义。在现代中国学术史上，由课堂讲义而成为学术专著甚至学术名著者层出不穷，如刘师培《中国中古文学史》、黄侃《文心雕龙札记》等；以演讲记录稿的身份流传后世者也不乏其例，如章太炎《国故论衡》、周作人《中国新文学的源流》等。相对而言，《中国小说的历史的变迁》则自有其独特性。作为一部学术演讲的记录稿，《中国小说的历史的变迁》既有专著《中国小说史略》为蓝本，又以白话书写，保持口语色彩和现场感，从而在课程、演讲及其相关著作的缝隙之间体现出独特的学术价值和文体特征，其突出意义不在于观点的确凿不移，或结构的严谨整饬，而是在政治与学术、演讲与著作、课堂与书斋、白话与文言之间保持“必要的张力”，从而成为现代中国学术史、教育史和文学史上的一个独特文本。

# 学者的生命承担

## ——从王富仁先生问学散记（代后记）

2001 年 9 月，中国社会科学院文学研究所《文学评论》编辑部和浙江师范大学人文学院联合举办了“中国现代文学研究学术生长点”研讨会，与会的专家学者纷纷提出了自己对于中国现代文学研究之前景和学术生长的精彩见解。当时，我的硕士研究生学习已进入最后一年，正在准备撰写毕业论文，因此几乎是以迫不及待的心情寻找这次研讨会的相关信息，希望能够给自己的论文选题和写作带来更多的启发与灵感。终于在次年第 1 期的《文学评论》上看到会议综述。与会的众多前辈学者的思考与论述，尤其是对于具体选题的分析，令人眼前一亮，使我受益良多。其中王富仁先生的思考和表述方式颇有些与众不同，他没有从具体的问题、思路和方法出发，而是强调研究者的生命承担意识。王富仁先生提出，中国现代文学研究必须承担起自己，在以后的文学发展中发挥自己应有的作用，这是研究者对于学科使命的共同承担；此外还应该强调个人的、自由的、愉快的承担，每个人都要找到自己愿意承担、需要承担和能够承担的，从而将这种承担作为自己生命的存在形式，从中体味个人的存在价值。[①] 由于阅读这篇综述时我正忙于毕业论文写作，关注的主要是中国现代文学存在哪些学术生长点、研究前景如何这类具体问题，对于王富仁先生具有形而上意义的思考缺乏深入的体会，当时

① 王嘉良、范越人整理：《“中国现代文学研究学术生长点研讨会”综述》，载《文学评论》，2002 年第 1 期。

只是留下了一点陌生而新奇的印象。待 2002 年初毕业论文初稿完成后，才静下心来仔细阅读这段表述，连同先生的《时间·空间·人》《鲁迅和中国文化》等论文，予以整体性的观照和思考。必须承认，当时我集中阅读王富仁先生的著述，主要还是为了考博，有明显的功利心。但对于我这样自读研以来一直关注并恪守学术规范、偏重史料搜集和阐释这样的“技术至上主义者”而言，先生对于现代文学及其研究者生命承担的强调，的确令人耳目一新，仿佛在我眼前开辟了一个前所未有的新世界，也促使我在注重现代文学研究之“器”，即形而下层面之外，也开始思考学术之“道”，即形而上的价值，以及研究者的生命参与及其在研究过程中与研究对象的生命互动。

同年 5 月，我有幸通过了北京师范大学的博士入学资格考试，终于投入王富仁先生门下。而博士一年级开学不久，先生即奉调赴北师大珠海分校任教，只在临行前与诸位新入门的弟子把酒论学，并赠送给每个人《中国文化的守夜人：鲁迅》和新版《中国反封建思想革命的一面镜子——〈呐喊〉〈彷徨〉综论》两本书。前者包括先生的几篇长文，之前在备考期间曾一一拜读过，后者则是先生的博士论文的再版本，我在读本科期间选修王国绶先生的鲁迅研究课，即作为重要参考书认真阅读，对前言中“首先回到鲁迅那里去”的说法印象颇深。读博的第一个学期，由于王富仁先生不在北京，我自主选课，读书也全无计划，只是定期将散乱的阅读心得通过电话向先生汇报。由于生性内向敏感，每一次通电话时我都紧张万分，难免支支吾吾，甚至不知所云，但先生每一次都耐心地听我讲完，然后给予及时而有效的指导，有时一聊就是大半个钟头，所谈较少涉及学术规范、技术细节或具体的研究思路与方法，更多是高屋建瓴地从宏观层面拓展我的思路，这对我这样精细有余而大气不足的弟子而言，无疑是十分对症的。而且几乎每一次通电话，先生都会谈道：“你应该多想想选择一个题目或者读一本书，不要只限于知识的积累，还要想到这对于你生命的价值何在？”后来和同门交流，发现先生几乎对每一名弟子都有过类似的叮嘱。对于弟子长处和不足，王富仁先生是了解的，也经常有的放矢地加以引导，甚至纠正。但通过学术研究发现自我，认识生命，则是先生对弟子共同的要求与期望。

博士一年级的寒假，我觉得必须对学位论文有一个大致的规划了，便于春节后不久回到学校，和王富仁先生约定了见面时间，终于在回北京第二天的午后，和先生在当时设在科技楼的中国现代文学教研室商讨博士论文选题规划。先生问我是否已经有了选题的大致思路，我提出了关于“学者鲁迅”研究的几点设想，并向先生请教对于《中国小说史略》进行专书研究的价值与可能性。由于相关选题涉及古代文学与古代文化，大大超越了我的知识结构，心下不免惶恐——一个现代文学专业的研究生，贸然越界到古代文学领域是存在一定风险的，弄不好会使研究变得不伦不类。没想到很快就得到了先生的肯定。先生说：鲁迅的学术研究，尤其是他的小说史和文学史研究，值得进行全面的总结，也到了进行全面总结的历史阶段。随即，先生向我详细介绍了他对于“学者鲁迅”研究的看法，并建议我将研究视角集中在《中国小说史略》的专书研究上。先生还特别强调，研究“学者鲁迅”不要简单地把学者与思想家和文学家的身份分隔开来，或将学者与思想家、文学家简单并列，那样只会割裂鲁迅的世界，而应该把学者置于鲁迅的整体生命之中，这是选题成败的关键。先生还希望我通过这样一个题目，不仅看到鲁迅的学术眼光之所及，也要关注其所不及，这对于鲁迅研究乃至整个中国现代文学研究的拓展都会有所助益。最后，先生语重心长地告诫我，选择一个题目，就是在三年甚至更长的时间内选择了一种生命的承担对象与承担方式，其价值不在于完成了一篇论文或者得到博士学位，而在于今后将以怎样的方式面对学术、面对世界、面对生命。他之所以同意我的选题设想，是因为选择这样的题目，符合我的个性气质，有助于促使我将这一研究内化于生命之中，借此实现生命的价值。先生的看法给我极大的震撼：原来他对每一个弟子的志趣、能力与状态都有着相当准确的把握，也因此对每个人有着不同的学术预期。王富仁先生曾自嘲带博士采取“放羊”的办法，很少规定论文题目或必读书，而是任由学生自己选择（尽管有时也会向学生推荐题目、介绍新书，却把选择权全部交给学生，绝不强求），表面上看似乎如此：先生指导的博士论文不仅选题差别甚大，思路和方法往往也是大相径庭，不了解内情的人很难相信这些论文的作者出自同一位导师的门下。先生注重的是研究者通过论文发现自己、认识生命，希望能够激发每一名弟子的长处与潜能。他指导论文，不滞著于技术，而强调研究者与研究对象的灵魂对话与生命交汇，从而使每一篇论文、每一项研究都能够成为对于研究对象之生命的激活与延展和对于研究者之生命的历练与充实。这次关于选题的交流持续了大约三个小时，我把它看作自己博士论文的第一次开题，尽管参与者只有我们师生两人。此后，我一直相信研究者在选择研究对象的同时，研究对象也在选择它的作者，包括后来在高校任教、指导各类论文时也一直在向我的学生灌输这一理念。强调研究对象对于作者的选择，并非是要评判研究者之于某一研究对象的适合度，而是意在指出，不同研究者对于同一研究对象的种种解读，不仅基于能力与环境，还源自生命承担方式与程度的差异，而恰恰是后者决定着研究者以怎样的生命形态面对学术、面对自我，也恰恰是后者使学术研究得以超越“器”的层面，接近并最终达至“道”的境界。优秀学者的价值，就在于他能够通过学术研究呈现出与众不同的生命底色和光彩。

论文选题确定后，我很快度过了“昨夜西风凋碧树，独上高楼，望尽天涯路”的境界，开始进入“衣带渐宽终不悔，为伊消得人憔悴”的阶段，每日沉浸于对史料的挖掘和整理之中，一方面爬梳有关“学者鲁迅”和中国小说史的汗牛充栋的史料，另一方面则力图通过对于鲁迅与前辈学人之关系的详细考察，梳理“作为小说史家的鲁迅”的学术谱系。虽说这都是论文撰写的题中应有之义，而一旦深陷其中，不免迷茫，有时甚至陷入绝望。这时候，王富仁先生及时的引导甚至是当头棒喝，每每“拯救”我于困境与绝望之中。在2003年春的一次长谈中，先生对于我面对史料和谱系的困惑与疑问做出了如下解答：首先，研究者不应该从史料中发现思想，没有思想找不到史料。这一极具启发性的见解让我从史料的渊薮中超拔出来，努力用问题视角照亮史料的密林，渐渐找到了方向。其次，文化不能直接生成文化，一个作家不能直接生成一个作家，只能在一个作家成长过程中参与生成，在其知识结构中起到化合作用；作家对既往文化的阐释与言说是从其知识结构出发的，这是一个基本前提。这一论断拨云见日，使我在梳理鲁迅学术谱系的过程中，开始摆脱“××→鲁迅”这一单线性影响的思维方式，不再将鲁迅作为被动的接受客体，而视之为具有能动性的接受主体，在对于谱系的考察中始终以鲁迅为中心，避免使鲁迅笼罩在前辈学人的身影里，也避免使鲁迅的小说史研究淹没在浩如烟海的史料中。再次，以鲁迅为代表的小说史研究，具有现代学术意义而非传统学问意义，鲁迅可能采取传统学术的言说方式和治学门径，但根本不同的是他从事的是现代学术研究，而非传统意义上的学问。这一看法确立了我的论文的基调，即不以一种静态的视角看待"学者鲁迅"，而站在现代学术乃至整个现代思想文化的高度，用鲁迅研究中国小说史的方式看待鲁迅的中国小说史研究。而在论文写作的过程中，我也时时告诫自己不要失去作为现代人的思想立场和言说方式，既保持与"学者鲁迅"这样的研究对象的契合度，又不忽视作为研究者的个体生命意识与价值承担。就这样，王富仁先生金针渡劫，引导我走出了论文写作的第一个瓶颈期，在完成史料工作后，较为顺利地进入了初稿的撰写阶段。应该说，从确定选题、到着手准备史料、再到正式写作的两年时间，于我而言既是沉重和痛苦的，却也是愉快而充实的。沉重和痛苦，源于我所面对的研究对象，以及这一研究对象所面对的思想文化环境；愉快而充实，则源于与鲁迅时时开展的生命对话，以及和时时与鲁迅开展生命对话的王富仁先生的思想交流。由鲁迅到王富仁，由王富仁到我，由鲁迅到我，使我在学术研究中能够时时感受到一束思想的火把在黑暗中的传递，一股生命的暖流在灵魂中的流淌。博士论文的写作，赋予我的不仅仅是知识结构的优化和写作能力的提高，更是对于自我存在价值的发现和理解，对于研究者生命承担意识的觉醒。于我而言，正如王富仁先生在"中国现代文学研究学术生长点"研讨会上之所言，这是"个人的、自由的、愉快的承担，每个人都要找到自己愿意承担、需要承担和能够承担的，从而将这种承担作为自己生命的存在形式，从中体味个人的存在价值"。这一理念，或曰信念，是王富仁先生留给我们这些及门弟子最宝贵的思想遗产，也是我现在和将来从事研究的精神支点。尽管博士毕业十余年来，我于俗世中蹉跎，在研究领域少有建树，但先生的精神指引，一直是在我思想与学术的"灯火阑珊处"闪耀着的生命的微光。

王富仁先生曾经在和我的一次闲谈中将中国现代文学研究比喻成一艘在冰海上艰难行进的破冰船，努力打破身前的坚冰，开拓出一条前进的道路，但不久身后的海面又被重新凝结的坚冰所堵塞。当时我觉得先生的比喻既深刻，似乎又有些悲观。十几年过去了，先生已辞世，以他为代表的那一代召唤我走上学术道路、令我终生景仰的学人，在身体上也渐渐老去。在某些人看来，他们开启的一个时代即将终结。但在我心中，这个时代不会消失，也不会被遗忘，反而会永远保持着生命的鲜活。因为，她代表着人类对于思想之力量、生命之尊严的最高理想。于我而言，从事中国现代文学研究就像是在走一条泥泞漆黑的夜路，天空中闪烁着的点点繁星，就是鲁迅、胡适、沈从文、钱锺书等大师巨子，他们的存在召唤着夜行人心中的理想和希望。而王富仁先生这样的学者，则是大地上燃烧着的粒粒微火，以生命之光照亮夜行人脚下的路，给予我们的既有光明的指引，也有生命的温度。